KB072718

코마

코마 2

초판 1쇄 찍은 날 ㅣ 2014년 05월 01일
초판 2쇄 펴낸 날 ㅣ 2014년 05월 30일

지은이 ㅣ 이아현
펴낸이 ㅣ 서경석

편 집 장 ㅣ 권태완
편집책임 ㅣ 장미연
디 자 인 ㅣ 이혜정

펴낸곳 ㅣ 도서출판 청어람
등록번호 ㅣ 제387-1999-000006호
등록일자 ㅣ 1999. 5. 31
어람번호 ㅣ 제5-0371호

주소 ㅣ 경기도 부천시 원미구 부일로 483번길 40 서경B/D 3F (우) 420-822
전화 ㅣ 032-656-4452 팩스 ㅣ 032-656-4453
http://www.chungeoram.com
E-mail ㅣ chungeorambook@daum.net

ISBN 979-11-316-9004-8 04810
ISBN 979-11-316-9002-4 (SET)

이아현 장편 소설

Coma 코마

vol 2

Chungeoram romance novel

청어람

Contents

Chapter 5

2013년, Ing * 007
One 009 | Two 050 | Three 113

Chapter 6

2013년, 진물 * 207
One 209 | Two 253

Chapter 7

2013년, 미래 * 279
One 281 | Two 321 | Three 337

에필로그 * 351

외전 * 377

작가 후기 * 389

Chapter 5

2013년, Ing

One

    볕이 잘 드는 원장실 사무실에 두 명의 남녀가 서로 마주 보고 앉아 있다. 두 사람 사이로 서늘한 바람이 불고 있는데, 서로 굳은 얼굴로 바라보던 둘은 말없이 식은 녹차를 마시며 말을 아끼고 있다. 두 사람 사이에 놓여 있는 것은 손가락 한 마디는 될 정도로 쌓여 있는 종이 뭉치다. 흑백으로 프린트된 기사는 요즘 국민들 사이에서 최고로 분노를 일으키고 있는 아동 학대 사건이다. 어린아이가 무슨 죄냐며, 친모가 범인이든 할머니가 범인이든 둘 다 죄가 있다고 사람들의 비난의 화살은 멈추지 않고 있었다. 어떤 이들은 아무것도 알아차리지 못한 아버지에게까지 죄를 돌렸다.

    여론이 들끓자 국과수에까지 그 불똥이 날아들었다. 이 원장은 기사의 헤드 카피만 읽어 넘기는 유진의 모습을 뚫어져라 바라보고 있다.

　—서초동 아동 학대 사건 용의자 친모 구속 수사 실시.
　—경찰 측 주장 '가해자는 친모다!', 검찰 측 주장 '할머니의 자수 내용이 상당 부분 국과수와 일치'.
　—서울 서초동 아동 학대 미궁 속으로.

　어디로 튈지 모르는 사람이니 그가 어떤 반응을 하든 놀라지 않겠다는 의지가 굳건한 얼굴이다. 하지만 사건의 흐름에 따라 정리되어 있는 기사를 읽던 유진의 반응에 그녀는 결국 놀라고 말았다.
　"그래서요?"
　"기사 안 보여? 사람들이 국과수까지 의심하기 시작했다고."
　네티즌들은 현재 친모가 범인이라는 쪽과 할머니가 범인이라는 쪽으로 나뉘어 설전을 벌이고 있었다. 국민들이 수사기관을 불신하고 어느 쪽도 믿지 못하는 상태가 되자 결국 유진이 이 원장의 방까지 호출을 당한 것이다.
　"그래서요? 제가 할 일은 끝났습니다. 제대로 부검소견서 작성해서 올렸고, 문제없이 일 처리 했잖습니까."
　한숨을 쉬며 끝난 사건에 대해 더 이상 관여하고 싶지 않다는 듯 유진이 말했다. 이미 과거에 몇 번씩이고 언론에 노출되었다가 큰 홍역을 치른 그다. 본의 아니게 드라마 작가 눈에 띄어 드라마

주인공의 실제 인물이라고 사람들에게 알려지는 바람에 그는 일반인 중에서 이례적으로 팬클럽이란 것도 생겼다. 그런 일을 다시 겪고 싶지 않은 유진이 불만스럽게 이 원장을 보았다. 그녀의 미간에 자리 잡힌 주름에 한숨이 절로 나온다.

"안 하면 안 됩니까?"

아니면 이 원장님이 하면 안 됩니까? 유진의 말에 이 원장의 얼굴이 굳어졌다. 한숨을 내뱉은 이 원장이 아픈 머리를 손가락으로 꾹꾹 누른다.

"이 부검을 집도한 사람은 내가 아니고 자네야, 노유진 팀장."

유진이 왜 저러한 말을 하는지, 늘 궂은일도 마다하지 않고 어려운 사건을 척척 해내는 인간이 왜 저러는지 이 원장 또한 잘 알고 있었다. 그가 언론에 노출될 때마다 국과수로 집중되는 이목은 상상 그 이상이었으니까. 하지만 덕분에 국과수로 향한 관심은 부검의가 되고 싶다고 꿈꾸는 이들을 많이 만들었고, 늘 인력난에 허덕이며 야근도 불사하던 부검의들의 삶 또한 조금은 편안해졌다. 그랬기에 국과수 내에서는 늘 언론에 노출되는 일이 있다면 원장인 자신이 아닌 유진이 도맡아하고 있었다. 그 때문에 그의 인생은 상당히 꼬이고 있었지만.

이 원장은 조곤조곤한 말투로 유진을 설득했다.

"그리고 이것도 우리의 일이야. 우리도 국민한테 월급 받아먹고 사는 입장인데 국민의 알 권리는 지켜줘야지."

"……후."

유진의 한숨은 깊었다. 그 한숨의 의미를 알아먹은 이 원장의 얼굴이 밝아졌다. 그녀는 마지막으로 쐐기를 박기 위해 말을 이었다.

"요즘 민감한 사안이 많아. 이런 일들이 계속 있을 텐데……."

"알겠습니다. 그럼 저 이만 퇴근해도 되겠습니까?"

포기다. 능구렁이 같은 이 원장의 말에 늘 지는 자신의 처지를 떠올린 유진이 고개를 끄덕이며 백기를 들었다. 국과수에 처음 들어온 그에게 날개를 달아준 이가 아닌가. 그녀에게 꽤나 많은 신세를 졌고, 또 최근의 휴가 또한 눈감아주었기에 유진은 결국 그리 말할 수밖에 없었다.

"그래, 이만 퇴근하고 다음 주에 보자."

"다음 주는 무슨. 계속 저 이런 식으로 굴리시면 퇴사해 버릴 겁니다."

유진이 불퉁한 얼굴로 말했다. 이번이 마지막이란 경고였다. 하지만 이 원장은 다음에 이런 일이 생긴다면 유진이 또다시 승낙할 것을 알기에 장난스럽게 말했다.

"어디 네 성격에 퇴사하겠어?"

"절 너무 과대평가하십니다?"

자리에서 일어난 유진이 입술을 비틀며 말했다.

"과대평가하다니? 과소평가하는 거지."

"……."

삐뚜름했던 웃음이 흔적조차 없이 사라지자 이 원장이 후후 웃음을 뱉었다. 어쩜 저리 속이 잘 보일까. 그의 밑에서 일을 배우고 있는 부검의들이 들었다면 웃을 일이지만 적어도 상관에게만

큼은 뻣뻣한 유진이 아니었기에 그녀는 장난스럽게 말을 내뱉었
다.

"나가 봐. 오늘 일찍 퇴근할 거라며?"

이 원장의 물음에 유진이 허리를 숙이고 인사한 뒤 원장실을 나
섰다. 축 처진 유진의 어깨를 보며 이 원장이 연신 웃음을 내뱉는
다.

청아는 대충 정리가 된 집 안을 휘 둘러보았다. 독신자들을 위
해 나온 아파트인 듯 그리 좁은 평수는 아니지만 커다란 방 하나
와 옷방이 전부인 이곳에 자신의 짐이 중간중간 유진의 것과 섞여
있는 것을 보던 청아의 입술이 부드럽게 휘어졌다. 마치 두 사람
이 결혼을 한 기분이다.

천천히 걸음을 옮겨 거실 한 벽을 가득 채우고 있는 책꽂이로
향했다. 바닥부터 천장까지 나 있는 책꽂이엔 의학 서적과 함께
소설책들이 빼곡하게 자리 잡고 있었다. 그중 익숙한 제목의 소설
책 한 권을 빼내 첫 장을 편 청아가 놀란 눈으로 익숙한 필체를 보
았다.

─애정하고 애증하는 유진아, 내가 아끼는 책이야.

머릿속에 새기고 앞으로 나에게 이러한 일들을 잘해주길 바란다.

이 책이 너의 버킷리스트가 되길 바라며…….

2004년 8월 볕 좋은 날,

착한 청아가.

장난스럽게 적어놓은 문구를 읽던 청아가 미간을 찌푸리며 다시 책 앞표지를 살펴보았다. 가만히 생각해 보니 이 책은 그녀가 우연히 지나가던 헌책방에서 구입한 로맨스로 자상하고 어른스러운 남자 주인공과 귀엽고 앙증맞은 여자 주인공의 평범한 연애를 가슴 두근거리게 적어놓은 책이었다. 책장을 사락사락 넘기며 가물가물한 책 내용을 보던 청아의 얼굴이 순간 와작 구겨졌다.

"그래서 이 인간이……"

소아라는 여자 주인공과 찬이라는 남자 주인공이 놀이공원에서 데이트 하는 장면에서 청아의 얼굴이 사정없이 구겨졌다.

"사랑해, 소아야!"

"부끄럽게 이게 무슨 짓이에요?"

"사랑한다고! 내 온몸을 바쳐!"

부끄러워하는 소아와 바이킹에서 힘껏 사랑한다고 소리치는 찬의 모습에 그녀가 재빨리 몇 장을 더 넘겨보았다. 그러자 사람들이 많은 명동거리에서 결혼해 달라고 프러포즈하는 찬의 모습이 펼쳐진다.

책장을 소리 내어 탁 덮은 청아가 책을 원래 있는 곳에 꽂아두며 한숨을 푹 내뱉었다.

"이제 보니 표절이었구만?"

노유진이 문제가 아니었다. 이 인간이 왜 이리 남우세스러운 짓을 하나 했더니 그 원흉은 자신이었다. 어린 시절, 로맨스 책 한 권에 홀라당 마음을 빼앗겨 그에게 선물한 과거의 자신을 눕혀놓고 매우 패고 싶었다. 표정을 와작 구긴 청아가 책장 앞을 떠나 안방으로 향했다. 안방 문을 열자 깔끔하게 정리된 침실이 보인다. 커다란 침대 하나만 덩그러니 놓여 공간의 용도를 적나라하게 보여주자 청아가 걸음을 옮겨 안으로 들어갔다. 붙박이장을 열어보자 색색의 옷이 가지런히 걸려 있다.

"생각보다 정리정돈을 잘하네?"

그의 개인적인 공간은 처음 본 청아가 놀란 눈으로 잘 정돈되어 있는 옷장을 살핀 뒤 문을 닫았다. 이번에 그녀의 걸음이 향한 곳은 옷방이었다. 작은 짐 가방 몇 개만 들고 상경한 그녀의 짐 대부분이 놓여 있는 곳이다. 가구나 생활용품은 어차피 다 있을 것이라는 생각에 그녀의 짐 가방에 들어 있는 것은 대부분 옷이었다. 그가 미리 내어놓은 공간 안에 정리된 자신의 물건을 살피던 청아가 새삼스러운 눈으로 옷장을 살폈다. 그의 옷과 자신의 옷이 적절하게 놓여 있는 것이 보이자 그녀의 얼굴이 붉어졌다.

"결혼한 것 같잖아."

동거를 쉽게 결정한 것은 아니지만 실제 눈으로 보자 새삼 얼굴이 붉어진다. 따끈따끈한 뺨을 손으로 만지던 청아가 자리에서 벌떡 일어나 옷장 문을 닫았다. 그리고 겨우 이불만 깔 수 있는 좁은 방을 보며 한숨을 내뱉는다.

"월세를 너무 과하게 주는 거 아니야?"

거실에서 자야 하는 것인지 쓸데없는 걱정을 하던 청아가 한참이나 좁은 바닥을 보며 한숨을 내뱉고 있을 때다. 밖에서 초인종이 울리자 서둘러 걸음을 옮겨 인터폰으로 향했다. 얼굴에 함지박하게 웃음을 매달고 있는 유진의 얼굴에 그녀가 안도의 한숨을 쉬며 서둘러 현관으로 뛰어갔다. 문을 열자마자 유진이 와락 그녀를 껴안으며 뺨에 입술을 맞췄다.

"짐 정리는 끝났어?"

"월세 조정을 해야겠어."

딱딱한 그녀의 어조에 유진이 무슨 말이냐는 듯 고개를 기울였다. 팔짱을 낀 청아가 옷방을 손가락으로 척 가리키며 말했다.

"위치가 강남이긴 하지만 아무리 봐도 저 방은 2억에 30만 원 방이 아니야."

"뭐?"

"너무 좁다고. 저기서 어떻게 자?"

며칠 전부터 짐을 붙이면서 그에게 받은 집주소가 전에 간 곳과는 거리가 있기에 왜 그런가 했더니, 그는 그 짧은 사이에 이사까지 한 것이다. 덕분에 병원과 거리가 더 가까워져 별말 하지 않았는데, 어찌 그 많던 방과 지나치게 큰 아파트를 버리고 이렇게 코딱지만 한 곳으로 이사 왔단 말인가. 청아가 이건 반칙이라며 뾰로통한 얼굴로 그를 보았다. 그제야 유진의 시선이 그녀의 손가락

끝으로 향했다. 손가락 끝이 옷방을 향해 있자 유진의 얼굴이 와 자작 구겨졌다.

"너 진짜 세만 들어 살 생각이었던 거야?"

"그럼 진짜지 가짜야?"

청아가 입술을 삐죽하게 내밀었다. 하지만 말은 쉼 없이 조잘조 잘 흘러나온다.

"저기선 아무리 봐도 잠을 자기엔 무리야. 거실에서 자던……."

"네 방은 따로 있어."

병아리처럼 짹짹거리는 모습이 귀엽기는 했으나 가만히 놔뒀다 가는 이야기가 어디로 튈지 몰랐기에 유진이 서둘러 그녀의 말을 막았다. 그리고 청아의 얇은 팔목을 움켜쥐고 성큼성큼 걸음을 옮 겨 안방으로 향했다. 문을 활짝 연 유진이 말했다.

"여기서 자면 되지."

"뭐?"

"같은 공간에서 연인이 사는 건데, 침대 정도는 공유해도 되잖 아?"

"……."

"너 설마 나랑 소꿉장난할 생각은 아니지?"

어느 정도 예상은 했다. 그와 함께 살게 된다면 함께 잠이 들고 함께 눈 뜨는 생활. 이미 결혼 문제까지 서로 입을 맞춰놓은 상태 이기 때문에 어른인 그들이, 성인인 그들이 어린아이들처럼, 혹은 20대 초반처럼 연애를 하지는 않으리란 걸. 사랑하는 사람끼리의 잠자리는 나쁜 것이 아니라는 생각이고, 이미 그와는 수없이 잠자리를 가진 그녀지만 그의 말에 침대로 향하는 그녀의 눈망울엔 잔잔한 파장이 일었다.

"그런…… 가?"

청아가 말끝을 흐리며 자신을 바라보는 유진의 시선에 고개를 옆으로 돌렸다. 시선을 피하자 언제부터 참고 있었는지 숨이 왈칵 쏟아진다.

그녀의 모습을 본 유진이 눈을 반달로 휘며 웃음기 가득한 목소리로 말한다.

"순진한 척하기는."

"……여기까지만 하자."

청아가 어조에 경고를 담아 말했다. 부끄러운 이야기는 여기까지만 하자며. 하지만 노유진이 누구인가. 이젠 눈치를 탑재하고 몸에는 능구렁이 수백 마리를 키우는 득도한 경지의 인간이 아닌가. 빵빵한 청아의 뺨을 손가락으로 쿡 찌른 유진이 결국 참다못해 웃음을 툭 내뱉으며 말했다.

"어? 설마 부끄러워하는 거야?"

"……."

"어, 진짜네? 청아 얼굴 터질 것 같아."

유진이 신기하다는 눈으로 청아를 보았다. 맑은 눈동자에 맺힌 것은 신호등처럼 얼굴을 붉힌 청아의 모습뿐. 청아는 그만 쳐다보라는 듯 팔을 뻗어 유진의 얼굴을 밀어냈다.

"그만하라고."

"어떻게 그만해?"

유진이 말했다. 그리고 자신의 얼굴에 닿아 있는 자그마한 손을 움켜쥔 뒤 확 잡아당겨 자신의 품으로 나긋한 여체를 끌어당겼다. 순간 그의 넓은 품에 안기게 된 청아가 미간을 찌푸렸다.

"힘으로 하지 마."

그러면서 힘껏 몸을 비틀어 유진의 품에서 빠져나가기 위해 안달인 그녀를 너무나 손쉽게 잠재운 유진이 청아의 뺨을 감싸 쥔 뒤 입술에 쪽 하고 입을 맞췄다. 그리고 맑게 빛나는 청아와 시선을 마주하며 웃는다.

"너도 힘으로 하지 마."

장난스럽게 입꼬리를 휘며 말하는 그는 장난꾸러기 같다. 다섯 살짜리 어린아이. 상대를 놀리지 못해 안달이 난 그런 아이 말이다.

"너 진짜…… 우씨!"

순간 울컥 화가 난 청아가 붙잡힌 팔을 비틀어 빼려 했다. 그녀의 저항이 심해지자 유진이 그녀의 허벅지 밑쪽 오금으로 손을 찔러 넣어 번쩍 들어 올렸다. 깃털처럼 가볍게 자신을 들어 올리는 그 때문에 깜짝 놀란 청아가 눈을 동그랗게 떴다.

"무슨 짓이야!"

힘으로 하지 말라고 했더니 이제는 돌쇠 짓이다. 하지만 그녀의 앙앙거림에도 유진은 힘들이지 않고 걸음을 옮겨 청아를 조심스레 침대에 눕힌 후 팔 사이에 가두었다. 입술을 내려 부드럽게 청아의 아랫입술을 머금은 유진이 쪽 하고 빨아들였다. 힘껏 빨아들여진 청아의 입술이 조금 부풀었다. 멍하니 자신을 올려다보는 청아의 눈빛에 유진이 입꼬리를 비틀며 말했다.

"오늘 이 매트리스가 얼마나 튼튼한지 시험해 볼까?"

"뭐?"

청아가 멍해져 물었다. 혼이 쏘옥 빠져 버린 얼굴이다.

"청아랑 같이 산다고 침대를 바꿨거든. 좀 좁은 침대가 필요할 것 같아서."

그 말에 청아가 고개를 돌려 커다란 침대를 보았다. 그녀가 보기엔 세 명이 뒹굴어도 될 정도로 큰 침대였으나 그의 눈에는 이 침대가 작아 보이나 보다. 그전 침대의 크기를 생각하던 청아가 고개를 저었다. 그러자 그가 말을 잇는다.

"오늘을 위해 이사도 했고."

"……너 그럼……."

"형이랑 살 때랑은 달리 큰 집은 필요 없잖아."

"……."

어쩐지 집이 지나치게 간소하다 했다. 왜 이리 지난번 집 크기에 비해 작은 집으로 이사했나 했더니 이런 꿍꿍이가 있었던 것이다.

청아가 말문이 막혀 그의 얼굴을 올려다보았다. 하지만 그는 허투루 말한 것이 아닌지 천천히 상체를 내려 청아의 눈에 부드럽게 입을 맞춘 뒤 고개를 내려 콧날에도 입술을 내린다. 가벼운 그의 키스는 너무나 간질간질해 저도 모르게 콧잔등을 찌푸리게 만들었다.

유진의 커다란 손이 그녀의 배를 쓰다듬더니 입고 있던 편안한 티셔츠를 들추고 안으로 파고들었다. 평평한 배를 문지르던 커다란 손은 욕망을 타고 위로 올라와 그녀의 브래지어를 들추고 소담한 가슴을 움켜쥐었다. 그가 손가락 사이에 젖꼭지를 끼워 넣은 뒤 비틀었다. 그에 맞춰 그녀의 허리 또한 비틀어진다.

"아."

갑작스런 자극에 청아가 신음을 내뱉었다. 자신의 손 밑에서 춤을 추는 그녀의 모습에 유진이 티셔츠를 완전히 들쳐 올려 브래지어 후크를 풀었다. 그리고 두부처럼 새하얗고 보드라운 가슴을 한데 모아 머금는다.

그가 가슴을 게걸스럽게 핥자 작은 방 안에 외설스러운 소리가 가득 찬다. 츄릅, 침으로 범벅이 된 가슴을 혀로 길게 빼내어 핥던 유진은 청아가 손을 내려 자신의 어깨를 힘껏 붙잡자 시선을 들어 청아를 보았다. 그러자 귀까지 빨개진 청아가 울상이 되어 유진을 보고 있다.

"왜?"

"뭔가 당하는 느낌이야."

목소리에 습기를 머금고 청아는 그리 말했다. 또렷한 시선으로. 그녀의 말에 쿡쿡 작게 웃음을 내뱉은 유진은 그녀의 바지 후크를 푼 뒤 벗겨 내렸다. 새하얀 실크 속옷이 드러나자 겉면을 손가락으로 살살 문지르며 말했다.

"당하다니, 언어 선택이 너무 과격한 거 아니야?"

"정말 그렇게 생각하는 거야? 내가 보기엔 적절한 단어 선택…… 아!"

청아의 말이 길어지자 유진이 속옷 안으로 손을 집어넣은 뒤 손가락 끝에 닿는 까슬까슬한 털을 잡아당겼다. 살살 잡아당겼는데도 화들짝 놀란 청아의 눈이 왕방울만 하게 변했다. 자신이 무슨 일을 당하고 있는지 이제야 알겠다는 듯.

"할 말은 끝났어?"

"너 진짜…… 아아!"

그녀가 또다시 따지려 들자 유진은 숲을 가르고 아직은 뻑뻑한 여성 안으로 손가락을 밀어 넣었다. 손가락을 꽉 옭아매는 여성에 그의 미간이 구겨졌다. 하지만 이물감에 청아는 얼굴을 붉히며 연신 그의 손길에서 벗어나려 애썼다. 유진은 빡빡하게 조이는 여성 안에 가만히 머물러 있던 손가락을 움직였다.

"아아!"

강하게 옥죄는 여성 안을 파고들던 손을 넣었다 빼길 반복하던 유진은 괴로움에 일그러지는 청아의 얼굴에 손을 뺐다. 그리고 혀를 빼내어 손가락에 충분히 침을 묻힌 후 다시 안으로 밀어 넣었다. 두 개의 손가락이 질척거리며 그녀의 여성 안을 파고들었다가 나오길 반복하길 몇 분, 유진은 엄지손가락으로 여성의 제일 윗부분에 툭 튀어나와 있는 부분을 살살 문질렀다. 그러자 감겨 있던 청아의 눈이 번쩍 뜨이더니 입에서 거친 신음이 훅 터져 나온다.

"아악!"

충분히 준비를 마친 여성은 끈적끈적한 윤활유를 끊임없이 내뿜고 있었다. 아랫배가 간질일 정도로 그 또한 충분히 준비를 마친 터라 유진이 재빨리 자리에서 일어나 속옷과 바지를 한꺼번에 벗었다. 그리고 청아의 가운데에 자리 잡은 뒤 이미 빳빳하게 선 남성을 붙잡고 그녀의 안으로 밀고 들어갔다.

"악……!"

"윽!"

청아와 유진의 입에서 동시에 신음이 터져 나온다. 달뜬 신음 속, 청아의 것에는 자극과 끔찍한 환락이 들어 있고 유진의 것에 는 만족스러움이 가득하다.

팔로 몸을 고정한 채 천천히 청아의 몸 안 깊숙한 곳까지 파고 든 유진은 제 뿌리까지 머금은 그녀의 여성에 눈을 질끈 감았다. 그리고 그녀가 주는 감각을 느꼈다.

"청아야."

유진의 목소리가 낮아져 있었다. 짙고 그윽한 눈으로 제 밑에서 자지러지는 청아를 바라보던 유진이 몸을 내려 제 체중을 그녀에 게 실었다. 그리고 그녀의 귓가에 달큰한 목소리로 말했다.

"사랑해……."

한 몸이 된 채로 유진은 천천히 엉덩이를 움직여 그녀의 안으로 비집고 들어간다. 그녀의 세상 속 자신의 존재처럼.

밤새 그의 품에 안겨 몇 번이고 그를 받아냈을까, 새벽 4시경이 되어서야 유진의 손길에서 풀려난 청아는 사타구니에 질척이는 정액이 찝찝하지도 않은지 그냥 까무룩 잠이 들어버렸다. 그리고 얼마의 시간이 흘렀을까, 창밖에서 쏟아져 들어오는 햇살과 따스한 바람에 잠에서 깨어난 청아는 눈을 뜨자마자 보이는 유진의 얼굴에 피식 웃음을 내뱉었다. 언제부터 깨어 있던 것인지 청아를 보고 있던 그 또한 그녀를 보고 피식 웃는다.

"굿모닝?"

그의 아침 인사에 청아가 이불 속에 파묻혀 있던 팔을 꺼내 크게 기지개를 켰다. 허리를 비틀어 기나긴 밤 동안 웅크리고 있던 근육을 늘린 청아가 으으으 소리를 낸 뒤 찌뿌드드한 몸을 풀었다. 그리고 자신의 뺨을 살살 만지고 있는 유진과 시선을 마주하며 말했다.

"좋은 아침."

이젠 익숙해져야 할, 여느 날과는 조금 다른 아침이 시작되었다.

소파에 앉아 이리저리 채널을 돌리고 있던 청아는 제 곁으로 바싹 다가와 어깨에 팔을 두르는 유진을 힐끗 보았다.

"왜?"

청아가 마침 적당한 채널을 찾았는지 리모컨을 내려놓으며 말했다. 음흉한 그의 속이 훤히 보인다는 듯 눈빛이 게슴츠레하다.

"더듬지 마."

청아가 제 어깨를 조몰락거리는 유진의 손을 탁 쳐냈다. 그러자 그가 불만 가득한 얼굴로 청아를 향해 소리쳤다.

"왜? 내 건데 왜 만지면 안 돼?"

"……제발 그 소름 돋는 말 좀 안 하면 안 될까? 내가 왜 네 거니, 내 거지?"

내 몸뚱어리란 말이다. 청아가 입술을 삐죽하게 내밀고 또다시 슬금슬금 굼벵이처럼 기어오르는 손을 탁 쳐냈다. 울컥한 유진이 버럭 소리를 칠 때다.

"너!"

웅― 우웅―

너무하다고 외치려고 했던 유진은 토요일 아침부터 진동이 울리는 청아의 전화를 뚫어지게 바라보았다. 주말 아침 그녀에게 전화를 건 사람이 누구일까 궁금한 기색이 역력한 얼굴이다. 액정에 뜬 글자를 읽으려는 유진의 모습에 청아가 잽싸게 휴대전화를 받았다. 그러자 요즘 들어 바쁜 일 때문에 잊고 지낸 벗의 목소리가 들려온다.

〈서울이라며? 어떻게 바쁜 내가 전화하기 전에 연락 한 통 없니?〉

허스키하고 묘하게 낮은 재영의 목소리에 청아의 얼굴이 어색하게 굳는다. 그러고 보니 서울을 그렇게 오갈 동안 재영에게 연락 한 통 하지 못한 것이다. 자신은 박차고 나왔지만 홀로 병원에서 고생했을 그녀를 위로하지도, 복귀를 한다는 소식도 전하지 못했다. 가장 친한 친구인데.

"미안미안. 어떻게, 잘 지냈어?"

청아가 재빨리 사과하자 옆에서 그녀를 향해 최대한 귀를 기울이고 있던 유진의 얼굴이 와자작 찌푸려진다. 그의 표정을 살피던 청아는 이대로 아무 말도 안 했다간 전화기를 빼앗길 것 같아 입 모양으로 '재영이'라고 말했다. 그러자 풀어질 줄 알았던 유진의 얼굴이 더욱 찌푸려진다.

"심?"

"어."

성이 심인 재영을 유진은 늘 못마땅한 얼굴로 '심'이라 부르곤 했다. 마치 이름조차 불러줄 가치가 없는 것처럼. 유진이 팔을 뻗 어 휴대전화를 빼앗으려 하자 청아가 얼굴을 와작 찌푸리며 고개 를 저었다. 전화를 방해했다간 너의 명줄은 오늘로 끝이라는 무시 무시한 표정으로. 그러자 유진이 자리에서 벌떡 일어나 부엌으로 향한다.

〈옆에 노유진 있니?〉

"어."

냉장고 문을 열고 물을 벌컥벌컥 마시는 유진의 뒷모습을 보던 청아가 피식 웃으며 말했다.

"네 전화에 지금 심통 났다."

〈걘 진짜 이상해. 너랑 나랑 연애라도 한다니? 뭐, 연락만 하면 가시를 세우고 그래?〉

너 중간에 두고 차지하려고 혈투라도 벌이는 느낌이다, 나. 재 영의 말에 청아가 파르르 떨리는 입술에 힘을 주며 훅 한숨을 내 뱉었다.

"미안. 예전부터 그랬잖아."

대학 시절에도 재영과 붙어 있기만 하면 사사건건 시비를 걸던 유진이다. 재영의 외모가 워낙 보이시한 것도 있지만, 그녀가 시험 기간이면 도움이 안 되는 유진보다는 재영의 도움을 많이 받았기 때문에 다른 누군가에게 의지하는 모습이 보기 싫어서였을지도 모른다.

　그 앙금은 여전히 풀리지 않았는지 냉장고 앞에 선 유진이 노려보고 있었다. 당장 전화를 끊지 않으면 크게 화라도 낼 기색이다.

　쟬 누가 말려. 고개를 절레절레 젓던 청아가 들려오는 재영의 목소리에 서둘러 잡생각을 머리에서 물렸다.

　〈뭐, 그렇긴 하지만.〉

　"그래, 무슨 일인데? 안부차 연락한 거야?"

　〈아…… 음, 할 이야기가 있는데, 오늘 잠시 볼 수 있을까?〉

　"오늘? 급한 일이야?"

　〈음, 뭐…….〉

　말끝을 흐리는 것을 보니 긴히 할 말이 있는 것 같다. 외출을 하겠다고 하면 유진이 따라나설 것 같긴 하지만 청아는 자신을 노려보는 그의 시선을 애써 무시하며 말했다.

　"알았어. 병원 앞으로 가면 되지?"

　〈응, 고맙다.〉

　"내가 고맙지, 뭐."

　무심한 친구 욕 안 해주고. 그렇지? 청아의 장난 섞인 말에 한 차례 웃음을 내뱉은 재영이 조금 있다가 보자는 말을 남기고 전화를 끊었다.

들고 있던 전화를 테이블 위에 올려놓은 청아가 자리에서 일어났다. 그녀의 기색을 살피던 유진이 쪼르르 달려와 그녀의 곁에 섰다.

"어디 가게?"

"재영이가 잠시 보자네."

청아가 그의 손을 털어내며 성큼성큼 걸음을 옮기자 유진이 바짝 그녀의 뒤를 따르며 말했다.

"갑자기 왜? 그래서 나가게?"

"어. 안 본 지도 오래됐고."

"내가 데려다 줄게."

주말 아침, 스스로 기사를 자청하는 유진에 청아가 옷방으로 들어가려다 말고 걸음을 멈췄다. 그리고 몸을 돌려 유진의 얼굴을 살피며 한숨을 내뱉었다.

"너 지금 몰골이 어떤 줄 알아?"

"늘 그런 것처럼 잘났겠지."

언제부터 이 인간이 뻔뻔해지기까지 한 것일까. 어깨를 활짝 펴며 말하는 그의 모습에 청아가 고개를 내저었다.

"다크서클 장난 아니야. 그냥 집에서 쉬어. 금방 돌아올 테니까."

"싫은데?"

"노유진."

그의 차를 타고 간다면 좋기야 할 것이다. 대중교통을 이용할 필요가 없으니까. 하지만 유진과 재영을 동시에 만났다가 제대로 된 대화 없이 두 사람이 말다툼하는 것만 보고 온 일이 수십 번이다. 다시는 그런 시간 낭비를 하고 싶지 않은 청아는 고집스러운 유진의 얼굴을 올려다보며 강수를 띄웠다.

"얌전히 기다리고 있으면 다녀와서 네가 하자는 거 할게."

"뭐?"

"뭐든 다."

청아의 쐐기에 유진의 얼굴이 밝아졌다.

그의 상상 속에서 자신이 어떤 일을 당할지 떠올리고 싶지 않은 청아가 고개를 옆으로 휙 돌렸다. 설마 변태적이거나 이상한 일을 시키진 않겠지? 그의 표정에 슬슬 불안해지는 차다.

"그럼 조심히 다녀와. 다섯 시까진 들어오고."

"다섯 시?"

청아의 시선이 벽으로 향했다. 벽에 걸려 있는 시계는 작은바늘이 1로 향해 있다. 네 시간이라……. 넉넉하진 않지만 그래도 부족한 시간은 아니다. 청아가 저도 모르게 고개를 끄덕이려는 찰나, 무언가 퍼뜩 떠올라 도끼눈을 뜨고 그를 노려보았다.

"너 지금 통금 정하는 거니?"

"어허, 같이 나갈까?"

그가 유치하게 으름장을 놓는다. 순간 벙찐 청아가 턱을 툭 떨어뜨린다.

"심이랑 만나고 싶지 않나 보지? 그렇다면 당장 심에게 전화해. 오늘 못 나간다고."

"……."

이 미친 게이가…….

청아는 목구멍까지 올라온 욕을 꾹꾹 누르며 유진을 올려다보았다. 그도 한 발자국도 뒤로 물러서지 않겠다는 얼굴이다. 결국 포기하는 것은 좀 더 이성적이고 어른다운 그녀. 그렇지 않는다면 이 유치한 싸움은 끝나지 않을 테니까.

"여섯 시."

"그래? 같이 가자."

"……다섯 시 반."

"뭐 입고 갈 건데? 나도 맞춰 입게."

"……알았다. 다섯 시! 됐어?"

유치하게 몇 번이고 반항을 해본 그녀지만 결국 두 손 두 발 다 든다. 청아가 버럭 소리치자 그제야 입가에 만족스러운 웃음을 매단 유진이 히히 웃었다. 그리고 팔을 뻗어 청아의 머리를 부드럽게 쓰다듬으며 말했다.

"아이고, 우리 청아 착하네."

"……."

"한눈팔지 말고 심이랑 이야기만 하고 곧장 들어와. 알겠지?"

"오냐."

툭 내뱉은 청아가 몸을 홱 돌려 옷방으로 들어갔다. 그 모습을 보던 유진이 키득키득 웃으며 콧노래를 부른다. 그녀가 돌아오면 어떠한 걸 시킬지 고민하는 기색이 역력한 얼굴이다.

"음, 의사 가운을 입히고 해볼까?"

청아가 들으면 경을 칠 몹쓸 생각을 하며.

❖　❖　❖

　문을 열고 안으로 들어가면 소독약 냄새가 진동하는 끔찍한 전쟁터지만 테라스에 위치한 작은 커피숍엔 꽃내음이 가득했다. 벽을 따라 벌써부터 꽃망울을 터뜨리고 휘날리기 시작한 벚꽃에 마음과 시선을 빼앗기는 것도 잠시, 청아는 저 멀리서 가운을 입고 기력 하나 없는 모습으로 걸어오는 재영에게 손을 흔들었다.

　"여기!"

　"커피 시켜놨네?"

　"너야 아메리카노니까."

　커피는 커피다워야 한다며 늘 시럽도 넣지 않고 원두의 향과 맛을 즐기는 재영은 자리에 앉자마자 시원한 아이스커피를 벌컥벌컥 들이켰다. 그러자 그녀의 눈 밑에 짙게 내려앉았던 피곤함이 조금은 물러난 모습이다.

　청아가 병원을 떠난 뒤로 재영은 많은 일을 겪은 것인지 무척 말라 있었다. 원래부터 살이 잘 찌지 않는 체질이라 고민이 많던 그녀이긴 하지만 지금의 모습은 보기 안쓰러울 정도로 앙상하다. 청아가 의자에 편히 등을 기대는 재영을 보며 물었다.

　"많이 바쁘냐?"

　"두말하면 잔소리. 요즘 다시 레지던트 1년 차가 된 기분이다."

　위에 찍힌 뒤로는 오프도 빼가며 늘 주야간을 일한 그녀다. 그만둔 청아처럼 재영 또한 그만두라는 듯이 교수들은 하나같이 그녀를 바다에 내던져진 뾰족한 돌멩이처럼 굴려댔다. 결국은 처음 가졌던 단단한 마음조차도 가루가 되었을 때에야 그들의 괴롭힘은 끝났고, 곧 병원 내를 떠들썩하게 만들며 유민이 출근했다. 그 뒤로 사정이 조금 나아져 다행이라 생각한 것도 잠시, 곧이어 들이닥친 일에 재영은 지끈 아파오는 관자놀이를 손가락으로 꾹꾹 눌렀다. 그 모습에 청아가 시크하게 말했다.

"한 번 더 엎어."

뭐가 문제냐는 듯 청아가 말했다. 재영의 비밀스러운 사생활까지 모두 알고 있는 그녀로선 당연히 할 수 있는 말이기도 했다. 하지만 재영은 가볍게 웃음을 흘린 뒤 고개를 내저었다.

"이제 다 끝났는데, 뭐."

"뭐가 다 끝나?"

허탈한 재영의 말에 청아가 물었다. 하지만 재영은 목이 멘 것인지 앞에 놓여 있던 커피를 벌컥벌컥 다시 한 번 들이켠 뒤 한숨을 뱉어냈다. 지금부터 할 이야기가 쉽지 않다는 듯.

재영이 주위를 둘러본 뒤 아는 얼굴이 없다는 것을 확인한 후에야 이야기를 꺼냈다.

"나 결혼할 것 같아."

"뭐?"

"아니다. 결혼해."

"……남자가 어디 있어서?"

대학 시절부터 함께 지내던 두 사람이다. 본과에 들어가기 전엔 친하게 지내지 않았지만, 그 시절부터 재영의 곁에 남자의 그림자도 비치지 않았다는 걸 알고 있는 청아는 찰랑거리는 머리카락을 귀 뒤로 쓸어 넘기는 재영을 멍하니 바라보았다.

모태 솔로인 애가 갑자기 무슨 결혼?

청아는 누군가가 자신의 뒤통수를 있는 힘껏 내려친 것만 같은 착각에 빠졌다. 그러자 재영은 여전히 충격에서 빠져나오지 못하고 있는 청아와 눈을 마주하며 말했다.

"유민 선배랑 할 것 같아."

"……."

장난하지 말라고 하고 싶었다. 하지만 진지한 어조와 습기가 어린 눈동자를 보자 재영이 지금 자신에게 장난이 아닌, 모든 것이 결정된 문제를 이야기하고 있다는 것을 깨달을 수 있었다.

심재영과 노유민이 결혼해?

단 한 번도 두 사람을 연관 지어 생각해 본 적이 없는 청아가 충격에 붕어처럼 입만 뻐끔거리고 있을 때다. 재영이 이미 모든 것을 포기한 사람처럼 말했다.

"오빠들은 병원 경영에 관심도 없고, 두 사람 다 공무원이 천직이래잖아. 덕분에 병원을 물려줄 사람이 없거든. 아빠 입장에선 끔찍한 일이 아니겠어? 거기에 유민 선배가 낙점이 된 것 같아. 유민 선배도 결혼에 동의한 것 같고."

"……뭐, 뭐?"

고작 한다는 말이 이거다. 좋아했고 사랑해서 연애를 했다. 그리고 우리 이제 결혼한다가 아닌, 병원장인 심 원장에게 후계자가 필요했고, 그 후계자를 유민으로 낙점했다는 것. 그리고 유민 또한 이번 결혼을 받아들였다는 것. 청아가 살고 있는 세계에서는 있을 수 없는, 그녀의 상식으로는 도저히 이해할 수 없는 일이었기에 청아가 멍하니 재영을 보다가 이내 뭔가가 떠올랐다는 듯 퍼뜩 말했다.

"그럼 너 병원은?"

"뭐, 원장 딸이라는 거 들키는 거고, 그만둬야겠지."

어떻게 버티며 다닌 병원인데. 서전이 되기 위해 얼마나 많은 노력을 했는지 알기에 청아의 눈빛이 흐려졌다.

병원 생활을 하기 위해 대학 시절부터 같은 동기에게도 자신이 심 원장의 하나밖에 없는 딸이라는 사실을 숨겨온 재영은 이번 결혼을 통해 세상에 낱낱이 까발려질 자신의 정체와 그에 따른 주위 사람들의 반응을 생각하며 벌써부터 그만둘 생각을 하고 있었다. 이에 대해 청아는 아무런 말도 할 수가 없었다. 재영의 말대로, 그녀의 걱정대로 될 것이 뻔하기 때문이다.

"……."

"……."

두 사람 사이로 무거운 침묵이 흘렀다. 목이 왈칵 막혀오자 청아는 파르르 떨리는 손으로 얼음이 녹아 맹맹해진 커피를 집어 들었다. 그리고 커피를 마시려고 할 때였다. 갑자기 뒤에서 나타난 커다란 그림자가 팔을 뻗어 청아의 손에 들려 있는 커피를 빼앗아갔다. 꽤 심각한 이야기를 나누던 두 사람은 누가 먼저랄 것도 없이 커피를 빼앗아간 사람을 보았고, 흰 가운의 남자는 다행히도 두 사람의 이야기를 듣지 못한 듯 평소처럼 무심한 얼굴로

서 있다.

"커피는 몸에 안 좋아요, 김 선배."

그러면서 일자로 닫힌 입술에 미소를 건 건형은 서늘하게 웃으며 그녀가 방금 전에 입술을 댔던 쪽을 굳이 콕 집어 커피를 마셨다. 그 모습을 본 청아가 눈살을 찌푸리며 말했다.

"안 좋으면 안 좋은 거지, 왜 마시냐?"

"음, 글쎄요."

그러면서 얼마 안 남은 커피를 모두 마신 뒤 빈 잔을 테이블 위에 올려놓는다. 두 사람의 모습을 번갈아 보던 재영이 한숨을 푹 내뱉었다. 조용히 청아와 대화를 나누고 싶었는데 그녀를 껌딱지처럼 따라다니는 건형이 왔으니 이야기는 이걸로 끝내야 할 듯싶다. 재영은 지나가던 간호사들과 젊은 여의사들이 걸음을 멈춰 건형과 청아를 힐끗거리는 것을 보았다. 두 사람 다 튀는 외모이긴 했으나 건형은 일반인이라고 보기엔 놀라울 정도로 반반한 얼굴이었다.

재영은 평소 무표정하던 그의 얼굴에 미소가 걸리고 올곧은 시선이 청아에게만 향해 있자 한숨을 푹 쉰다. 이제 보니 자신의 친구 청아는 훌륭한 외모에 선망받는 직업을 가진 인간을 꾀는 재주가 아주 탁월한 듯싶다.

"선배, 복귀 축하해요."

귓가를 웅웅 울리는 낮고 그윽한 목소리에 청아의 팔에 오소소 소름이 돋았다. 그녀가 서둘러 팔을 슥슥 문지르며 건형을 향해 톡 쏘아붙였다.

"하아, 널 보니까 다른 병원을 알아봐야 하는 건 아닌지 다시 한 번 고민하게 된다."

"어딜 가시든 선배가 있는 곳으로 따라갈 거예요. 이번에도 대구에 있다는 소식 듣고 내려가려고 했는데……."

그때 건형의 주머니에서 휴대전화가 진동했다. 이렇게 중요한 순간에도 자신을 찾는 콜이 울리자 그가 휴대전화를 청아의 앞에 흔들어 보여주며 말했다.

"혼자 일 처리도 못하는 무능력한 것들 때문에 못 내려갔지 뭐예요?"

"너도 무능력해. 어디 레지던트 3년 차가 세상을 득도한 것처럼 말해?"

"사실인걸요."

이런 허망한 자식. 속으로 툭 내뱉은 청아는 까무잡잡한 피부 위로 좔좔 흐르는 윤기를 보며 고개를 돌려 버렸다. 뻔뻔한 얼굴 엔 확신이 서려 있었다.

처음 그가 높은 성적에도 불구하고 흉부외과를 지원했을 때 다른 과의 치프들이 괴짜라며 뒤에서 수군거렸다. 인기가 많은 안과나 성형외과에 들어갈 수 있는 놈이 왜 굳이 외과 중에서도 가장 빡세고 고되며 힘들다는 흉부외과를 선택한 것인지에 대한 뒷말 또한 많았다. 하지만 그가 곧 곁을 잘 내주지 않는 옆자리에 청아를 두는 걸 본 순간 사람들은 고개를 끄덕이며 혀를 찼다.

"여자 때문에 미래를 포기하는구만. 쯧쯧!"

그리고 몇몇 펠로우들은 청아를 향해 미인계로 훌륭한 후배 놈들 빼가는 건 이게 마지막이라며 경고도 했다지.

청아는 흰 가운을 걸치고 껄렁껄렁하게 주머니에 손을 넣고 있는 건형을 보며 한숨을 푹 내뱉었다. 재영과의 담소는 이걸로 끝내야 할 듯싶다.

청아가 얼굴을 와작 찌푸리며 자리에서 일어났다. 올 때 들고 온 가방을 어깨에 걸쳐 멘 그녀는 건형과 자신을 연신 번갈아가며 보고 있는 재영을 향해 말했다.

"퇴근하면 연락해. 소주 한잔하자."

"저도요."

"넌 제발 좀 빠져라."

그 말에 재영이 피식 웃으며 자리에서 일어났다. 늘 열렬하게 구애하는 왕자님과 그 모습이 띠껍다는 듯 날을 세우는 고슴도치의 모습을 보고 있으니 절로 웃음이 나왔다.

"나 간다."

"어, 연락할게."

청아가 손을 흔들며 문을 열고 병원 안으로 들어가자 그 모습을 뚫어지게 바라보던 건형이 말했다.

"김 선배 연애해요?"

헉! 막 건물 안으로 들어가려던 재영이 숨을 헐떡였다. 잘생긴 데다 머리까지 좋은 그는 눈치도 빨랐다. 그녀의 반응에서 이미 답을 유추해 낸 건형이 물었다.

"노유진 선배죠?"

"……내가 돗자리 사줄 테니까 강남역 갈래?"

너 거기서 점 봐라. 어쩜 이렇게 척척 잘 맞히냐. 재영이 허스키한 목소리로 말하자 건형의 얼굴에 순간 우울함이 머물렀다.

"첫사랑을 이길 확률이 얼마나 될까요?"

"흠, 오래 기다렸다가 다시 만난 첫사랑이라면 힘들기야 하겠지."

그녀의 말에 건형이 우울한 얼굴로 고개를 끄덕였다. 이미 알고 있는 사실이나 남의 입을 통해 들으니 꽤나 속이 쓰린 모양이다. 그 모습에 재영은 자신도 모르게 오지랖을 발휘했다.

"하지만 너도 첫사랑이잖아?"

잘생긴 후배가 우울해하다니, 그냥 지나칠 수야 없지 않은가. 제 코도 석 자였으나 그녀는 성심성의껏 그를 위로한 뒤 어깨를 몇 번 토닥거려 주었다. 그러자 건형이 고개를 끄덕이며 말끝을 흐린다.

"네…… 뭐……."

"그럼 네 사랑도 강력하다는 거겠지. 너 정도면 노유진을 이길 수 있지 않을까?"

서로 다른 과이기는 하지만 개과나 고양이과나 거기서 거기지, 뭐. 재영은 굳이 뒷말을 덧붙이지는 않았으나 두 눈으로 그렇게 말했다. 하지만 청아가 나간 자리를 허망하게 바라보는 건형이 이를 알 리가 없었다.

그는 한참을 멍하니 그녀가 사라진 곳을 바라보더니 시린 기운이 가득한 눈을 빛냈다.

"너무 뜸 들였나."

엘리베이터 안에서 올라가는 숫자를 보며 발을 동동 구르던 청아가 손목시계를 보았다. 5시 15분. 오는 길이 생각보다 밀려 도로에서 멍하니 시간을 보내야 했다. 어디 그뿐인가. 집 앞까지 다와서 버스가 고장 나는 바람에 다음 버스를 기다려야 했으니 일진이 이 정도면 정말 사나운 축에 속했다.

문이 열리자마자 곧장 집 앞으로 달려간 청아는 크게 심호흡을 내뱉었다. 유진에게 집에 돌아올 때까지 힘들었던 여정을 어떻게 해야 극적으로 전달할 수 있을지 고민에 고민을 거듭하던 청아가 초인종을 눌렀다. 그러자 얼마 안 있어 현관문이 열리고 유진이 모습을 드러낸다.

현관문에 기댄 채 삐딱하게 선 유진이 청아를 한껏 내려다보며 말했다.

"17분 늦었어."

"이런 일에 그렇게까지 정확하게 굴 필요는 없잖아."

먼저 운을 뗀 청아가 연이어 입술을 달싹이며 변명을 늘어놓으려고 할 때다. 짙은 눈썹을 꿈틀거린 유진이 입술을 비틀며 말했다.

"17분이면 골든타임은 지났고, 응급환자라면 벌써 죽었어."

"비약이 심하다?"

유진이 늘어놓는 궤변에 청아가 툭 내뱉었다. 그리고 성벽처럼 서 있는 커다란 남자를 보았다. 청아가 불퉁한 얼굴로 조금의 틈도 없이 현관문 앞을 꽉 막고 있는 그를 불만스럽게 보고 있을 때다. 변명조차 들어주지 않는 그에게 조금 화가 난 것이리라.

그녀의 얼굴이 심상치 않게 변하가자 유진은 이제 장난을 그만둘 때가 됐다는 것을 알았다. 괜히 그녀의 속을 긁었다가 혼이 나는 건 사양이다. 유진이 팔을 들어 손가락을 세운 뒤 제 입술을 툭툭 두드리며 말했다.

"이걸로 용서해 주지."

"……."

"자, 어서 오빠한테 안겨봐."

오빠라는 말에 청아의 얼굴이 와작 찌푸려졌다. 동갑에 생일도 그녀가 두 달이나 빨랐다. 아니, 그런 건 모두 차지해 두고 정신연령이 그녀가 족히 열 살은 높았다. 노유진에게 양심이란 것이 있는 건지 모르겠다.

청아가 서늘한 기운을 가득 담은 눈망울로 유진을 올려다보았다. 짙은 속눈썹을 내린 채 눈을 질끈 감고 있는 유진의 모습에 피식 웃음을 내뱉었다. 이 남자의 수가 뻔히 보였지만 평화로운 삶을 위해 한 수 져주기로 했다. 눈을 감고 있는 그의 모습이 귀엽기도 했으니 그녀 또한 손해 보는 장사는 아니었다.

뒤꿈치를 든 청아가 유진의 양어깨에 살포시 손을 얹은 뒤 생기 있는 빛깔을 띠고 있는 입술에 쪽 하고 입을 맞췄다. 그러자 감겨 있던 유진의 눈꺼풀이 들리고 곧 그곳에 웃음이 가득하자 그녀도 따라 피식 웃음 지었다.

"어때? 용서해 줄 만하니?"

그녀의 말에 유진이 장난스럽게 이맛살을 찌푸렸다. 잔뜩 구긴 얼굴로 청아를 내려다보며 유진이 고개를 내젓더니 그녀의 등에 팔을 둘러 제 쪽으로 끌어당기며 말했다.

"서른넷의 연애를 하면 안 될까?"

"뭐?"

청아가 넓은 품에 손을 얹어놓으며 물었다. 그러자 고개를 내린 유진이 청아의 아랫입술을 한껏 빨아들이더니 이내 벌어진 공간 사이로 제 혀를 밀어 넣었다. 고른 치열을 천천히 훑고 그녀의 혀까지 한껏 옭아맨 그는 청아의 몸에 힘이 빠져나가는 것을 느끼고 나서야 이곳이 현관이라는 사실을 깨달았다. 천천히 입술을 뗀 유진이 몽롱하게 변한 청아와 시선을 마주하며 말했다.

"이 뒤는 안에 들어가서 할까?"

"……변태."

"그걸 이제 알았어?"

눈을 빛내며 그리 말한 유진이 피식 웃음을 내뱉은 후 뒷말을 내뱉는다.

"너한테만 변태야."

"어련하시려고."

청아가 유진이 살짝 내어준 틈으로 들어갔다. 신발을 가지런히 벗고 안으로 들어간 그녀는 들고 있던 가방을 내려놓은 뒤 소파에 털썩 주저앉았다. 그리고 익숙하지 않은 힐에 비명을 질러 대는 종아리를 주무르며 제 곁에 자리 잡고 앉는 유진에게 물었다.

"그래, 원하는 게 뭐야?"

외출 시 조건을 걸고 나갔기에 청아가 조금은 걱정스럽게 물었다. 유진은 이런 쪽으론 아주 머리가 좋았다. 어떤 조건을 내걸어 그녀를 당황스럽게 만들 줄 몰랐기에 얼굴엔 긴장감마저 흐른다. 하지만 그의 입에서 나온 답은 그녀의 기를 쭉 빼는 것이었다.

"중요한 걸 간단하게 쓸 수야 없지. 그냥 킵해 둘래."

매도 일찍 맞는 것이 좋다 말하지 않던가. 뭐라 한마디 덧붙이려던 청아가 고개를 설레설레 저었다. 억지로 그의 답을 듣는다 하여 그 조건의 무거움이 가벼워지리라 생각하지 않기 때문이다.

청아가 연신 종아리를 주무르는 것을 본 유진이 그녀의 다리를 당겨와 자신이 직접 주물러 주었다. 말랑말랑한 살은 찰흙 같았다. 늘 운동을 가까이하는 그와는 달리 청아는 병원 외의 공간에서 많이 걷거나 움직이는 것을 좋아하지 않았으니 몸에 근육이 붙어 있을 리 없었다.

자신의 손길에 청아가 소파에 삐딱하게 등을 기대는 것을 본 유진이 물었다.

"밥은 먹었어? 기다렸는데."

"나도 안 먹었어. 너랑 먹으려고."

눈을 감은 채 나른하게 말한 청아가 눈을 슬그머니 뜨며 말했다.

"집에 먹을 거 있어?"

"……."

그녀의 물음을 듣지 못한 것일까. 유진이 고개를 숙인 채 청아의 다리를 성심성의껏 주무른다. 그 모습에 청아가 미간을 찌푸리더니 그의 손을 떨어낸 뒤 자리에서 일어났다. 곧장 부엌으로 향해 걸어간 그녀가 양문냉장고를 활짝 열었다. 그러자 안에는 생수와 캔맥주 두 캔만 덜렁 들어 있다. 커다란 냉장고를 돌려대느라 들어가는 전기세가 아까울 정도이다.

"……사람 사는 집 맞니?"

"변명을 하자면 이사하기도 바빴어."

집에서 밥도 잘 안 해 먹고. 유진이 뒤따라와 어수룩하게 말했다. 집안일과는 거리가 먼 그는 늘 불편함 없이 살고 있다고 생각했는데, 청아의 타박에 주눅이 드는 것은 어쩔 수가 없었다.

"겉만 번지르르하지 속 빈 양갱이구만."

냉장고 문을 닫은 청아가 몸을 돌려 눈치를 살피는 유진을 보았다.

"자취를 몇 년이나 했는데 아직도 이 꼴로 사는 거야?"

"다음 주부터는 청소해 주는 아줌마 오기로 했고…… 원래 먹던 도시락 업체에 신청하면……."

이 인간이 정말.

청아가 콧잔등을 살짝 찌푸리더니 이내 성큼성큼 걸음을 옮겨 자신의 가방이 놓여 있는 소파로 향했다. 그녀의 뒤를 졸졸 따라온 유진이 고개를 기울이며 지갑을 꺼내 드는 청아를 보며 물었다.

"지갑은 왜?"

"장 가방 있어?"

"장 가방?"

생소한 단어에 유진이 되물었다. 장 가방이 어디에 쓰는 물건인지는 알고 있으나 그런 게 집에 있을 리 없었다. 유진의 표정에서 답을 찾아낸 청아가 눈살을 찌푸렸다.

"난 도시락 먹고는 못살아. 세입자의 의견을 존중해 줄래?"

두 사람은 함께 집에서 가까운 마트에 장을 보러 갔다. 커다란 대파를 사고, 조리 시 필요한 각종 양념과 다진 마늘까지 장바구니에 거침없이 담던 청아가 걸음을 옮겨 라면 코너로 향했다. 그곳에서 수십 가지의 라면 중 배가 고플 때 간단히 요기할 수 있는 것 몇 가지를 고른 그녀는 다시 재빨리 걸음을 옮겨 육류 코너로 향했다.

멍하니 그녀의 뒤만 졸졸 따라다니며 바구니를 들고 있던 유진은 자신을 버려두고 바쁘게 걸음을 옮기는 청아에게 달려가며 말했다.

"뭐가 그렇게 살 게 많아?"

"도마도 없는 집인데 당연히 살 게 많지! 너 밥통은 언제 산 거야?"

청아는 붙박이식으로 되어 있는 곳에 전자레인지와 함께 덩그러니 놓여 있던 새 밥통을 떠올리며 물었다. 검은색 밥통은 포장도 뜯지 않은 상태였다.

"음…… 2년 전인가, 3년 전인가."

유진이 가물가물한 기억을 떠올리며 말하자 청아는 한숨을 푹 내뱉은 뒤 그를 향해 혀를 끌끌 차댔다.

"너 살아 있는 게 기적이다."

"응?"

"영양실조로 실려 가고 싶지 않으면 따라와."

그러면서 먼저 발걸음을 옮긴 청아가 생닭 코너로 향해 통 크게 닭 두 마리를 구입했다. 오늘 저녁 메뉴가 닭볶음탕으로 결정되는 순간이었다.

배를 퉁퉁 두드리며 여유롭게 소파에 누워 있던 유진은 작은 협탁 위에 놓인 캔맥주를 따서 청아에게 건넸다. 그러자 화면에서 시선을 떼지 않은 채 팝콘을 먹고 있던 청아는 여전히 시선을 돌리지 않고 캔맥주를 받아 든 뒤 꿀꺽꿀꺽 마셨다. 참 맛있는 소리에 유진도 맥주를 따 시원하게 들이켠 뒤 그녀가 온 정신을 빼앗긴 화면으로 고개를 돌렸다.

"칵테일 한잔 어때요?"

"좋죠, 라이."

한류 바람을 타다 못해 이젠 거대 핵이 된 마진의 가장 최근 영화인 '한여름 밤의 연인'은 예술성과 상업성을 고루 갖춘 작품이라 평가받으며 지난해 800만 관객을 동원했다. 제주도에서 우연히 만나게 된 두 남녀는 푸른 밤바다와 화려한 야외수영장에서 만나 뜨거운 사랑을 나누게 되고, 한여름 밤의 꿈처럼 각자의 일상으로 돌아간다는 내용이다.

사람이라면 누구나 꿈꾸는 일탈을 영화는 멋스러운 화면과 잘생긴 남자 배우, 그에 비해 평범한 외모의 여배우를 통해 관객에게 전달했고, 이는 곧 흥행으로 이어졌다.

유진은 입을 벌린 채 영화에 집중하고 있는 청아의 옆모습을 바라보다가 피식 웃음을 내뱉었다. 그때 마진의 달콤한 목소리가 들려왔다.

"한여름 밤의 꿈밖에 될 수 없다면 즐기는 것이 좋지 않을까요?"

노란 빛깔의 칵테일을 마시며 푸른색으로 일렁이는 수영장을 바라보던 마진이 진득한 대사를 내뱉었다. 그러자 청아의 울대가 크게 움직이더니 이내 눈이 왕방울만 하게 변했다. 그녀의 손에는 전자레인지 팝콘이 아래로 와르르 쏟아질 듯 아슬아슬하게 들려 있었다.

그 모습을 불만스럽게 바라보던 유진이 팝콘을 빼앗아 협탁 위에 올려두며 말했다.

"턱 빠지겠다."

"조용히 좀 해봐. 중요한 순간이잖아."

청아의 말에 유진이 시선을 돌려 화면을 보았다. 그러자 때마침 마진이 입고 있던 흰 티셔츠를 훌렁 벗으며 몇 년간 헬스장에서 다지고 다졌을 멋스러운 상체를 드러내며 여배우에게 다가가고 있다.

저게 중요한 순간이야? 남자가 훌렁 벗는 게?

그가 불만이 가득한 얼굴로 청아의 고개를 자신 쪽으로 가져왔다.

"왜?"

계속 옆에서 말을 걸고 영화 보는 것을 방해하는 그가 마음에 들지 않는 듯 청아가 뾰족한 목소리로 물었다. 그러자 유진은 갑자기 제 티셔츠 자락을 잡아 위로 훌러덩 들어 올리며 외쳤다.

"2D가 아닌 4D가 눈앞에 있는데 왜 저걸 보고 눈이 돌아가는데?"

티셔츠 아래로 드러난 복근은 선명한 선을 그리고 있고, 힘을 잔뜩 주고 있는지 근육이 꿈틀거렸다. 아무리 객관적인 시선으로 보더라도 텔레비전 속 마진의 근육과 지금 자신의 눈앞에 펼쳐진 유진의 근육은 별다를 것이 없었다. 조금 다른 점을 찾으라 하면 일부러 보여주기 위해 만든 근육이 아니라서 작고 단단해 보인다는 것이다.

복근을 훑어보던 청아가 이번엔 넓고 평평한 가슴 근육을 보았다. 작은 젖꼭지에 시선이 닿자 청아가 고개를 퍼뜩 돌려 화면 속

마진과 여배우가 키스를 나누고 있는 모습을 보며 일부러 심드렁한 목소리로 말했다.

"엉? 음, 뭐, 비슷하긴 하네."

"뭐야? 너 맥주 몇 모금에 취한 건 아니겠지?"

아무리 보아도 내가 더 낫단 말이지. 그가 시간이 날 때마다 틈틈이 만든 몸을 자랑스레 보여주며 말했다. 그러자 청아가 한숨을 푹 내쉬며 그의 티셔츠 자락을 잡아 아래로 내렸다.

"그래, 우리 유진이가 더 멋지네요."

그녀의 목소리에 끝까지 본심이 담겨 있지 않자 유진이 손을 뻗어 청아의 뺨을 잡았다. 순간적인 몸놀림에 깜짝 놀란 청아가 유진을 올려다보자 그는 장난스럽게 입술을 비틀며 말했다.

"어쭈, 끝까지."

"이거 놔."

청아가 고개를 좌우로 내저으며 그의 손을 떨쳐 내려 했지만 쉽지 않았다. 결국 팔을 들어 그의 손목을 붙잡은 청아가 힘껏 힘을 주어 떼어내려 했지만 어디 남자의 힘과 여자의 힘이 같던가. 더욱이 온몸이 밀가루 반죽처럼 말랑말랑한 청아는 평균 30대 중반의 여자보다 근력이 형편없었다.

그녀의 얼굴이 와자작 종잇장처럼 찌푸려지자 유진이 고개를 숙였다. 코끝에 와 닿는 그의 숨결이 그녀를 간질인다.

"반항은 끝났어? 그럼 이제 좀 맞아야겠다."

"……."

쪽 하며 순간 맞춰오는 입술에 청아가 입을 벌렸다. 이 인간이

요즘 왜 이러나 싶었다. 스무 살 초반, 그와 함께했던 연애 기간과 비교해 봐도 그의 행동은 많이 달라져 있었다.

　그건 당연한 건가? 이제 그들은 스물두 살의 어린아이들이 아니었으니까.

　청아는 자신의 입술에 와 닿는 그의 숨결을 느끼며 천천히 눈을 감았다.

Two

　대한세종대학병원에는 총 이만 명에 달하는 직원이 근무했다. 그중 천 명이 넘는 의사가 흰 가운을 입고 있었는데, 같은 과가 아니면 서로 얼굴을 알기 힘들 정도로 많은 의사들이 근무하다 보니 흰 가운이나 간호복을 입고 있으면 으레 고개를 숙여 인사를 하는 것이 전부였다. 하지만 이 많은 의사 중 직원들에게 눈도장을 확실하게 찍은 몇몇 사람들이 있었는데, 최근 소아외과 팀장으로 오게 된 노유민이나 내부의 일을 외부로 발설해 큰 사건을 일으켰던 흉부외과 김청아와 외과 심재영, 그리고 지금 무표정한 얼굴로 흰 가운을 휘날리며 열심히 병원 로비를 가로지르는 채건형이다. 앞의 사람들은 최근에 커다란 사건과 이슈메이커였기 때문에 다른 이들이 모두 안다는 것이 납득이 되었으나 건형만큼은 예외였다.

그는 인턴을 시작으로 병원에 출근하기 시작하면서부터 뭇 여성들의 가슴을 떨리게 하며 늘 주목받고 있었기 때문이다.

조금 붉은 뺨, 날카로운 눈매를 가진 그가 빠르게 로비를 향해 걸어가더니 이내 24시간 커피숍으로 향했다. 거기서 달콤한 커피를 한 잔 주문하고 테이블을 손가락으로 툭툭 튕기며 종업원을 닦달했다. 얼마간의 시간이 흘렀을까. 테이크아웃 종이컵을 건형에게 내민 아르바이트생이 싱긋 미소 지었다.

"좋은 하루 되세요."

밝은 인사였으나 건형은 고개를 작게 숙이는 것으로 답을 대신하곤 빠르게 로비로 향했다. 그러자 때마침 저 멀리서 청바지에 가벼운 셔츠 차림의 청아가 빠르게 걸어오고 있었다. 검은색 백을 든 청아의 얼굴에 스민 것은 긴장이었다. 그리고 청아를 바라보는 무심한 눈동자에 서린 것은 반가움과 즐거움, 그리고 애틋함이다.

서둘러 걸음을 옮긴 건형이 청아의 앞에 섰다. 그러자 그녀는 갑작스런 선형의 등장에 놀란 기색으로 걸음을 우뚝 멈췄다. 선형이 건네는 커피를 받아 든 청아가 코끝을 간질이는 달콤함에 피식 웃음을 내뱉으며 말했다.

"아침부터 커피 심부름이야?"

"이건 제 일이잖아요."

병원에 있을 때 늘 청아의 커피를 챙겨주곤 했던 그다. 피곤해 보이거나 혹은 당이 떨어져 우울해 보일 때면 항상 달콤한 커피 한 잔을 건네며 위로하던 그. 처음 커피를 건넨 것은 청아였으나 한 번 손이 탄 동물처럼 그는 늘 그녀의 안색을 살피며 그녀만 바라보았다. 그녀가 인턴 시절 그에게 건넨 커피에 큰 위로를 받았던 것처럼 그 또한 그녀에게 커피 한 잔으로 위로를 건넸다.

"선배, 정말 환영해요. 돌아오셔서 정말 기뻐요."

무감각하던 그의 얼굴에 웃음이 피어오르고 눈빛 또한 반짝였다. 하지만 그건 아주 미세해 그의 곁에서 오랫동안 지켜본 이들만 알 수 있을 정도로 작은 변화였다. 이 변화를 모를 리가 없는 청아는 들고 있던 핸드백을 다시 한 번 고쳐 들며 걸음을 옮겼다. 이 아이의 마음이 자신에게 어떠한 방향으로 향하고 있는지 잘 알기에 조금의 틈도 보이지 않는 모습이다.

"쓸데없는 소리 하지 마. 나 없어서 더 좋았겠지."

퉁퉁거리는 목소리가 익숙한지 건형이 입가에 더욱 진한 미소를 내걸었다. 그녀가 정말 돌아왔다는 것이 이제야 실감이 나는 것인지. 자신을 기다려 주지 않고 먼저 걸음을 옮기는 청아의 뒤를 재빨리 따르던 건형이 문득 걸음을 멈췄다. 그리고 긴 머리카락을 휘날리며 빠르게 의국이 있는 방향으로 걸어가는 청아의 뒷모습을 한참이나 바라보던 그가 그녀의 모습이 제 시야에서 사라지자 그제야 참고 있던 감격을 툭하니 내뱉었다.

"왔다."

그녀가 드디어 돌아왔다.

어색한 흰 가운을 손으로 펴던 청아는 저 멀리서 걸어오는 김동익 교수의 모습에 허리에 힘을 빳빳하게 주었다. 뒤늦게 다가온 레지던트 1년 차와 2년 차가 그녀에게 긴장한 얼굴로 인사를 건넸지만 손을 들어 가볍게 인사하는 것으로 대신하며.

김동익 교수는 올해 쉰둘로 심장이식 부분에서는 우리나라에서 따라올 자가 없다고 알려진 유명한 서전이다. 그에게 심장이식 수술을 받기 위해 하루에도 열댓 명씩 세종대학병원을 찾을 정도로 그의 명성은 대한민국 전역에 퍼져 있다 해도 과언이 아니다. 청아가 오랫동안 곁에서 지켜본 김동익 교수는 훌륭한 서전이었다. 그리고 잔정이 많아 인턴들까지도 일일이 챙길 정도로 인간적인 사람이었다. 청아에게 이것저것 많은 가르침을 주고, 그녀가 사고를 칠 때면 늘 든든한 버팀목처럼 막아주던 그도 지난 사건만큼은 막아주지 못했다. 워낙 사안이 사안인 만큼 진상규명회가 열렸을 때 큰 소리를 냈던 것이 전부이다.

김 교수는 다시 돌아온 제자를 보았다. 청아는 인자한 그의 얼굴을 바라볼 수가 없어 허리를 숙이며 말했다.

"교수님, 죄송했습니다."

"어디, 네가 미안할 게 뭐가 있어."

오히려 내가 미안하지. 퉁퉁한 몸을 움직여 먼저 걸음을 옮기던 김 교수는 여전히 고개를 숙이고 죄스런 마음에 고개를 들지 못하는 청아를 힐끗 보며 말했다.

"오늘부터 두 배로 일한다."

"감사합니다."

청아가 눈가에 눈물을 머금고 말했다. 자신을 따스하게 다시 받아준 그에게 진심을 담아 그렇게 말하고 또 말했다. 분위기가 무겁게 가라앉아 있었다. 회진을 돌기 위해 모여 있던 스무 명에 가까운 의사들이 김 교수와 청아를 연신 번갈아 보며 눈치를 보고 있을 때다. 크흠, 헛기침을 내뱉은 김 교수가 뒤돌아 제자들을 보며 말했다.

"그리고 오늘은 김청아 선생 환영회 하지?"

나는 빠지고 카드만 참석한다.

그의 위트 있는 말에 똑같은 흰 가운을 걸치고 얼굴에는 하나같이 피곤한 기색이 역력한 의사들 사이로 환호성이 터져 나왔다.

"우와—!"

당직을 빼고는 모두 법인카드로 시원하게 마실 수 있다는 생각에 기뻐했다.

의사들은 인간의 당연한 욕구를 능히 참아내야 하는 자들이다. 카데바 앞에서 인간이라면 당연히 두려워해야 할 죽음조차도 참아내고, 환자의 생명을 담보로 수술실에 들어갈 때는 두려움도 잊어야 한다. 인간 중 가장 하등하다는 인턴 땐 잠과 화장실 생리욕구를 참아내야 하고, 레지던트가 되면서부터는 자존심이라는 것을 집어던져 버려야 한다.

일상에서 당연히 사람이라면 있어야 할 것, 혹은 내뱉어야 하는 것들을 꾹꾹 눌러 참으며 사는 그들은 술만 들어가면 그 모든 가면을 벗어버리게 된다. 그래서 의사들 사이에서는 주당, 혹은 말술, 혹은 밑 빠진 독들이 사람 행세를 하며 알코올을 흡수하게 되는데, 그 꼴이 차마 못 봐줄 정도인지라 청아는 가방을 챙겨 들고 몰래 밖으로 나왔다. 분명 그녀가 중도에 나갔다는 걸 알아차린다면 내일 머리에 피도 안 마른 것들이 치사하다며 입을 댓 발은 내밀겠지만 그녀는 펠로우가 아닌가. 어린것들의 종알거림 따위 무시하고 제일 위의 치프만 잘근잘근 밟아주면 그만이다.

찌뿌드드한 어깨를 툭툭 두드리던 청아가 휴대전화를 꺼내 익숙한 번호를 찾아 문자 메시지를 보냈다.

〈나 지금 나왔어. 금방 들어갈게.〉

이모티콘 하나 없는 문자를 보낼까 말까 고민하던 청아는 혹여 그가 아직도 자지 않고 기다리고 있을까 걱정되어 전송버튼을 눌렀다. 그리고 다시 힘차게 걸음을 옮겨 택시를 잡기 위해 큰길가로 향했다. 향락가인 곳이라 그녀의 발걸음이 빨라지고 있을 때다. 갑자기 뒤에서 불쑥 나타난 손이 그녀의 어깨를 붙잡았다. 깜짝 놀란 청아가 고개만 돌려 뒤를 바라보자 먼 곳부터 달려온 것인지 작게 숨을 몰아쉬는 건형이 서 있었다.

"뭐야? 깜짝 놀랐잖아."

"죄송해요."

짧게 사과의 말을 건넨 건형이 입술을 한껏 늘어뜨리며 웃었다.

"집에 가시게요?"

"어."

"전에 살던 그 집이죠? 데려다 드릴게요."

쌀쌀맞은 청아의 어투에도 건형은 꿋꿋하게 그녀에게 한 발자국 더 다가와 말했다. 하지만 그가 다가온 만큼 청아의 걸음은 멀어졌다. 그 모습에 세워져 있던 가로등불이 그의 얼굴을 그늘지게 만든다. 씁쓸함에 속에서 울컥 감정이 치솟는다.

그의 얼굴이 조금씩 실시간으로 변해가는 것을 본 청아가 한숨을 푹 내뱉었다. 저렇게 상처받은 얼굴을 할 때면 청아도 더 이상 모진 마음으로 그를 밀어낼 수가 없었다. 겉은 멀쩡하지만 속은 곪아 있는 사람인 채건형은 뭐든 완벽해 보였지만, 그랬기에 오히려 더 부족한 사람이기도 했다.

서늘하던 표정을 푼 청아가 애써 웃는 얼굴로 말한다.

"됐다, 꼬맹아."

"……데려다 드리고 싶은데."

"네가 왜? 나 먼저 간다."

내일 보자. 그렇게 말하며 청아가 지나가던 택시를 붙잡아 탔다. 택시기사에게 주소를 불러준 청아는 등을 편히 의자에 기댄 뒤 눈을 감았다.

전쟁 같았던 하루는 청아의 정신을 갉아먹고 있었다. 긴장했던 몸은 근육이 비명을 질러댔고, 하루빨리 적응하기 위해 환자 차트를 달달 외우며 혹사당한 뇌는 배터리가 방전되어 작동을 멈췄다. 차가 빠르게 달려가는 것을 느끼며 두 눈을 감고 있던 청아는 가방에서 휴대전화가 진동을 울리고 있음을 알고 있음에도 꼼짝 않고 기대 있었다. 몸이 피곤에 잠식되어 손 하나 꿈틀거릴 힘도 없었다.

"다 왔습니다."

택시기사의 말에 청아가 그제야 슬그머니 눈을 떴다. 그리고 지갑에서 현금을 꺼내 값을 치른 뒤 차에서 내렸다. 비척거리는 걸음을 옮겨 아파트 안으로 들어간 청아가 곧장 엘리베이터에 오른 뒤 익숙하게 버튼을 눌렀다. 차가운 벽에 등을 기댄 청아가 한숨을 푹 내뱉었다. 내일은 7시까지 병원에 가야 했으니 집에 가자마자 잠에 드는 것이 좋을 것이다. 눈을 슬쩍 떠 손목시계를 확인하자 시각은 벌써 새벽 2시 30분을 향하고 있었다.

"후."

한숨 소리와 함께 맑은 소리가 울리더니 엘리베이터 문이 열렸다. 그러자 현관문을 열고 자신을 기다리고 있는 유진이 보인다. 저벅저벅 무거운 걸음을 옮겨 곧장 유진에게 다가간 청아가 양팔을 벌려 그의 목을 껴안았다. 숨을 크게 들이마셨다가 내뱉은 청아가 잠에 잠긴 목소리로 말했다.

"보고 싶었다."

평소 그녀답지 않게 과한 표현이었지만 유진은 그녀의 몸에서 진동하는 술 냄새 때문일까, 미간을 찌푸리며 청아의 머리 위에 손을 얹으며 말했다.

"술 많이 마셨어?"

청아가 가슴에 얼굴을 문지르는 것을 보며 그가 조금은 누그러진 목소리로 말을 이었다.

"술독에 빠진 것 같아, 너."

"아니야. 맥주 넉 잔 정도 마셨는걸."

고개를 들어 배시시 웃으며 말하는 모습에 유진이 이마를 손바닥으로 살짝 때리며 말했다.

"여덟 잔으로 보면 되지?"

"……너 죽어줘야겠다. 나에 대해 너무 많이 알고 있어."

맞은 이마를 살살 문지르던 청아가 먼저 집 안으로 들어섰다. 힘없는 걸음으로 곧장 안방으로 들어간 들고 있던 가방을 바닥에 떨어뜨린 후 침대에 털썩 누웠다. 편안한 침대에 눕자 가물거리던 정신이 점차 아득하게 멀어져 가는 것이 느껴진다.

"안 씻어?"

베개에 얼굴을 묻은 채 평온한 숨을 내뱉던 청아가 한숨처럼 말했다.

"몸에 힘 한 자락 없다. 하루 종일 엄청 긴장했나 봐."

피곤해 죽겠다, 피곤해 죽겠어. 얼굴을 베개에 문지르며 마지막 반항을 하던 청아는 곧 유진의 손에 종잇장처럼 힘없이 들렸다. 유진은 안쓰러움이 가득한 얼굴로 청아의 눈 밑에 짙게 져 있는 그늘을 보며 말했다.

"내가 씻겨줄게."

"사, 사양……."

청아가 작은 반항을 해보았지만 유진은 그녀의 답을 원한 것이 아니었는지 곧장 오금 밑으로 손을 찔러 넣은 뒤 청아를 번쩍 안아 올렸다. 그의 몸에서 연신 몸을 뒤틀며 반항하던 청아가 몸에 힘을 빼고 축 늘어졌다.

"마음대로 해."

반항을 해봤자 힘만 빠지고 잠자리에 들 시간만 늦어진다는 것
을 깨달아서일까, 청아는 포기하며 그의 넓은 어깨에 기대었다.
눈을 감자 곧 몸이 나른해지며 잠이 쏟아졌다.

유진의 시선은 휴대전화를 향해 있었다. 벌써 두 통째 문자를
보냈지만 그에 대한 답은 없었다. 묵묵부답인 휴대전화를 노려보
던 유진이 다시 한 번 새로운 문자를 보냈다.

〈오늘도 늦어?〉

지난 며칠간 청아는 집에 오면 기절하는 일상이 계속 반복되었
다. 병원에서 체력을 모두 쏟아붓고 집에만 오면 정신을 차리지
못하고 늘어져 버렸다. 그녀를 직접 욕실로 끌고 가 세수를 시켜
주고 아이처럼 이를 닦여주는 게 요즘 그의 하루 일과 마무리의
의식처럼 굳어져 버렸다.

오늘 아침에도 반 좀비가 되어 출근하던 청아의 뒷모습을 떠올
리던 유진이 한숨을 내뱉었다. 무슨 일이든 최선을 다하는 사람이
라 생각하긴 했지만 자신을 혹사하며 일하는 타입인 줄은 몰랐다.
이러다가 조만간 그녀가 병원에 입원하는 것은 아닐까 걱정하던
유진은 울리지 않는 휴대전화를 노려보다가 가운 주머니에 쑤셔
넣었다. 그 뒤 1층에 위치한 언론 인터뷰 장으로 걸음을 옮겼다.

문을 열고 안으로 들어가자 며칠 전 이 원장에게 들었던 프로그램 PD와 카메라 감독이 벌써부터 촬영 준비를 마치고 기다리고 있었다. 그가 들어가자마자 체크무늬 난방을 입은 여자가 자리에서 일어나 손을 내밀었다.

"반갑습니다. TBS 사건파일 김미희 PD입니다."

미희가 내민 손을 물끄러미 바라보던 유진이 그녀와 손을 마주 잡으며 말했다.

"국과수 법의학 팀장 노유진입니다."

그의 말에 미희의 입가에 걸린 미소가 더욱 진해졌다. 대충 화장한 티만 낸 얼굴이 밝아지더니 이내 음률을 담아 이야기한다.

"노 팀장님은 잘 알고 있죠. 저번에 부검하신 일도 인터뷰 요청했는데 거절당했거든요. 기억 안 나세요?"

"무슨 사건 말씀이십니까?"

"아현동 부녀자 강간 살인 사건이요. 지난주에 저희가 방송한 내용이거든요."

그러고 보니 휴가서를 내기 전 인터뷰가 들어오긴 했다. 물론 거절하긴 했지만. 유진이 무표정한 얼굴로 기억이 나지 않는 척 고개를 저으려고 할 때였다.

"표정을 보니 기억나신 것 같네요?"

"네?"

"어? 기억나신 거 아니세요? 여기 미간이 꿈틀거렸는데."

"……."

자신의 미간을 손가락으로 꾹 누른 미희가 그의 표정에 키득 웃음을 터뜨리더니 손을 내렸다. 얼빠진 표정이 재미있다는 듯 그녀가 눈을 반짝인다.

"이런 말 하면 좀 부끄럽긴 한데, 저 노 팀장님 빠순이거든요. 노 팀장님이 하신 언론 인터뷰나 드라마 코마도 꼬박꼬박 살펴본걸요?"

하도 영상으로 많이 봤더니 처음 뵌 건데 낯이 익다니까요? 미희의 말에 유진의 얼굴이 와자작 찌푸려졌다. 하지만 날카롭게 빛나던 눈빛은 조금 누그러진 상태였다.

"죄송해요. 제가 주책이죠? 단순히 팬으로 좋아하는 거니까 너무 이상하게 보진 마시고요. 그럼 인터뷰 진행할까요?"

유진의 표정이 좋지 못하자 미희가 서둘러 말을 돌린 뒤 들고 있던 인터뷰 용지를 유진에게 건넨다.

"오늘 질문할 내용입니다."

종이를 받아 든 유진이 안에 적혀 있는 내용을 살폈다.

Q. 강 군의 몸에서 발견된 타박상으로 봤을 때 장기간 폭행을 당한 것으로 경찰이 발표했습니다. 이에 대해선 어떻게 봐야 합니까? 어떠한 매가 사용되었나요?

Q. 강 군의 발육 상태가 좋지 못했다고 들었습니다. 정말입니까?

Q. 부검했을 당시 아이는 어떠한 상태였습니까?

Q. 강 군의 사인은 무엇입니까?

Q. 강 군의 팔에서 물린 상처가 발견되었다고 들었습니다. 연령이 어떻게 됩니까?

Q. 검찰에서는 가해자를 할머니라 보고 있고, 경찰에서는 친모라고 보고 있습니다. 어디 쪽으로 무게를 두면 좋겠습니까?

Q. 국과수에서는 이번 일의 용의자를 누구로 보십니까?

많은 질문을 차근차근 읽어 내려가던 유진이 결국 마지막 질문에서 인상을 와작 찌푸렸다. 몇 번씩이고 국과수에 인터뷰가 들어온 언론 매체여서 기본은 되어 있으리라 생각했는데 이들이 지금 하고 있는 질문은 마치 그에게 범인이 누군지 말하라 독촉하는 듯했고, 범인을 잡아야 하는 형사 대하듯 하고 있었다.

검찰과 경찰 싸움에 국과수가 새우 등이 터지는 것처럼, 교묘하게 할 질문과 못할 질문을 섞어놓은 인터뷰 내용을 보고 있던 유진은 결국 참다못해 종이를 미희에게 다시 건넸다. 그가 굳은 얼굴로 읊조리듯 빠르게 말을 내뱉었다.

"몇 가지는 제가 답해 드릴 수 없는 질문입니다. 나머지 내용은 이미 언론을 통해 나갔고요."

인터뷰에 응하지 않겠다고 말하는 그의 모습에 미희의 얼굴이 굳어졌다. 일그러진 얼굴로 유진을 보던 미희가 말했다.

"어떤 부분이 마음에 들지 않으신 겁니까?"

"여섯 번째와 일곱 번째입니다. 나머지 질문 역시 마음에 들지 않지만 부검의로서 충분히 해드릴 수 있는 것들입니다. 하지만 마지막 두 가지 질문은 제가 답해 드릴 수 있는 내용이 아니군요."

"네, 네?"

"여섯 번째 질문은 마치 검찰과 경찰 측의 주장 중 누가 틀렸는지 말해달라는 것처럼 보입니다. 전 협잡꾼도, 편하게 말을 내뱉을 수 있는 입장도 아닙니다. 이 질문은 빼는 걸로 하죠."

"……."

"일곱 번째 질문은 저에게 적당하지 않은 질문 같습니다. 앞의 내용을 말씀드리면 마지막 질문에 대한 답은 당연히 드릴 수 있는 것이지요. 하지만 과학수사를 위해 부검하는 것이기에 증거물을 찾아낼 뿐 전 용의자를 붙잡는 형사가 아닙니다. 이 질문 역시 빼주십시오."

미희의 얼굴이 일그러졌다. 그녀의 시선이 유진이 앉아 인터뷰를 진행할 검은 천막을 향해 카메라를 조정하고 있는 카메라 감독에게 향했다. 그의 시선도 유진에게 향해 있었는데 깐깐하게 구는 그가 마음에 들지 않는다는 듯 표정을 구긴 채다.

"두 가지 질문 안 빼주시면 인터뷰엔 응하지 않겠습니다."

"……."

진중한 얼굴과 목소리엔 진심이 가득 담겨 있다. 미희가 '제발 해주세요'라고 부탁해도 절대 들어주지 않을 것 같다. 곤란한 듯 굳은 얼굴로 유진에게 잠시만 기다려 달라 말한 미희가 걸음을 돌려 카메라 감독에게로 향했다. 인터뷰 내용은 이미 상부에 보고가 된 내용이라 그녀 혼자 결정할 수 있는 문제가 아니었다.

"어떻게 해요?"

미희가 목소리를 낮춰 속삭였다. 그러자 카메라 감독이 여전히 구겨진 얼굴로 말했다.

"부탁해도 안 될 것 같지?"

"부탁하는 순간 당장 쫓겨날 것 같은데요?"

두 사람의 얼굴에 시름이 깊어갈 때다. 팔짱을 끼고 테이블에 비스듬히 기대앉아 있던 유진이 손목시계를 확인한다. 재촉하는 몸짓이다.

"인터뷰 하나도 못 따고 가면 최 CP님한테 목 따일걸요?"

"……."

"여섯 번째, 일곱 번째 질문은 빼죠? 앞의 이야기로도 충분히 답이 된다고 하고, 내부에서 이야기할 때도 힘들 거라고 했던 질문들이잖아요."

"……김 PD가 알아서 해."

그녀의 말에 결국 카메라 감독이 고개를 끄덕였다. 결정이 되자 미희는 서둘러 유진에게 다가갔다. 따분한 기색의 얼굴을 보며 미희가 한껏 밝아진 어조로 말했다.

"좋습니다. 노 팀장님께서 말씀하신 질문은 빼고 인터뷰 갈게요."

"시작하죠."

유진이 벽을 검은색 천으로 가려놓은 공간으로 걸어갔다. 어떠한 극적 효과를 위해 이러한 장치를 한 것인지는 모르겠으나 그는 군말 없이 준비된 의자에 앉은 뒤 검은 셔츠 자락을 툭툭 두드려 폈다. 앞쪽에 놓여 있는 의자에 앉은 미희가 질문 용지를 들며 고개를 끄덕인다.

"시작해도 될까요?"

그녀의 물음에 유진이 고개를 끄덕였다. 그러자 뒤에 물러서 있던 제작진이 다가와 그의 가슴에 마이크를 연결해 주었다. 마이크에 문제가 없는지 다시 한 번 확인한 미희는 질문 용지를 머릿속에 주지시킨 뒤 이곳에 오기까지 몇 번이고 연습한 내용을 떠올렸다. 긴장을 털어내기 위해 양팔을 공중에서 탈탈 털던 미희가 입을 몇 번이나 풀더니 카메라 감독을 보았다. 그가 고개를 끄덕이자 카메라 녹화 버튼이 붉은색으로 빛난다. 녹화가 시작되었다는 신호이다.

자세를 잡은 미희가 오디오 감독을 보자 그가 고개를 끄덕인다. 목소리를 가다듬은 미희가 유진과 가벼운 대화를 주고받은 후 본격적으로 인터뷰를 시작했다.

"강 군의 몸에서 발견된 타박상으로 봤을 때 장기간 폭행을 당했다고 경찰이 발표했습니다. 이에 대해선 어떻게 봐야 합니까?"

"얼굴과 팔, 엉덩이 등 신체 여러 곳에 시기가 다양한 멍이 발생하였습니다. 손목에는 삭흔(끈 자국)이 발견된 것으로 보아 가해자가 아이의 팔을 묶어 움직이지 못하게 한 후 폭력이 이루어진 것도 추정해 볼 수 있습니다."

시사 프로그램 PD이면서 유진의 말이 이어질수록 미희의 이마가 찌푸려진다. 더 추악하고 극악무도한 사건들도 취재한 그녀지만 어른들이 지켜줘야 할 아이가 가정이란 울타리 안에서 무참하게 폭력당하고 살해되었다는 사실만은 쉬이 받아들이기 힘든 것 같았다.

"어떠한 매가 사용되었나요?"

흔들리는 미희의 눈빛을 본 유진이 한숨을 내뱉었다. 감정의 동요를 보이는 미희의 모습에 차가운 심장으로 사건을 바라보던 그 또한 흔들릴 것만 같았다.

"아이에게 육체적인 학대를 가한 매의 종류는 손상 흔적으로 보아 날카로운 물체부터 둔탁하고 납작한 것까지 다양합니다. 아이의 골반에 골절 흔적이 있었는데, 일반적으로 골반 골절은 교통사고나 추락사에서만 볼 수 있는 흔치 않은 골절입니다. 이 역시 아동 학대 과정에서 일어난 것이 아니었을까 예상할 수 있습니다."

"아이의 발육 상태가 좋지 못했다고 들었습니다. 정말입니까?"

"아이의 발육 상태를 보면 또래보다 늦습니다. 물리적 방임(아동에게 의식주를 제공하지 않거나 장시간 위험하고 불결한 주거 환경에 그대로 방치하는 것) 또한 이루어진 것임을 예상해 볼 수 있습니다."

"……부검했을 당시 아이는 어떠한 상태였습니까?"

미희의 목소리가 떨린다. 그러자 유진의 눈살이 찌푸려졌다.

"이미 사망하고 시간이 흐른 상태였기에 사후경직이 온 상태였고……."

유진이 기계적으로 말할 때였다. 그의 이야기가 아직 끝나지 않았는데 미희가 질문을 꺼냈다.

"강 군의 사인은 무엇입니까?"

유진의 시선이 그녀에게 향했다. 지금 뭐 하는가 하는 표정이다. 하지만 입술은 연신 그녀의 물음에 대해 답을 해주고 있다.

"경부 압박 질식사입니다. 현재 친모 변호인 측에서 아이가 목이 구겨지면서 질식한 것이 사인으로 사고사라 주장해서 2차 부검소견서에는 확실하게 손에 의한 액사(縊死)라고 정확하게 기입하여 제출하였습니다."

"이는 할머니가 후에 증언한 것과 일치하는 것 아닙니까?"

친모는 아이를 죽이지 않았다고 했고, 후에 자수한 할머니는 자신이 목을 졸라 죽였다고 했다. 친모는 일이 바빠 아이를 제대로 살피지 못해 학대를 당하고 있는 것도 알지 못했다고 경찰에 증언했다.

유진의 이야기를 듣던 미희는 혹여 범인이 할머니라고 말하는 것이냐는 듯 유진을 보았다. 하지만 그는 이 질문에 대해선 묵묵부답이었다. 하는 수 없이 미희는 다음 질문으로 넘어갔다.

"강 군의 팔에서 물린 상처가 발견되었다고 들었습니다."

"강 군의 왼팔에서 교합손상(咬合損傷:물린 손상)이 발견되었습니다. 방어흔으로 볼 수 있는데, 교상(咬傷)으로 인해 생기는 표피 박탈과 좌상 또한 확인할 수 있었습니다."

"교합손상을 통해 많은 것을 알 수 있다고 들었습니다."

범인은 누굽니까? 미희가 눈으로 그렇게 묻고 있다. 그가 마치 용의자를 알고 있는 것처럼. 하지만 유진은 그녀가 원하는 답 대신 원리원칙만을 늘어놓았다.

"교흔을 분석하기 전 염두에 두어야 할 것이 있습니다. 이 손상이 교흔에 합당한가, 교흔이라면 사람의 것인가 동물에 의한 것인가, 성인에 의한 것인가 아동에 의한 것인가, 상처가 난 시기와 모양이 범죄 발생 시기와 종류에 합당한가, 교흔이 특징적이어서 가해자를 특정할 수 있는가, 교흔의 특징을 용의자의 치아와 비교할 수 있는가."

슬프게도 교흔 손상이 나타난 부위에선 타액이 채취되지 않았다. 만약 유전자 검사가 필요하다면 할 수 있겠으나 이는 이루어지지 못했다.

"교흔이었고, 사람에 의한 것이었으며, 성인에 의한 것이었습니다. 시기는 범죄 발생 시에 생긴 것이 틀림없어 보였습니다. 두 명의 용의자 모두 교흔 분석을 실시했고, 이를 토대로 법치의사가 분석에 들어갔습니다."

"그래서요?"

PD가 아닌 한 사람의 국민으로서 미희가 물었다. 그러자 유진은 머릿속으로 자신이 알고 있는 정보를 방송을 통해 해도 되는 것인지 진지하게 고민했다. 이는 국민이 알 권리인가? 이에 대해 유진은 고개를 끄덕였다.

"두 사람 모두 일치하지 않았습니다."

"네?"

화들짝 놀란 미희가 눈을 동그랗게 떴다.

"견치(犬齒:송곳니)가 많이 갈린 상태였습니다. 딱딱한 곳에 남은 흔적이 아닌 얇은 피부에 남은 흔적이기에 100% 정확하다고는 말씀드릴 수 없지만, 법치학부에서 추론한 결과는 상악 우측 14번, 15번은 정상치아가 아니었고, 하악 좌측 31번은 흔적이 없는 걸로 보아 빠져 있는 상태로 보인다는 것입니다. 하지만 친모는 견치가 모두 정상인의 치아였고, 이는 상악 우측 14번, 15번과 하악 좌측 31번 또한 마찬가지였습니다. 할머니의 경우 틀니를 착용하고 있었습니다."

그의 어려운 말에 미희의 눈빛이 멍하니 변했다. 그러자 유진이 힘주어 말했다.

"치아 정보가 모두 다르다는 뜻입니다."

"……그럼 용의자는?"

"그건 경찰이 밝혀야 할 문제겠죠."

유진의 또렷한 시선이 미희에게 향했다. 그녀가 준비해 온 질문은 모두 끝났다. 이제 그의 인터뷰 내용을 잘 편집해 방송에 내보내면 될 것이다. 하지만 그의 인터뷰로 제 속에 자리 잡은 의문을 풀 수 있을 줄 알았던 미희는 오히려 더 꼬여가기만 하는 생각에 신음을 삼켰다. 마이크를 꺼달라고 신호를 보낸 미희가 유진을 보았다.

"마이크 껐어요. 카메라도 껐고요. 그게 정말 전부입니까? 국과수가 알아낸 정보요."

"취조하십니까?"

"아니요. 궁금해서요."

"……."

"언론인이 아니라 한 인간으로서 궁금해서요. 그 작은 아이를 누가 때려 죽였는지, 그런 악마가 누구인지 정말 궁금해서요."

미희의 말에 유진은 팔을 들어 피곤한 눈을 손으로 꾹꾹 눌렀다. 그리고 제 이야기를 기다리는 미희의 시선을 느끼며 자리에서 일어났다. 그리고 자신의 움직임을 따라오는 투철한 직업의식과 사람에 대한 연민으로 물들어 있는 눈동자를 바라보며 말했다.

"그 악마, 우리나라 수사기관에서 잡아줄 겁니다. 그런 사람 잡아 넣으라고 법이 존재하는 거니까요."

"……그럴까요?"

경제가 힘들어질수록 범죄는 증가한다. 범죄들은 흉악해져 사람들을 경악시킬 때가 많다. 그리고 그 범죄자들이 법정에서 제대로 된 형량을 받지 못하면 사람들은 분노하고 사법기관을 의심한다. 지금의 대한민국이 그랬다.

"국과수에선 친아버지의 교흔 분석을 요청했습니다."

"……네?"

"확실하진 않지만 친부의 치아를 육안으로 확인한 법치의사가 요청했습니다. 확실한 결과는 곧 수사기관으로 전달되겠죠."

"……."

"비밀로 해주실 거라 믿습니다. 그러니……."

말끝을 흐린 유진의 시선이 미희의 손으로 향했다.

"그 손 그만 떠시죠."

그렇게 말한 유진이 걸음을 옮겨 마이크를 뺀 뒤 음향감독에게 건넸다. 그리고 곧 문을 열고 밖으로 향했다. 그가 나가는 모습을 멍하니 보고 있던 미희는 다가오는 카메라 감독을 향해 말했다.

"저 남자, 왜 이렇게 멋있죠?"

"뭐?"

"실제로 보니 더 멋있는 것 같아요."

혼이 나간 사람처럼 멍하니 읊조리는 미희의 모습에 카메라 감독이 혀를 끌끌 찼다. 그 뒤 무릎 위에 있는 다이어리를 뒤져 유진의 명함을 찾아내 바라보는 미희를 보며 물었다.

"왜, 열 번 찍어보게?"

"아니요."

"그럼 명함은 왜 봐?"

"저렇게 멋진 사람한테 짝이 없겠어요?"

심통하게 말한 미희가 한숨을 푹 내뱉었다. 그녀가 시무룩하게 명함을 보자 카메라 감독이 다시 한 번 혀를 끌끌 차며 말했다.

"혹시 알아? 완전 일 중독이라던데 아직 제 짝을 못 만났을지도."

"차 감독님이 모르시는 게 있는데요."

"뭐?"

차 감독이 눈을 동그랗게 떴다. 그러자 미희는 명함을 지갑 속에 밀어 넣고 자리에서 일어나며 말했다.

"저렇게 똑똑하고 완벽한 사람들은 사랑도 그렇게 한다고요."

"에이, 설마! 그럼 세상이 얼마나 불공평한 거야?"

"세상은 불공평해요. 부조리하고."

차갑게 툭 내뱉은 미희가 그가 빠져나간 문을 보며 말했다.

"……뭐, 친해지고 싶기는 하네요."

청아와 함께 있기 위해 부러 좁은 공간으로 이사를 했지만 그래서일까, 좁은 공간조차 온기를 채우지 못하고 사람의 체향으로 채

우지 못해 더욱 씁쓸하고 볼품없이 느껴지는 것은. 볕이 잘 드는 남향집이었지만 음습하고 어딘가 차가워 보이는 공간. 짙은 어둠과 침묵이 내려앉아 있는 집에 비밀번호 누르는 소리가 울려 퍼졌고, 곧 덜컹거리는 소리와 함께 문이 열렸다.

고된 하루를 보낸 유진의 얼굴엔 피곤이 그득했다. 열한 건의 부검을 진행함과 동시에 이 원장이 으름장을 놓은 인터뷰까지 진행했더니 진이 다 빠져 가방을 바닥에 툭 떨어뜨리는 손길에 힘이 한 자락도 없었다.

비척비척 걸음을 옮긴 유진이 곧장 스위치를 누른 후 집 안을 밝혔다. 아침에 나갈 때와 같은 모습에 그의 미간이 찌푸려진다.

"후."

깊은 한숨을 내뱉은 유진이 주머니에서 전화를 꺼내 걸었다. 몇 번이고 통화음이 들리고 곧이어 기계음이 고객이 전화를 받을 수 없다고 하자 또다시 깊은 한숨을 내뱉었다.

〈오늘도 늦어?〉

하루에도 몇 번씩이나 하는 질문. 하지만 이 질문에 대한 답은 늘 뒤늦게 돌아왔다. 인턴 생활을 해보았기에 병원이 얼마나 바쁘게 돌아가는지 잘 알고 있는 그다. 사고는 시도 때도 없이 일어나고 시간도 가리지 않는다. 그녀가 첫 출근하던 날 아침, 청아는 집을 나서기 전 그의 입술에 짧게 입을 맞추며 말했다.

"많이 바쁠 거야. 이해해 줄 거지?"

한동안 병원을 비운 만큼 그녀는 노력해서 다른 동료들을 따라 갈 것이라 말했다. 흉부외과는 사람의 목숨과 직결되는 수술이 많 았기에 더 심혈을 기울여야 했고, 이에 청아는 환자의 상태를 다 알지 못해 불안하다는 말도 했다.

그 물음에 유진은 한껏 웃으며 고개를 끄덕였다. 네가 꿈꾸는 서전이 되기 위해 힘껏 노력하라는 응원도 해주었다. 지금에 와서 는 뒤통수를 후려칠 만큼 후회할 그 말을.

"힘내."

유진의 시선이 멍하니 천장으로 향했다. 당장에라도 침대에 누 우면 곧장 잠이 들 것만 같다. 지독한 피곤함에 비척비척 걸음을 옮긴 그는 욕실로 향했다. 그리고 얼마 지나지 않아 욕실에서 물 이 쏟아지는 소리가 들린다.

그리고 씻고 나온 그가 머리도 말리지 못한 채 곧장 잠자리에 들었을 때, 뒤늦게 진동이 울리고 청아에게서 문자가 왔다.

〈미안해. 레지던트 2년 차가 실신해서 늦을 것 같아. 먼저 자.〉

구구절절 변명까지 늘어놓은 문자에 대한 답을 줄 사람은 이미 깊은 잠에 빠져 있었다.

다음날 아침, 비어 있는 옆자리를 확인한 유진의 얼굴에 짙은 외로움이 머물렀다.

"이 여자가 정말 외박을 하고 말이야."

부루퉁하게 말한 유진이 휴대전화를 가져와 확인하자 청아에게서 온 문자는 늦는다는 한 통뿐이었다. 미간을 찌푸린 유진이 들고 있던 휴대전화를 침대 위에 아무렇게나 던져 둔 뒤 몸을 일으켜 세웠다.

"혼내줘야겠어."

불퉁한 얼굴로 말한 것과는 달리 그의 걸음은 자연스레 부엌으로 향했다.

의국 2층 침대에 누워 잠시 눈을 붙이고 있던 청아는 정확히 8시가 되자 눈을 번뜩 떴다. 그리고 지끈 아픈 머리를 손가락으로 꾹꾹 누르던 그녀는 시계를 확인한 후 깊은 한숨을 내뱉었다.

사람은 적응의 동물이다. 겨우 한 시간 정도 눈을 붙였는데 회진 돌 시간이 되자 번뜩 정신이 드는 것을 보면. 어젯밤 결국 버티다 못한 레지던트 2년 차가 혼절하듯 쓰러져 버려 결국 그녀가 대신 야간 근무를 해야 했다. 새벽 4시까지 대기한 후 집에 들어가면 될 것이라 생각했던 그녀지만, 강남역 사거리에서 도로공사를 하느라 세워둔 조형물을 미처 보지 못한 운전자가 1차 사고를 냈고, 뒤따라오던 차량이 들이받으며 4중 추돌사고가 일어났다. 이 때문에 ER에서 콜이 와 새벽 6시까지 온몸에 피를 뒤집어쓴 채 응급조치를 하느라 7시가 되어서야 겨우 눈을 붙일 수 있었다. 하지만 몸이 피곤하니 오히려 정신은 또렷해지고 몸을 몇 번이나 뒤척이고 나서야 잠자리에 들 수 있었던 그녀다.

자리에서 일어난 청아는 서둘러 계단을 내려와 테이블 위에 던져 둔 노트를 챙겨 들고 세면대로 향했다. 거울 속에 비치는 제 모습에 잠을 물리기 위해 세수와 양치를 한 그녀는 물기가 묻은 손으로 옷걸이에 걸려 있는 가운을 탁탁 털어냈다. 지난밤, 그녀의 고단함을 보여주듯 하얗게 빛나야 할 가운은 여기저기 구겨져 엉망이었다.

대충 가운을 걸친 청아는 힘껏 걸음을 옮겨 복도 밖으로 나왔다. 그리고 이른 아침을 시작한 사람들 사이로 파고들었다.

회진은 하루에 두 번 이루어졌다. 아침과 점심을 먹고 난 후 돌았는데, 아침엔 김 교수와 함께 돌기 때문에 바짝 긴장해야 했다. 수십 명의 의사를 거느린 김 교수가 일일이 환자들을 챙기며 수술 부위에 문제가 없는지 체크한다. 청아는 뒤에서 환자들의 상태를 살피고 레지던트 1년 차에게 차트를 받아 확인하며 환자들 상태를 파악하기 위해 노력했다.

거대한 덩어리를 이룬 무리가 막 ICU(중환자실)을 지나갈 때다. 뭔가 생각나는 것이 있는지 김 교수가 걸음을 멈추자 그에 따라 무리도 걸음을 멈췄다.

"아, 김 선생이 담당해 줬으면 하는 환자가 있어."

"누굽니까?"

"음……."

갑작스런 호명에 청아가 고개를 퍼뜩 들며 물었다. 그러자 김 교수는 뜸을 들이더니 청아의 곁에 서 있는 건형에게 눈짓했다.

"지금 채 선생이 담당하고 있는 환잔데, 워낙 까다롭기도 하고……."

"이소영 환자 말입니까?"

건형의 말에 청아의 눈이 동그랗게 떠졌다. 이소영이라면 자신 또한 잘 알고 있는 환자이다. 하지만 워낙 평범한 이름이다 보니 그녀가 알고 있는 이가 아닐지도 모른다. 청아가 빠르게 평정심을 유지했다.

"이소영 환자요? 그 환자가 다시 재입원했습니까?"

이소영 환자는 그녀가 처음으로 김 교수의 곁에서 어시스트했던 환자다. 심장 판막에 문제가 생겨 동물 판막으로 갈아 끼운 환자인데, 그때 당시 결혼한 지 1년도 채 되지 않아 아이를 가져야 한다는 이유로 기계 판막을 거절한 환자였다.

"맞아. ICU에 있어."

"네?"

심장 수술은 성공적이었다. 차후 경과도 좋아 때에 맞춰 퇴원을 했고, 몇 달 전엔 그녀를 찾아와 임신했다는 소식과 함께 오렌지 주스를 건네주기도 했다. 그때 그녀는 몇 번이고 감사하다고 그녀에게 인사를 했었다. 그런 사람이 왜 병원에 입원을? 청아의 얼굴에 혼란스러움이 가득했다. 하지만 김 교수는 소영의 담당의로 청아를 낙점한 것인지 곁에서 걱정스러운 기색으로 청아를 보고 있는 건형을 향해 말했다.

"……채 선생, 이소영 환자 일은 김 선생에게 넘겨."

청아의 얼굴이 흙빛으로 물들었다.

ICU는 죽은 공간과 같았다. 몸에 주렁주렁 기계를 매단 환자들이 마치 죽은 사람처럼 누워 있고, 보호자들은 하루에 두 번 언제 세상을 뜰지 모르는 그들을 위해 기도하는 공간. 들어가기 전 철저하게 소독을 하고 소독복으로 갈아입어야 들어갈 수 있는 이곳은 마치 다른 병원의 중증 중환자실처럼 관리되고 있어 유독 입원비가 비싼 곳이기도 했다. 하지만 보호자들은 환자를 살리기 위해선 무엇이든 할 수 있다는 각오가 되어 있었고, 하루에 수천만 원에 달하는 입원비에 허덕이면서도 환자의 생명의 끈을 놓지 않고 있었다.

머리부터 발끝까지 완벽하게 소독을 마친 청아와 건형이 그곳에 서 있었다. 공기의 흐름도, 시간의 흐름도 멈춰 버린 것 같은 그곳에.

볼록하게 나온 배를 얇은 천으로 덮고 있는 소영은 마치 잠든 것처럼 보였다. 그랬기에 청아는 지금 이 순간 그녀가 환자가 아닌, 잠을 자며 곧 태어날 아이의 탄생을 기다리는 산모처럼 느껴졌다.

"이게……."

청아가 멍하니 물었다. 지금 소영에 대해서 누구보다 잘 알고 있을 건형이지만 그는 쉬이 답을 하지 못한다. 그건 직감적으로 소영의 상태를 파악한 청아의 눈동자에 깊은 슬픔이 머물렀기 때문이다.

"Brain Death(뇌사)예요. 이미 병원에 도착했을 땐 Deep Coma(깊은 혼수상태)였어요."

교통사고로 인해 처음 돌아왔을 때부터 중추신경계에 문제가 있었어요. 외상 또한 심각했고요. 그의 말에 청아가 천천히 걸음을 옮겨 소영에게 다가갔다. 가까이 다가가자 그녀의 몸 여기저기에 남아 있는 교통사고의 흔적이 보인다.

"외상센터에서 1차, 2차 수술을 했어요. 처음 도착했을 때 Pulse(맥박)상태는 Impreceptible(잡히지 않음)였는데, 현재는 Irregular(불규칙적)이에요."

청아의 시선이 바이탈로 향했다. 현재는 제법 안정된 상태인지 맥박, 호흡, 혈압, 체온 모두 정상이었다. 맥박이 평범한 사람에 비해선 느렸지만 심각한 수준은 아니었다.

청아가 습기를 머금은 눈동자를 연신 움직이며 그가 하는 말을 머릿속에 되뇌었다.

"신체 일부의 염증 반응 및 염증 물질의 생성에 의해서 전신적인 Sepsis(폐혈증)이고, A.H.F(Acute Heart Failure:급성심부전)에서 현재 C.H.F(Chronic Heart Failure:만성심부전)으로 넘어가고 있는 상태입니다."

사고로 인해 갈비뼈가 부러져 폐를 찔렀고, 이로 인해 두 차례의 수술을 받았지만 시간이 흐르면서 최악의 결과가 왔다는 것이다. 더욱이 그녀는 산모가 아닌가. 일반 중환자에 비해 사용할 수 있는 약물 또한 극히 제한적이었을 것이다.

"신경외과와 협조해서 보고 있는 환자인데, 우리 환자여서 이제껏 제가 담당했어요."

"……신경외과에선 뭐래?"

청아가 처음으로 제대로 된 질문을 꺼냈다. 그러자 건형은 그 질문이 나올지 미리 알고 있었다는 듯 막힘없이 이야기를 늘어놓았다.

"CBR(Cenebral:머리 부분)도…… 중추신경계는 이미 기능을 멈춘 상태입니다. Head and Neck(두부 및 경부) 역시 제대로 작동하는 것이 없습니다. 진료 차트 보면 아시겠지만 Chest and Back(흉부 및 배부), Abdominal and Back(복부 및 배부) 모두 제대로 활동하는 곳이 없습니다."

"……"

순간 다리에 힘이 풀린 것인지 청아가 비틀거리며 팔을 뻗었다. 공중에서 허우적거리는 청아의 팔을 붙잡은 건형이 다른 팔을 뻗어 청아의 어깨를 붙잡았다.

"인큐베이팅입니다. 벌써 한 달째. 죽은 산모의 배에서 아이가 크고 있습니다."

건형의 말에 청아의 눈이 질끈 감겼다. 입에선 막지 못한 슬픔이 신음이 되어 새어 나왔다.

백지장처럼 하얗게 질린 얼굴로 ICU 앞 의자에 앉아 있던 청아가 양손을 모아 이마에 댔다. 신이 있다면 빌고 싶을 정도로 끔찍한 생각이 머릿속을 휘저어댔다. 칼날이 된 생각과 미래. 이미 모든 것이 결정되어 있는 사안들은 그녀가 어떻게 해야 할지 모를 정도로 힘겹고 끔찍한 것들이다.

한참이고 복도에 앉아 있던 청아가 힘겹게 자리에서 일어났다. ICU 구석에 자리해 소독을 마친 그녀가 자신의 곁을 지나가며 인사하는 간호사의 모습도 무시한 채 천천히 걸음을 옮겨 소영에게로 향했다. 그녀를 보자 지난날의 과거 한 조각이 떠올랐다.

"감사합니다, 선생님. 선생님 덕분에 건강하게 두 발로 병원을 걸어 나갈 수 있게 됐어요."

눈가에 금방 눈물이 차올랐다. 그때 그녀는 정말 행복해했었다. 동물 판막으로 이식했으니 어쩌면 아이를 가질 확률이 더 높아질 거라며 치프가 된, 이제야 겨우 의사라는 직함을 내밀 수 있게 된 그녀의 손을 붙잡으며 해맑게 웃었다. 너무나 예쁘게.

청아가 손을 들어 입을 틀어막았다. 모두들 깊게 잠든 ICU. 깊은 잠에 빠진 환자들을 방해할 수는 없었다. 소영의 앞에서 스르르 무너진 청아의 손등을 타고 연신 눈물이 흘러내린다. 청아가 눈을 질끈 감았다.

그녀가 해줄 수 있는 것이 아무것도 없어 마음이 아팠다. 마음이 참 따뜻한 사람이어서 더욱 아팠다. 누구보다 아이와 만날 그날을 떠올리던 소영이 제 몸을 인큐베이터 삼아 아이가 잘 자랄

수 있도록 마지막 순간까지 힘내고 있다는 사실에 가슴이 저리고 어찌해야 할지 몰라 한참이나 그렇게 눈물을 쏟아냈다.

"일어나요. 제발…… 눈을 떠요……."

청아가 간절함을 담아 속삭이듯 말했다. 하지만 소영은 내내 깊은 잠에 빠져 마네킹처럼 그 자리에 누워 있었다.

비틀거리며 의국을 향해 걸음을 옮기던 청아가 주머니에서 휴대전화를 꺼냈다. 비행 모드로 설정되어 있는 휴대전화. 늘 병원에 올 때면 개인적인 것은 모두 잊기 위해 설정해 놓곤 했는데, 지금 이 순간 가장 먼저 떠오르는 유진의 모습에 청아는 자신도 모르게 전원 버튼을 눌러 비행 모드를 껐다. 그러자 한꺼번에 쏟아지는 문자와 전화. 김 원장에게 걸려온 것도 있었고, 모르는 번호로 걸려온 전화와 스팸 문자까지 다양했다. 하지만 그중 가장 많이 찍혀 있는 번호는 유진의 것이었다. 무료 문자 앱 서비스를 실행하자 유진에게서 온 문자들이 우수수 쏟아진다.

〈바빠?〉

〈뭐 해?〉

〈나 지금 병원으로 가는 길이야. 못 만나면 어떻게 하나?〉

〈청아 얼굴 보고 싶다.〉

문자를 확인하던 청아가 순간 마지막에 온 문자에 눈을 동그랗게 떴다.

〈나 병원 앞이야. 문자 보면 전화해 줘.〉

　3분 전에 온 것이다. 얼굴도 보지 못하고 돌아갈 수도 있는데 그는 연락이 안 되는 상황에서도 청아를 찾아온 것이다. 깜짝 놀란 눈으로 서둘러 통화버튼을 눌렀다. 그러자 얼마 가지 않아 유진이 전화를 받았다.

〈여보세요?〉

"지금 어디야?"

〈여기 병원 앞 공원. 다행이다. 못 만나고 갈 줄 알았어.〉

　그의 목소리를 들으며 청아가 빠르게 걸음을 옮겼다.

〈밥 안 먹었지?〉

"응."

〈밥이나 같이 먹자. 얼른 와.〉

　짧은 통화가 끝나자 청아는 휴대전화를 가운 주머니 안에 찔러 넣은 뒤 로비를 벗어나 공원 쪽으로 힘차게 걸음을 옮겼다.

　드넓은 공원은 병원에서 보호자와 환자를 위해 특별히 조성한 곳이다. 화려한 맛은 없지만 사시사철 푸르른 나무가 빼곡하게 자라고 있어 지친 병원 생활에 작은 단비가 되어주는 공간. 청아는 벤치에 앉아 이야기를 하고 있던 의사들이 자신에게 꾸벅 고개를 숙여 인사를 건네자 그녀 또한 고개를 숙여 인사했다.

　빠르게 걸음을 옮기던 청아는 저 멀리 벤치에 앉아 고개를 하늘로 든 채 눈을 감고 있는 유진을 발견했다. 얼굴 위에 내려앉아 있는 짙은 어둠엔 피곤함이 가득했다. 몸에 힘을 푼 채 앉아 있는 그의 모습에 걸음을 멈춰 잠시 바라보던 청아가 입을 굳게 다물었다. 왜 갑자기 울음이 울컥 올라오려 하는지 모르겠다.

한참을 멀뚱히 그 모습을 바라보던 청아는 그의 고개가 느릿하게 움직여 자신을 향하는 것을 보았다. 자신에게 시선이 닿자마자 그의 얼굴에 가득했던 피로감이 물러가고 입가엔 잔잔한 미소가 걸린다. 청아는 무엇엔가 홀린 것처럼 그에게로 천천히 다가갔다. 그리고 양팔을 벌리는 그의 품에 빨려들어 간 그녀는 무릎으로 제 몸을 지탱하며 그의 목에 코를 박았다.

"진짜 오랜만인 것 같네."

유진이 청아의 목에 코를 박으며 웅얼거린다. 그리움이 가득한 목소리엔 즐거움이 가득했다.

"나도 그래."

피식 웃으며 말한 청아가 몸을 일으켰다. 그리고 그의 곁에 앉아 손을 잡아오는 커다란 손을 느끼며 웃었다.

"무슨 일이야?"

청아가 애써 밝은 가득한 목소리로 물었다. 요즘 들어 바빠진 병원 생활에 그의 얼굴을 마주할 시간도 없이 흘려보낸 나날들이다. 자신만큼 바쁜 일정을 소화하는 유진이란 걸 알기에 갑자기 제 병원 앞에 나타난 그가 반가우면서도 의아했다.

그녀의 물음에 유진이 장난스럽게 미간을 찌푸리며 말했다.

"너 어제 말도 없이 외박했더라?"

"……외박이라니?"

"외박 맞지."

"넌 가끔 보면 비약이 너무 심해."

청아가 불퉁한 얼굴로 말했다. 그러자 유진이 청아의 머리카락을 손가락으로 흩뜨리며 말했다.

"바쁜 거 알아. 하지만 연락은 해주라."

"……알았어."

청아가 고개를 끄덕였다. 미안한 마음이 가득했지만 감정 표현에 서툰 그녀가 할 수 있는 표현은 이 정도였다. 어색하게 웃는 청아의 모습에 유진이 어깨를 으쓱이더니 곁에 둔 보자기를 무릎 위에 올려놓는다. 누가 보아도 보자기에 둘러싸인 것이 도시락이란 것을 알 수 있었다. 청아가 놀란 눈으로 유진을 보았다.

"도시락?"

"으흠! 기대하시라!"

그의 요리 실력이 어느 정도인지 잘 알기에 청아는 기대감보단 불안감이 가득한 얼굴로 그가 보자기를 푸는 것을 지켜보았다. 도시락은 총 3층이었다. 첫 번째 층을 연 유진이 기대감에 눈을 반짝이며 말했다.

"짠!"

"……."

첫 번째 층에는 그녀도 몇 번이나 봐온 반찬들로 가득했다. 몇 번이나 봐올 수밖에. 저 반찬들은 그녀가 직접 한 것들을 냉장고에 넣어둔 것이니까. 기대는 하지 않았지만 집에 있는 반찬을 고스란히 담아온 그의 정성에 탄복한 청아가 유진을 보며 피식 웃음을 내뱉었다. 그러자 그가 이번엔 두 번째 층을 보여주었다. 그곳엔 새하얀 쌀밥이 담겨 있다.

"내 마음이야."

"……."

새하얀 쌀밥 위에 가지런히 놓여 있는 완두콩은 하트 모양을 그리고 있었다. 이런 남우세스러운 짓을 하다니! 청아의 뺨이 붉어졌다. 부끄러운 줄도 모르고 기대감에 찬 얼굴로 자신을 바라보는 그의 모습을 보곤 청아가 손을 뻗어 완두콩 두 개를 짚어 입안으로 넣어버렸다.

"안 돼!"

형체를 잃은 완두콩을 보며 유진이 버럭 소리쳤다. 승리에 도취된 얼굴로 완두콩을 씹은 청아의 얼굴이 순간 구겨졌다.

"윽! 너 완두콩 안 익혔어?"

"……채손데 익혀야 해?"

딱딱한 완두콩은 물에 불리지도 않아 아주 딱딱했다. 잘못 씹으면 치아가 날아갈 정도로.

"……캔으로 파는 것도 있잖아."

그걸 올리지 그랬니? 청아가 말했다. 그러자 유진은 커다랗게 뜬 눈을 데굴데굴 굴리며 말했다.

"아, 그래?"

"……."

아무것도 모른다는 순진한 눈빛으로 자신을 바라보는 그의 모습에 청아가 후 하고 한숨을 뱉으며 도시락 옆에 꽂혀 있는 젓가락으로 하트 모양 완두콩을 죄다 옆으로 쓸어버렸다. 그러자 유진이 일그러진 얼굴로 외쳤다.

"내가 이거 만드느라 얼마나 힘들었는데!"

"……마지막 칸은 뭔데?"

"밥!"

"……."

그가 울먹이며 외쳤다. 그의 이야기를 들어보니 그가 이 도시락을 싸면서 가장 공을 들인 부분은 익히지도 않은 완두콩으로 하트 모양을 만든 일이라는 것을 알 수 있었다. 그러니 안 익은 콩을 옆으로 치워낸 자신을 원망하는 것이겠지. 한숨이 울컥 올라왔지만 청아는 애써 억눌러 참았다. 그리고 피식 웃으며 자신을 위해 아침에 정성스레 도시락을 싸고 이곳까지 찾아와 준 그를 생각하며 말했다.

"……고맙다, 유진아. 난 오늘 너에게 감동받았어."

"진짜?"

방금 전까지만 해도 억울하고 슬프고 좌절하던 유진의 얼굴이 밝아진다. 그 모습에 청아가 순식간에 얼굴을 굳히며 말했다.

"다시는 도시락 싸지 마."

다음에 또다시 이런 불상사가 일어나지 않기 위해 청아가 말했다. 그러자 유진은 피식 웃음을 내뱉으며 고개를 끄덕인다.

"얼굴만 자주 보여주면."

"어쭈! 협박?"

"응, 맞아."

그러면서 개구지게 웃는 그의 모습을 보고 청아는 자신도 모르게 피식 웃음을 내뱉었다.

그녀는 유진과 함께 집 반찬이 가득한 도시락을 맛있게 먹었다. 그리고 곧바로 병원에 들어가지 않고 그의 무릎에 누워 청명한 하늘을 바라보며 피곤한 눈을 감았다.

"10분 뒤에 깨워줘."

"응."

그가 머리카락을 사락사락 넘겨주는 것을 느끼며 잠시의 여유를 즐겨본다. 든든한 그의 허벅지에 몸을 누이고 그의 손길을 느끼며. 그렇게 머릿속을 괴롭히던 소영의 존재를 잠시 잊었다.

그날 이후로 청아는 몇 번이고 ICU를 찾아 소영의 얼굴을 말간 눈으로 내려다보기만 하였다. 자신의 부름에도 그녀는 야속하게 답을 주지 않았고, 산소호흡기에 의지한 채 평온한 숨만 내뱉고 있었다.

다행히 아이는 기적적으로 엄마의 몸에서 잘 자라고 있었다. 교통사고에서 나약한 아이가 죽지 않은 것은 모두들 기적이라고 했다. 하루하루가 기적인 시간. 하지만 그 기적을 단순히 기적으로만 치부할 수 없는 이유는 산모도 아이도 너무나 불행했기 때문이다.

생명 연장에만 기댄 채 소영의 바이탈(Vital:환자의 상태를 나타내는 지표, 활력 징후로 맥박, 혈압, 호흡, 체온 등)은 늘 불안했고, 깊은 잠에 빠져 버린 환자의 몸은 점차 죽어가고 있었다. 이제 사흘 뒤면 25주. 그때쯤이면 아이를 꺼낼 수 있다고 산부인과 치프에게 들었으나 그녀는 그 이야기에 가슴을 쓸어내릴 수가 없었다.

죽어버린 산모. 그 속에서 자라고 있는 아이. 모든 것이 혼란스러웠다.

"선생님, 저 임신했어요. 이제 5주가 되었는데 지금부터 조심해야 한대요. 아이가 태어나면 여자아이면 청아라고 지어도 될까요?"

"네? 제 이름을요?"

"네, 나중에 아이에게 말해주려고요. 날 살린 선생님의 이름이 네 이름이란다. 그분은 나의 생명의 은인이셔. 그 선생님으로 인해 난 다시 태어나고 널 만날 수 있었단다. 그렇게요."

커다란 눈물방울이 무게를 이기지 못하고 바닥으로 와르르 쏟아진다. 환자들과 보호자 앞에서 감정의 동요를 보이지 말아야 할 그녀이다. 의사란 죽음을 기다리는 환자 앞에서도 아무렇지도 않은 척 희망을 주어야 했고, 크나큰 수술을 앞둔 사람 앞이라면 수술은 힘들겠지만 병을 완치할 수 있을 거라며 호언장담하기도 해야 했다.

감정의 동요를 보이지 말아야 할 위치. 하지만 의사도 사람이었다.

빠르게 걸음을 옮겨 비상구 쪽으로 걸음을 옮겼다. 지금은 그녀

홀로 있고 싶었다.

대한세종대학병원에는 아주 비밀스러운 공간이 있었다. 그곳은 바로 6층과 7층 사이에 있는 비상구였는데, 입원실에서 나오는 빨랫감이 잔뜩 쌓여 있는 곳이라 보호자와 환자에겐 제한된 공간이었고, 직원들에겐 굳이 오고 싶지 않은 공간이었다.

빠르게 계단을 오른 청아가 털썩 주저앉았다. 그리고 무릎 사이에 얼굴을 묻고 길게 숨을 내뱉었다. 창으론 이젠 여름에 가까운 따가운 햇살이 내리쬐고 있었으나 그녀의 얼굴은 쓸쓸한 가을날의 그것처럼 우울했다. 옷자락에 눈물을 떨어내고 혼란스러웠던 제 감정도 떨어낸 청아가 천천히 고개를 들었다. 그리고는 벽에 무거운 머리를 기댄 채 숨을 깊이 들이마셨다가 내뱉었다.

"김청아, 정신 차려."

스스로를 다독였다. 정신을 차리지 못하고 환자에게 계속 사적인 감정을 갖는 제 모습이 위험하다는 것을 잘 알고 있다. 의사로서 실격이다. 환자에게 사적인 감정을 품는 순간, 정확한 의료 행위가 이루어질 수 없다는 것을 알면서도 계속 소영에게 향하는 연민은 그녀를 괴롭히고 있었다.

멍하니 앉아 있던 청아가 옆에 놓아둔 휴대전화를 보았다. 몸은 지쳤고 정신은 나가 버렸다. 아무것도 머릿속에 들어오지 않았고 멍하니 환자를 상담하는 김 교수 뒤에 서서 시간을 죽인 오전 시간. 오후 2시부턴 하지정맥류 수술 집도를 해야 한다. 서둘러 정신을 수습해야 했지만 그것이 쉽지 않았다.

"유진이한테…… 전화해 볼까?"

가장 힘든 순간 떠오르는 것은 역시나 사랑하는 이였다. 액정을 눌러 시각을 확인한 청아가 고개를 돌려 다시 무릎에 얼굴을 묻었다. 1시 20분. 점심시간이 확실히 정해져 있진 않았지만 12시부터라고 들었다. 지금쯤 그는 부검실에서 시신의 사인을 밝히느라 구슬땀을 흘리고 있을 것이다.

가슴에 묵직한 돌이 내려앉은 것 같은 느낌에 그녀가 깊은 한숨을 내뱉을 때다. 뚜벅뚜벅 발걸음 소리가 들리더니 이내 그녀 앞에서 소리가 멈춘다. 고개를 슬쩍 들어 확인하자 흰 가운 주머니에 손을 찔러 넣은 건형이 그녀를 내려다보고 있었다.

"힘들면 교수님께 제가 다시 담당한다고 할까요?"

"웃기지 마. 레지던트가 지금 누굴 걱정하는 거야?"

"저 3년차입니다. 이젠 주위를 돌아볼 정도로 여유가 조금 생겼단 말이죠."

"……괜찮아. 그냥 마음이 조금 싱숭생숭해서 그래."

청아가 한 박자 늦게 말했다. 그리고 자리에서 일어나 엉덩이를 탈탈 털어냈다. 그에게 약한 모습을 보이고 싶지 않았고, 빈틈을 보이고 싶지도 않았다. 가볍게 발걸음을 옮겨 그의 곁을 스쳐 지나가던 청아는 팔을 붙잡는 손을 힐끗 내려다보며 미간을 찌푸렸다.

"내 몸에 허락 없이 손대지 마."

목소리가 신경만큼이나 날카롭게 나가자 청아가 팔을 들어 이마를 짚었다. 하지정맥류 수술은 어렵지 않은 수술이긴 했으나 그래도 수술은 수술이었다. 집도의가 이렇게 정신머리가 까칠해서야 수술이 성공적으로 끝날 리가 없다.

후우, 깊은 한숨을 내뱉은 청아가 그의 손을 떨어내며 마른세수를 할 때였다. 그녀의 모습을 바라보던 건형이 눈빛을 흐리더니 이내 한숨 같은 목소리로 말했다.

"……힘들면 기대요."

"까분다."

청아가 얼굴을 벅벅 문질렀다. 그리고 다시 계단을 내려가기 시작했다. 발을 감싼 편한 신발의 쿠션감 때문에 몸이 공중에 붕 떠 있는 느낌이 든다. 시원한 물이라도 한 잔 마셔야겠다는 생각에 그녀의 걸음이 조금은 성급함을 담을 때였다. 건형이 조금은 애달픈 목소리로 말한 것은.

"……전에 제가 무척 힘들었을 때 말이에요."

"뭐?"

청아가 몸을 돌려 건형을 올려다보았다. 워낙에 키가 큰 그다. 그런 그가 몇 계단 위에 서 있자 청아는 힘껏 고개를 들어 그를 보아야 했다.

"저 인턴 때…… 적응 못하니까 선배가 매일 보살펴 줬잖아요. 뒤에서 다른 선생님들이 저 자식 눈빛이 나쁘다 그러면 원래 생겨 먹은 게 그렇다고 변명도 해줬고, 첫 수술 참관 후에 속에 있는 거 다시 확인했을 땐 등도 두들겨 주고."

"그래서?"

그게 무슨 문제가 있느냐는 듯 물었다. 그녀가 듣기엔 착한 선배의 표본이었으니까.

"그때부터였던 것 같아요…… 선배가 좋아진 게."

"뭐?"

이제껏 그는 단 한 번도 자신의 마음을 직접적으로 표현한 적이 없었다. 그래서 그를 거절할 구실도 만들지 못한 채 4년이란 시간을 흘려보냈다. 하지만 그에게 어떠한 심경 변화가 생겼는지 그는 곧은 시선으로 청아를 내려다보며 흔들림 없이 말했다.

"늘 단단하고 커다랗게 보이는 선배에게선 반짝반짝 빛이 났어요. 의지도 되고, 선배가 무척 대단한 사람처럼 느껴져서 동경했어요. 그런데…… 그게 어느 순간 좋아하는 마음으로 바뀌더라고요."

중간에 조금 목소리가 떨렸던가. 숨을 크게 들이마신 그가 긴장감에 저릿해지는 손가락을 동그랗게 말아 주먹을 쥐며 말을 이었다.

"겉이 멀쩡한 사람일수록 속은 썩어 있는데, 선배는 아니었어요. 겉으로 보는 모습도, 속의 모습도 보면 볼수록 존경심이 들어서……"

자신의 이야기가 삼천포로 빠지자 그가 피식 웃음을 내뱉었다. 그의 이야기를 가만히 들어주던 청아가 몸을 완전히 돌려 그와 정면으로 마주 섰다. 그리고 멀뚱히 서서 자신을 내려다보는 건형의 얼굴을 올려다보았다.

그는 참 의사 같지 않았다. 화려한 외모는 브라운관에서 볼 법했고, 기다란 다리는 쇼 무대에 서는 모델 같았다. 하지만 속을 들여다보면 그가 얼마나 의사다운 사람인지 깨닫게 된다. 냉철한 심장을 가지고 있었고, 남들보다 손끝 감각이 뛰어났다. 또래 동기들보다 훨씬 받아들이는 속도도 빨랐고, 흉부외과 치프보다도 실력이 좋았다. 그래서 그녀는 그를 아꼈다.

"좋아하고 존경하는 선배는 돼."

"……."

"그런데 너, 나한테 남자 아니야. 그냥 귀여운 후배이고, 많은 것을 가르쳐 주고 싶은 사람이야. 넌 손끝 감각도 좋아 많은 사람을 살릴 수 있는 의사가 될 것 같거든."

그녀는 감각이 뛰어난 의사가 아니었다. 머리는 남들보다 조금 나쁜 편이고 손끝 감각도 좋은 편이 아니었다. 그래서 그녀는 그가 부러웠다. 그리고 그처럼 될 수 없다면 그가 커가며 휘풀(전설적인 외과의사)이 되어가는 것을 지켜보는 재미를 느껴보는 것은 어떨까 하는 생각도 했었다.

"……언제든지 힘든 점이 있으면 고민 털어놔도 좋고, 힘든 점 있으면 밤에 맥주 한 캔 정도는 함께 마셔줄 수도 있어. 하지만 거기까지."

입을 다문 청아가 흔들리는 건형의 시선을 마주했다. 그리고 이어 말한다.

"내겐 이미 사랑하는 사람이 있으니 네 마음은 받아줄 수 없어."

제 마음을 똑똑히 그에게 전하며 짝사랑을 접길, 그래서 그가 상처받지 않길 바랐다.

"충분한 답이 됐니?"

굳은 얼굴로 청아가 물었다. 그러자 건형은 입술을 비틀어 입가에 미소를 머금었다.

"납득은 안 되지만요."

"웃기지 마. 너 오늘 내 어시지? 정리 잘하고 들어와라. 사고 치면 메스로 목을 따버릴 거니까."

말을 마친 청아가 뒤돌아 계단을 걸어 내려갔다. 발걸음 소리가 멀어지고 이내 문이 열리는 소리와 닫히는 소리가 연달아서 들린다. 두 사람의 목소리로 가득하던 비상구에 순간 침묵이 내려앉았다. 그녀가 사라진 자리를 보며 꼼짝도 하지 않던 그가 조금의 시간이 더 흘러 시선을 내렸다.

"아, 왜 이렇게 떨리냐."

자신의 손을 내려다보는 눈빛엔 뒤늦은 후회가 머물렀다.

"너무 성급했어."

어수룩해 보이기도 했을 것이고 내 말이 바보처럼 들리기도 했을 거야.

빠르게 내뱉은 건형이 자리에 털썩 주저앉아 머리를 감싸 쥐었다. 그리곤 붉어진 얼굴을 커다란 손으로 가리며 툭 내뱉었다.

"부끄럽다."

새벽 2시. 겨우 귀가한 청아는 불이 켜진 집 안 소파에 잠들어 있는 유진의 모습에 한숨을 내뱉었다. 요즘 들어 자신의 귀가 시간이 계속 늦어지고 있었다. 레지던트와 별다를 것 없는 시간을 보내고 있는 그녀는 주위는 둘러보지 못한 채 오직 앞으로만 걸어가고 있었다.

그러다 보니 제 곁에 있는 유진에겐 소홀해지는 것은 어쩔 수가 없었다. 하루에도 몇 번씩 걸려오는 그의 전화를 대부분 받지 못했고, 퇴근이 늦을 것이라는 제 말에 늘 기다리는 그를 말리지도 못했다.

청아는 깊이 잠들어 있는 유진에게 다가가 어깨를 흔들었다.

"유진아, 방에 들어가서 자."

"으음…… 왔어?"

게슴츠레 눈을 뜬 유진이 상체를 일으켰다. 그리고 잠으로 그득한 눈가를 손으로 비비며 몰려온 잠을 떨쳐 내려 애를 쓴다. 하지만 청아는 굳이 그럴 필요 없다는 듯 그의 팔을 잡아 일으켜 세운 후 침실로 향했다. 침대에 그의 몸을 눕히고 욕실로 향하려던 그녀는 제 팔을 잡아끄는 그의 손길에 침대에 벌러덩 누웠다. 어깨에 얼굴을 묻는 그의 모습에 청아가 한숨처럼 말했다.

"나 씻어야 해."

"하루쯤 안 씻으면 어때?"

유진이 잠이 그득한 목소리로 말했다. 그리고 그녀에 어깨에 제 머리를 지분거린다. 그의 몸짓에 청아가 깊게 한숨을 내뱉더니 눈을 질끈 감았다. 그래, 하루쯤 안 씻으면 어떠랴. 몸이 부서질 것 같은 피곤함에 그녀도 눈을 감으며 색색 고른 숨을 내뱉는 그의 숨소리를 듣고 있을 때다.

띠리리—

정적을 깨뜨리는 벨소리에 청아와 유진이 동시에 눈을 번쩍 떴다. 가방 안에서 요란한 소리를 내며 울리는 휴대전화에 청아가 긴장한 눈으로 몸을 일으켰다. 이 시간에 울리는 전화는 대부분 좋지 못한 것이다.

"받아봐."

덩달아 몸을 일으킨 유진이 말했다. 그의 얼굴엔 방금 전까지만 해도 가득했던 잠은 어느새 물러난 뒤였다.

"응."

몸을 일으킨 청아가 가방에서 휴대폰은 꺼내 액정에 찍힌 번호를 보니 역시나 병원에서 걸려온 것이다. 청아가 숨을 깊이 들이마셨다가 내뱉은 뒤 전화를 받자 오늘 당직의가 인사를 하기도 전에 본론부터 빠르게 꺼내놓는다.

〈선생님, 오늘 ICU 담당 외과 차민정입니다. 이소영 환자, V Tach(心室性頻脈:심실성 빈맥 심장박동이 빠르게 뛰어 산소를 운반하는 혈액이 온몸을 다 돌지 못하는 경우에 발생), 심박수 230, QRS의 폭이 넓고 심실성 기외수축이 연속해서 나타나고 있…….〉

그녀가 말을 채 마치기도 전이다. 어느새 자리에서 일어난 청아가 가방을 집어 들며 현관으로 향하며 말했다.

"지금 갈게."

전화를 끊은 청아가 현관으로 달려가 서둘러 신발을 꿰어 신었다. 그러자 놀란 눈으로 다가온 유진이 그녀의 어깨를 붙잡으며 묻는다.

"병원 가게?"

"응, 응급 환자가 있어서."

빠르게 말을 내뱉은 청아가 그의 손을 떨어낸 뒤 굳은 얼굴로 서 있는 그의 머리를 손으로 매만지며 말했다.

"어쩔 수 없는 거 알잖아."

그래, 어쩔 수 없는 일이었다. 응급 환자가 있다고 하면 의사는 그 시각이 낮이든 밤이든 뛰쳐나가 환자의 생명을 살려야 했다. 그랬기에 유진도 굳은 표정을 애써 펴며 고개를 끄덕였다.

"자."

짧게 말을 내뱉은 청아가 문을 열고 밖으로 향하자 유진이 뒤늦게 그녀의 뒤에 대고 말했다.

"잘 다녀와."

그녀의 모습은 이미 엘리베이터 안으로 사라진 뒤.

유진은 씁쓸한 얼굴로 그녀가 사라진 자리를 바라보았다.

"이해해 줘야 해."

그것이 그녀가 원하는 삶이고 꿈이라면 그는 이해해 줘야 했다.

벌써 며칠째 병원에서 밤을 지새우고 있는 것일까. 상태가 좋아졌다 나빠지길 반복하는 소영 때문에 집에서 편히 쉬지 못한 청아의 얼굴엔 지친 기색이 역력했다.

자줏빛 수술복을 입은 청아가 수술실을 빠져나왔다. 질끈 묶은 머리를 풀며 두 손을 모으고 있는 보호자에게 다가갔다. 하루 종일 서서 일한다는 백화점 서비스직의 환자는 스물아홉이라는 나이에 하지정맥류로 수술을 받게 되었다. 처음에는 최근 도입된 혈관 내 레이저 치료법을 시행하려 하였으나 그게 여의치 않아 발거술 및 보행성 정맥 절제술을 시행하게 되었다. 비교적 간단한 수술에 속하지만 딸이 수술대에 누워 수술까지 받게 되자 환자의 부모는 걱정이 가득한 얼굴이었다.

"대복재정맥, 소복재정맥에 역류가 있어 역류되는 정맥접합부에 혈관을 결찰하고 역류를 막았습니다. 그 아래쪽의 망가진 혈관 제거는 완벽하게 끝났습니다. 수술 경과는 지켜봐야겠지만 수술은 별 탈 없이 진행했습니다."

"저, 정말입니까?"

어머니로 보이는 보호자가 한껏 허리를 숙여 인사했다. 눈가에 맺힌 눈물을 손가락으로 슥 닦아내는 모습을 보며 청아가 말을 이었다.

"혈관은 무릎까지 제거했습니다. 그리고 무릎 밑 부분은 보행성 정맥 절제술을 시행했고요."

어려운 이야기에 보호자가 고개를 기울이며 그게 뭐냐고 묻는다.

"과거에는 발목까지 혈관을 제거했는데 현재는 무릎까지 제거하고 있습니다. 그래야 흉터도 적게 남고요."

청아가 직접 자신의 다리를 손으로 쭉 그으며 보호자에게 설명해 주자 그들은 완전히 이해하지 못하면서도 고개를 끄덕인다. 그들이 연신 감사하다고 말하자 청아는 웃으며 허리를 숙여 인사한 뒤 걸음을 옮겼다.

비척거리는 다리는 무거운 추라도 달아놓은 것처럼 힘이 없다. 곧장 걸음을 옮긴 청아는 의국으로 향해 간단하게 세면도구를 챙겨 들고 샤워실로 향했다. 수술 내내 집중되지 않는 정신 때문에 꽤나 애를 먹은 그녀다. 차가운 물로 몸을 씻어낸 청아가 몸을 닦아낸 뒤 가지고 들어온 옷으로 갈아입었다. 그녀가 쭉 사용하던 섬유유연제와는 다른 향이 나는 옷은 유진이 정성스레 빨아 다림질까지 해 새 옷처럼 빳빳했다.

문득 떠오른 그 생각에 서둘러 옷을 입고 밖으로 나갔다. 한쪽에 걸어둔 의사 가운을 걸쳐 입은 청아가 곧장 휴대전화를 꺼내 수술에 들어가기 전 비행 모드로 설정해 둔 것을 푼 뒤 무료 문자 메시지 앱을 실행했다.

〈목소리 듣고 싶다.〉

망설임 없이 빠르게 문자는 적었지만 정작 전송버튼을 누르지 못하고 한참이나 망설여야 했다. 하지만 이내 문자 메시지 창에 그의 문자가 가득한 것을 보고는 손가락을 움직여 전송버튼을 눌렀다.

청아는 한참이고 문자만 뚫어져라 바라보고 있었다. 그가 언제쯤 문자를 확인할지 조금은 초조한 얼굴로 액정을 보던 그녀는 몇 분이 지나도 그가 메시지를 확인하지 않자 한숨을 푹 내뱉었다.

"이런 느낌이겠구나."

그녀가 방금 전 보낸 메시지 위로는 늘 몇 시간 늦게 답장한 것이 대부분이었다. 그리고 가장 최근의 것은 오늘도 늦느냐는 그의 문자에 지금 확인했다고 사과의 말을 건넨 것이다. 뭔가가 조금씩 틀어지고 있는 것이 확실했다. 바쁜 일상 속에 문제점을 이제야 발견한 것이지 아주 오래전부터 조금씩 틀어지고 있었다.

그러고 보니 최근 유진의 얼굴을 마주하고 이야기한 적이 언제였던가. 까마득한 기억을 뒤져 겨우 한 자락을 찾아낸 청아의 얼굴이 와작 찌푸려졌다. 그와 마지막으로 얼굴을 마주하고 대화를 나눈 것이 벌써 3일 전이다.

"오늘은 일찍 퇴근해야겠다."

그렇게 다짐한 청아는 다시 휴대전화를 비행 모드로 전환한 뒤 주머니 속에 넣었다. 그리고 힘껏 문을 열고 밖으로 나가 복도를 걸었다. 자신을 보고 인사를 건네는 사람들에게 일일이 고갯짓을 하며 인사하기도 했고, 한참 지난날의 흔적을 지우듯 바닥을 열심히 밀대질하고 있는 청소부 아주머니께도, 그리고 햇병아리 인턴들에게도 일일이 인사를 해준 그녀가 향한 곳은 ICU 앞이었다. 요즘 들어 시간이 날 때마다 그녀가 찾곤 하는 곳. 출입금지 표시가 있는 문 앞에 선 청아가 자동문 버튼을 눌러 안으로 들어가려고 할 때였다.

"김청아 선생님?"

뒤에서 들려오는 의아한 목소리에 청아가 고개를 돌렸다. 그러자 그곳에 낯익은 남자가 하나 서 있었다. 눈을 가늘게 뜨며 남자의 존재를 떠올리던 청아는 순간 떠오른 남자의 정체에 몸을 돌려 그에게 다가갔다.

"아, 이소영 환자분 남편…… 되시죠?"

이름이 뭐였더라? 빠르게 머리를 굴리던 청아가 곧 그의 이름이 우진이라는 것을 떠올렸다. 성까진 생각이 나지 않지만 말이다. 그녀의 물음에 우진이 작게 고개를 끄덕인다. 그리고 병원에서 살다시피 하여 제때 갈아입지 못한 옷을 손바닥으로 펴며 묻는다.

"그만두셨다고 들었는데, 다시 복직하신 겁니까?"

"네, 이번 달에 복직했습니다."

"그렇군요. 병원에 도착하자마자 김청아 선생님부터 찾았거든요."

다시 한 번 내 아내를 살려줄 수 있지 않을까 해서요.

그렇게 말하며 희미하게 웃는 우진을 보며 청아가 울컥 올라오려는 격한 감정을 애써 억눌렀다. 우진은 끔찍한 시간을 눈물로 보낸 것일까. 예전보다 야윈 얼굴에 부어올라 개구리처럼 툭 튀어나온 눈두덩, 그리고 눈동자 또한 실핏줄이 터져 붉어져 있었다.

병원은 사람의 생명을 살리는 곳이다. 환자의 안위를 살피고 그들의 병을 고치는 곳. 하지만 보호자는 병원에 있으면 있을수록 병들어가는 경우가 많았다.

청아가 오른팔을 들어 손목시계를 확인했다. 곧 오후 진료가 시작될 테지만 그전까지 30여 분의 시간이 남아 있다. 그리고 이 귀중한 휴식 시간을 그녀는 오늘 특별히 우진에게 쓰고 싶었다.

청아가 가운 주머니 안에서 느껴지는 직사각형의 플라스틱 카드를 매만지며 말했다.

"시간 되시면 커피…… 한잔하시겠습니까?"

그녀의 갑작스런 제안이 놀라운지 우진이 입을 벌린다. 그리고 잔잔한 파장을 일으키는 그녀의 눈동자를 한참이나 바라보더니 이내 힘없이 고개를 끄덕였다.

"저도 마침 카페인이 필요했는데 잘됐습니다."

그리고 장난처럼 말했다. 하지만 잔뜩 가라앉아 있는 몸과 그의 표정 때문인지 그 말이 장난이 아닌 진심처럼 느껴졌다.

모두들 잠든 시각. 새벽 2시를 넘어가자 레지던트들은 하나둘 의국에 쓰러졌고, 2층 침대 네 개가 놓여 있는 공간은 곧 드르렁드르렁 코고는 소리와 함께 졸도한 의사들이 여기저기서 움직임도 없이 까무룩 잠들어 있었다.

작은 스탠드를 켜고 의국 한쪽에 쌓여 있는 외국의 사례와 의료 차트를 치밀하게 분석하고 있는 청아의 눈동자에 불꽃이 튄다. 하지만 전투적인 눈빛과는 달리 입술을 새하얗게 질릴 정도로 악물고 있는 그녀의 표정은 왠지 슬퍼 보였다.

"처음 병원에 왔을 때 의사가 와서 그러더군요. 산소호흡기를 안 하면 당장에라도 죽을 거라고. 그럼 아이도…… 동시에 잃을 거라고. 그래서 무조건 해달라고 했습니다. 나중에 혹여 잘못되어도…… 아이 엄마가 깨어날 확률이 없더라도 함부로 산소호흡기를 뗄 수 없다고…… 무조건 살려달라고 했습니다."

우진의 목소리가 귓가에 울린다. 뜨거운 커피 한 잔을 앞에 둔 채 그는 커피에는 입도 대지 않았다. 식어가는 커피에 시선을 두고 지옥이 펼쳐졌던 그날을 떠올리며 슬퍼했다.

병원에서는 함부로 연명 치료를 멈출 수 없기에 잘 결정하라고 몇 번이나 의사가 말했다. 하지만 그때 당시 뒤는 돌아볼 수 없던 그는 무조건 사랑하는 아내와 아이를 살려달라고 했다. 그리고 그 결과 상태는 최악으로 치달았다. 아내는 곧 뇌사 판정을 받았고, 산소호흡기를 떼지도 못하는 사태가 일어났다. 의사 또한 생명 연장 치료보다는 아이의 생명이 붙어 있기에 아내의 명줄을 유지하고 있는 호흡기를 절대 뗄 수 없다는 입장을 취했다는 것이다.

그리고 아이는 자라나고 있었다. 무사히. 하늘이 도운 것인지 성장 발육 상태는 아이들보다 조금 좋지 않은 편이지만 그래도 심장이 뛰고 눈코입이 있으며 손가락 발가락도 열 개 모두 정상이라 하였다. 그 말에 우진은 순간 기뻐해야 할지 슬퍼해야 할지 몰라 한참을 울었다고 한다. 그리고 그 이야기를 털어놓는 그의 얼굴은 이내 눈물로 젖어들었다.

"그 이야기를 듣는 순간 제가 무슨 생각이 들었는지 아십니까? 아, 소영이가…… 저렇게 되어서도 아이를 지키기 위해 최선을 다하고 있구나. 마지막까지…… 마지막까지……."

귓가를 울리는 슬픈 목소리에 청아가 눈에 더욱 힘을 주었다. 그녀는 2005년 미국의 사례를 살펴보고 있었다.

2005년 미국엔 암으로 인해 뇌사 판정을 받은 여자가 있었다. 그 여자의 배에도 아이가 자라나고 있었다. 소영의 경우처럼 아이는 무사히 크고 있었고, 의료진과 이미 명이 다한 산모를 산소호흡기로 생명을 연장하며 아이의 출산을 시도했다.

청아는 불안한 마음으로 사례를 살펴보았다. 25주 된 아이는 무사히 세상에 태어났다. 하지만 죽은 사람의 몸에서 태어난 아이는 면역력 결핍으로 곧 얼마 가지 않아 합병증으로 사망한 것으로 기록되어 있다.

"빚이 얼만지 아십니까? 2억 5천입니다. 아이가 태어나면요?"

일반인에게 중환자실 입원료를 모두 감당하라고 하면 그 가정은 곧 파산으로 향한다. 그걸 의사들도 잘 알고 있지만 법이, 세상이 정해놓은 틀이 죽어가는 사람을 살리기 위해 산 사람이 희생하라고, 그들에게 죽으라고 강요한다. 인권 문제가 걸린 일이기에 산소호흡기에 연명할 수 있다면 그렇게라도 살려야 한다며.

"죽은 엄마의 몸에서 자랐다는 걸 아이가 알게 되면요?"

그 말을 떠올리는 순간, 청아는 우진의 앞에서 울었던 것처럼 고개를 숙였다. 이를 악물고 눈물을 집어삼키며 소영이 임신을 했다며 기뻐하던 순간을 떠올렸다. 그때 받아 마셨던 오렌지주스는 상큼하고 달콤했는데 지금 떠올려 보니 쓰고 시었다.

"태어나자마자 엄마가 없는 그 아이는 어떻게 키워야 할까요?"

보호자는 이미 한계에 와 있다는 듯 그렇게 말했다. 그리고 희미한 어조로 말했다.

"모르겠습니다, 전. 그때 제 결정이 옳았는지요."
"……."
"차라리…… 아내, 아이와 함께 저도 죽는 것이 나을지도 모르겠다는 생각이 듭니다."

그 말에 자신은 뭐라고 했더라? 그래, 희망을 잃지 말라는 개소리밖에 하지 못했다. 소영을 살려주겠다든가, 아이가 무사히 태어나면 아이와 함께 핑크빛 미래를 그릴 수 있을 것이라는 부도수표는 날리지 못한 채 우진의 마음을 전혀 이해하지 못하는 소리만 했다. 그리고 틀에 박힌, 조금만 더 참고 견디라는 말만.

청아는 지끈 아파오는 머리를 부여잡았다. 앓는 소리가 저절로 나온다. 소영의 건은 여러 과가 얽혀 있어 청아 혼자 뭐라 판단할 수 있는 문제는 아니었다. 중증외상팀과 산부인과, 신경외과, 그리고 흉부외과, 네 개의 팀에서 모두 소영의 건을 비관적으로 바라보고 있었다. 하지만 그들은 우진에게 계속되는 치료를 강요했다. '아이가 태어나는 순간까지 조금만 더 버티세요, 보호자님' 하며 그의 귀에 끝없이 속살거렸다.

파일을 덮은 청아가 자리에서 일어났다. 자신의 캐비닛을 열어 가운을 구겨 넣듯 던져 버리고 외투와 가방을 집어 들었다.

지금 그녀에게 필요한 건 휴식이었다. 아무리 머리를 굴려보아도 너무나 부족한 자신에게 뾰족한 수가 생길 리 만무했다. 휴식을 취한 뒤 내일 산부인과 차은영 선생과 이야기를 나누는 것이 더 현명한 일이라 스스로를 다독이며 의국을 빠져나왔다.

조용한 병원. 늘 시끌벅적한 이곳도 새벽 시간이 되면 짙은 침묵이 내려앉는다. 하루 종일 종종거리던 의료진도 보호자도 잠든 시각. 그 시각의 병원은 을씨년스럽기까지 했다.

데스크에 앉아 있는 당직 간호사에게 힘없이 인사를 건넨 청아가 걸음을 옮겨 로비로 향할 때다. 로비 앞 소파에 앉아 있던 건형이 자리에서 일어나더니 그녀에게 다가왔다.

"안 들어갔어?"

"네, 선배 기다렸어요."

그러면서 걱정스러운 얼굴로 청아의 표정을 살핀 그가 손을 들었다가 아래로 뚝 떨어뜨린다. 차마 그녀의 몸에 손은 대지 못한 채. 그 말에 청아가 씁쓸하게 웃었다. 이루어지지 않을 마음을 품고 있는 이 잘난 남자가 가엾게 느껴진다. 자신의 마음을 똑똑히 전했는데도 여전히 주위에 머물려는 그의 모습이 안쓰럽게 느껴진다.

"그럼 들어가 봐."

"……선배, 술 한잔하실래요?"

"아니. 오늘은 쉬려고. 이틀째 제대로 못 잤어. 꼴이 엉망이야."

정신도 몸도 황폐해진 느낌이다. 청아가 손을 휘저었다. 들어가 겠다는 인사다. 그녀의 모습에 조금은 다급해진 건형이 빠르게 말을 덧붙였다.

"그럼 집까지 데려다 드릴게요."

그의 눈빛이 흔들렸다. 평소 감정의 동요를 잘 보이지 않는 그의 눈빛에 간절함이 머물자 청아는 결국 왈칵 한숨을 내뱉었다.

이 아이를 어쩌면 좋을까.

"……건형아."

청아의 호칭이 평소와 달리 친숙해졌다. 그러자 잔뜩 굳히고 있던 그의 몸이 느슨하게 풀리더니 입꼬리가 하늘을 향한다. 부드러운 미소는 사르르 녹을 정도로 달콤하다. 작은 얼굴에 옹기종기 자리하고 있는 이목구비를 찬찬히 살피던 청아는 도톰한 입술이 달싹이자 곧 시선을 올려 그와 시선을 마주했다.

"네, 누나."

청아의 호칭이 바뀌니 건형의 호칭도 바뀌었다. 그는 마치 열정을 불태우고 공부 기계가 되어야 했던 의대 시절로 돌아간 것 같았다. 병원에서는 하늘 같은 펠로우와 이제 두 발로 걷기 시작한 레지던트 3년 차의 관계지만, 조금 더 옛날로 거슬러 올라가 보면 그는 늘 자신의 곁을 맴돌며 '누나'라고 부르곤 했다. 그리고 그때마다 그는 웃었다, 지금처럼.

이젠 끊어내야 할 관계다. 그게 유진에 대한 예의였으며, 건형에 대한 배려였다. 청아는 부러 인상을 썼다.

"네가 내 걱정할 군번이니? 피곤해 보인다. 쉬고 내일 보자."

그가 잡을 새도 없이 청아가 빠르게 걸음을 옮겼다. 예상치 못한 갑작스런 행동에 건형이 그녀의 뒷모습을 멍하니 보고 있었다. 그러다 퍼뜩 정신이 드는지 그가 기다란 다리를 성큼성큼 움직여 빠르게 그녀에게 다가갔다. 그리곤 청아의 팔을 낚아채며 그녀의 몸을 뒤로 돌렸다. 돌발행동에 청아의 눈이 커다랗게 변했다.

"뭐 하는 짓이야?"

붙잡힌 손을 보며 청아가 톡 쏘아붙였다. 그가 손등에 힘줄이 불룩 튀어나올 정도로 힘주어 잡고 있어 팔목이 아리다. 그녀가 놓으라며 연신 명령처럼 외쳤지만, 지금 이 순간만큼은 명령 불복종도 불사하겠다는 듯 그가 여전히 팔을 붙잡은 채로 물었다.

"그대로죠?"

"뭐가? 이거 놔!"

"예전이랑…… 그대로죠?"

바뀐 것 없이 그 자리 그대로 있는 거죠? 나만 두고 멀리 떠난 건 아니죠?

"무슨 답을 원하는 거야?"

"……예전 그대로라고요."

날카로운 눈매가 아래로 휘어졌다. 마치 첫 주인에게 버림받은 동물처럼 그가 울렁이는 눈동자로 청아를 바라본다. 그랬기에 그녀는 그를 잔인하게 내칠 수밖에 없었다. 받아주지 못할 거라면 그의 감정이 더 깊어지기 전에 가차 없이 쳐내야 했다.

"네가 날 좋아하는 이상 예전 그대로이진 않을 거야. 나는 널 사랑하는 후배로 곁에 두고 싶지, 남자로 두고 싶진 않아."

청아가 자신의 손을 붙잡고 있는 건형의 손을 잡았다. 그의 손은 차가웠다. 손가락 끝이 파르르 떨리는 것 같기도 하다. 하지만 그녀는 그의 손등을 잡아 떼어낸 뒤 시린 얼굴로 말했다.

"나 피곤한데 이만 가도 될까?"

백지장처럼 새하얀 얼굴이 일그러졌다. 하지만 마음을 다잡은 그녀는 고개를 돌려 매정히 그 자리를 벗어났다. 그게 그녀에겐 최선의 방법이었다.

"늦었어."

집에 들어오자마자 유진이 하는 말에 청아가 건조한 눈을 깜빡였다. 시계를 보자 벌써 3시가 넘었다. 오늘은 평소보다 조금 늦게 귀가했다. 청아의 가방을 받아 든 유진이 먼저 뒤돌아서서 집 안으로 들어섰다. 뒤에서 쥐꼬리만 한 목소리로 '미안'이라 속삭이며 그녀도 그의 뒤를 따른다. 그리고 식탁 위의 식어빠진 음식을 보는 눈동자가 순간 흔들렸다. 힘없이 안방으로 들어가는 유진의 뒷모습에 청아가 멍하니 물었다.

"저녁 안 먹었어? 나 기다린 거야?"

"너도 안 먹었을 거 아냐."

"아……."

말꼬리가 흐려진다. 바쁜 생활에 저녁을 건너뛰는 그녀 때문에 그는 그녀가 아무리 늦게 귀가하더라도 늘 저녁상을 차려놓고 기다렸다. 비록 음식은 그녀가 해둔 반찬과 마트에서 사온 것들이지만 생전 부엌에 서본 적이 없는 그로선 엄청난 노력이었다.

"미안해. 연락했어야 하는데 바빴거든, 갑자기."

청아가 띄엄띄엄 그에게 변명을 늘어놓았다. 전화에 신경 쓸 정신이 없었고, 하루 종일 발바닥에 불이 나도록 뛰어다니고, 하루 종일 수술대 앞에 서 있어야 했다. 청아가 다시 한 번 미안하다고 사과의 말을 건넸다. 그러자 뒤돌아서 청아를 바라보는 유진의 눈빛이 무심하게 변했다.

"연락은 왜 안 받아?"

"아."

청아가 서둘러 주머니를 뒤져 휴대전화를 꺼냈다. 비행 모드. 일에 방해받지 않기 위해 설정해 두었던 모드를 바꾼다는 것을 까마득히 잊고 있었다. 청아가 한숨을 내뱉었다.

"미안. 미처 확인을 못했네."

목소리에도, 얼굴에도, 그리고 손끝에도 그녀는 온몸에 힘 한 자락 없는 듯 지친 모습이다. 그래서였을까, 늦는다는 한마디도 없이 잠수를 타버린 그녀가 걱정되다가 급기야 화가 난 유진은 굳었던 얼굴을 풀고 그녀를 따라 한숨을 내뱉는다. 어디 그녀의 탓이겠는가. 그녀가 바쁜 병원 생활을 보낼 것이라 이미 경고를 했고, 그 또한 이해를 한다 말했기에 속 좁은 자신을 탓해야 했다.

청아가 고개를 푹 떨군 채 말을 아낀다. 입이 열 개라도 할 말이 없다는 듯. 그러자 유진이 양팔을 벌리며 말했다.

"이리 와."

그의 말이 신호가 된 듯 청아가 곧장 걸음을 옮겨 그의 너른 품에 안긴다. 익숙한 냄새와 따스한 품에 안기자 하루 종일 그녀를 괴롭히던 생각들이 스르르 녹아가는 기분이었다. 그래, 그녀에겐 이러한 휴식이 필요했다.

청아를 끌어안은 유진이 그녀의 등을 천천히 토닥였다. 따스한 그의 위로에 찌르르 명치가 아파온다.

"무슨 일 있었어?"

"조금……."

말꼬리를 늘리며 청아가 말을 끝맺지 못하고 입술을 닫았다. 그의 위로에 참고 있던 감정이 복받쳐 터져 버릴 것만 같았다.

"말하기 싫어?"

"응. 내 일이 아니니까."

환자의 사생활이다. 그녀의 것이라면 마음껏 털어놓겠지만 공적으로 문제가 될 법한 일을 털어놓고 싶지는 않았다. 더욱이 이 이야기를 입 밖으로 털어놓는 순간 자신의 무능함과 나약함을 들킬까 두렵기도 했다.

그 말에 유진은 이해한다는 듯 청아의 등을 천천히 쓸어내렸다. 팔이 저릿해질 정도로 보듬고 또 보듬던 그가 자신의 가슴이 그녀의 눈물로 축축하게 젖어가는 것을 느끼며 따스한 목소리로 그녀를 위로했다.

"나중에 정 견디기 힘들면 말해."

청아가 힘없이 고개를 끄덕인다. 그녀는 아래로 툭 떨어져 있던 팔을 들어 그의 단단한 허리를 껴안으며 좀 더 그의 가슴 깊숙이 파고들었다. 그리고 숨을 크게 들이마셔 그의 체향이 자신의 몸 곳곳에 파고들게 만든 뒤 웅얼거리는 목소리로 말했다.

"고맙다, 노유진. 네가 내 곁에 있어 참 다행이야."

Three

　이른 아침, 작은 시곗바늘이 5를 가리키자 잠에서 깨어나며 곁에서 곤히 잠에 빠져 있는 청아의 얼굴을 바라본다. 세상의 시름을 모두 안고 있는 듯 자는 순간까지도 얼굴을 구기고 있는 그녀의 모습에 유진이 팔을 뻗어 그녀의 미간 가운데 자리한 주름을 손가락으로 꾹 눌렀다. 그러자 신기하게도 찌푸려졌던 미간이 가지런히 펴진다.

　청아의 입술에 짧게 입을 맞춘 유진이 자리에서 일어났다. 욕실로 가서 간단히 세수와 양치만 하고 나와 거실 한편에 덩그러니 놓여 있는 러닝머신 위에 올랐다. 리모컨으로 아침 뉴스를 튼 그가 러닝머신 위를 달리기 시작했다.

　윙윙 벨트가 움직이며 요란한 소리를 냈지만 그는 시선은 텔레비전에 둔 채 열심히 발을 놀렸다. 간간이 호흡을 조절하며 가볍게 달리던 그는 곧 속도를 올려 달리기 시작했다. 15분이 지날 무렵 등에 땀이 맺혔고, 30분이 흐르자 곧 얼굴에 비 오듯 땀이 쏟아지기 시작했다. 뉴스도 거의 끝나갈 무렵, 거친 숨을 내뱉으며 러닝머신 위에서 내려올 때다. 졸도한 사람처럼 곤한 잠에 빠져 있던 청아가 일어난 것인지 열어둔 방문 사이로 부스럭거리는 소리와 함께 기지개를 켜며 얕게 신음을 내뱉는 소리가 들려온다. 테이블 위에 아무렇게나 던져 둔 수건으로 얼굴을 닦은 유진이 안방으로 향했다. 그러자 침대 위에 앉아 스트레칭을 하고 있는 청아가 보인다.

"굿모닝?"

유진이 문지방에 올라서며 말했다. 그러자 청아가 고개를 돌려 유진을 바라보며 부드럽게 미소 지었다.

"한바탕 뛰었나 보네?"

"음."

침대 위에서 내려온 청아가 걸음을 옮겨 유진의 앞에 섰다. 뒤꿈치를 들어 그와 시선을 마주한 그녀가 땀으로 범벅인 그의 목을 감아 안으며 입술에 쪽 하고 입을 맞췄다.

"좋은 아침."

부드러운 미소를 입가에 머금은 청아가 달콤하게 속삭였다. 그러자 팔을 뻗어 청아의 등을 감싸 안은 그가 좀 더 깊은 키스로 되돌려 주었다. 두 사람의 입술이 자물쇠와 열쇠처럼 빈틈없이 포개지더니 이내 약간 벌어진 틈 사이로 서로의 혀가 얽혀들었다.

그렇게 두 사람의 일상이 반복되고 있었다.

　시간이 지나감에 따라 날씨가 부쩍 더워졌다. 따스한 봄바람은
어느새 후덥지근한 뜨거운 열기로 바뀌어 있고, 아름다운 봄꽃을
터뜨리던 나무도 어느새 꽃이 지고 푸른 잎이 무성해져 있었다.
생명체가 가지는 찬란함에 눈이 부신 여름날, 검은색 차량에서 내
린 유진은 덥지도 않은지 짙푸른 색상의 긴팔 V넥 티셔츠에 단단
한 다리를 모두 감싼 검은 바지를 입고 있다. 거기에 차가운 그의
표정까지 더해져 범접할 수 없는 분위기를 내뿜고 있었다. 작은
가방 하나를 손에 달랑 들고서 국과수 로비 안으로 들어간 그는
곧장 그의 집무실이 있는 2층으로 향했다.

　옷걸이에 걸어둔 흰 가운을 입은 유진이 자신의 책상 위에 쌓여
있는 서류를 살펴보았다. 개인적인 것과 공적인 것들을 나눈 뒤
서울지법에서 온 봉투를 개봉하던 유진은 똑똑 노크 소리와 함께
사무실 문이 열리자 시선을 들어 방문자를 보았다.

　"안녕하세요, 팀장님."

　"음."

　안나였다. 그의 어시스트인 그녀는 하루의 시작을 알리기 위해
성큼성큼 다가와 들고 있던 일정표를 빠르게 읽기 시작했다. 첫
부검은 2호실에서 9시 30분에 시작된다는 말과 함께 담당 형사는
9시 20분까지 도착하기로 했다는 이야기였다. 이번 건은 가족 또
한 참관을 원했다고 덧붙이는 안나의 말에 유진이 말없이 고개를
끄덕였다. 그 뒤의 일정까지 빠르게 말한 안나가 말을 마치고서

유진의 눈치를 살폈다. 마치 얼굴을 관찰하듯.

그녀의 시선을 모를 리 없는 유진이 눈살을 찌푸리며 물었다.

"왜?"

"아, 저기…… 실례되는 질문인 줄은 아는데요, 팀장님."

실례되는 질문이면 하지 말라고 딱 잘라 말하려던 유진은 안나의 눈망울이 호기심으로 반짝이자 앞으로 살짝 굽히고 있던 허리를 폈다. 그리고 등받이에 편히 몸을 기대며 어디 해보라는 듯 고개를 까딱였다.

"요즘 그 소문 들으셨어요?"

"무슨 소문?"

곧장 날아오는 그의 반응에 안나가 다시 한 번 그의 안색을 살피더니 조심스레 이야기를 꺼냈다.

"팀장님이 국과수 앞에서 키스했다는 소문이 파다해요."

안나의 말에도 유진의 안색엔 변화가 없었다. 무심하고 무감각한 얼굴은 그의 속마음을 읽을 수 없을 정도로 아무런 감정도 담고 있지 않았다.

"그리고…… 그 반지는 아무리 봐도 커플링 같다고……."

유진이 아무런 반응도 없자 안나의 목소리가 슬금슬금 기어들어 간다. 기어코 말끝을 맺지 못하고 입을 꾹 다문 그녀가 유진의 눈치를 살폈다. 무슨 생각을 하는지 알 수가 없으니 무서워졌다. 그녀가 숨까지 참으며 유진의 말을 기다리고 있을 때다. 그가 피식 웃음을 내뱉더니 웃음기가 묻어나는 목소리로 말했다.

"연애해."

"……네?"

"연애한다고. 근데 왜 내 연애사를 이야기하는 거지?"

그건 정말 이해할 수가 없네. 유진이 미간을 찌푸리며 말하자 안나가 벙찐 얼굴로 그를 바라보았다. 그는 정말 몰라서 묻는 것일까? 안나가 얼이 빠진 얼굴로 그의 표정을 살폈다. 이해할 수 없다는 듯 고개를 내젓는 그를 보니 정말 모르는 것 같았다.

아, 가끔 보면 참 눈치가 없다는 생각이 들어.

안나가 그의 정체를 조금 눈치챌 때였다. 벽에 걸린 시계를 확인한 유진이 자리에서 일어나며 말했다.

"2호실이라고 했지?"

"네? 네."

"가자."

9시 10분. 조금 일찍 부검실에 도착해 있는 것도 나쁘지 않았다. 가기 전에 모닝커피를 즐겨도 좋고. 걸음을 옮기는 그의 뒷모습을 한참이나 바라보던 안나가 서둘러 그의 뒤를 따랐다.

기다란 복도를 걸어 부검실이 모여 있는 곳을 향해 힘차게 걸음을 옮기던 유진이 막 휴게실을 지날 때다. 휴게실 안에 옹기종기 모여 있는 직원들이 그의 모습에 '호랑이도 제 말 하면 온다더니!'란 표정을 짓더니 이내 목소리를 낮추며 속삭인다.

"그 이야기 진짤까?"

"노 팀장님 키스 사건?"

며칠 전부터 국과수 내에 파다한 핫이슈를 이야기하고 있는 참이었나 보다. 평소라면 뒤에서 직원들이 뭐라고 하던 신경 쓰지 않을 그렸지만 방금 전 안나에게 들은 이야기가 있어서일까, 그의 걸음이 느려졌다.

"애끼링 봐봐. 유치뽕짝한 게 분명 여자친구가 생긴 거라니까."

"그럼 그 사건도 진짜일 거고?"

"그래! 확실하다니까!"

세 사람이 번갈아 이야기하는 목소리에 유진의 얼굴이 와작 찌푸려졌다. 평소라면 그냥 무시했을 뒷담화 정도였다. 하지만 유치뽕짝한 반지라는 소리에서 그의 인내심에 와작 금이 가는 것을 느꼈다. 이 반지 이벤트를 떠올리기 위해 기나긴 밤 고민했던 자신을 비웃는 것 같았다.

몸을 틀어 성큼성큼 걸음을 옮기는 유진에게로 사람들의 놀라워하는 시선이 쏠린다. 그의 뒤를 따르던 안나 또한 '티, 팀장님, 차, 차, 참으세요'라며 말을 더듬어댔고, 그가 자신들의 앞에 서자 대화를 나누고 있던 여인들 또한 엉덩이를 들썩이며 놀라워했다. 그녀들이 법과학부 소속과 교통사고 감식반 직원임을 확인한 유진이 무덤덤한 얼굴로 말했다.

"저 연애합니다."

하지만 그와 반대로 입에서 나온 말은 충격적이었다.

"네, 네?"

"그러니까 뒤에서 수군거리는 것은 그만해 주시죠."

그 일을 자초한 것은 나지만요. 유진이 뒷말을 씹어 삼킨 뒤 뒤돌아 벙찐 얼굴로 자신을 바라보고 있는 안나에게로 향했다. 안나는 이 상황이 꽤나 놀라운지 얼음 조각상처럼 얼어 있었다.

"가자."

"네, 네, 네? 네, 팀장님."

몇 번이고 말을 더듬은 안나가 복도를 성큼성큼 걸어가는 유진의 뒤를 재빨리 따랐다. 사무실로 돌아가야 할 시간이 훌쩍 지났음을 인지하지 못한 여인들이 쩍 벌어진 턱을 다물며 읊조렸다.

"워워, 대박."

"연애도 안 하고 일만 하기에 고잔 줄 알았는데 아닌가 봐."

"저 얼굴에 고자면 좀 곤란하지."

게이면 몰라도. 한 사람이 말하자 그들 사이로 까르르 웃음이 터져 나온다. 갑자기 소머즈라도 된 것인지 그 이야기를 들은 유진의 발걸음이 또다시 멈췄다. 머리를 거칠게 쓸어 올린 유진이 훅 하고 한숨을 내뱉었다.

"후."

"왜, 왜 그러십니까?"

하루아침에 그녀가 알던 유진과는 너무나 다른 행보를 보였기 때문일까. 안나가 조금 겁에 질려 물었다. 그러자 유진은 한참이나 바닥을 노려보더니 고개를 홱 돌려 안나에게 항의하듯 말했다.

"나 게이 아니야."

"네, 네?"

"고자도 아니고."

그제야 속이 좀 시원해진 것일까. 심통이 가득하던 얼굴을 푼 유진이 걸음을 옮겨 부검실로 향한다. 어떠한 반응을 보여야 할지 몰라 바짝 얼어 있는 안나는 버려둔 채로.

청아는 요즘 들어 시간이 날 때마다 틈틈이 ICU를 찾아 소영의 상태를 살폈다. 오전 회진이 끝나면 한 번, 환자 진료를 하다가 시간이 나도 한 번, 긴박한 컨퍼런스가 끝나고 나서도. 그녀의 발길은 일이 끝나면 도장을 찍듯 ICU로 향했다.

그곳에 소영은 늘 항상 같은 모습으로 누워 있었다. 깊은 잠에 빠진 그녀는 점점 창백하게 변해갔고, 시시각각 좋아졌다가 나빠지길 반복했다. 어떤 때는 갑작스런 쇼크로 바이탈이 춤을 추기도 하였다. 어떤 때는 갑작스럽게 심장박동이 빨라지고 혈압이 떨어져 의료진의 간담을 서늘하게 만들기도 했고, 어떨 때는 소변이 전혀 나오지 않아 모두를 뜬눈으로 밤을 새우게 만들기도 했다.

하지만 그녀는 여전히 살아 있었다. 끈질기게 제명을 연장하며 뱃속에서 무럭무럭 자라나는 아이를 지키기 위해 이를 악물고 싸우고 있었다. 그렇다면 그녀 또한 서포트해 주어야 했다. 이 기나긴 싸움에서 소영이 승리할 수 있도록.

"어때요?"

곁에 다가온 수간호사가 소영의 상태를 물었다. 중환자실에서 오랫동안 근무한 그녀는 익히 소영의 상태를 알고 있었으나 혹 상태가 진전되는 것이 없느냐 물은 것이다. 그러자 청아는 차트에 빼곡하게 기록되어 있는 진료 내역을 보며 말했다.

"딜티아젬(Diltiazem:심장박동이 빠를 때 사용함. 소량으로 혈압 상승 효과) 투여 후에는 상태가 많이 호전된 것 같아요."

얼굴에 희미한 웃음을 머금은 청아가 생각보다 잘 버텨주는 소영이 기특하다는 듯 말했다. 그러자 수간호사도 그녀를 따라 입술에 희미한 웃음을 머금었다. 그리고 뭔가 생각이 났다는 듯 소영을 보며 말한다.

"요즘 보호자분이 안 보이세요. 뭐 이해도 가지만……."

"아……."

말끝을 흐린 청아가 고개를 끄덕였다. 지난번 우진과 잠시 이야기를 나누었을 때 그가 경제적으로 많이 힘들다고 했던 말이 떠올랐다. 소영의 몸에 달려 있는 수많은 기기와 하루에도 엄청나게 투약되는 혈액과 약품은 그 홀로 감당하기엔 엄청난 액수였다. 청아의 표정이 어두워지자 수간호사는 괜히 말을 꺼냈다고 생각했는지 서둘러 말을 돌렸다.

"다음 주에 있을 수술, 라이브 써저리(Live Surgery:새롭거나 희귀한 수술을 생중계하여 청중에게 알리거나 학습시키는 목적을 가진 수술)로 진행한다고 하더라고요. 들으셨어요?"

"네, 저도 참관해요."

그렇게 말하며 청아는 굳었던 표정을 풀며 소영을 향해 시선을 돌렸다.

"부디 기적이 일어났으면 좋겠어요."

잠시 휴대전화를 켠 사이 정말 타이밍 좋게 유진에게서 전화가 걸려왔다. 서로 얼굴을 확인할 수 있는 것은 출근 전 잠시의 시간과 퇴근 후 함께 식사를 할 때 정도인 두 사람인지라 요즘 들어 더 애틋해지고 있었다. 청아는 한숨을 내뱉으며 비상구 계단에 앉았다. 엉덩이를 타고 차가운 기운이 확 올라왔지만 몸이 무거워 일어서 있을 수가 없었다.

요즘은 평일, 주말 할 것 없이 일에만 매달렸더니 그와 마주 보고 속 깊은 대화를 할 시간도 없었다. 이번 주 주말엔 그와 함께 보내야겠다고 생각한 청아가 입술을 달싹일 때다. 먼저 운을 뗀 것은 유진이었다.

〈내일 시간 돼?〉

"내일이면 토요일? 토요일엔 왜?"

〈형 저번 주에 상견례 했잖아. 그거 끝나고 형수 될 사람이랑 식사하자고 하더라고.〉

평온한 그의 목소리에 청아의 고개가 옆으로 기울여졌다. 그러다가 그도 자신처럼 사생활이란 없는 삭막한 인생을 살고 있다는 사실을 깨닫고는 의심스러운 목소리로 물었다.

"너…… 형수 될 사람이 누군지는 아니?"

〈몰라. 형이 다음 주에 기사 나가니까 그걸로 확인하라던데? 왜, 넌 알아?〉

"……."

일에 찌들어 이야기를 듣지 못한 것이 아니라 유민의 농간에 그만 알지 못하고 있었다. 잠시 머리를 굴린 청아가 웃음을 삼키며 유민의 장난에 동조하기로 결정했다.

"그걸 내가 어떻게 아니? 하여튼 토요일이라면 괜찮을 거야. 너랑 시간 보내려고 했는데 안타깝게 됐지만."

〈정말? 지금이라도 못 간다고 이야기할까?〉

장난스런 그의 목소리에 청아가 피식 웃음을 내뱉었다. 생각 같아선 그녀도 그러라고 하고 싶었지만 후에 형수가 견원지간처럼 으르렁거리던 재영이란 사실을 깨달았을 때 그가 느낄 충격과 공포를 생각하자면 두 사람의 만남을 더 이상 미룰 수가 없었다.

"아니, 됐어. 오늘 불금인데 우리 노 팀장님은 언제쯤 퇴근하실까?"

〈퇴근? 음, 부검이 두 건 정도 남았거든. 9시는 되어야 끝날 거야.〉

"그럼 오늘은 내가 먼저 가서 기다릴게."

〈정말? 안 바빠?〉

"일보다 네가 더 중요하니까."

〈……〉

웃음기 섞인 청아의 말에 순간 말을 잃은 것인지 유진은 말이 없었다. 꽤 오래 지속되는 침묵에 청아는 혹여 전화가 끊긴 건 아닌지 액정을 확인했다. 통화 시간은 계속 흐르고 있었다.

"여보세요? 유진아?"

〈……그거 알아? 내가 국과수에서 손이 제일 빠른 부검의라는 거.〉

"지금 자랑하는 거야?"

〈아니. 예전엔 그런 이야기를 들을 때마다 심드렁했는데 지금은 무척 좋아서.〉

그가 달콤하게 속삭였다. 그의 좋다는 말이 그 어떠한 언어유희보다 아름답게 들려 그녀의 입술이 길쭉하게 늘어졌다. 청아는 지금 통화 중이란 사실을 잊고 빠르게 고개를 끄덕였다.

〈빨리 끝내고 갈게.〉

"응, 기다릴게."

짧은 통화가 아쉬운지 청아는 끊긴 전화를 내려다보며 한숨을 내뱉고 자리를 털고 일어났다. 손바닥으로 엉덩이를 탈탈 털어낸 청아가 서둘러 퇴근하기 위해 현재 자신이 처리해야 할 일들을 하나둘 떠올리며 처음 이곳을 찾았을 때보다 한껏 가벼워진 발걸음을 열심히 옮겼다.

집에 도착하자마자 오랜만에 여유롭게 샤워를 즐긴 청아는 젖은 머리카락을 수건으로 탈탈 털며 부엌으로 향했다. 유진의 말로는 9시쯤 일이 끝난다고 했으니 집에 도착하면 대략 10시쯤 될 것이다. 청아가 노란 봉투에 담긴 식자재를 보았다. 바쁜 일상에 치여 생존을 위해 음식을 섭취하던 것에서 벗어나 오랜만에 제대로 된 저녁을 즐기기로 마음먹었으니 그가 오기 전 제대로 된 밥상을 차리려면 서둘러야 했다. 퇴근하고 오는 길, 마트에 들러 산 요리 재료를 모두 꺼내 싱크대 위에 올려놓은 청아가 무엇부터 할지 고민하며 요리 재료를 훑어본 뒤 몸을 움직였다.

마치 오랫동안 이곳 부엌을 사용한 사람처럼 동선에 거침이 없다. 우선 쌀을 깨끗하게 씻어 밥통이 안치고 그녀는 된장찌개부터 끓일 요량으로 깨끗한 냄비에 물을 받아 가스레인지 위에 올렸다. 티릭티릭 몇 번 불꽃이 튀는 소리와 함께 푸른 불꽃이 솟아오르자 이번엔 싱크대 앞에 서서 된장찌개에 넣을 애호박과 무, 팽이버섯을 흐르는 물에 깨끗이 씻었다.

"우렁이 좀 사올 걸 그랬나?"

과거 유진이 우렁이 들어간 된장찌개를 좋아하던 것을 떠올리며 청아가 아쉬움에 혼잣말을 했다. 다음 주엔 그의 의사를 물어보고 우렁이 된장찌개를 끓이는 것이 좋겠다고 생각하며.

보글보글 물이 끓자 그 위에 머리와 내장을 제거한 멸치를 넣어 국물을 우려낸 뒤 된장을 풀고 미리 씻어둔 야채를 차례대로 썰어 냄비 안에 넣었다. 그사이 밥통이 김을 뿜어내며 조금만 뜸을 들이면 밥이 완성된다고 신호를 보내온다. 저녁 준비가 순조롭게 이루어지자 청아의 콧노래가 절로 커졌다.

반찬 몇 가지를 더 만들고 나서야 청아는 싱크대 앞을 벗어났다. 그리고 냉장고 문을 열어 생수를 꺼내 한 모금 마셨을 때다. 소파 위에 올려둔 휴대전화가 웅웅 울리며 진동하자 청아가 피식 웃으며 벽에 걸린 시계를 확인했다. 8시 30분. 그녀가 예상한 시간보다 조금 빨리 걸려온 전화. 일이 조금 일찍 끝났나 보다.

"일이 빨리 끝났나?"

의아한 얼굴로 소파로 달려간 청아는 액정에 떠 있는 이름이 유진이 아닌 레지던트 1년 차 유미정 선생이자 고개를 기울였다. 퇴근을 한 뒤 병원에서 연락 올 일은 거의 없었다. 심각한 응급환자가 있거나 혹은 교수님이 멀리 출장을 떠나 갑작스럽게 수술에 들어가야 할 때 걸려오는 경우가 간혹 있기는 했으나 1년에 열 차례도 되지 않을 정도 적은 일이다. 앞서 언급한 그 어떠한 경우든 좋지 않았기에 통화버튼을 밀어 전화를 받는 청아의 이마가 찌푸려졌다.

"무슨 일이야?"

별일 아니면 주리를 틀어버리겠다고 다짐한 청아는 귀중한 휴식 시간을 방해한 유 선생이 답이 없자 더욱 살벌한 표정을 지었다.

"빨리 말 안 해? 무슨 일인데?"

그녀의 목소리에 위협을 느낀 것일까. 말문이 막힌 듯 아무 말도 하지 못하던 유 선생이 잔뜩 겁에 질린 목소리로 말했다.

〈선생님, 큰일 났어요. 보호자가…… 보호자가…….〉

"보호자가 뭐?"

〈크, 큰일이…….〉

전화를 받는 청아의 눈이 커졌다.

〈이소영 환자 보호자가 환자에게서 산소호흡기를 떼어내고 자해하는 바람에 지금 병원이 난리가 났어요! 근데 칼이 정확히 폐를 찔렀는데 지금 당장 흉부외과에서 수술이 가능한 선생님이 없어서……. 아시다시피 교수님은 지금 제주도 의사협회 일로 내려가 계시잖아요.〉

유 선생이 빠르게 말을 늘어놓았다. 하지만 소영의 이름이 나온 순간부터 모든 말소리가 웅웅 울리며 이명처럼 그 뒤의 이야기는 정확히 알아들을 수가 없었다.

지금 내가 들은 이야기가 다 뭐지?

내가 지금 무슨 이야기를 들은 거지?

청아의 손에 들려 있던 휴대전화가 힘없이 아래로 툭 떨어지더니 바닥과 부딪쳐 배터리가 분리되었다.

"무, 무슨……."

청아가 멍하니 읊조렸다. 보호자가 산소호흡기를 떼? 본인은 자해를 했다고?

현실성 없는 말은 그녀의 머리를 텅 비우게 하더니 이내 눈앞도 뿌옇게 물들였다.

"마, 말도 안……."

입술을 달싹이던 청아가 입을 꾹 다물었다. 왜 말이 안 돼? 그녀는 스스로에게 그렇게 물었다. 우진의 괴로워하는 모습, 그의 눈물, 그의 사정을 모두 들은 그녀다. 그러자 순간 퍼뜩 정신이 들었다.

청아는 외투를 들고서 집을 뛰쳐나갔다. 지금 그녀가 입고 있는 옷이 편안한 추리닝 차림이라는 것도 깨닫지 못한 채, 신발을 짝짝이로 신고 있다는 것도 모른 채 서둘러 엘리베이터를 타고 내려가 큰길가까지 뛰어갔다. 숨이 턱까지 차오를 무렵, 그녀는 마침 지나가는 택시를 향해 손을 허우적거렸다.

"대한세종대학병원이요."

"네, 알겠습니다."

"빨리 좀 가주세요."

청아의 닦달에 택시기사는 뭔 큰일이 나도 단단히 났다 싶은지 서둘러 차를 출발시켰다. 새하얗게 질린 얼굴로 다리를 달달 떨며 초조함을 감추지 못한 청아는 10여 분의 시간이 흐르도록 곧게 세운 허리를 꼼짝도 하지 못했다. 불안한 정신에 손톱을 딱딱 물어뜯으며 안 좋은 생각만 리플레이되는 머릿속에 숨을 왈칵 삼킨 것이 몇 번. 청아는 택시가 병원 앞에 멈춰 서자 주머니에 있던 현금을 몽땅 꺼내 택시기사 손에 쥐어준 후 서둘러 병원으로 뛰어들어 갔다.

"헉, 헉……!"

거친 숨소리를 내뱉는 청아의 눈망울이 붉어졌다. 저 멀리 보이는 병원 로비로 순간이동이라도 하고 싶은 마음이었으나 다리엔 무거운 추라도 달아놓은 듯 속도가 나지 않았다. 연신 거친 숨을 내뱉던 청아의 입에서 억눌린 목소리가 터져 나왔다.

"왜, 왜요? 왜……?"

눈물로 얼룩진 얼굴로 로비를 질주하자 많은 사람들의 시선이 그녀에게 닿았다가 떨어진다. 하지만 그녀는 병원에서 뛰지 말라는 규칙도 어긴 채 단숨에 ICU로 뛰어 올라간 후 구름떼처럼 모여 있는 사람들의 모습에 걸음을 멈췄다.

"허억, 허억……!"

숨을 고르려 애를 써보았으나 한 번 차오른 숨은 쉬이 가라앉지를 않았다. 하지만 눈빛만은 흔들림 없이 모여 있는 사람들과 의료진, 병원 가드들을 향해 있었다.

아아, 유 선생이 헛소리를 한 게 아닌가 봐. 그게 다 진짠가 봐.

순간 청아의 몸이 휘청거렸다. 현실이었다. 환청이 아니었다. 전부 다 진실이다. 멍한 눈을 끔뻑이며 공중에서 팔을 허우적거린 청아는 어느새 다가온 유 선생의 팔을 붙잡으며 제 몸을 지탱했다.

"선생님, 지금 수술방 잡아뒀습니다! 곧장 올라가셔야 합니다!"

"상태는……?"

"바로 응급처치는 했지만……."

유 선생의 말에 청아의 시선이 바닥에 흥건한 핏물로 향했다. 순간 세상이 비틀리며 아찔한 느낌에 눈을 질끈 감았다.

이게 모두 현실…….

캄캄한 어둠이 드리워진 의국에 청아 혼자 누워 있다. ICU에서의 일로 병원에 남은 의사들은 모두 중환자실을 소독하고 환자들을 살피느라 비상사태에 들어간 상태다. 하지만 방금 전 수술방에서 나온 청아는 여전히 자줏빛 수술복을 입은 채로 반쯤 실신해 누워 있었다.

이마에 팔을 올리고 있는 청아는 머리부터 발끝까지 피를 뒤집어쓴 채였다. 서둘러 씻어내야 했지만 멍한 눈빛과 힘 한 자락 없이 누워 있는 청아는 씻을 마음이 없어 보였다.

멍한 눈을 연신 깜빡이며 천장을 바라보던 그녀의 눈가에 순간 눈물이 차올랐다. 동그랗게 차오른 눈물방울은 무게를 더하고 더

해 곧 뺨을 타고 아래로 흘러내린다. 그리고 처음 생긴 그 길로 연달아 눈물이 따라 흐른다.

입술을 새하얗게 질릴 정도로 힘껏 악문 청아가 눈을 질끈 감았다. 울음이 터져 나온다. 순간 본인도 억누르지 못한 울음에 청아가 상체를 일으켜 얼굴을 감싸 쥐었다.

"세상이 뭐 이러냐."

인생 참 주옥같네, 젠장.

제 표정을 세상에게 들키고 싶지 않다는 듯 두 손으로 가린 청아가 엉엉 울음을 터뜨렸다. 속에 담고 있던 감정이 봇물 터지듯 밖으로 흘러나와 의국을 가득 채운다.

"뭐 이러냐고!!"

피로 엉망인 팔을 타고 눈물이 흐르고 또 흐른다. 피가 섞인 눈물은 더 이상 투명하지 않았다.

문을 살짝 열어 안의 상황을 살피던 건형이 결국 의국 안으로 걸음을 옮기지 못하고 조심스레 문을 닫았다. 처음 보는 그녀의 나약한 모습에 건형 또한 슬픔이 몰려와 이를 악물었다.

"괜찮으세요?"

곁에 서 있던 유 선생이 걱정스레 건형을 보며 물었다. 청아의 상태를 묻는 건지 아니면 툭 치기만 해도 눈물을 흘릴 것처럼 슬픈 얼굴을 하고 있는 그의 상태를 묻는 건지 알 수가 없다. 하지만 두 사람 모두 슬퍼하고 힘들어하고 있으니 누구의 상태를 묻든 괜찮지 않다는 답이 되돌아올 것이다.

한참이나 감정을 삭이던 건형이 물었다.

"수술 어시 들어갔지?"

"네. ICU가 저 모양이라 어떻게 하다 보니……."

유 선생의 말대로 건형 또한 피로 얼룩진 ICU를 수습하느라 계속 거기에 붙들려 있었다. 그가 계속 말해보라는 듯 자신을 보자 유 선생이 이야기를 해도 될까 망설이더니 한숨을 푹 내뱉었다.

건형이 청아에게 어떠한 마음을 품고 있는지 적어도 흉부외과 내에선 모르는 사람이 없었다. 답을 듣기 전에 아마 그는 물러나지 않을 것이다.

"CPR(심폐소생술)도 직접 하시고…… 터진 곳도 금방 찾아내셔서 순식간에 봉합하는데, 전 사람 손이 그렇게 빠를 수 있다는 걸 이번에 처음 알았다니까요."

얼마나 빠른지 완전 빛의 속도였어요. 유 선생이 그렇게 말한 뒤 한숨을 내쉬며 말을 잇는다.

"전 석션(Suction)하는 게 고작이었는데 그것도 제대로 못한다고 옴팡지게 깨지고…… 휴!"

본인의 신세한탄을 늘어놓은 유 선생이 건형의 눈치를 슬쩍 살피더니 기어들어 가는 목소리로 말했다.

"그리고 수술 다 끝나고…… 붙잡고 욕을 하시더라고요."

"욕?"

의외의 말에 건형이 눈을 크게 떴다. 붉어진 눈은 핏빛이다. 오늘 한 가정을 덮친 그 색.

"누구는 애를 살리려고 그렇게 노력하는데 당신은 왜 그 생명을 죽였냐고…… 그리고……."

"그리고……?"

"내 탓이라고."

"뭐?"

"그냥 내 탓이라고 하면서 계속 우셨어요."

수술실이 온통 울음바다였어요. 밖에 있는 사람이 들었으면 테이블 데스(Table Death:수술대에서 사망)인 줄 알았을 거예요.

유 선생이 기어들어 가는 목소리로 말하더니 이내 입을 꾹 다물었다. 20분 전 있던 일을 떠올리는 그녀의 눈망울에도 눈물이 맺혔다.

"어찌나 서럽게 울던지…… 수술방에 있던 사람들 다 울 뻔했다니까요?"

유라의 말에 건형의 눈이 질끈 감겼다. 지금이라도 당장 의국 문을 열고 들어가 청아를 따스하게 안아주고 싶다. 하지만 그랬다간 청아는 편히 슬픔을 털어내지 못할 것이라.

그의 애달픈 시선이 문을 향했다.

얇은 문 사이로 그녀의 울음소리가 연신 새어 나온다.

이게 그녀가 주는 벌이라면 달게 받아야 했다. 그녀를 외롭게 만든 것은 그였고, 8년이란 시간 동안 홀로 두고 괴롭게 만든 것도 그다. 그런 그였기에 떨어져 있는 시간이 길어 서로가 어떠한 생각을 가지고 어떠한 삶을 살고 있는지 몰라 거기서 오는 답답함이라면 참고 인내해야 한다. 그녀는 바쁜 사람이고, 늘 지원자가 적어 인력난에 허덕이는 TS(흉부외과) 의사였으며, 아침저녁 없이 콜이 오면 바로 병원으로 튀어가야 하는 애매한 위치의 펠로우였다.

"이해해야 해."

그도 짧지만 병원 생활을 해보지 않았는가. 남들이 보기에는 번지르르하고 좋아 보이는 의사지만 실상 안을 보면 속이 곪아 터지고 하루하루 생과 죽음 사이에서 싸움을 해야 하는 피곤하고 고된 직업이었다.

그러니 예전처럼 만날 수는 없을 것이다. 아무것도 모르고 서로에게 찰싹 붙어 있어 행복했던 그날들처럼, 그저 서로만 바라보며 사랑한다고 말하던 스무 살 초반의 그날처럼 그들은 이제 만날 수가 없다. 성인이었고, 책임을 져야 하는 일터가 있었으며, 각자의 사생활이라는 것도 있는 서른넷.

하지만 왜 다시 찬란하게 빛나던 그때로 돌아가고만 싶을까. 과거를 그리워하는 연인이란 이미 서로에 대한 사랑이 바닥으로 점점 추락하는 징조인 것이라는 것도 모른 채 유진은 그렇게 생각하고 또 생각했다.

예전엔 행복했는데, 같이 있는 것만으로도 세상이 반짝반짝 빛이 났는데…….

그렇게 또 생각하고 또 생각했다.

우울한 얼굴로 벽에 걸린 시계를 바라보던 유진이 눈을 감았다.
4시 50분, 이제 곧 동이 터올 터. 그럼 죽을 것처럼 아픈 마음을
붙잡고 한마디 말도 없이 사라져 버린 그녀를 기다린 기나긴 시간
도 끝이 난다.

"그러니까…… 그러니까……."

말꼬리를 늘인 유진이 입을 꾹 다물었다. 그리고 좋은 기분으로
집에 왔을 때 덜렁 바닥에 떨어져 있던 휴대전화를 노려보았다.
정갈하게 차려져 있는 식탁과 급히 집을 빠져나간 흔적. 휴대전화
조차 놓고 갈 정도면 뭔가 급한 일이 생겼을 것이 분명했다.

"그래, 그런 거야."

늘 함께 있었다면 서로에 대해 더 깊게 이해하고 속속들이 알
수 있었겠지만 그 기회를 놓친 것은 유진 그 자신. 그러니 유진은
스스로 그렇게 다독여야 했다. 그리고 망부석처럼 굳어 있던 몸을
옮겨 일으켜 부엌으로 향했다. 색색의 반찬은 이미 모두 식어 있
었다. 입에 넣으면 사르르 녹아버릴 것처럼 달콤한 계란말이도 딱
딱해져 있고, 된장찌개 또한 부유물이 바닥으로 모두 내려앉아 있
어 흙탕물처럼 보였다.

걸음을 옮겨 밥통으로 간 유진이 밥그릇과 주걱을 들고 밥통을
열어 제때 저어주지 않아 뭉친 밥을 그릇에 담은 뒤 자리로 가서
앉았다. 수저를 든 유진은 데우지 않아 차갑고 퍼석거리는 것들을
입안에 밀어 넣었다.

"맛있네."

그래, 김청아는 예전부터 음식을 참 잘했다. 그가 만들어달라는

건 귀찮아하면서도 척척 만들어주었고, 음식을 다 한 뒤에는 눈을 반짝이며 맛은 어떤지 물어보곤 했다. 어느 날 왜 이리 음식을 잘 하느냐는 물음에 청아는 아무렇지도 않게 답했다.

"엄마가 어릴 적부터 없었으니까 내가 아빠 아내 노릇까지 해야 했거든."

입이 좀 까다로워야 말이지. 어휴! 그렇게 한숨을 푹 내쉰 청아는 맑은 눈으로 자신을 바라보았다.

참 슬픈 사연이 아닐 수 없었지만 청아의 얼굴은 아무렇지도 않았다. 그리고 돈도 안 되는 동정을 할 거면 썩 꺼지라며 장난스럽게 분위기를 풀기도 했다.

"그래, 예전엔 그랬었지."

툭 내뱉은 유진이 숟가락으로 밥을 크게 떠 입안으로 밀어 넣었다. 그리곤 가라앉아 밍밍한 된장찌개를 한술 먹고 또다시 밥을 떠먹었다. 보지도 않고 게 눈 감추듯 모두 먹어치운 그는 상을 치우고 욕실로 향했다.

혼자 밥 먹고 잠드는 일상. 그건 이제 그에게 조금은 익숙해진 것이다.

씻고 나와 안방으로 들어간 그는 화장대 위에 올려 있는 가방을 보며 미간을 찌푸렸다. 그녀는 소지품을 하나도 들고 나가지 않은 것이다.

한숨을 내쉬며 화장대로 다가간 유진은 가방 안에 들어 있는 물건을 바라보았다. 커다란 가방 속에 들어 있는 수많은 소지품 중에 왜 하필 이게 눈에 들어온 것일까.

"왜…… 넌 왜……."

유진이 미처 말을 끝맺지 못하고 입을 다물었다. 그의 손에 들려 있는 것은 피임약.

책임지지 않는 동거, 그 관계를 제의한 것은 유진이었다. 그녀가 미래를 생각할 수 없다고 말했을 때 믿음을 심어주겠다고 한 것도 그다. 하지만 막상 두 눈으로 그녀는 아직도 자신과의 미래를, 자신과의 삶을 생각하지 않고 있다는 것을 알게 되자 심장박동이 빨라지고 두 눈이 붉게 물든다.

끔찍했다. 끔찍한 기분에 제 손에 들려 있는 그녀의 생각을 우그러뜨려 쓰레기통에 처박고 싶었지만, 그는 상처받은 눈으로 피임약을 원래 있던 곳에 넣어두었다. 그리고 휘청거리는 몸을 옮겨 침대맡에 앉았다.

양손을 들어 얼굴을 가린 유진이 숨을 깊게 들이마셨다가 훅 내뱉었다. 하지만 산소는 온몸으로 전달되지 않는지 사지가 떨리고 손가락과 발가락 끝이 저릿해졌다. 피를 연신 빨아들였다가 내뱉는 심장이 산산이 부서지는 느낌에 그가 울컥 말을 내뱉었다.

"널 어쩌면 좋을까……."

길을 잃은 아이처럼 불안한 시선을 옮기던 유진은 한참이나 그 자리에 앉아 있었다. 그리고 시간이 지나 그의 얼굴에 물들어 있던 절망이 속으로 숨어들고 얼굴 가득 물들어 있던 감정을 지워내고서야 유진은 차가운 침대에 누울 수 있었다.

그는 잠이 오지 않아 속으로 양을 헤아려야 했다. 양 한 마리, 양 두 마리, 양 세 마리…… 양 이백스물네 마리, 양 이백스물다섯 마리…….

그렇게 양을 오백 마리 헤아렸을 때다. 밖에서 비밀번호 풀리는 소리와 함께 문이 열리고 닫히는 소리가 연달아 들려온다. 슬그머니 눈을 뜬 유진은 안방 문이 열리자 저도 모르게 눈을 질끈 감았다.

"후……."

깊은 한숨 소리엔 여러 가지 감정이 뒤섞여 있었다. 고단함과 슬픔, 괴로움까지도.

청아는 씻지도, 옷을 갈아입지도 않고 곧장 이불을 걷어 조심스럽게 침대에 눕는다. 그리고 유진의 품으로 파고들어 그의 온기를 나누어 가지며 스르르 눈을 감는다. 고른 숨소리의 유진과는 달리 청아는 어딘가 억눌리고 참는 기색이 역력했다. 빨라졌다가 느려지길 반복하며 그녀가 한참 눈을 감고 있다가 묻는다.

"유진아, 자?"

"……."

"자는구나."

그가 아무런 답이 없자 청아가 혼잣말을 했다. 그리고 팔로 그의 가슴을 둘러 몸을 더욱 밀착시킨 후 한숨처럼 말을 내뱉는다.

"……미안."

찌르르 가슴이 울렸다.

"어젠 미안했어."

두 사람은 잠든 시각에 비해 이른 아침을 맞이했다. 아침 7시 30분. 청아는 거짓말처럼 눈을 떴고, 서둘러 하루를 시작하기 위해 욕실로 들어갔다. 깨끗하게 샤워를 마치고 나온 청아는 곧장 옷방으로 들어가 캐주얼한 차림으로 갈아입고 거실로 나왔다. 그러다가 소파에 앉아 자신을 바라보는 유진과 두 눈이 마주쳤다.

청아의 말에 유진은 작게 고개를 저었다.

"콜 왔어?"

"응, 미안."

그러면서 입꼬리를 틀어 올려 어색하게 웃는 그녀의 모습에 유진이 자리에서 일어났다. 천천히 걸음을 옮겨 청아의 앞으로 다가간 유진이 손을 들어 끔찍하게 부어 있는 눈두덩이 위에 올려놓았다.

"울었어?"

"……응, 조금."

그녀의 눈을 바라볼 자신이 없어 그는 계속 시야를 가리고 있었다. 아니, 그녀의 눈을 바라볼 수 없는 게 아니다. 자신의 얼굴이 지금 어떨지, 자신이 지금 얼마나 끔찍한 표정을 짓고 있을지 알기에 그녀가 보지 않았으면 하여 청아의 두 눈을 가려 버린 것이다.

두 사람의 숨소리뿐 침묵이 내려앉은 집 안. 두 사람은 한참이나 그렇게 서 있었다. 그리고 그가 손을 내렸을 무렵엔 굳어 있던 표정이, 슬픔으로 가득했던 얼굴이 사라지고 없다. 입가를 크게 늘어뜨려 웃는 유진을 올려다보던 청아가 미간을 찌푸렸다.

"미안한데 오늘 병원에 나가봐야 할 것 같아."

"……."

그의 얼굴에 웃음이 사라졌다. 그 모습에 청아가 서둘러 사과의 말을 늘어놓았다.

"정말 미안해. 다음에는……."

알맹이는 쏙 빠진 이야기. 왜 선약을 깨야 하는지 그 이유를 설명해 주지 않는 청아. 지난밤 자신을 괴롭히던 자괴감이 순간 유진을 덮쳐 왔다. 지금 그는 청아를 마주하고 있으나 외롭고 아팠다. 기나긴 이별의 시간보다 그는 지금이 더 힘들었다. 손을 뻗으면 그녀를 만질 수 있는데, 서로 눈을 마주하고 이야기를 하고 있는데 왜 그럴까. 왜 이렇게 지칠까. 왜, 왜, 왜…….

"청아야."

"응?"

"넌 지금 이 관계에 만족하니?"

갑작스런 그의 말에 청아의 얼굴이 멍하니 변했다. 그리고 입술을 달싹여 신음처럼 내뱉는다.

"어?"

둔탁한 둔기로 머리를 얻어맞은 것만 같다. 멍하니 그를 올려다보는 청아의 눈빛에 순간 다급함이 묻어 나온다.

"유진아, 그게……."

그녀가 변명을 늘어놓으려 하자 유진이 고개를 저었다. 늘 입을 맞추고 사랑한다며 숨결을 불어넣던 저 입술이 오늘따라 너무나 미웠다.

"난 잘 모르겠다."

"……"

"우리가 뭘 하고 있는지…… 잘 모르겠어."

그의 말엔 가벼운 웃음이 섞여 있다. 분위기를 무겁게 만들기 싫은 그의 의중이 담겨 있다. 잘못 말했다간 그녀가 자신보다 일이 더 소중하다며 떠날까 봐 그는 장난처럼 돌려 자신의 이야기를 전했다.

"나 이기적이지?"

유진의 물음에 청아의 눈동자에 습기가 차오른다.

"유진아……"

"병원 가봐야 한다며. 가봐."

그렇게 말하며 유진은 웃었다. 입술을 크게 늘어뜨려 늘 짓곤 하던 그 미소로. 순간 청아는 입을 벌려 신음을 내뱉었다.

언제부터였을까.

그가 저렇게 거짓 웃음을 짓게 된 것이.

그리고 그걸 언제부터 자신은 눈치채지 못하고 있었던 걸까.

"난…… 난……"

청아가 더듬더듬 말을 꺼냈다. 그러자 유진은 괜찮다는 듯 고개를 저으며 말했다.

"가봐. 난 진짜 괜찮아. 내 라이벌이 병원이라고 생각하지, 뭐."

"……"

얼굴이 또다시 일그러질 것 같다. 제 속에 있는 슬픔이 터져 나올까 봐 무서워진 유진이 더듬더듬 뒤로 걸음을 옮겼다.

"오늘은 들어올 수 있어?"

"모르겠…… 어."

"응, 그래. 그럼 시간될 때 연락 줘."

끝까지 가볍게 말한 유진이 몸을 돌려 안방 문을 열었다. 그러고 곧 달칵 소리와 함께 문이 닫혔다. 그 소리가 마치 마음의 단절처럼 느껴져 청아는 한동안 멍하니 그곳에 서 있어야 했다.

"난…… 난……."

그녀가 힘겹게 이야기를 늘어놓았다.

"지금 내 일만으로도 너무 힘들어서…… 그래서……."

왈칵 울음이 치솟는다. 손을 들어 입을 틀어막은 청아가 스르르 자리에 주저앉았다. 그리고 울음소리가 밖으로 새어 나오지 않게 힘껏 입을 틀어막으며 한참이나 그곳에 주저앉아 울음을 터뜨렸다.

그녀의 예상대로였다, 한 치의 오차도 없이. 슈퍼맨이 아닌 청아는 일을 선택한 순간 평생 유일한 사랑이라 생각한 그와 어느새 멀어져 있었다.

달칵 현관문이 닫히는 소리가 들리자 의자에 앉아 있던 그가 숙이고 있던 고개를 들었다. 그리고 몸을 일으켜 침대 옆 협탁 위에 올려 있는 휴대전화를 집어 든 뒤 익숙한 번호를 찾아 통화버튼을 눌렀다.

얼마의 시간이 흘렀을까. 꽤나 오랜 시간 기계음을 들어야 했던 유진은 상대가 전화를 받자마자 인사조차 건넬 기분이 아니라는 듯 본론부터 툭 꺼내놓았다.

"형, 우리 오늘 못 나가겠다. 다음으로 미뤄야겠어."

〈아, 안 그래도 내가 먼저 전화하려고 했다. 지금 병원 난리잖아.〉

전화 저편으로 유민의 말과 함께 여러 사람들의 목소리가 함께 들려왔다. 환자 상태 체크하라며 소리치기도 했고, 새로 검사를 해야 한다며 서둘러 일정을 잡으라고 외치는 소리도 들린다. 아비규환인 상황에 유진이 눈살을 찌푸리며 물었다.

"난리? 무슨 일 있어?"

〈뭐야? 너 김청아 선생한테 못 들은 거야?〉

"……어."

유진이 한 박자 늦게 답했다. 그러자 유민이 '걘 어째 시간이 지나도 그 모양이냐. 도통 말을 안 해줘'라고 하며 말을 잇는다.

〈김청아 선생이 담당하던 환자가 ICU에서 보호자한테 살해당했다.〉

"뭐?"

그게 가능한 일인가? 유진이 멍해져 물었다. 그러자 유민이 한숨을 푹 내뱉으며 현 상황에 대해 최대한 간결하게 설명해 주었다.

〈산소호흡기를 뗐으니 살해지. 그리고 그 뒤에 본인은 바로 할복자살하려고 했고.〉

2cm만 깊게 들어갔으면 바로 죽었을걸. 아니, 아니다. 병원이

아닌 다른 곳이었으면 이송 중에 과다 출혈로 죽었을 거야. 그것 때문에 병동 피바다 되고 난리야, 난리.

유민의 뒷말에 자리에서 일어서 있던 유진이 털썩 주저앉았다.

〈그것 때문에 어제 김청아 선생도 밤에 뛰어나왔잖아. 가해자 수술한다고. 뭐 다행히도 수술은 잘 끝났다만, 오늘 그 경과도 봐야 하고, 경찰서도 가야 하고…… 아주 병원이 부산스러워.〉

갑자기 집을 빠져나갔던 흔적들. 새벽녘이 되어서야 집에 온 청아, 그리고 퉁퉁 부어 있던 두 눈. 흩어져 있던 퍼즐 조각들이 맞춰지자 곧 끔찍한 현실이 그의 눈앞에 펼쳐졌다.

"……어, 그래."

〈어, 전화 끊어야겠다. 콜 들어오네.〉

"어, 일 봐."

유민의 말에 유진이 끝까지 평정심을 가지고 말한 뒤 전화를 끊었다. 멍하니 휴대전화를 내려다보는 유진의 얼굴이 붉으락푸르락해졌다.

"김청아…… 너 도대체 뭐냐?"

툭 내뱉은 유진의 시선이 어제만 해도 가방이 놓여 있던 화장대로 향했다.

그가 입술을 느리게 달싹였다.

"왜 아무것도 내게 말해주지 않는 거야."

내가 그렇게 못 미덥니?

몸이 저릿해질 정도로 힘을 준 유진이 고개를 숙였다. 그리고 얼굴을 감싸 쥐고 삽질하며 맨틀까지 뚫을 기세로 우울한 생각만

하고 있는 제 머릿속을 비워내려는 듯 입술을 짓이기며 말했다.

"김청아 원래 그런 거 몰랐어? 노유진, 정신 차려."

원래 그렇잖아. 원래 그런 아이야. 본인에게 문제가 생기면 혼자 삭이고 혼자 해결하려는 못된 습관을 가졌잖아. 그러니까, 그러니까……

"섭섭해할 필요 없어."

화를 낼 필요도, 슬퍼할 필요도 없어.

병원 내의 분위기는 흉흉했다. 많은 사람들 앞에서 스스로 목숨을 끊으려 한 우진은 결국 살아났지만, 그의 손에 스러져 간 소영과 빛도 보지 못하고 엄마의 자궁에서 함께 죽어버린 아이. 산부인과에서 서둘러 조치를 했지만 산모의 배를 가르는 순간 터져 나온 피와 급격하게 떨어지는 맥박으로 결국 아이는 울음조차 터뜨려 보지 못하고 한 줌의 흙으로 사라지게 되었다.

이러한 일이 있고 나서 심 원장과 위의 과장급 의사들은 밑에 있는 의사들 입단속을 시키고, 간호사는 물론이요 하다못해 병원 청소하는 청소부들까지 외부에 이 일을 발설할 시 각오하라고 경고하며 분위기 수습에 바빴다.

그런 중에 형사들은 의사들과 목격자들을 만나 취조하기에 바빴다. ICU의 간호사부터 시작해 그날 ICU 당직의, 그리고 ICU 환자의 보호자들까지 차례대로 휴게실로 불려가 사건 정황과 아는 사실을 모두 털어놓으며 이번 일은 병원과는 무관하다며 몇 번씩이나 강조했다. 그래서였을까. 형사들은 머리를 긁적이며 노트에 그들의 이야기를 옮겨 적으면서도 의심스러운 시선을 감추지 못했다.

마지막으로 불려간 소영의 담당의 청아는 제 앞에 놓인 식어버린 커피를 보았다. 진술을 받기 시작하면서 경찰들이 건넨 커피는 입에 대지도 않은 채 그녀는 충실히 그들의 질문에 답해주고 있었다.

한숨을 내뱉은 청아는 지난날의 일을 전하며 긴 말을 마쳤다.

"그게 마지막이었습니다."

"그러니까 감당이 안 되는 병원비에 아내를 살해하고 본인 또한 자살하려 했다는 겁니까?"

고압적인 말투에 무표정하던 청아의 얼굴이 와작 찌푸려졌다.

"제 이야기, 반 토막으로 잘라먹지 마세요. 분명히 말씀드렸습니다. 보호자는 죽은 아내의 배에서 태어날 아이의 미래를 결정했고, 법이란 이름 아래 아내의 산소호흡기를 떼지 못하고 연명 치료를 하는 동안 나오는 천문학적인 병원비 때문에 괴로워했습니다."

컵을 향해 있던 시선이 제 앞에 앉아 있는 30대 중반의 형사에게로 향했다. 날카로운 눈빛엔 분노까지 어려 있다. 서릿발 어린 시선에 형사가 고개를 끄덕이더니 노트에 몇 가지 키워드만 적은 뒤 수첩을 덮었다.

"추가적인 진술이 필요하면 그때 또 연락드리겠습니다."

"알겠습니다."

맞은편에 있던 형사가 일어서자 그를 따라 일어선 청아가 잠시의 망설임 끝에 말했다.

"저…… 이소영 환자 부검 참관할 수 있을까요?"

"네? 부검 참관이요?"

"네, 꼭 하고 싶습니다."

간절함을 담아 말하는 그녀의 모습에 형사가 곤란하다는 듯 인상을 찌푸렸다. 수사기관이나 국과수의 허락만 떨어진다면 참관하는 것은 문제가 되지 않는다. 알아보니 가해자나 피해자 모두 시댁이나 친정 식구 하나 없는 천애고아라 딱히 허락을 받을 보호자도 없는 상태. 형사는 망설임 끝에 간절한 그 시선을 거절하지 못하고 조심스레 이야기를 꺼냈다.

"그 부분은 상부의 허락이 떨어져야 할 텐데……."

"꼭 부탁드립니다."

"네, 알겠습니다."

형사가 휴게실을 벗어나자 혼자 덩그러니 남은 청아가 자리에 털썩 주저앉았다. 머리가 지끈거린다. 극심한 스트레스에 머리가 울리고 바늘로 뇌를 콕콕 찌르는 느낌이다. 며칠 동안 집에도 들어가지 못하고 우진의 곁에서 그의 상태를 살피느라 잠도 제대로 자지 못했다. 우진은 현실을 잊은 채 깊은 수면 상태에 들어 있었다. 내일까지 일어나지 않으면 장기와 뇌에 이상이 생길 수도 있기에 차후 또다시 검사가 이루어져야 한다.

머리를 부여쥔 청아가 한숨을 내뱉으며 숨을 고르고 있을 때다.

휴게실 문이 열리고 건형이 들어왔다. 힘없이 앉아 있는 청아의 모습에 그가 나지막이 말했다.

"선배."

"왜?"

"박우진 환자……."

그가 말꼬리를 늘이자 청아가 자리에서 일어났다. 그녀의 움직임에 따라 시선을 움직인 건형이 한 박자 늦게 말했다.

"깨어났습니다."

그의 말이 끝나기도 전에 청아가 그의 곁을 스쳐 휴게실을 빠져나갔다. 빠르게 달려 엘리베이터로 향했다. 하지만 여섯 대의 엘리베이터 모두가 거짓말처럼 각 층에서 움직일 생각도 하지 않자 청아는 발걸음을 돌려 비상구로 뛰어갔다.

"선배, 뭐가 그리 급해요?"

건형이 그녀의 뒤를 따르며 물었다. 하지만 청아는 휴게실이 있는 2층에서 우진의 병실이 있는 6층까지 빠르게 달려 올라가며 그 물음에 답을 주지 않았다. 우진의 입원실로 달려간 청아는 그 앞을 지키고 있는 형사 앞에 걸음을 멈췄다. 숨이 차오르고 이마에선 땀이 흘렀다.

그녀가 우진의 담당의라는 것을 익히 알고 있는 형사가 옆으로 비켜서자 청아가 떨리는 손으로 문을 옆으로 밀었다. 드르륵 문이 열리고 곧 병실 안의 모습이 한눈에 들어온다.

1인 병실은 작았지만 안에 있어야 할 것은 모두 갖춰져 있었다. 손님이 오면 앉을 수 있는 소파도 놓여 있고, 작은 텔레비전도 벽에 걸려 있으며, 정수기까지 한편에 놓여 있다. 환자이자 가해자인 우진이 쓰기엔 지나치리만큼 좋은 병실이지만 늘 병실이 모자라 허덕이는지라 이마저도 겨우 뺀 것이다.

햇볕을 받으며 눈을 감고 있는 우진에게 천천히 걸어간 청아가 저릿한 손가락을 동그랗게 말아 쥐었다. 자고 있는 것은 아닌지 인기척에 천천히 눈을 뜬 우진이 고개만 돌려 멍한 눈으로 청아를 올려다보았다. 입술을 달싹이던 그는 목에 무언가 걸린 듯 목소리가 나오지 않자 미간을 찌푸리더니 힘겹게 말을 내뱉는다.

"저…… 살아 있는 겁니까?"

"네."

무심한 얼굴, 고저 없는 목소리로 청아가 말했다. 그러자 우진의 눈빛이 흐려진다. 그의 눈가에 순간 눈물이 맺히더니 곧 잔잔한 파장을 일으키며 아래로 떨어진다. 한참을 소리 죽여 눈물을 터뜨리던 우진이 떨리는 목소리로 말했다.

"왜…… 왜…… 살렸습니까."

죽어야 했다. 자신의 손으로 사랑하는 아내를 죽이고 곧 태어날 생명까지 앗아간 자신 같은 악마는 그 자리에서 숨통이 끊어져야 했다.

"그냥 죽게 내버려 두지…… 왜 살리셨습니까."

눈물로 얼룩진 얼굴을 좌우로 힘껏 젓는다. 온몸으로 고통을 토해내며 그가 소리쳤다.

"지옥…… 입니다. 살고 싶지 않…… 아요."

하지만 실상 터져 나오는 것은 아주 미약한 목소리. 귀를 기울여야 겨우 들을 수 있을 정도로 작은 목소리였지만 이곳은 소음이 없는 1인 병실이다. 그의 이야기를 똑똑히 들은 청아가 얼굴을 굳혔다. 그리고 느리지도 빠르지도 않은 어조로 말했다.

"왜…… 살렸냐고요?"

"죽고…… 싶어요."

그 말에 청아가 결국 울컥 올라온 화를 참지 못하고 얼굴을 와자작 찌푸렸다. 온몸이 떨린다. 평정심을 유지하려 했지만 쉽지가 않았다. 의사는 환자의 앞에서 이성적이어야 한다. 제 감정을 드러내서도 안 된다. 그런데 청아는 지금 이성적으로 우진을 대할 수가 없었다. 화가 났다. 너무도 화가 났다.

"그걸 원할 것 같았어요, 소영 씨가! 당신을 살려줬음 하고 바라고 있을 것 같았다고요!"

"……"

"어쩜 그래요! 사랑하는 사람인데…… 사랑하는 사람을 어떻게……"

청아가 눈을 질끈 감았다. 볼을 타고 뜨거운 눈물이 흘러내린다. 깊이 숨을 들이마신 청아가 천천히 숨을 뱉었다. 속으로 계속 평정심을 외쳐 대던 청아는 낮고 진중한 목소리로 말했다.

"죽고 싶어 하는 사람도 살리는 게 제 일입니다."

"……"

그리고 당신은 죽을 자격이 없지 않습니까. 그렇게 말하고 싶었으나 청아는 애써 말을 억눌렀다. 지금 그의 심경이 어떻겠는가. 굳이 그녀가 보태지 않더라도 그는 충분히 괴로워 보였고 아파 보였다.

스스로 제 가슴에 기다란 칼을 박아 넣은 남자다. 보통 사람이라면 두려움에 몸 여기저기에 주저흔(자살할 때에 사람은 심리적으로 한 번에 치명상을 가하지 못하고 여러 번 시도하다가 생기는 상처)이 남아 있겠지만, 그는 단 한 번에 스스로 갈비뼈를 피해 폐 윗부분을 정확히 찔렀다. 그렇게 지독하리만치 독하게 마음먹은 남자이다.

한참을 눈물만 흘리던 남자가 힘겹게 물었다.

"아이 엄마는요?"

"……돌아가셨습니다. 수술대 위에서."

그 이야기를 하는데 왜 이렇게 가슴이 두근거리는 것일까. 청아는 뻥 하고 터져 버릴 것처럼 빠르게 뛰는 심장박동을 느끼며 일그러지는 그의 얼굴을 보았다.

"아이는요?"

"……뒤따라갔습니다."

생명이 움트기 시작하면서부터 질 때까지 아이는 끝까지 엄마의 뱃속을 벗어난 적이 없다. 따스한 그곳에서 무럭무럭 자라갔고, 뇌사 상태에 빠진 상태에서도 어미는 제 아이를 지켰다. 그런 두 사람을 죽인 것은 남편이자 아버지이다.

"이제 저 홀로 남았…… 군요."

쓸쓸한 목소리에 청아는 울컥 치솟아오는 울분을 토했다.

"원하던 대로 되어서 좋으시겠습니다."

"혼자…… 남았어요."

어느새 붉게 부풀어 오른 눈두덩을 깜빡이는 이 남자를 보고 있자 자신에게 너무나 화가 났다. 우진의 얼굴을 한참이나 내려다보던 청아는 몸을 돌려 병실을 빠져나왔다. 울컥거리는 감정에 도저히 그 앞에 서 있을 수가 없었다.

자신 때문이다. 저들의 비극을 막지 못한 것에는 자신의 책임도 있었다. 우진의 이야기에 더 귀를 기울여야 했다. 병원에서 지원하는 병원비 지원 시스템을 좀 더 자세히 설명해 주고 신청하게 만드는 방법도 있었을 것이다. 아니면 매스컴을 통해 아이와 산모의 후원금을 모으는 방법도 한 번은 생각해 볼 법한 일이었다.

하지만 그녀는 그 어떤 노력도 하지 않았다. 저들에게 드리우고 있는 끔찍한 비극을 알고 있었으면서도 외면했다.

어쩔 수 없다고 생각하며.

그래야 한다며, 아이의 인권을 위해서는 보호자가 조금만 더 참아줘야 한다며.

비틀거리며 벽을 짚은 청아가 숨을 토해냈다. 그러자 밖에서 기다리고 있던 건형이 그녀에게 다가와 걱정스레 바라본다.

"선배……."

"너 안 바쁘냐? 왜 이리 한가해?"

가서 일 봐. 청아가 차갑게 말한 뒤 허리를 곧게 세웠다. 하지만 건형은 그 모습이 그녀가 뒤집어쓰고 있는 껍데기라는 것을 아는 것인지 걱정스러운 얼굴로 말한다.

"김 선배, 집에 들어가요. 가서 좀 쉬세요."

"어? 아……."

청아가 손을 들어 제 뺨을 쓰다듬었다. 피부가 거칠어진 것이 지금 제 얼굴이 어떤 꼬락서니인지 잘 알 것 같다. 걱정스런 그의 시선에 청아가 피식 웃으며 물었다.

"많이 안 좋아?"

"그것도 그렇고."

짧게 말을 자른 건형이 입가에 미소를 띠었다.

"선배가 계속 병원을 지키고 있으니 아랫것들이 편히 쉬지 못하잖아요. 요즘 레지던트들 완전 죽상이라고요."

장난스러운 그의 말에 청아가 작게 웃음을 내뱉었다. 펠로우가 24시간 병원에 죽치고 있으니 인턴부터 시작해 레지던트들까지 얼마나 피곤해할지 눈에 선했다. 치프야 자기가 왕이니 제 시간이 되면 칼같이 퇴근하지만 그 밑의 사람들은 그렇지 못했다.

건형 덕분에 잠시나마 웃음을 찾은 청아가 그를 향해 부드럽게 웃음 지었다. 그리고 손목시계를 확인한 뒤 말했다.

"그래, 그럼 눈치껏 퇴근해야겠네."

"좋은 결정이에요."

고개를 끄덕이며 말하는 그의 눈동자에 안도감이 서린다.

저녁 7시 반. 평소에 비하면 지나치게 빠른 퇴근 시간이다. 병원을 나서는 청아는 이제야 3일 동안 같은 옷을 입고 있다는 생각이 들었는지 버스정류장에 비친 꼬질꼬질한 제 모습에 한숨을 내뱉었다.

"좀비가 따로 없네."

건형이 왜 자신을 그러한 눈으로 보았는지 이제야 이해가 되었다. 그리고 레지던트들이 자신과 눈만 마주치면 슬슬 피하던 이유도. 눈 밑에 진 짙은 그늘을 손가락으로 슥슥 문지르던 청아는 집 앞까지 가는 버스가 도착하자 줄을 서서 오른 뒤 버스 제일 뒤 빈자리를 찾아 앉았다.

버스 안은 벌써부터 에어컨 바람으로 공기가 시원했다. 드러난 팔에 오소소 돋아난 소름을 연신 손으로 문지르던 청아가 가방에서 휴대전화를 꺼내 익숙한 번호를 찾은 뒤 통화버튼을 눌렀다. 그러자 긴 통화음 끝에 그가 부드러운 목소리로 전화를 받는다.

〈여보세요?〉

"나 오늘 일찍 퇴근할 것 같은데, 외식할래?"

〈이런, 어쩌지? 일이 많이 남아서 오늘은 퇴근이 좀 늦을 것 같아.〉

그의 목소리엔 아쉬움이 가득했다. 그녀 역시 그처럼 아쉬운 마음이 들었지만 갑작스럽게 제안한 것은 그녀였다.

"아니야. 그럼 밥 안 먹고 있을 테니까 일 끝나고 전화해 줘."

〈아니야. 먼저 먹어. 나 새벽이나 되어서 끝날 것 같아.〉

"……그래? 많이 늦어?"

〈응, 일본에서 의뢰가 하나 들어왔어. 한국인으로 보이는 백골이 발견되어서. 그것 때문에 지금 좀…….〉

말을 미처 끝내지 못한 유진은 곁에서 누군가가 말은 건 것인지 '잠시만'이라고 짧게 말을 내뱉은 후 대화를 나누기 시작했다.

〈팀장님, 이건 어디다 둘까요?〉

〈그 아래에 뭐.〉

〈이건요?〉

〈이봐, 안나 선생. 내가 그것까지 일일이 다 가르쳐 줘야 하나?〉

여자 목소리와 함께 유진의 말이 번갈아 들려온다. 그들의 이야기를 가만히 듣고 있던 청아가 피식 웃음을 내뱉었다. 왜 갑자기 질투 비슷한 감정이 드는지 모르겠다. 그와 함께 일하는 부검의는 여자도 많을 텐데.

한참 대화를 나누길 몇 분, 대화를 끝마친 유진이 말했다.

〈미안.〉

"아니야. 바쁜 것 같은데 일 봐."

그의 답을 듣지 않은 채 전화를 뚝 끊어버린 청아가 시선을 돌려 차창 밖을 보았다. 빠르게 변하는 사각 틀 속의 세상은 여유로움이 가득했다. 유모차를 끌고 걸어가는 아이 엄마도 보였고, 어린 아들을 나무라며 걷는 사람도 보인다. 연인과 함께 걷는 이들도 있고, 어떤 이들은 스마트폰에서 시선을 떼지 못한 채 누군가와 문자를 주고받는 듯 빠르게 손가락을 놀리는 이도 보인다.

저 세상 속 사람들은 저마다의 짝과 함께 있었다. 그 사람을 지금 곁에 두고 있고, 모바일 속 세상에 두고 있는 차이는 있었지만.

버스 스피커에서 내릴 역이 호명되자 청아는 손잡이를 잡고 자리에서 일어나 뒷문으로 향했다. 버스가 선 뒤 사람들 속에 뒤섞여 버스에서 내린 청아는 저 멀리 보이는 아파트를 향해 걸음을 옮겼다.

후덥지근한 공기에 휘날린 머리카락이 제 뺨을 간질인다. 이제 완연한 여름이다. 어느새 그를 만나고 함께한 뒤로 한 번의 계절이 바뀐 것이다. 아파트로 들어서기 전 우뚝 걸음을 멈춘 청아는 하늘을 올려다보았다. 여름이라 해가 길어져 아직은 완전히 어둡다 할 수는 없었으나 어찌 되었든 저녁은 왔다. 시간의 흐름이 사람들보다 조금은 느리게 흘러가는 하늘에 짙은 색의 구름이 천천히 움직이는 것을 보던 청아가 복잡한 시선으로 얼굴을 일그러뜨렸다.

"잊으면 돼."

그래, 병원에서 있었던 일은 그곳에 두고 집에 올 때는 '선생' 김청아가 아닌 '여자' 김청아가 되어야 한다. 그리고 요즘 들어 소원해진 유진에겐 전부가 아닌 일부라도 제 생각을 털어놓아야 한다. 결심이 어린 얼굴로 고개를 내린 청아가 아파트 안으로 힘껏 걸음을 옮겼다.

엘리베이터를 타고 11층까지 올라온 청아는 집 앞에 서서 비밀번호를 누른 뒤 현관으로 들어섰다. 아무렇게나 신발을 벗어 던지고 집 안으로 들어간 그녀는 조금 생경하게 느껴지는 공간을 눈으로 훑었다.

"아줌마 다녀가셨구나."

오늘 아침까지만 해도 테이블 위에 올려 있던 머그컵이 없다. 일주일에 세 번 집안일을 봐주는 아줌마가 오늘 다녀간 것을 깨달은 청아는 그제야 오늘이 수요일이란 것을 깨달았다.

"아……."

요즘은 시간이 어떻게 흘러가는지도 모르겠다. 무슨 정신으로 밥을 먹는지, 간혹 정신을 차릴 때면 자신이 하루 종일 아무것도 먹지 못했다는 것을 깨달을 때도, 잠을 스무 시간째 못 자고 있다는 사실을 깨달을 때도 있었다. 그렇게 시간의 흐름을 거역하며 살았다. 그의 상처받은 얼굴을 본 이후로.

"……."

자신의 무관심에 피식 웃음이 터져 나올 것 같다.

"나 이기적이지?"

그의 목소리가 귓가에 울린다. 바쁜 생활에 쫓겨 쌓인 오해, 그리고 그에 대해 변명조차 안 한 자신.

그가 8년 만에 돌아왔을 땐 변명이라도 해보라고 소리친 것은 자신인데, 변명조차 안 하는 사람에게 지독한 상처를 받아봤으면서도 똑같이 이기적이던 그처럼 행동하고 있었다.

청아의 얼굴이 일그러졌다. 털썩 소리 내어 소파에 앉은 청아가 삭막한 거실을 눈으로 훑었다.

낯설다, 이 공간이. 그 정도로 그녀는 그와 함께 만든 이 공간에 무심했다. 고개를 돌려 거실 한편에 세워져 있는 장식장을 보았다. 그곳엔 유진이 구입한 양주가 들어 있다. 총 스무 병에 달해 처음 그것을 보았을 땐 혹시 너 알코올 중독이냐고 물었었다. 무슨 술이 이렇게 많으냐며. 그 말에 유진은 모두 선물 받았다고 했었다. 그런데 두 층에 빼곡했던 술병이 비어 있었다. 자리에서 일어나 가까이 다가가 보자 역시나 세 병 정도 비어 있었다.

술을 못하는 사람이다. 즐기지도 않았고 소주를 마시며 왜 이렇게 맛없는 걸 마시냐며 인상을 찌푸리던 사람.

"나만 보느라…… 네가 병들어가는 걸 몰랐어."

청아가 눈을 질끈 감으며 우울한 어조로 말했다.

"나 너무 이기적이지?"

이 물음에 그는 뭐라고 답을 할까.

이젠 예상조차 할 수 없었다.

"팀장님, 왜 그러세요?"

"어?"

멍하니 휴대전화를 보던 유진의 시선이 옆으로 퍼뜩 돌아가더니 안나를 향했다.

"표정이……."

안나가 말을 하다 멈췄다. 시시각각으로 변하던 그의 표정이 순간 멈추더니 자리에서 벌떡 일어났기 때문이다. 서둘러 책상 위에 어지럽게 널려 있는 물건을 가방 안으로 쓸어 넣은 그가 외투를 집어 들며 말했다.

"나 먼저 들어가 봐야겠다."

"이건 다 어쩌고요?"

안나의 시선이 바닥으로 향한다. 이제야 겨우 일본에서 온 것들을 바닥에 깔아놓으며 작업을 시작할 참이었는데, 그가 다짜고짜 가야겠다고 말한 것이다.

"내일 하자, 내일."

다급하게 말한 유진은 마지막으로 미안하다는 사과의 말을 건넨 뒤 서둘러 증거보관실을 뛰쳐나갔다. 전화 한 통에 안면이 싹 바뀌어 달려 나간 그의 뒷모습을 한참이나 바라보던 안나가 미간을 찌푸렸다.

"무슨 일 있으신가?"

어떤 일이기에 늘 여유롭고 무심하게 행동하는 유진을 저렇게 만든 것일까. 궁금증이 들어 한참이나 생각에 빠져 있던 안나는 며칠 전 그가 얼빠진 모습으로 웃으며 '연애한다'라고 털어놓았던 것을 떠올리며 한숨을 푹 내뱉었다.

"역시 사랑 앞에서는 일 귀신도 별수 없구나."

쯧쯧 혀를 찬 안나가 조심스럽게 걸음을 옮겨 바닥에 펼쳐진 스무 구의 백골을 보았다.

"후, 정리하고 빨리 들어가자."

위에서 까라면 까야지 별수 있나. 우선 정리한 후 친구들에게 연락해 술이나 한잔하면 딱 좋겠다고 생각하며, 안나가 허리를 숙여 기다란 천을 집어 들었다.

딩동딩동─

다급하게 몇 번이고 초인종을 누른 그가 초조한 기색을 감추지 못하고 다리를 떨었다. 그러다가 안에서 반응이 없자 그가 서둘러 비밀번호를 누르려는데 문이 열리고 의아한 기색의 청아가 밖으로 나왔다.

"응? 늦는다더니?"

의아한 기색이 역력한 청아의 얼굴을 보자 무슨 안도감에서였을까.

유진은 맑은 청아의 눈동자와 마주하자 그녀의 어깨를 붙잡고 제 품으로 끌어당겼다. 깜짝 놀란 청아가 품 안에서 몸을 뻣뻣하게 굳히는 것이 느껴진다.

"너 나한테 할 말 있지?"

"뭐?"

"생전 전화도 안 하는 애가 전화해서 외식하자는 걸 보니 할 말이 있는 거잖아."

그가 그녀의 머리에 턱을 내려놓으며 말했다. 얼마나 급히 뛰어온 것인지 그의 가슴이 크게 들썩인다.

"그래서 뛰어온 거야?"

"전화론 표정을 알 수 없잖아."

청아는 일이 바쁘다는 자신을 생각해서 별일 아니라고 넘겼다. 그런 사람이었고, 그랬기에 그녀가 좋았던 적도 있다. 강한 사람이라고 생각하며.

하지만 지금은 유진도 잘 알고 있다. 머리가 크고 나이가 먹어가면서 겉으로는 강한 척하며 속으로 삭이는 사람들이 더 나약하고 더 상처가 많다는 것을. 그래서 그는 끊임없이 청아를 보았고, 그녀가 혹 자신에게 말하지 않은 것은 없을까 생각하는 날도 많아졌다. 그리고 실제로 그녀가 아주 중요한 것들을 말해주지 않자 서운했다.

유진은 제 품 안에서 몸을 굳힌 채 얼어 있는 청아의 몸이 느슨하게 풀리는 것을 느꼈다. 그리고 어깨를 들썩이며 작게 웃음을 내뱉는 소리를 들으며 눈을 감았다.

"후후, 노유진, 너 진짜 죽어줘야겠다. 나에 대해 잘 알고 있는 사람이 살아 있다는 건 아무래도 조금 부담스러워."

장난스럽게 말을 내뱉은 청아가 바닥으로 뚝 떨어져 있던 손을 들어 그의 너른 등을 껴안았다. 그녀는 집에 홀로 있으며 생각했던 것들을 떠올리곤 한숨처럼 말했다.

"매일 늦게 귀가해서 미안해. 매일 병원 일에만 정신이 팔려 있어서 미안하고."

"……."

"그 말을 하고 싶었어."

"청아야."

그녀의 몸을 조금 떼어낸 유진이 그녀를 내려다보았다. 맑은 눈망울은 진심만 담고 있다. 그래서 청아는 거짓 하나 없는 표정으로 그 시선을 마주했다.

"병원에서 담당하던 환자가…… 죽었어. 산소호흡기를 하고 있었는데 남편이 그걸 떼버렸거든. 스스로 숨을 쉬지 못하는 환자를 데리고 수술방으로 가 배를 열어 아이를 꺼냈지만 아이도 죽었어.

살 수 있을 리가 없잖아?"

"⋯⋯."

"그 일로 한동안 제정신이 아니었고, 지금도 여전히 힘들어. 마음이 아프고 쓰려서 내가 지금 제대로 하고 있는 것 맞나 생각할 때도 많아. 어디 그뿐이게? 나에게 의사라는 직업이 과연 맞을까 생각하기도 해."

"그래서⋯⋯?"

"아직도 고민 중이야. 계속 생각해 봐도 답이 없는 문제잖아?"

그녀의 말에 공감한다는 듯 유진이 고개를 끄덕였다. 단순히 직업으로 본다면 의사나 부검의나 도긴개긴이다. 사명감이 있어야만 할 수 있는 직업은 늘 딜레마에 빠지게 만든다.

"그리고⋯⋯ 오늘 환자를 죽인 사람이 드디어 눈을 떴어. 그러면서 왜 살렸느냐고 원망하더라. 의사한테. 웃기지."

"⋯⋯."

"그 사람이 원망스러우면서도 이해가 가니까⋯⋯ 내가 더 원망스럽더라. 왜 괜히 그런 걸 이해해선."

뇌사 상태에서도 아이를 지키겠다고 악을 쓰는 환자를 떠올리는데 눈물도 왈칵 나고, 그 사람을 죽인 남편도 이해가 가고, 아주 기분이 엉망이었어.

"⋯⋯한마디 해도 될까?"

그녀의 이야길 가만히 듣고 있던 유진이 뜸 들이며 말했다. 그러자 청아가 해보라는 듯 고개를 끄덕였다.

"내가 만약 그 사람이었으면⋯⋯ 몰라. 나도 그랬을 것 같아."

"······뭐?"

"네가 없는 세상에서 살 수 없을 것 같아."

네가 눈을 뜨길 기다리다가 희망이 사라져 버리면 그땐 나도 모르겠어. 따라 죽을 수도 있을 것 같아. 이제 더 이상의 이별은 너무 힘들거든.

"······."

"너와 나의 아이가 홀로 고아가 되어 세상을 살아갈 생각을 하면 너무 무서워. 그러니까······ 나라도 그런 선택을 할 수 있지 않을까 생각해."

"······."

"이런 내가 무섭니······?"

그의 조심스러운 물음에 고개를 저었다. 그러자 유진이 다행이라는 듯 숨을 몰아쉰 뒤 말을 이었다.

"근데 그건 슬펐을 것 같아."

"······뭐가?"

"너와 나의 소중한 아이 얼굴도 보지 못하고 떠난다는 건······ 그리고 그 아이의 삶은 너무 슬플 것 같아."

"너와 나의 아이······?"

"아이가 생겼다는 걸 아는 순간부터 궁금할 거 아니야. 이목구비는 누굴 닮았을까, 성별은 뭘까, 성격은 어떨까······. 그런데 그걸 보지 못한 채, 알지 못한 채 떠나야 하는 거잖아?"

그건 무척 슬플 것 같아.

딱 잘라 말한 유진이 피식 웃음을 내뱉는다.

"난…… 딸이면 좋겠어. 네 예쁜 눈을 닮았으면 좋겠고, 당찬 성격을 닮았으면 좋겠어. 하지만 대쪽 같은 성격이나 속으로 끙끙 앓는 건 닮지 않았으면 해. 내 속을 상하게 만들 때가 많으니까. 너도 감당이 안 되는데 딸까지 그러면 내 속이 썩어 문드러지지 않겠어?"

"뭐? 너 지금 나 욕하는 거지?"

버럭 소리친 청아가 씩씩거리자 그 모습을 멀뚱멀뚱 내려다보던 유진이 진지한 얼굴로 고개를 내저었다.

"아니."

"그럼 뭐야?"

"내 희망 사항. 희망 사항을 말하고 있는 거야. 그랬으면 좋겠다고."

"……."

청아가 아무 말 없이 입을 꾹 다물자 유진이 입술을 늘어뜨리며 웃었다. 아직은 시기상조였다. 그녀를 이러한 문제로 부담 주고 싶지 않았다.

그의 팔이 청아의 가는 허리를 감싸며 그녀의 몸을 제 쪽으로 좀 더 밀착시킨다.

"고마워."

"……뭐가? 상처만 준 것 같은데."

청아가 우울한 목소리로 말하자 유진이 작게 고개를 저으며 조심스레 그녀를 제 품 안으로 끌어당긴다. 여린 몸체는 더욱 말라 있었다. 지난 시간, 그녀가 얼마나 마음고생을 했는지 알려주듯 전체 사이즈가 족히 1㎝씩은 줄어든 것 같다.

"내 옆에 있어줘서. 지금은 그것만 생각할래. 넌 내 곁에 있고, 내 소중한 연인이라는 거."

미래는 잠시 미뤄두고 지금은 그것만 생각할 거야. 좋은 생각만. 행복한 생각만.

"……미안."

청아가 짧게 답하자 유진이 장난스럽게 턱으로 그녀의 이마를 콕콕 찍는다. 그리고 지은 죄를 알아서인지 청아가 그 장난을 군말 없이 받아주자 유진이 물었다.

"그리고 더 할 이야기 없어?"

"음, 지금은 사랑한다는 것 정도?"

"얼마만큼?"

유진이 눈을 반짝이며 물었다. 장난을 치고 싶어질 만큼 기대로 가득 차 있는 모습에 청아는 입술을 비틀어 곰곰이 생각에 잠긴 척했다. 그러다 결론을 내렸다는 듯 손가락을 내밀며 말했다.

"가끔 감당이 안 될 정도로."

청아가 웃음기 가득한 목소리로 말했다. 장난이 아니었다. 바쁜 일상 와중에도 불쑥불쑥 떠오르는 그의 존재는 이미 그녀의 많은 부분을 차지하고 있었으니까. 자신의 말에 유진이 아무런 말도 하지 못하고 입을 굳게 다물자 청아가 말을 이었다.

"앞으로는 자주 말할게. 내 속에 있는 것들. 그게 아무리 쪽팔린 일이라도 말이야. 그러니까 내가 자주 징징거리더라도 넌 아주 자상한 얼굴로 날 위로해 줘야 해. 알겠지?"

"……너무해. 혼나야겠다, 너."

"뭐가?!"

항의하듯 청아가 버럭 소리쳤다. 그러자 유진은 굳었던 얼굴을 부드럽게 펴며 입가에 진한 미소를 내걸었다.

"나 지금 심장이 터질 것 같거든."

그렇게 예쁜 말만 하고 말이야. 뒷말을 덧붙인 유진이 그녀를 번쩍 안아 올렸다. 그 뒤 문을 열고 안으로 들어가며 그가 입술을 내려 청아의 입술을 머금었다.

평소보다 일찍 잠이 든 청아는 그만큼 평소보다 조금 이른 기상을 했다. 밖은 해가 떠오르고 있다. 깜깜한 어둠이 물러나고 그 공간을 서서히 빛이 찾아가는 시간, 또 하루가 그렇게 시작되고 있었다.

청아는 눈을 뜨자마자 두 눈을 감은 채 곤히 잠들어 있는 유진의 얼굴을 찬찬히 살폈다. 새하얀 얼굴 위로 기다란 속눈썹이 그늘을 만들고, 곧고 높은 콧대는 한번 만져 보고 싶을 정도로 완벽했다. 입술 또한 생기 있는 예쁜 색감을 가지고 있다. 단지 옥의 티라면 악몽을 꾸는 듯 구겨져 있는 미간. 그의 얼굴을 살피던 청아가 팔을 뻗어 그의 미간을 만진다. 그러자 가슴께까지 덮여 있던 새하얀 이불이 미끄러져 내려가 곧 소담한 가슴이 드러난다. 하지만 그의 미간에 집중하고 있던 청아는 이를 모른 채 손가락으로 주름진 곳을 콕 눌렀다.

"음……."

마법처럼 그가 작게 신음을 낸 뒤 편안한 표정을 짓는다. 그 모습에 청아는 자신도 모르게 쿡 웃었다. 그리고 한 장의 그림을 감상하듯 그의 머리부터 허리춤까지 눈으로 쭉 훑었다.

출근할 때면 늘 단정하게 빗는 머리카락은 여기저기 휘날려 그의 눈가 위에 살포시 내려앉아 있다. 처음 그를 만났을 때 저런 꼴이었다. 12년 전, 머리카락으로 눈을 모두 가린 채 음침한 모습으로 제 뒤를 졸졸 쫓아다니던 남자. 지금은 그때 그 모습을 찾아볼 수 없을 정도로 많은 것이 변해 있었지만 단 한 가지 변하지 않은 것이 있다면 그의 맹목적인 사랑.

입꼬리를 늘려 부드럽게 미소 지은 청아가 그의 얼굴을 찬찬히 살핀 뒤 콧잔등을 찌푸리며 읊조렸다.

"얼굴이 너무 잘났다는 것만 빼면 다 괜찮은데……."

늘 주위의 시선을 끄는 저 외모가 부담스럽다는 것만 빼곤 모든 게 좋았다. 그의 순수함도, 그와의 시간도, 달콤한 사랑도. 청아가 미간을 찌푸리고 있을 때다. 자는 줄 알던 유진이 웅얼거리는 목소리로 말하며 한쪽 눈만 슬쩍 떠 청아의 얼굴을 살핀다.

"얼굴 잘난 남자가 사랑해 주면 더 뿌듯해해야 하는 거 아니야?"

"……깨 있었어?"

"응. 너 깨기 5분 전에."

꼭 놀란 고양이처럼 커다랗게 눈을 뜬 청아가 목구멍에 뭔가 걸린 듯 억눌린 소리로 외쳤다.

"……그런데 왜 자는 척했어?"

"우리 청아가 너무 뜨거운 눈으로 바라봐서."

그러면서 삐딱하게 웃음 지은 유진이 몸을 돌려 비스듬히 누우며 한숨을 내쉰다.

"청아 눈빛에 타 죽을 뻔했네."

"……"

말을 잃은 청아가 어이없다는 듯 쳐다보았다. 하지만 유진은 장난을 멈추지 않으며 자못 이 상황이 무섭다는 듯 얼굴을 일그러뜨리며 기어들어 가는 목소리로 말했다.

"잡아먹지 않기."

"……"

"자, 약속!"

그가 앞으로 내민 새끼손가락에는 두 사람의 약속의 징표가 반짝인다. 이럴 때 하자고 서로 나누어 낀 반지는 아니었으나 그는 공중에서 손을 흔들면서 그녀가 약속을 해줄 때까지 손을 내리지 않을 것처럼 굴었다.

"……그만해."

청아가 음침한 목소리로 경고했다. 하지만 그녀를 놀리느라 정신이 나가 버린 유진은 여전히 비극적이기 그지없다며 말했다.

"약속해. 이러다 조만간 뼈까지 아작아작……"

"시신으로 국과수에 출근하고 싶은 건 아니지?"

"복상사(腹上死:심장마비 등의 원인으로 남녀가 잠자리하는 중에 남자가 여자의 배 위에서 갑자기 사망) 정도면 괜……."

결국 참다못한 청아가 상체를 일으켜 자신이 베고 있던 베개를 들어 그의 얼굴을 눌러 버렸다.

"켁!"

"죽어, 죽어! 이게 음담패설만 늘어가지고!"

야한 농담에 분노한 청아가 베개로 그의 몸을 탕탕 내려치다가 자세를 바꿔 그의 배 위로 올라갔다. 그리고 여전히 힘주어 풀스윙으로 베개를 휘두르던 그녀는 순간 그가 팔목을 붙잡자 씩씩거리며 몸을 비틀었다.

"이거 놔!"

"……청아야."

"뭐?"

"이 자세에서 보니 우리 청아 더 예쁜데?"

"……."

"지금 몇 시지?"

그녀가 위에서 내려오지 못하게 양 허벅지를 붙잡은 뒤 벽에 걸린 시계를 확인한 유진이 회심의 미소를 짓는다.

"7시 30분에 나가면 되지?"

6시다. 시간은 넉넉했다.

불시의 일격에 멍하니 있던 청아는 저도 모르게 고개를 끄덕일 뻔했다. 하지만 점점 부풀어 오르는 그의 남성에 이내 정신줄을 붙잡으며 그의 손을 떼어내려 그 위에 손을 겹쳤다. 가만히 있다간 자신이 잡아먹힐 판이다.

청아가 살이 움푹 파일 정도로 힘껏 붙잡고 있는 그의 손을 떼어낸 뒤 서둘러 그의 위에서 내려오려고 할 때다. 남성을 잡은 그가 허리를 들어 도망가려는 여성 안으로 단단하게 솟은 그것을 밀어 넣었다. 조금은 뻑뻑하게 여성 안을 파고드는 남성에 청아가 놀라 자신도 모르게 몸을 움찔 떨며 아랫배에 힘을 주었다.

"윽!"

꽉 조이는 여성에 유진의 얼굴이 일그러졌다. 갑작스런 쾌감에 허벅지를 쥐고 있던 양손에 힘이 들어갔다.

"아아⋯⋯."

남성이 뿌리 끝까지 밀고 들어오자 청아의 입에서 짙은 신음이 흘러나왔다. 들썩이는 가슴과 쾌감에 꼿꼿해진 젖꼭지, 그리고 마주한 두 사람의 숲. 몸이 저리고 아플 정도로 강렬한 쾌감에 청아가 허리를 움직여 좁은 여성 안 여기저기에 와 닿는 그의 남성을 느끼며 입술을 깨물었다. 미쳐 버릴 것 같은 감각은 그녀의 혈관을 타고 흘러 온몸으로 번져 눈앞을 아득하게 만들었다.

새하얀 가슴이 그의 눈앞을 어지럽히고 코끝에 닿는 시큼한 윤활유 냄새에 정신이 아득하게 멀어져 간다. 농염한 그녀의 모습을 두 눈에 담던 그는 허리 짓에 따라 출렁이는 가슴을 움켜쥔 뒤 엄지손가락으로 가슴의 정점을 꾹 눌렀다. 그러자 그녀의 허리가 더 크게 원을 그리며 움직였고, 청아의 몸짓에 따라 유진 또한 따라 엉덩이를 들썩였다.

"아! 하아!"

빠르게 움직이며 그를 받아들였다 내뱉길 반복하던 그녀가 결국 신음을 내지르며 그의 몸 위로 쓰러졌다. 하지만 그는 아직 끝나지 않았다는 듯 그녀의 등을 감싸 쥔 뒤 허리를 튕겨 그녀의 안으로 연신 파고들었고, 청아의 입술을 다급하게 찾으며 짙은 키스를 했다. 그녀의 혀를 빨아들이고 제 입을 타고 들어온 타액을 꿀꺽 삼킨 후 머리카락 안을 파고든 손가락에 힘을 주어 잡아당긴다.

그녀의 입술을 놓아준 유진이 손바닥을 펴 엉덩이를 찰싹 때린 뒤 여성의 위쪽 툭 튀어나와 있는 부분을 손가락으로 문지르며 그녀 또한 자신을 따라 절정으로 치닫게 만들었다. 여성에서 흘러나온 액이 허벅지를 적시고 그에 따라 살이 부딪치는 소리가 커진다.

"유, 유진아…… 유진아!"

"으윽!"

극심한 쾌감에 젖어 신음을 내지른 둘은 곧 동시에 절정에 치달았다. 남성은 하얀 정액을 여성 안에 흩뿌려 놓았다.

자신 위로 쓰러지는 청아의 몸을 껴안은 유진이 청아의 입술에 쪽 하고 입을 맞췄다. 그리고 행복한 얼굴로 그가 준 감각에 젖어 눈을 게슴츠레 뜨고 있는 청아의 얼굴을 보며 속삭인다.

"사랑한다, 청아야."

젖은 그녀의 머리카락을 쓸어 넘기는 그의 얼굴은 다정다감했다.

한동안 어두웠던 그의 얼굴이 맑게 개었다. 출근을 하자마자 이 원장이 불렀다는 이야기를 전해 듣고 곧장 흰 가운을 입고 원장실로 향하는 그의 손에는 휴대전화가 들려 있었다. 그리고 액정엔 방금 전 청아가 보낸 문자가 도착해 있었다.

〈나 병원.〉

무뚝뚝한 문자였지만 그녀다워 웃음이 나온다. 생전 병원에 도착해서는 정신이 팔려 연락 한 통 안 하는 그녀였지만, 이번 일로 느낀 점이 많은 것인지 병원에 도착하자마자 문자를 보내온 것이다.

〈오늘도 힘내, 내 색시.〉

답장을 보낸 유진이 가운 주머니에 휴대전화를 넣은 뒤 어느새 도착한 원장실 앞에 멈췄다. 그리곤 노크를 한 뒤 안에서 들어오라는 답이 들리자 문을 열고 안으로 들어섰다.

"무슨 일이십니까?"

자리에 앉기도 전에 유진이 딱딱하게 물었다. 무표정한 그의 얼굴에 이 원장이 미간을 찌푸린다. 그의 말 때문이 아니었다. 그의 얼굴에서 묘한 변화를 찾아냈기 때문이다.

"너 무슨 일 있어?"

"네? 뭐가 말입니까?"

"표정이 묘하게 풀려 있어."

무섭다고, 안 그러던 사람이 그러면. 이 원장의 말에 그가 손을 들어 제 얼굴을 만져 본다. 그러고 보니 묘하게 얼굴 근육이 풀려 있는 기분이 든다. 민망한 얼굴로 유진이 얼굴만 쓰다듬고 있자 이 원장이 끌끌 혀를 찬다. 저 모습을 밑에 있는 아이들이 보면 아마 경악할 것이다.

"얼빠진 얼굴 하지 말고 와서 앉아."

"네."

히죽 웃은 유진이 걸음을 옮겨 소파에 앉자 이 원장이 공문 하나를 들고 와 상석에 앉았다. 그리고 정작 그를 부른 이유는 말하지 않고 그의 얼굴을 힐끗 보며 묻는다.

"그렇게 좋냐?"

"뭐가요?"

"여자친구 말이야."

마지막 연애를 89년도에 한 이 원장이 물었다. 지금보다 더욱 열악한 상황에 놓여 있던 그때부터 부검의로 지냈던 그녀는 말 그대로 밥 먹을 시간도 없이 이곳에 자신의 열정과 꿈, 청춘, 미래를 모두 바쳤다. 부모님이 제발 시집가라고 잡아준 선 자리에도 지각했을 정도이니 말 다 했지.

"……원장님은 국과수가 싫으십니까?"

"너 지금 나 놀리는 거지?"

"……아니요."

그러면서 반반한 낯짝으로 웃으며 쳐다보니 화가 울컥 솟아오른다. 이 원장이 입술을 비틀며 말했다.

"너도 내가 국과수 귀신으로 만들어주랴?"

"농이 지나치십니다. 지금도 애인 볼 시간 없어 죽겠습니다."

"그래, 이렇게 우리 같이 손잡고 늙어가자. 동반자가 있으면 그 길이 그리 외롭지만은 않을 거야."

이 원장이 제법 진지한 얼굴로 말한다. 어느새 유진의 손을 제 무릎으로 끌어와 꼭 쥔 채로. 하지만 그녀의 표정에 유진의 입술에 머물러 있던 미소는 벌써 소리 없이 사라진 뒤다. 국과수 귀신? 같이 늙어가?

유진이 무미건조한 얼굴로 툭 내뱉었다.

"저 연상은 싫어합니다."

그것도 스무 살 이상 차이나는 연상은 더더욱 말이죠.

그의 말에 이 원장이 쳇 하고 혀를 차더니 이내 쥐고 있던 그의 손을 훅 던져 버린다. 그리고 잔뜩 심통이 난 얼굴로 테이블 위에 올려둔 서류를 신경질적으로 그의 앞으로 내밀었다.

결혼을 하지 않고 아름답고 고고하게만 살아온 이 원장이어서일까. 가끔 그녀를 볼 때면 소녀 같을 때가 있었다. 바로 지금처럼 진심으로 삐쳤다는 티를 팍팍 낼 때.

"이게 뭡니까?"

"2시에 있을 부검참관요청서야. 이 케이스가 조금 애매한 게 보호자가 가해자거든. 근데 그 사람이 허락했다고 하고, 경찰에서도 딱히 문제될 것이 없다고 생각했는지 우리 쪽으로 요청이 들어왔어."

이 원장의 말을 들으며 서류를 살핀 유진의 입이 놀라움으로 벌어졌다.

"대한세종대학병원에 ICU에서 있었던 사건인데, 뇌사 환자의 산소호흡기를 보호자가 뗐나 봐. 그리고 본인은 자살을 시도했고."

"아……."

어젯밤 청아에게 들었던 이야기다. 그녀가 객관적인 눈으로 환자를 볼 수 없어 마음 아팠다던 그 일. 시선을 아래로 내려 참관하려는 사람의 이름을 보니 역시나 청아의 이름이 적혀 있다.

고민하는 얼굴로 서류를 살피는 유진의 눈빛이 애잔하게 빛났다. 왜 그녀가 부검을 참관하려는 것인지 그 생각을 읽어내기 위해.

"웬만하면 협조해 줘."

"……흠."

과연 그녀에게 좋은 일일까. 그렇게도 사적으로 마음을 주었던 환자의 마지막 사인을 밝혀내는 모습을 보게 하는 게.

한참을 서류를 확인하던 유진이 시선을 들어 이 원장을 보았다.

"전 상관없습니다."

"좋아, 그럼 그렇게 알고 연락할게."

이야기가 끝나자 유진은 공문을 다시 이 원장에게 건넨 뒤 자리에서 일어났다. 그리고 수고하라는 그녀의 이야기를 들으며 원장실을 빠져나왔다.

천천히 걸음을 옮겨 자신의 사무실로 걸음을 옮기던 유진은 몇
몇 직원들이 자신을 힐끗힐끗 바라보는 걸 보며 피식 웃음을 내뱉
었다.

"오늘 노 팀장, 뭔가 이상하다?"

까랑까랑한 목소리가 들리자 유진이 손을 들어 제 뺨을 매만졌
다.

"그렇게 티가 나나?"

피식 웃으며 말을 내뱉은 유진이 걸음을 옮겨 사무실로 들어갔
다. 조금 있으면 또다시 전쟁 같은 하루가 시작될 터다. 그전에 카
페인을 조금 섭취해 두는 것이 좋았다.

화장실 세면대 앞에 서서 휴대전화를 살피던 청아의 얼굴에 피
식 웃음이 떠오른다.

내 색시라……. 가끔 그가 그렇게 자신을 부를 때면 몸에 오소
소 소름이 돋을 때도 있지만 대부분 지금처럼 피식 웃음을 내뱉게
된다.

"지금 세뇌교육 시키는 거야, 뭐야."

그렇게 툭 내뱉은 청아는 휴대전화 모드를 비행 모드로 바꾼 뒤
가방 안에 넣었다. 그리고 가방을 뒤져 파우치를 꺼낸 뒤 거울 속
에 비치는 제 얼굴을 살펴보았다. 오늘 아침, 그의 품에 잡혀 있느
라 스킨로션을 바를 시간도 없이 서둘러 집을 나와야 했다. 평소

에도 화장을 하진 않았으나 BB크림 정도는 발라주는 미덕을 보이던 그녀인 터라 아침에 잠시 틈이 나자 대충 얼굴에 찍어 바르려 화장실을 찾은 것이다. 챙겨온 BB크림을 얼굴에 고르게 펴바른 뒤 립글로스까지 찾아 입술에 발랐다. 진한 색이 아닌 핑크색 립글로스는 얼굴에 생기만 더할 뿐 화장을 했다는 느낌이나 화려한 느낌을 주지는 못했다. 그녀가 근무하는 곳은 병원. 이 정도가 딱 적당했다.

꺼내두었던 화장품을 다시 파우치에 넣은 청아가 가방 안을 살필 때였다. 그녀의 눈에 파란색 딱딱한 플라스틱 재질이 눈에 들어온 것은.

"난…… 딸이면 좋겠어."

피임약을 꺼낸 청아가 한참을 고민하는 얼굴로 그것을 보았다. 그와의 아이. 한 번도 생각해 보지 못한 문제이다. 결혼도 결정하지 못한 상태에서 피임을 하지 않는 것은 무책임한 것이라 생각했고, 그녀는 하루에 한 번씩 피임약을 복용해 왔다.

하지만 지금은…….

"내 희망 사항. 희망 사항을 말하고 있는 거야. 그랬으면 좋겠다고."

그의 말에 평범한 연인들과는 조금 다른 유진과 자신과의 관계에 변화를 줄 때가 찾아왔다는 것을 깨달았다.

동거는 결혼이 아니다. 동거는 가벼운 관계였고, 언제든 서로 수틀리면 헤어질 수 있는, 책임이 결여된 관계였다. 함께 몸을 섞고 아침을 맞이하며 같은 생활 공간에서 산다는 것만 결혼과 같을 뿐. 가벼운 관계는 청아에게 부담을 주지 않았으나 그것은 자신과의 미래를 진지하게 생각하고 있는 그에 대한 예의가 아니었다.

손에 들고 있던 피임약을 구겨 쓰레기통에 버린 청아가 거울 속에 비친 자신의 모습을 바라보았다. 그리고 자신을 탓하듯 엄한 목소리로 말했다.

"어른다운 모습을 보이라고."

오늘 퇴근 후 유진과 진지하게 이야기를 해야 할 터이다. 두 사람이 앞으로 어떻게 해야 할지, 이 관계를 더 돈독하게 만드는 방법은 무엇인지, 그리고 결혼은 언제가 좋을지.

더 이상 두 사람의 관계를 방관하고 도망치지 않겠다고 생각한 그녀는 고민을 훌훌 털어내고 미리 미래에 대해 걱정하지 않으리라 생각했다.

청아가 가방을 들고 산뜻하게 걸음을 옮겼다. 그녀의 얼굴엔 그 어떠한 걱정도 근심도 없었다.

화장실에서 나온 청아는 곧장 의국으로 향했다. 캐비닛을 열어 가방을 넣어둔 그녀가 새하얗고 깨끗한 가운을 꺼내 걸쳐 입은 후 곧바로 걸음을 옮길 때다. 의국 문이 열리더니 레지던트 1년 차 유 선생이 들어왔다.

"저 선생님."

"응?"

"교수님이 찾으세요."

"교수님이?"

청아의 눈동자에 의아한 기색이 어렸다. 곧 있으면 회진 시간인데 굳이 자신을 따로 찾는 이유를 알 수 없었기 때문이다. 유 선생의 표정이 굳어 있는 것을 보니 좋지 않은 일로 부르는 것이라 생각한 청아가 고개를 끄덕였다. 그리고 곧장 교수의 진료실이 있는 4층으로 걸음을 옮겼다.

문을 열고 안으로 들어가자 평소 인자한 모습으로 청아를 대하던 김 교수가 버럭 소리부터 쳤다.

"김 선생, 미쳤어? 김 선생이 왜 이소영 환자 부검에 참관해?"

부검을 참관하겠다는 이야기가 김 교수에게까지 전해진 것을 보면 아마도 경찰에서 결론을 내린 것 같았다. 병원 입장에서 이번 사건은 숨기고 싶은 일이었고, 늘 사고만 쳐대는 청아가 이번에도 역시나 말썽을 일으켰다고 생각하는 것이 틀림없었다.

청아는 놀란 표정을 지운 후 이성적인 모습을 되찾으며 말했다.

"참관하고 싶습니다."

"그러니까 왜? 오늘 출근할 때 봤어? 기자들이 벌써부터 병원 앞에 쫙 깔렸다고. 이 일로 병원이 입을 이미지 타격은 생각도 안 해봤어? 김 선생, 레지던트야? 알 것 다 아는 펠로우가 왜 앞뒤 분간 못하고 일을 키워!"

김 교수가 외쳤다. 왜 그녀가 부검에 참관하고 싶은지 그 이유도 묻지 않고 먼저 병원부터 걱정하는 모습에 청아의 얼굴이 굳어졌다.

병원의 이미지? 개나 주라지!

"이 일은 병원의 잘못도 있습니다. 제 잘못도 있다고요."

"네 잘못이 뭔데?"

"전날에…… 보호자와 이야기했습니다."

"……뭐?"

이제야 그녀의 이야기에 귀를 기울일 마음이 생긴 것일까. 방금 전까지 고압적이던 김 교수의 얼굴이 멍하니 변하며 입술이 파르르 떨린다.

"이야기를 했다고요. 보호자가 아내와 같이 죽고 싶다고 이야기했어요. 병원비가 감당이 안 된다고, 뱃속의 아이가 세상 밖으로 나왔을 때 건강하게 자랄지, 엄마가 없는 저 아이는 어떻게 되는 건지 걱정이 많다고, 죽고 싶다고 했어요."

청아의 손끝이 떨린다. 감정을 드러내선 안 된다는 것을 알면서도 그녀는 온몸으로 말하고 있었다. 나 슬프다고.

"그런데 전 견디라고만 했어요. 그리고 그냥 넘겼다고요, 가볍게."

청아의 시선이 김 교수에게 향했다. 두 눈엔 어느새 습기가 어려 있다. 김 교수에게 청아는 훌륭한 제자이자 자신의 뒤를 맡기고 싶을 정도로 책임감이 강한 의사였다. 그런 그녀가 이런 식으로까지 감정을 드러내며 환자에게 마음을 준 적은 몇 없었다.

환자의 목숨을 살려야 하는 곳. 하지만 환자의 목숨을 지켜주지 못했을 때 의사들은 허망해하고 가슴 아파한다. 그걸 견디지 못하면 흰 가운을 벗어야 하고 병원을 떠나야 한다.

하지만 청아는 테이블 데스가 났을 때도, 수술 경과가 좋지 못해 하루아침에 환자가 ICU에 가야 했을 때도 적어도 겉으론 감정을 드러낸 적이 없었다.

혹시 청아에겐 이번 일이 트라우마가 된 것은 아닐까?

김 교수의 안색이 짙어졌을 때다.

"환자의 목숨만 살리는 게 의사의 일은 아니지 않습니까? 보호자를 위로하고 안심시키는 것 또한 의사가 해야 할 일입니다. 그런데 전 그걸 하지 못했습니다."

자신의 이야기를 마친 것인지 청아가 숨을 몇 번 고른 뒤 입을 닫았다. 굳건한 시선은 그에게 허락을 구하고 있었다.

한참을 생각에 빠져 있던 김 교수가 결론을 내렸는지 입술을 달싹인다. 말에는 간간이 한숨이 섞여 있었다.

"경찰에서 연락 왔다. 부검참관, 국과수에서 허락했다고. 경찰 측도 가해자이자 보호자인 박우진 씨가 허락했으니까 괜찮다는 입장이고."

기운이 빠진 얼굴로 고집스럽게 자신을 바라보는 청아와 시선을 마주한 김 교수가 물었다.

"그런데 그건 봐서 뭐 하게? 봐서 좋을 건 없어."

"……보고 싶어요."

"그러니까 왜?"

"이소영 환자는 뭐랄까…… 단순한 환자라고 생각할 수가 없었어요. 그래서 이런 마음이 드는 걸까…… 고민했어요. 그녀의 마지막 모습을 보면 조금은 이 끔찍한 기분이 사라지지 않을까."

"……."

"의사로서 실격이죠?"

그러면서 웃는 청아를 본 김 교수의 입에서 한숨이 왈칵 터져 나온다. 본인도 왜 부검을 참관하고 싶은지 모르겠다고 하는데 계속 물어봤자 헛수고다. 입만 아플 테니까.

결국 두 손 두 발 다 든 김 교수가 건조한 눈을 손바닥으로 꾹 누른 뒤 말했다.

"2시다. 나가 봐."

꼴도 보기 싫다며 어서 나가라는 김 교수의 말에 청아의 얼굴이 밝아졌다. 어려운 결정을 내려준 그에 대한 감사함에 청아는 허리를 깊숙이 숙여 인사한 뒤 진료실을 나왔다.

달칵, 조심스럽게 문을 닫은 청아가 긴장감에 저도 모르게 힘을 주고 있던 몸에서 힘을 뺐다. 그리고 천천히 걸음을 옮겨 회진을 돌기 위해 기다리고 있을 후배들이 있는 곳으로 걸음을 옮겼다.

"네가 여긴 어쩐 일이야?"

회진을 돌고 지난주 자신에게 수술을 받았던 환자들의 경과를 모두 살핀 청아는 시계가 12시 30분을 가리키자 서둘러 의국으로 돌아왔다. 2시 부검이니 지금 출발해도 늦은 시각. 가운을 벗어 넣은 뒤 가방을 꺼낸 청아가 바삐 걸음을 옮겼다.

로비로 내려온 청아는 그곳에서 의외의 인물을 만났다. 길쭉한 키에 편안한 티셔츠와 청바지 차림의 그는 건형이었다.

그녀가 성큼성큼 걸음을 옮겨 다가가자 건형은 희미하게 웃음 지으며 그녀의 안색을 살폈다.

"오늘은 괜찮으시네요?"

"음, 한결."

청아가 짧게 답했다. 그런 뒤 그를 의아한 눈으로 바라보며 말했다.

"너 오늘 오프잖아. 여긴 왜 왔냐고."

"국과수 가시는 거죠? 모셔다 드릴게요."

"네가 왜?"

청아의 미간이 찌푸려졌다. 혹여 그가 아직도 자신을 향한 그 마음을 접지 못한 것은 아닐까 걱정스러운 마음이다. 하루의 대부분을 그와 붙어 있어야 하는 상황에서 부담스럽고 불편한 감정은 그녀에게도, 그리고 건형에게도 좋지 않았다. 그에게 어서 사랑을 접으라고 말하는 자신이 이기적이기는 하나, 이루어질 수 없는 마음을 오랫동안 품고 있는 것만큼 괴로운 일도 없으니 단념시키는 것이 좋았다.

하지만 청아의 생각이 빗나간 것인지 건형의 입에서 의아한 말이 흘러나온다.

"선배 환자이지만……."

"……."

"제게도 담당했던 환자예요."

"뭐?"

"선배는 그날 병원에 없었지만…… 전 있었어요."

"……."

"막을 수도 있는 일이었어요."

그렇게 말하는 건형의 표정이 흐려진다. 그날 소영을 보살폈던
건 그다. 수술실을 잡으라고 외친 것도, 산부인과와 흉부외과에
연락해 선생님들을 모셔오라 외친 것도 그였다. 어쩔 줄 몰라 하
며 우왕좌왕하는 간호사들을 다독여 신속하게 응급조치를 지시
한 것도, 벌어진 우진의 상처를 거즈로 신속하게 지혈하고 드레
싱(피부 상처를 소독한 후 거즈로 덮는 것)한 것도 모두 그가 한 일이다.
현장을 직접 목격하였기에 형사에게 가장 먼저 진술한 것은 그였
다.

"이렇게 허무한 감정을 느낀 건 처음이거든요. 내가 너무 무기
력해 보인 것도."

"……."

"그러니까 데려가 주세요."

그의 목소리는 애달팠다.

저 멀리 청아의 모습이 보이자 유진의 걸음이 빨라졌다. 평소엔

느긋하게 걸음을 옮기던 그의 발걸음이 빨라지자 덩달아 곁에 있던 안나의 걸음 또한 빨라진다. 두 사람의 키가 족히 20cm는 차이가 나기에 안나는 거의 뛰다시피 그의 뒤를 따랐다.

국과수에서 청아를 볼 줄 몰랐던 그는 조금 들뜬 마음이 되었다. 생과 싸우는 청아와 죽음과 싸우는 유진은 아이러니하게도 빛과 어둠처럼 전혀 다른 곳에서 일하고 있기에 거의 접점이 없었기 때문이다.

자신의 일터에 사랑하는 이가 찾아오는 것은 생각보다 기분이 좋은 일이었다. 유진의 입술에 미소가 걸리고, 늘 무감각하던 눈동자에 빛이 스며들었을 무렵, 청아에게 가까이 다가서서야 눈에 들어온 젊은 남자의 모습에 그의 걸음이 순간 우뚝 멈췄다.

"안녕하십니까, 노 팀장님. 말씀드린 참관 의사분들입니다."

담당 형사가 다가와 그에게 인사를 건넨다. 그러자 청아가 한 걸음 다가와 그에게 손을 내밀며 악수를 청한다. 작고 앙증맞은 손을 잡자 청아가 입가에 씁쓸한 미소를 내걸며 말한다.

"잘 부탁해."

"……어."

"잘 부탁드립니다."

곁에 서 있던 건형이 한 걸음 다가와 그에게 고개를 숙이며 말했다.

유진의 시선이 건형과 청아를 번갈아 보았다. 같은 병원에서 일하는 의사라는 말에도 왜 이렇게 이 남자의 존재가 거슬리는 걸까. 한참을 유진이 건형을 뚫어져라 바라보자 그도 지지 않고 유진과 시선을 마주했다.

기분 나빠.

유진의 눈빛이 날카로워졌다.

"팀장님, 들어가셔야 할 시간입니다."

"음."

짧게 답한 유진이 청아에게 미소를 보인 후 뒤돌아서서 부검실 쪽으로 걸음을 옮겼다.

부검실 입구에 들어선 유진이 크게 심호흡을 했다. 안으로 들어서자마자 코끝을 강렬하게 찌르는 포름알데히드 냄새에도 무뎌진 그는 덤덤하게 걸음을 옮겼다. 부검실 1호. 국과수 내에서도 가장 오래된 부검실은 열 평 남짓한 면적에 부검대와 각종 기기, 수술 기구가 빼곡하게 놓여 있었다.

그를 기다리고 있던 검시관들이 고개를 숙여 인사를 건넨다. 하지만 유진은 평소처럼 그들의 인사를 되돌려 주지 않았다. 굳은 얼굴로 타일 바닥을 걸어 부검실 안으로 들어서는 유진은 오늘따라 제 코를 괴롭히는 장기 냄새와 피비린내, 살이 썩어들어 가는 역한 냄새에 눈을 감았다. 이 냄새들이 갑자기 역하게 느껴지는 이유는 아마 제 기분 때문일 것이다. 그녀의 곁에 있던 남자가 간혹 그녀를 걱정스러운 얼굴로 바라봤기 때문에. 그 눈빛에 제 기분이 이렇게 변한 것이리다.

부검대 위에 마네킹처럼 누워 있는 시신을 한참이나 바라보던 유진이 짧게 말했다.

"묵념."

죽은 자를 위해 마지막 인사를 올린 유진이 사후경직 때문에 마네킹처럼 뻣뻣하게 보이는 산모를 바라보았다.

"이름 이소영, 나이 35세, Brain Death(뇌사)로 장기간 병원에 입원해 있었다고 합니다. 현재 검거된 가해자가 산소호흡기를 떼면서 사망한 것으로 추정된다고 경찰에서는 보고 있고, A.H.F(Acute Heart Failure:급성심부전)에서 C.H.F(Chronic Heart Failure:만성심부전)으로 넘어가고 있는 상태였다고 합니다."

병원 기록까지 꼼꼼하게 읽어주는 안나의 말을 들으며 유진이 검안에 들어갔다. 쓰고 있던 마스크를 벗어 사체에서 나는 냄새부터 시작해 온몸 여기저기를 꼼꼼하게 바라보던 유진은 복부를 꼼꼼하게 봉합한 흔적을 보았다. 그녀는 제왕절개로 아이를 출산하고 난 산모처럼 처리가 깔끔하게 되어 있었다.

"사망한 뒤 아이를 꺼냈는데 아이 역시 무호흡증으로 사망했다고 합니다. 이에 대한 부검은 김길현 선생이 담당했습니다."

"그래."

짧게 내뱉은 유진이 시신을 머리부터 발끝까지 꼼꼼하게 살펴본 후 냄새를 맡기 위해 조금 내리고 있던 마스크를 콧등까지 밀어 올렸다. 그리고 안나를 향해 오른손을 내밀자 손바닥 위에 메스가 닿는다.

시신의 목 아래 오목한 부분에 칼을 댄 뒤 그대로 아래로 내린 유진은 하복부까지 단숨에 절개했다. 사후에 봉합한 배 부분에선 메스가 허공에 겉돌 정도였다.

갈라진 피부 아래로 피하근육과 지방조직의 모습이 그대로 드러나자 유진은 감정을 잃은 얼굴로 절단용 도구를 집어 들었다. 배를 가르자마자 역겨운 장기 냄새가 코를 찔러댔지만 아직 햇병아리인 안나의 얼굴이 구겨진 것과 달리 유진은 무표정한 모습이다. 마스크를 하고 있는 그녀지만 눈살이 찌푸려지고 절로 코로 향하는 손은 막지 못했다.

"집중해."

유진이 날카롭게 말했다. 평소보다 더 까칠한 그의 모습에 안나가 서둘러 손을 내린 후 고개를 끄덕였다.

"네."

피하조직을 지탱해 주는 가슴의 갈비뼈 사이로 기구를 집어넣은 유진이 갈비뼈를 하나하나 절단해 나간다. 그러자 폐와 심장, 식도, 기관지 등 가슴 부위의 장기가 고스란히 드러난다. 장기 위에 고여 있는 붉은 핏물을 보던 유진이 이번엔 복막 부근 조직을 잘라내자 위와 간, 대장, 소장 등 내장까지 고스란히 유진의 눈앞에 드러난다.

"멀쩡한 장기가 없는데요?"

"……그래, 이 상태였으니 곧 죽었겠지."

녹아내린 장기와 진물이 차 있는 배 안은 엉망이었다. 그녀를 담당한 의사들이 환자를 살리기 위해 얼마나 노력했는지 고스란히 드러났다. 심장 또한 수술한 흔적이 보였고, 몇 년 전에 했을 것으로 보이는 판막은 다시 재수술에 들어가야 할 정도로 늘어나 있었다. 아마도 경찰의 말이 없었다면 이 사람이 병사(病死:병으로 사망)했는지, 타살을 당한 것인지 알 수 없을 정도였다. 미간을 찌푸린 유진이 들고 있던 메스를 안나에게 건넸을 때다.

"아!"

쨍그랑!

메스가 바닥에 떨어지는 소리가 들리자 유진의 고개가 옆으로 돌아갔다. 메스의 뒷부분으로 건네주었지만 그것을 잘못 쥐었는지 안나의 손에서 붉은 피가 흘러나오고 있었다. 그걸 본 유진이 소리쳤다.

"나가!"

"서, 선생님."

"당장 안 나가!"

그가 신경질적으로 외쳤다. 부검실 안은 시신에서 나오는 세균들로 인해 어떠한 위험이 있는지 알 수 없다. 그래서 부검실 안에서는 절대 피를 보아선 안 됐고, 그건 기본 수칙과도 같았다. 당장 치료를 해야 하지만 안나는 그의 벼락같은 외침과 분노한 얼굴에 화들짝 놀라 입만 뻐끔거리고 있었다. 그러자 곁에 서 있던 검시관이 다가와 안나의 허리를 툭툭 쳤다.

"죄, 죄송합니다."

"나가서 당장 소독해. 어시할 사람 불러오고."

안나가 눈물을 글썽이며 밖으로 뛰어나갔다. 그러자 유진은 바닥에 떨어진 메스를 들어 기구가 뒤섞인 곳에 올려두었다.

"사진 잘 찍어주십시오."

그의 부검이 정확하였는지 판단할 자가 없으니 이제부턴 확실하게 모든 것을 사진으로 남겨놔야 했다. 그 말에 검시관들이 고개를 끄덕이자 그는 다시 허리를 숙여 안에 있는 장기들을 하나하나 꺼냈다.

폐를 꺼내 가장 먼저 살펴보던 유진은 외상이 없자 심장과 간까지 꺼내 관찰했다. 그 뒤 위를 꺼내 안의 내용물을 짜내 음식물 검사를 위해 병에 담은 뒤 곁에 두었다. 유진은 위 전체를 절개해 내부를 살펴본 뒤 콩팥과 지라, 식도, 기관지까지 모두 절개해 살펴보았다.

정말 멀쩡한 것이 하나도 없었다. 어떻게 뇌사 상태로 버텼나 신기할 정도였다. 장기들을 잘라낸 유진이 유리통에 담을 때였다. 부검실 문이 열리더니 곧 3년 차 정시연 부검의가 들어와 그에게 허리를 숙여 인사한 뒤 서둘러 부검대로 다가왔다.

유진은 들고 있던 유리통을 그에게 건네며 말했다.

"화학팀한테 맡기고 검사 결과 나오면 바로 알려달라고 해."

"네, 알겠습니다."

앞의 부검을 살펴보지 못했기에 시연은 기계적으로 고개만 끄덕일 뿐이었다.

내장과 복막에 고인 피를 국자로 떠 샘플링을 한 뒤 유진이 굽히고 있던 허리를 폈다. 그리고 꺼낸 장기를 다시 수습해 있던 자리에 하나씩 채워 넣었다.

"봉합해."

"네, 팀장님."

허리를 숙인 시연이 뒤돌아서 시신 앞에 서자 유진은 걸음을 옮겨 곧장 문으로 향했다. 지친 기색이 역력한 얼굴에 피어오른 건

방금 전까지 실종되었던 감정의 그늘. 부검실 문을 열고 밖으로 나간 유진은 막 참관실에서 나오고 있는 세 사람을 향해 고개를 돌렸다.

"어떻게 됐습니까?"

"직접적인 사망 원인은 다른 검사 결과들이 나와야 알 수 있을 것 같습니다. 사망 당시 병사라고 보아도 될 정도이고, 워낙 장기들 상태가 엉망이라 확실하게 단정 지어 말씀드릴 수 있는 게 없습니다."

이성적인 그의 말에 순간 청아의 몸이 비틀렸다. 곁에 서 있던 건형이 서둘러 팔을 뻗어 그녀의 어깨를 잡아주었다.

"괜찮아요?"

"……아."

부축해 주는 그의 손길에 청아가 눈을 감았다. 마지막 모습을 보면 괜찮으리라 생각했는데 아니었다. 코끝이 찡해지고 눈물이 날 것 같아 눈에 힘을 준 청아가 몸을 돌리며 말했다.

"나 화장실 좀."

짧게 말한 청아가 총총 걸음을 옮겨 멀어지자 곁에 있던 형사가 손목시계를 확인하며 말했다.

"그럼 전 서에 들어가 봐야 해서 이만."

"부검소견서는 팩스로 보내고 연락드리겠습니다."

"네, 잘 부탁드립니다."

형사가 건형에게도 작게 인사를 한 뒤 청아가 걸어간 방향으로 걸어갔다.

아무도 없는 부검실 앞. 남은 것은 두 남자뿐이다. 유진은 말없이 건형을 보았다. 낯익은 얼굴의 남자는 분명 어디서 본 사람인 것 같았으나, 기본적으로 사람에 대해 관심이 없는 그의 머릿속에 건형의 존재가 남아 있을 리 없었다. 유진의 날카로운 눈빛에 건형은 손을 앞으로 내밀며 말했다.

"선배님, 채건형이라 합니다. 학교 다닐 때 몇 번 인사드린 적 있는데, 기억나십니까?"

"글쎄, 기억나는 것 같기도 하고 안 나는 것 같기도 하고."

유진은 그가 건넨 손을 맞잡으며 몇 번 흔든 뒤 손을 놓았다. 그러자 건형은 피식 웃음을 내뱉으며 날카로웠던 눈매를 부드럽게 만들며 말했다.

"전 다 기억나는데. 선배님은 언제나 김 선배 옆에 있었죠."

서늘한 분위기를 폴폴 풍기는 남자가 청아의 이야기를 하니 표정이 부드럽게 풀리고 일자로 굳게 닫혀 있던 입술 끝이 부드럽게 호를 그린다. 건형의 변화를 눈치챈 유진이 날카로운 눈으로 건형을 보았다.

"청아가 요즘 병원에서 많이 힘든 것 같은데 잘 부탁한다."

가시를 세우며 그녀에 대한 소유권이 자신에게 있음을 명확하게 알리는 그의 말에 건형의 입술이 부드럽게 휘었다. 미소를 내건 그의 모습은 뭇 여성들이 보았으면 가슴이 떨릴 만큼 멋졌다. 그리고 그건 남자인 유진의 눈에도 매력적으로 보였다.

"그러고 있습니다, 안 그래도."

건형이 망설임 없이 말했다. 그러자 유진의 눈빛이 더욱 날카로워졌다.

"안심이다. 이렇게 좋은 후배가 있어서."

"단순한 후배로 보이십니까?"

여유로운 쪽은 건형이다. 그녀를 차지하고 있는 것은 유진이지만 가진 자이기에 가지려는 자보다 더욱 불안해지는 것은 어쩔 수가 없었다. 유진이 걸음을 앞으로 옮겨 그의 앞에 섰다.

유진의 몸에서 흘러나오는 고압적인 분위기에도 건형은 여유로운 미소로 말했다.

"저 청아 선배 좋아합니다."

"뭐?"

손끝이 부르르 떨리자 유진이 손가락을 말아 쥐었다. 힘주어 잡지 않으면 당장에라도 주먹을 내질러 그의 턱에 내리꽂을 것만 같았다.

분노에 차 서서히 이성을 잃는 그의 모습을 보자 건형은 이제 속을 그만 긁을 때가 왔다는 것을 깨달았다. 마음 같아서는 그에게 흠씬 두들겨 맞고 피해자 코스프레를 하며 청아에게 제 마음도 좀 알아달라며 말하고 싶었지만, 그렇게까지 구질구질한 마음을 그녀에게 내비치긴 싫었다.

좋은 사람이었고, 좋아하는 사람이다. 사랑이라고 말할 수도 있고 존경한다고 말할 수도 있는 여자. 그녀는 건형에게 단순히 여자가 아니라 사람이었다. 그가 보고 싶은 건 그녀의 웃음이지 슬픔이 아니었다.

건형이 시선을 내려 유진의 손을 보았다. 동그랗게 말아 쥔 손이 어느새 풀려 있고, 새끼손가락에는 반짝이는 반지가 보였다. 반지는 청아의 손가락에 끼워져 있는 것과 같은 디자인이다. 이 남자 나름대로 그녀는 제 것이라 표시해 둔 것이다.

분명 그녀가 병원을 그만둘 때만 해도 없었던 것.

그래, 그는 사랑의 타이밍을 놓쳤다. 이젠 그녀의 사랑을 응원해 주어야 할 때였다. 하지만 삐뚤어진 마음은 이대로 물러날 것이냐고 외치고 있다. 아프고 시큰거리는 심장은 나 너무 아프니 발악이라도 해보라고 외친다. 하지만 그는 감정이 이성을 앞지르는 사람이 아니었고, 현실을 받아들일 줄 아는 성숙한 인간이었다. 지금 자신의 위치가 어디인지 정확하게 볼 수 있는 사람, 채건형은 그런 사람이었다.

"그런 표정 짓지 마세요, 시원하게 차였으니까."

"……."

유진의 표정이 순간 멍하게 변하자 건형이 피식 웃음을 내뱉었다. 작은 웃음소리가 걸리는 것인지 유진의 미간이 와작 찌푸려진다.

"그런 주제에 나한테 이야기하는 이유가 뭐야?"

그 물음에 건형은 쓸쓸한 미소를 머금으며 말했다.

"전 김 선배가 늘 웃을 수 있기를 바랍니다. 그 모습에 좋아하기도 했지요."

"……."

"그러니 긴장하시라고요."

그의 말에 유진은 구기고 있던 미간을 폈다. 그리고 서늘한 눈동자로 건형을 바라보며 물었다.

"할 말은 끝났어?"

고저 없는 목소리와 깊이를 알 수 없는 검은 눈동자. 갑자기 서늘해진 그의 모습에 건형 또한 인상을 굳히며 답했다.

"네."

"보지 마."

유진이 차갑게 일갈했다. 그러자 날카롭던 건형의 눈이 동그랗게 변했다.

"네?"

"청아 웃는 모습, 보지 말라고."

"……."

"그 사람이 불편해할 마음도 가지지 마."

명령이다. 날카로운 경고를 담고 있는 그의 눈빛은 그러한 모습을 본다면, 마음을 가진다면 건형을 가만두지 않겠다 말하고 있었다.

두 사람 사이로 무거운 침묵이 내려앉았다. 유진은 청아를 가졌고, 그는 가지지 못했다. 그렇지만 지금 두 사람이 짓고 있는 표정은 똑 닮아 있었다.

얼마간의 침묵이 흘렀고, 곧 유진은 승자만이 지을 수 있는 미소를 지으며 당당하게 말했다.

"내 거야, 김청아는. 아주 예전부터 내 것이었어."

그의 말에 건형이 피식 웃음을 내뱉었다.

"알아요."

짧은 대화 끝에 두 사람은 서로를 마주했다. 가슴을 짓누르는 무거운 침묵에 건형이 한 발자국 뒤로 향할 때다. 복도 끝에서 손수건으로 얼굴을 닦으며 청아가 다가왔다. 청아는 어색하게 웃음 짓더니 두 사람 사이에 흐르는 미묘한 기류를 읽지 못한 채 유진에게 곧장 다가왔다.

"들어가 봐야겠어."

목소리는 평온했으나 얼굴은 그렇지 못했다. 한바탕 울음을 쏟아낸 것인지 붉어진 두 눈을 보며 유진이 팔을 뻗어 청아의 어깨 위에 올려놓은 뒤 토닥였다.

"어깨에 힘 빼."

"알았어. 그래도 많이 편해졌어."

그러면서 두 사람은 서로를 마주 보았다. 다른 누군가는 전혀 눈에 들어오지 않는 듯한 모습이다.

자신의 어깨에 올린 그의 손을 꼭 쥔 뒤 떼어놓은 청아가 뒤를 돌아보며 웃었다.

"병원 들어가자."

그녀가 건형을 보고 웃자 유진이 청아의 손을 잡아당겨 짧게 입을 맞췄다. 깜짝 놀란 청아의 눈이 번쩍 떠졌지만, 그는 아무렇지도 않게 입술을 떼고 말한다.

"조금 있다가 집에서 보자."

"너……."

청아가 뻐끔뻐끔 입술을 달싹였지만 유진의 시선은 건형을 향해 있었다. 그는 눈빛으로 경고했다, 건형에게.

건들지 마.

손끝도 대지 마.

그녀는 내 것이야.

그리고 시선을 돌려 청아의 뺨을 잡은 뒤 미간을 찌푸리며 작게 읊조렸다.

"다른 사람 보고 웃어주지 마."

"뭐, 뭐?"

"질투 나니까 예쁘게 웃어주지 말라고."

그가 장난스럽게 말했다. 하지만 목소리엔 숨기지 못한 불안감이 숨어 있었다.

서로 눈을 마주한 두 사람을 깜짝 놀란 눈으로 바라보던 건형이 피식 웃음을 내뱉었다.

"정말 못 말리겠네."

한 달 전 폐렴으로 입원한 환자가 호흡이 가쁘다며 비상벨을 울렸다. 가서 상태를 보니 염증 물질이 가래에 섞여 나와 뒤늦은 시각 다시 검사에 들어가고, 상태를 살핀 후 적당한 항생제를 투여한 뒤 환자가 편안한 얼굴로 잠들고 나서야 겨우 병원을 빠져나온 청아는 병원과 멀지 않은 곳에 세워져 있는 차를 향해 빠르게 걸음을 옮겼다. 국과수 부검이 끝나자마자 유진은 오늘 퇴근 시간에 맞춰 데리러 가겠다 말했고, 이에 청아도 알았다고 했다.

요즘 들어 그녀는 많은 생각을 하게 되었다. 공과 사는 분명히 구분되어야 하고, 병원의 일을 집까지 끌고 들어가선 안 된다는 사실을. 환자 때문에 자신의 사생활까지 비틀리게 되면 더 이상 흰 가운을 입을 수 없을 테니까. 더욱 흉부외과에는 믿을 만한 의사도 많았기에 굳이 자신이 병원에 남아 그들을 불편하게 만들 이유는 없었다.

청아는 서둘러 검은색 차량으로 다가가 보조석 문을 열었다. 그녀가 자리에 앉기도 전 눈을 감고 있던 유진이 슬쩍 눈을 뜨며 말한다.

"늦었어."

"미안해. 많이 기다렸어?"

"아니. 이젠 기다리는 시간도 즐길 수 있게 됐어."

그렇게 말하는 유진의 얼굴엔 피곤함이 가득했다. 오늘 하루 그의 고단함이 그대로 보이는 얼굴에 청아는 안전벨트를 하기 전 손을 뻗어 그의 까칠한 뺨을 만지며 걱정스레 말했다.

"날 걱정하기 전에 네 상태부터 살피는 건 어때? 얼굴이 많이 안 좋아."

"음."

요즘 무더기로 발견된 백골 시신 건이 그의 발목을 잡고 있었다. 일제 시기, 일본으로 강제 이주당한 한국인으로 밝혀진 시신들이지만 그 시신이 누구인지 밝히는 것이 우선이었기에 치아 감별과 뼈에 남아 있는 흔적으로 추적하고 있으나 생각보다 쉽지 않았다.

한동안은 계속 붙들고 있어야 할 일이기에 피곤에 찌든 법의학자들에게 오늘은 일찍 퇴근하고 내일 다시 시작하자고 한 뒤 퇴근했지만, 남겨둔 일은 그의 머릿속을 계속 어지럽히고 있었다.

하지만 유진은 손을 들어 피곤한 눈을 비비며 말했다.

"청아가 뽀뽀해 주면 금방 나을 텐데."

건조한 눈가를 비비던 유진이 손을 내려 장난스럽게 웃으려고 할 때다. 부스럭거리는 소리와 함께 자신의 입술에 와 닿는 촉촉한 입술에 유진이 놀란 눈으로 청아를 보았다. 그녀가 장난스럽게 웃으며 말했다.

"나았니?"

"……아니, 더 아파졌어."

유진이 미친 듯이 뛰는 심장박동을 느끼며 멍하니 말했다.

"뭐야? 나을 것 같다더니."

장난스럽게 웃는 청아의 모습을 뚫어져라 보던 유진이 손을 내려 안전벨트를 풀더니 상체를 들어 청아의 뒤통수를 끌어와 깊게 입술을 맞췄다. 달콤한 체향을 힘껏 들이마시고 아랫입술을 부드럽게 핥은 유진은 청아의 얼굴을 한참이나 뚫어지게 바라보더니 아쉬움에 숨을 삼켰다. 바지를 뚫고 나올 듯 빳빳하게 선 남성은 화를 내며 제 것을 풀어내라 말하고 있었지만 차에서 그녀를 안을 수는 없었다. 사랑을 할 땐 배려가 우선이라 생각하는 그이기에 몸을 뒤로 물려 등받이에 털썩 기댔다.

"네가 너무 예쁘게 웃어서 그래."

"……뭐?"

청아가 눈을 크게 떴다. 그가 갑자기 무슨 이야기를 하는지 의중을 몰라서이다. 웃는 게 너무 예뻐서 키스를 한 거라고? 그렇다고 보기엔 그의 얼굴은 너무나 심각했다.

그가 고개를 내려 오른손 새끼손가락에서 반짝이는 반지를 보았다. 새끼손가락에 걸린 반지는 그들에겐 약속의 징표이지만 남들이 보기엔 액세서리에 지나지 않았다. 손을 잡아 끌어온 유진이 그녀의 손가락 끝에 부드럽게 입을 맞춘 후 손바닥에 오랫동안 입을 맞췄다. 그가 하는 행동을 바라보던 청아는 갑자기 제 네번째 손가락을 악무는 그의 행동에 화들짝 놀라 비명을 내질렀다.

"아!"

손가락에 그의 이빨 자국이 선명하게 남았다. 청아의 눈동자가 경악으로 물들었다. 조금만 시간이 지나면 자국대로 멍이 들 것 같았다.

"여기에 반지를 끼워주고 싶었어."

아쉬움에 읊조리는 목소리에도 청아는 놀라움에 입을 뻐끔거리기만 했다.

"뭐, 뭐 하는……."

그녀가 말을 채 끝내기도 전이다.

"두 사람, 무슨 사이야?"

"두 사람? 누굴 이야기하는 거야?"

"그 눈빛 나쁜 후배 놈."

"눈빛 나쁜……? 아!"

그의 말에 눈동자를 굴려 생각하던 청아가 순간 떠오른 인물이 있는지 고개를 기울였다. 왜 갑자기 건형의 이야기를 하는 것일까? 청아는 알 수가 없었다.

"많이 친해?"

"뭐, 같은 흉부외과니까."

자신의 말에 찌푸려지는 그의 미간에 청아의 의문이 점점 증폭되었다. 그리고 곧 들려온 그의 말에 깜짝 놀란 듯 눈을 동그랗게 떴다.

"불안해."

"뭐가?"

"그놈 눈빛. 내가 모르는 지난 8년을 알고 있다는 그 눈빛."

국과수에서 자신이 잠시 화장실에 다녀오는 사이 무슨 일이 있었던 것일까. 분노로 휘몰아치는 그의 모습에 청아가 신음을 삼켰다. 혹여 건형이 자신의 마음을 그에게 모두 이야기한 것은 아닐까 생각하자 청아의 심장이 빠르게 뛰기 시작했다.

"그 눈빛을 견딜 수가 없어."

"……노유진."

아래로 뚝 떨어져 있던 그의 시선이 청아를 향한다. 자신에게와 닿는 시선에 청아가 부드럽게 미소를 지었다.

"내가 널 사랑하고 있고, 너 아니면 안 되는 상태인데도 불안해?"

차마 말을 하지 못한 유진이 천천히 고개를 끄덕였다. 되돌릴 수 없는 시간. 그 시간 그녀의 곁에 그는 없었지만 건형은 있었다.

그것이 자신에게 얼마나 치명적인 약점이 되는지 유진은 잘 알고 있었다. 8년은 긴 시간이었고, 그 긴긴 시간 그는 청아를 홀로 두었다. 그리고 그 시간은 그녀와 그 사이에 만들어져야 할 '믿음'이란 아주 그 중요한 것이 결여되게 만들었다.

청아가 몸을 돌려 유진의 목을 끌어왔다. 커다란 남자의 몸을 제 품으로 끌어안은 청아가 한숨을 쉬며 그의 정수리 위에 뺨을 내려두었다. 좁은 차 안, 불편한 자세였지만 청아의 허리를 끌어안는 그의 호흡은 점차 제 속도를 찾기 시작했다.

좋다. 김청아의 품은 너무나 좋다. 하지만 너무나 좋은 것이었기에, 너무나 사랑스러운 여자이기에, 너무나 예쁜 그녀이기 때문에 그의 불안은 날로 커져 가고 남의 시선이 그녀에게 닿는 것이 싫어지기 시작했다.

반짝거리며 자신을 보던 건형의 눈빛이 떠오른다. 그리고 유진은 직감적으로 알 수 있었다. 자신과 비슷한 부류의 사람. 겉으로 보기엔 멀쩡했지만 속으론 결여된 것이 많은 남자가 자신처럼 그녀를 눈에 담고 마음에 담아 사랑을 키워가고 있다는 것을.

"힘들어……."

언제가 그냥 수틀려서 뒤돌아서면 그만인 이 관계가 난 아직 무섭고 두려워.

그의 뒷말에 청아가 한숨을 내쉬었다. 그리고 오늘 아침, 결심했던 것들을 떠올리며 청아가 피식 웃음을 내뱉었다. 집에서 와인을 중간에 두고 그럴듯하게 말하고 싶었지만 상황이 그렇지 못했다. 차 안에서 자신이 먼저 프러포즈를 해야 하다니. 장소가 중요한 것은 아니지만 그와 시선을 마주하고 진심으로 전달하고 싶었는데…….

유진을 제 품에서 떼어낸 청아가 시무룩한 유진의 얼굴을 보며 말했다.

"난 아들을 가지고 싶어."

목소리는 진중하고 무거웠다. 그녀의 결심이 가볍지 않다는 것처럼.

"뭐?"

"기왕이면 나보단 널 닮았으면 좋겠고. 난 살가운 아들이 좋거든."

뭐, 물론 그렇게 되면 아들이 둘이 되긴 하지만 그것도 나름 즐겁고 재미있는 삶일 것 같아.

그렇게 뒷말까지 쭉 이어 말한 청아는 멍하니 제 눈을 바라보는 유진의 모습에 피식 웃음을 내뱉었다. 자신의 진심을 파악하기 위해 연신 눈치를 보는 그의 모습은 예전 사랑으로 찬란했던 그 시절의 것과 같았다. 순진한 눈동자는 불안을 담고 있었지만 진실하고 예뻤다.

"사람들이 왜 결혼이란 제도에 얽매어 사는지 알겠다."

"……."

"결혼이란 단순히 두 사람이 만나 같이 사는 것만이 아니야. 그건 동거로도 얼마든지 취할 수 있는 가족의 형태지. 법적으로 서로만 바라보고, 서로의 관계를 책임지겠다고 약속하는 것이 부부야. 그걸 깨달은 게 오늘 아침이고, 조금 있다가 와인 한잔하면서 너한테 말하려고 했어."

　결혼제도에 지독한 회의감을 가지고 있던 청아의 마음을 바꾼 것은 최근에 일어난 일련의 사건들 때문이다. 아이를 지키려 애쓰는 소영을 보며 그녀는 만약 저 상황이 되면 자신은 어떻게 행동할까 생각해 보았다. 그러자 아직 생기지 않은 아이에 대한 책임감으로 아랫배가 묵직해지는 것을 느꼈다. 어디 그뿐이던가. 우진을 보며 그가 가정을 지키려 선택한 최악의 방법에 눈물을 흘리기도 했다. 부검을 다녀온 뒤 우진을 만나러 간 그녀는 자신을 보자마자 입술을 달싹이는 그를 보았다.

　"어땠습니까?"
　"많이 아팠습니다. 속이 곪아 부검이 어려울 정도였고……."

　그녀가 미처 말을 끝맺기도 전에 우진이 물었다.

　"역시 그랬군요……. 많이 아팠군요……."
　"……."
　"그 아픔을 끝낸 것으로 만족하렵니다. 이곳에서 제 벌을 달게 받고 하늘에서 다시 만나게 되면 미안했노라, 하지만 진정 당신을 사랑했노라…… 말하렵니다."
　"……."
　"날 용서해 주지 않을 것 같아…… 무섭습니다."

그 얼굴이 왜 그렇게 슬퍼 보이던지. 그는 잔인한 살인마였지만 한 가정의 아비였다. 제 죗값을 모두 달게 받은 뒤 하늘에서 그녀에게 사죄하겠다는, 진정으로 소영을 사랑했다는 우진의 말을 들으며 청아는 고개를 끄덕였다. 잘못된 방법이지만 그가 소영을 사랑한 마음을 부정하고 싶지는 않았다.

임신을 했다며 자신을 찾아왔을 때 빛나던 소영의 얼굴, 그 곁에서 행복하게 웃던 우진. 그들에게 들이닥친 불행으로 인해 그들의 관계 또한 뒤틀렸지만, 그 사고만 없었다면 우진과 소영, 그리고 태어날 아이는 행복하게 가정을 이루고 살아갔을 것이다.

일그러졌던 얼굴을 편 청아가 유진의 눈동자를 똑바로 보았다. 평생 이 남자를 사랑할 수 있을까? 그 물음엔 당연하게 고개를 끄덕일 수 있다. 평생 이 남자를 하루도, 한 시간도, 1분 1초도 미워하지 않을 수 있을까? 그 물음엔 고개를 내저었다. 이 남자와 함께 평생 하루에 한 번은 웃으면서 살 수 있을까? 그 물음에는 또다시 고개를 끄덕일 수 있었다.

사랑하고 미워하고 함께 웃으며 그렇게 살아갈 수만 있다면 그녀는 가족이란 울타리를 기꺼이 받아들이겠노라 생각했다.

청아는 기쁨과 슬픔이 묘하게 공존되어 있는 그의 눈을 마주하며 말했다.

"그 약속할게."

"……나쁜 여자야, 너."

그의 읊조림에 청아가 피식 웃음을 내뱉었다.

"나랑 결혼해 줄래, 노유진?"

그에 대한 답은 뜨거운 키스였다.

유진은 자신을 들었다 놨다 천당과 지옥 여행을 동시에 하게 만든 그녀의 입술에 뜨겁게 입을 맞추고, 사랑한다고 속삭였다. 두 사람이 마주한 입술은 미소 짓고 있었고, 부드럽게 올라간 입꼬리에 키스는 더욱 달콤하게 느껴졌다. 한참을 부드럽게 그녀의 입술을 탐하던 유진이 입술을 뗀 뒤 숨결이 고스란히 느껴지는 거리에서 말했다.

"아들은 싫어. 딸이 좋아."

그렇게 말하는 유진의 얼굴에 행복이 가득했다.

Chapter 6

2013년, 진물

One

평온한 주말이 찾아왔다. 어젯밤 늦게 귀가한 유진은 아직도 침대에서 일어나지 못하고 온몸에 둘둘 이불을 말고 잠들어 있었지만 청아는 오랜만에 홀가분한 마음이 되어 주말을 맞이하고 있었다. 굳이 피곤해 보이는 유진을 깨우고 싶지 않았기에 소파에 앉은 청아는 오랜만에 리모컨을 들고 채널을 이리저리 돌리고 있었다.

주말 아침이라 가족들이 보기에, 혹은 가볍게 보기 좋은 프로그램들이 방영하고 있었지만 모두 취향이 아닌지 청아가 심드렁하게 텔레비전을 보고 있었다. 결국 다시보기 채널까지 들어간 청아는 [요즘의 hot 프로그램]에 떠 있는 것들 중 TBS 사건파일을 클릭했다. 그러자 순간 자신도 잘 아는 인물이 출연진에 떡하니 들어가 있자 청아의 고개가 옆으로 기울었다.

"언제 이런 걸 찍었대?"

TBS 사건파일 〈그 가족의 비밀〉편
출연진:노유진, 김창현, 배일호

리모컨을 눌러 실행을 누르자 곧 재연 배우들이 나와 그날 있었던 끔찍한 상황을 연기하고 있었다. 작은 아이의 몸이 퉁 하는 소리와 함께 바닥에 쓰러졌고, 곧 무관심한 가족들이 아이의 시신 옆을 지나치고 있었다. 재연하기 위해 고용된 아역 배우의 몸에는 시퍼런 멍들이 자리 잡고 있고, 두 눈을 뜬 채 꼼짝도 하지 않는 아이의 모습에 청아가 눈살을 찌푸렸다.

"그날 아이는 그렇게 숨을 거뒀다. 아이를 가장 사랑해 주어야 할 그리고 살뜰하게 보살펴 주어야 할 부모님이 있는 가정에서. 무관심에 서서히 차갑게 식어간 아이는 결국 짧은 생을 끝마쳤다."

성우의 말에 청아의 몸이 움찔 떨렸다. 사회적으로 이슈가 된 사건이기에 청아 또한 잘 알고 있었다.

강 군은 그날 그렇게 숨이 멎었고, 곧 일을 마치고 돌아온 친모에게 발견되었다. 그 후 형사들은 친모를 용의자로 보고 수사를 진행했다.

"처음 아이를 발견했을 땐 정황으로 보아 친모가 틀림없이 범인이라 생각했습니다. 하지만 후에 할머니가 아이를 목 졸라 살해했다고 증언하자 사건이 미궁 속으로 빠진 거죠."

김 반장이 경찰서를 배경으로 이야기하고 있었다. 이에 경찰에선 친모를 용의자로 구속해 검찰에 넘겼지만, 검찰은 후에 증언한 할머니를 범인으로 봤다. 경찰과 검찰의 의견이 엇갈리게 되었다. 하지만 강 군의 시신이 국과수로 가서는 이야기가 또 달라졌다.

"얼굴과 팔, 엉덩이 등 신체 여러 곳에 시기가 다양한 멍이 발견되었습니다. 손목에는 삭흔(끈 자국)이 발견된 것으로 보아 가해자가 아이의 팔을 묶어 움직이지 못하게 한 후 폭력이 이루어진 것도 추정해 볼 수 있습니다."

검은색 벨벳을 배경으로 인터뷰하는 유진의 모습에 청아의 눈이 커다랗게 떠졌다. 진지하고 진중한 모습은 평소 그에게서 볼 수 없는 것이었다. 저 사람이 내가 알고 있는 그 노유진이 맞나 하는 생각이 들 정도이다.

미간을 찌푸린 청아가 읊조렸다.

"얘 이중인격 아니야?"

그렇게 생각될 정도로 밖에선 자신의 앞에서와는 달리 냉철한 부검의의 모습으로 그는 살아가고 있었다. 낯선 그의 모습에 청아가 연신 눈을 깜빡일 때다.

"교흔이었고, 사람에 의한 것이었으며, 성인에 의한 것이었습니다. 시기는 범죄 발생 시기에 생긴 것이 틀림없어 보였습니다. 두 명의 용의자 모두 교흔 분석을 실시했고, 이를 토대로 법치의사가 분석에 들어갔습니다."

국과수에선 아이의 몸에서 발견된 교흔 정보 분석에 들어갔다. 그리고 아주 뜻밖의 결과가 나왔다.

"두 사람 모두 일치하지 않았습니다."

친모와 할머니 모두 교흔 흔적과 달랐다. 이 말인즉 사건 당시에 난 것으로 보인 교흔과 두 사람은 서로 연관이 없다는 것이다. 범인은 제삼자. 수사는 다시 시작되었고, 곧 범인을 구속할 수 있었다.

"아들이 손자를 목 졸라 죽였다는 사실을 안 할머니는 그것이 죄임을 알면서도 아들의 편에 서서 자신이 죄를 뒤집어쓰려 했다. 그것이 손자를 두 번 죽이는 일이라는 것을 알면서도 자신이 그 죗값을 받으면 되지 않겠냐는 생각도 했다 한다."

화면에는 모자이크 처리가 된 할머니가 눈물을 쏟아내고 있었다. 엉엉 울음을 터뜨리며 손자에게 미안하다 사과를 건네는 할머니의 모습에 청아의 가슴이 시큰하게 아파왔다.

모두가 내 죄라고 외치는 할머니의 마음은 과연 어떨까. 그녀는 상상조차 할 수가 없었다.

"한 집에 어른이 세 명이나 있었으나 친모는 무관심으로 아이를 간접 살해했고, 친부는 지속적인 폭력으로 아이를 직접 살인하였으며, 할머니는 친부가 아이를 학대하는 것을 알고 있었으면서도 이를 경찰에 신고하지 않고, 아이가 죽고 난 뒤 아들을 위해 손자의 억울한 죽음을 대신 뒤집어쓰려 했다는 것에서 자유롭지 못했다."

방송에서는 연이어 미궁으로 빠질 뻔한 이번 사건에 결정적인 증거를 찾아낸 국과수에 대한 칭찬으로 넘어갔다. 유진의 모습을 떠올리며 그를 영웅시하는 성우의 음성을 들으며 청아는 피식 웃음을 내뱉었다.

"슈퍼맨 같네, 저렇게 보니까."

굳은 얼굴로 연신 인터뷰에 응하는 그의 모습을 보고 있을 때였다.

어느새 60분이란 시간이 훌쩍 지나가 버린 것인지 마지막 클로징 멘트가 흘러나왔다.

"셋은 공범이었다. 모두 강 군이 어린 나이에 세상을 떠나는 것에서 자유롭지 못한 자들이었다."

어린아이들이 범죄에 노출되는 걸 막는 것은 어른들의 몫이라며 성우가 말할 때다. 머리카락에 새집을 지은 유진이 놀란 눈으로 다가오더니 리모컨을 들어 TV를 껐다. 유진의 붉어진 뺨을 본 청아가 속으로 웃음을 삼키며 말했다.

"왜? 잘 보고 있는데."

"부끄러우니까 보지 마."

심통 맞은 얼굴로 유진이 청아를 노려보며 말한다. 순하게 아래로 처진 눈꼬리와 반짝이는 눈동자가 울렁이자 청아가 결국 참고 있던 웃음을 피식 터뜨렸다.

"뭐가 부끄러운데?"

"내가 일하는 모습, 부끄럽다고."

유진이 입술을 뾰족하게 내밀며 빠르게 말을 뱉었다. 온몸으로 '나 부끄러워'를 외치며 몸을 배배 꼬는 유진의 모습에 청아가 진지한 얼굴로 제 옆자리를 손바닥으로 팡팡 내려쳤다.

"흠, 이리 와봐."

쪼르르 걸음을 옮겨 제 옆에 앉는 유진을 향해 몸을 튼 청아가 방금 전 화면 속에서 보았던 그의 모습을 떠올리며 눈을 옆으로 쭉 잡아당겼다. 순한 그의 눈빛이 순간 날카로워졌고, 제 앞에선 한 번도 보여주지 않은 날카로운 얼굴이 되었다.

청아가 고개를 기울이며 말했다.

"이러면 좀 비슷한가?"

"뭐, 뭐? 그만해."

유진이 얼굴을 뒤로 하며 그녀의 손길을 피하려 애썼다. 하지만 청아는 포기하지 않고 그의 입술을 옆으로 쭉 잡아당겼다.

"아닌가? 흠……."

우스꽝스러운 얼굴이 됐을 뿐, 방금 전 화면에서 보이던 카리스마 넘치는 국립과학수사연구소의 노유진 팀장의 모습은 온데간데없었다. 손을 뗀 청아가 자신을 슬금슬금 피하는 유진의 팔을 끌어와 든든한 어깨에 머리를 내렸다. 그에게 기댄 채 다시 텔레비전을 켠 청아가 한숨처럼 말했다.

"왜 내 앞에서만 그러는 거야?"

"뭐, 뭐가?"

유진이 눈을 초롱초롱 빛내며 묻는다. 그러자 청아는 속으로 한숨을 삼키며 아무 일도 아니라는 듯 고개를 내저었다.

'왜 내 앞에서만 똥강아지처럼 구느냐고.'

한숨을 삼킨 청아가 리모컨을 들어 채널을 이리저리 돌렸다. 그리고 지나가는 어투로 말했다.

"부모님께 인사드려야겠지?"

"인사?"

"결혼 허락받아야지. 같이 사는 것도 언제까지 숨길 수도 없고."

그녀의 말에 유진이 상체를 돌려 청아를 보았다. 놀란 그의 얼굴에 청아가 피식 웃음을 내뱉었다.

"왜? 기왕이면 빨리 진행하는 게 좋지 않겠어?"

"……청아야."

"공과 사는 분명히 할게. 병원 일이 바쁘긴 하겠지만 스케줄 관리하려고 노력할 거고, 서로 맞춰가면서 우리 행복하게 잘살자."

유진의 눈동자가 감동으로 물들었다. 일렁이는 그의 눈동자를 보며 청아가 부드럽게 미소 지었다. 굳이 묻지 않더라도 지금 그가 얼마나 행복해하지 알 수 있을 정도이다.

그의 표정에 청아의 가슴이 크게 부풀어 오른다. 그가 행복하니 나도 행복하다. 서로의 심장이 연결되어 있는 것처럼 누구 하나만 행복한 것이 아닌 같이 행복한 것, 그것이 사랑이었다.

"아버지껜 내가 먼저 말씀드려도 될까?"

유진의 말에 청아의 고개가 기울었다.

"우리 아빠?"

"응."

고개를 끄덕이며 답하는 그의 모습에 청아가 입술을 달싹였다. 표정에 '왜?'라는 물음이 가득하다.

"다음 주에 뵙고 올게."

그 말에 청아가 고민하는 얼굴로 그를 보았다. 김 원장은 청아에게 분명히 제 의견을 밝힌 상태이다. 그가 마음에 들지 않는다고, 자신을 아프게 했던 그 남자를 네 남편으로 받아들일 수 없다고. 이에 청아는 그때 고개를 끄덕였었다. 아빠라도 나에게 브레이크를 걸어달라고, 무작정 유진에게 달려가는 자신을 막아달라고.

"아무래도 같이 가는 게 좋을 것 같은데?"

청아의 말에 유진이 고집스럽게 고개를 저었다.

"사실 말 안 한 게 있는데, 우리 아빠……."

너 반대해. 그 말을 하려 하는데 유진은 모든 걸 알고 있다는 듯 고개를 끄덕였다.

"다 알고 있어. 알고 있으니까 먼저 찾아뵙고 싶다는 거야."

"유진아……."

"제대로 가족으로 인정받고 싶어. 부모님의 반대로 네 가슴을 아프게 하기도 싫고."

"……."

"믿고 기다려 줄래?"

그 말에 청아가 하는 수 없다는 듯 고개를 끄덕인다. 그리고 한숨처럼 말한다.

"우리 아빠, 고집이 쇠심줄이야."

"알아. 특히 자식 문제에선 더욱 그러시겠지."

그렇게 말한 유진이 손을 들어 청아의 머리카락을 부드럽게 쓸어내렸다.

"걱정 말고 기다려요, 우리 청아."

다정한 그의 말에 청아가 눈을 감았다. 달콤한 생각에 걱정은 소리 없이 사라진 뒤다.

시곗바늘이 정각을 가리키는 시각. 평소의 두 사람이라면 진즉

잠자리를 털고 일어나 점심을 먹고 깨를 볶고 있을 시각이었지만, 웬일인지 두 사람은 여전히 꿈나라였다. 청아의 가슴께까지 내려온 이불 뒤로 보이는 소담한 가슴, 그리고 팔베개를 해준 채 잠들어 있는 유진 또한 실오라기 하나 걸치지 않은 모습이다. 상황만 보자면 두 사람 모두 지난밤 주체를 못하고 불타올라 사랑을 나눈 터라 늦게까지 침대에서 일어나지 못하고 있는 것 같았다.

째깍째깍 시곗바늘 움직이는 소리가 침묵이 내려앉은 공간을 가득 채운다. 서로의 숨결을 자장가 삼아 잠든 두 사람 중 먼저 눈을 뜬 것은 유진이었다.

눈을 뜨자마자 보이는 청아의 모습에 그의 입가가 부드럽게 호를 그리며 휘었다. 그리고 답답한지 자신에게서 조금 떨어진 채 잠들어 있는 청아를 제 품으로 끌어당긴 유진이 그녀의 정수리에 입술을 꾹 누르며 말했다.

"아, 행복하다."

청아의 정수리에 뺨을 비비던 유진은 제 품에 안겨 있는 작은 여체가 꼼지락거리자 더욱 힘주어 껴안았다. 그러자 청아가 그의 가슴에 억눌려 끙 하고 소리를 낸다.

"아파."

여전히 잠이 그득한 목소리다. 하지만 유진은 아침부터 장난의 수위를 높이며 긴 다리를 그녀의 허리에 둘러 더욱 몸을 밀착시켰다. 청아의 얼굴이 와작 찌푸려진다.

"무거워!"

"아우, 우리 귀여운 청아! 어쩜 아침부터 이리 앙칼질까?"

"너 맞는다, 진짜?!"

"때려주면 더 흥분할 것 같긴 해."

"이 자식이 진짜!"

청아가 온몸을 비틀며 그의 품에서 빠져나오려 악을 쓴다. 하지만 저래 보여도 남자다. 그녀의 뒤만 졸졸 쫓아다니는 똥강아지라고 하더라도 어찌 되었든. 청아가 몸을 꼼지락거리며 그의 단단한 허벅지를 치워내려고 할 때다. 그녀의 손등이 남성에 닿았다가 순간 떨어지자 유진의 표정이 굳었다.

어젯밤 남성이 아플 정도로 그녀를 가지고 또 가졌다. 사랑이 충만한 관계에서의 사랑은 탐욕 그 이상의 만족감을 그에게 주었고, 늘 그녀 안에 머물러 있고픈 마음이 들게 했다. 그렇게 가진 그녀인데 또다시 그녀가 제 몸을 터치하자 눈치 없는 남성이 꿈틀거리더니 이내 단단해지기 시작했다.

그리고 또다시 제 안으로 파고들 듯 욕망을 드러내는 남성에 청아가 움직임을 멈췄다. 그리고 눈살을 찌푸리며 유진을 올려다보며 말한다.

"난 한계야. 더 이상 몰아붙이지 마."

"한 번만. 응? 딱 한 번만!"

유진이 애교 있게 검지를 세운 뒤 살랑살랑 흔들어댄다. 한껏 애교를 부리는 모습이지만 그의 말에 무수히 속아 넘어가 침대 위에서 몇 번을 저승길에 오를 뻔했던 그녀다. 오늘은 오후에 약속까지 있기에 그의 제안을 모른 척 받아줄 수가 없었다.

그의 검지를 움켜쥔 청아가 고개를 저었다.

"안 돼."

"왜?!"

유진이 버럭 소리치며 항의했다. 왜 널 온몸이 부서져라 사랑해 줄 것이라 말하는데도 거부하는 것인지 억울한 마음마저 든다. 그러다 문득 닿는 생각에 유진의 행동이 딱 멈췄다. 그가 불안함이 가득한 눈동자로 청아를 보며 물었다.

"혹시…… 어제 나만 좋았던 거야? 그런 거야? 응?"

빠르지도 느리지도 않은 질문에 청아의 턱이 벌어졌다. 앤 도대체 어떻게 생겨먹은 뇌를 가졌기에 생각이 이리도 통통 튀어댈까. 보통 사람의 생각 구조와 전혀 다른 구조에 청아가 당황해 아무 말도 하지 못할 때다. 그가 상처받은 얼굴로 상체를 일으켜 세워 자신의 사타구니 사이를 내려다보았다.

"그랬구나. 이 녀석이 마음에 들지……."

"자, 잠시만! 이상한 생각 하지 마!"

유진의 읊조림에 청아가 벌떡 일어나 소리쳤다. 그러자 촉촉하게 습기가 어린 유진의 눈망울이 청아를 향했다.

"이상한 생각이라니…… 맞잖아. 내가 많이 부족해서……."

그래서 날 거부하는 거야. 그런 거라고.

그의 읊조림에 청아가 손을 들어 이마를 짚었다.

"좋았어. 아주 좋았다고. 좋지 않은 관계를 참고 할 만큼 내 성격머리가 좋지 못하다는 거 알잖아."

"……진짜?"

"그래!"

후우, 한숨을 내뱉은 청아가 감고 있던 눈을 떠 그와 시선을 마주하다 말고 몸을 움찔 떨었다. 별처럼 반짝이는 눈망울에 맺힌 것은 기대감과 함께 즐거움. 그는 팔을 뻗어 청아의 어깨를 감싸 쥐며 입술에 쪽 하고 짧게 입을 맞췄다. 그 뒤 청아의 어깨를 돌려 제 품에 등을 마주하게 한 유진이 청아의 새하얀 가슴을 손으로 감싸 쥐며 웃었다.

"당연히 그래야지."

"……너 점점 연기가 는다?"

청아가 얼굴을 와작 찌푸렸다. 또다시 유진의 장난에 넘어갔다는 생각에 억울한 마음마저 들려던 찰나. 가슴을 조몰락거리던 유진이 엄지손가락으로 가슴의 정점을 꾹 누르자 젖꼭지가 빳빳하게 서고, 기대감에 아랫배가 묵직해진다. 갑자기 피어오르는 열기에 청아의 눈이 질끈 감겼다.

"그만. 오늘 유민 선배랑 약속……."

청아가 힘겹게 말을 내뱉었다. 말속에 뒤섞인 감정 중 가장 큰 것은 흥분이다. 그녀의 말에 벽에 걸린 시계를 확인한 유진이 말했다.

"한 시간 정도 여유 있어."

그렇게 말한 유진이 손을 내려 오른손으로 청아의 허벅지를 열었다. 따스한 기운이 여성에 와 닿자 청아가 허리를 비틀었다. 하지만 그는 여성을 활짝 펼쳐 벌어진 공간 사이로 손가락을 집어넣으며 부드럽게 애무했다.

"아아……!"

청아가 신음을 내뱉으며 허리를 동그랗게 말려 했다. 하지만 왼손으로 그녀가 움직이는 것을 막은 그는 시선을 내려 그녀의 여성 안으로 들어갔다 나오길 반복하는 제 손가락을 보며 말했다.

"안 돼. 보고 싶단 말이야."

내벽은 벌써부터 축축하게 젖어 그를 받아들일 준비를 마친 상태였다.

"아! 유, 유진아…… 그, 그만."

청아가 뺨을 붉히며 애절하게 말했다. 새벽녘의 흥분이 아직도 가시지 않은 것일까. 그녀의 몸이 순식간에 달아오르고 사타구니로 여성에서 흘러나온 시큼한 액체가 흘러내린다. 축축하게 젖은 여성을 어루만지며 두 번째 손가락을 밀어 넣은 유진이 청아의 고개를 살짝 옆으로 돌려 입을 맞췄다. 그녀의 아랫입술을 짓이기고 힘껏 빨아들이며 서로의 체향을 나눈다.

엄지손가락을 세운 유진이 여성의 음핵을 살살 문질렀다. 그러자 급작스런 흥분에 청아의 허리가 위로 튀어 오르고 입에서 거친 신음이 터져 나온다. 꺽꺽 숨이 넘어갈 것처럼 제 팔 아래서 몸을 비트는 그녀의 모습에 남성은 더욱 빳빳하게 서더니 그 끝에 액체가 찔끔 맺혔다.

"아악……!"

청아가 시원하게 신음을 내지른다. 그게 신호가 되어 유진은 청아를 놓아준 뒤 그녀의 엉덩이를 붙잡고 뒤에 자리를 잡았다. 청아의 몸에 비해 풍만한 엉덩이를 쥔 유진이 남성을 붙잡고 여성의 내벽에 천천히 문질렀다. 그러자 이미 한계에 도달한 청아가 자지러지며 몸을 지탱하고 있던 팔에 힘이 풀린 것인지 앞으로 기울었다. 좀 더 엉덩이가 높이 치켜들어지자 곧장 안으로 남성을 밀어 넣은 유진은 끔찍하리만치 완벽한 쾌감에 눈을 질끈 감았다.

"으······!"

"아아!"

완벽한 결합에 두 사람의 입에서 동시에 신음이 터져 나왔다. 여성 안에서 끊임없이 분출되는 윤활유와 따스한 여체에 그녀 또한 자신처럼 미칠 듯한 욕망을 품고 있다고 생각해서일까, 그는 벌써부터 터지려는 남성을 달래며 천천히 허리를 움직이기 시작했다. 엉덩이를 힘주어 잡은 그가 점점 속도를 올리며 뿌리 끝까지 여성 안으로 밀어 넣었다 빼길 반복했다. 그러자 청아가 뺨을 이불 속에 묻으며 뜨거운 숨을 토해낸다.

"아악, 하악! 하아악······!"

찰박이는 소리와 등줄기를 고스란히 보인 채 교태 어린 신음을 내뱉는 그녀의 모습에 유진이 눈을 질끈 감았다. 사랑이 함께하는 관계는 섹스 이상의 만족도를 그에게 주었다.

참고 있던 남성에 힘을 빼자 순간 안에 있던 정액이 그녀의 몸 안으로 왈칵 쏟아졌다. 하지만 그는 아직 끝나지 않았다는 듯 청아를 침대에 똑바로 눕힌 채 허리를 천천히 움직였다. 그러자 흐물거리던 남성이 또다시 부풀어 올랐다. 쾌감에 늘어져 있는 청아의 입술에 쪽 하고 입을 맞춘 유진이 그녀의 몸 위에 체중을 실으며 빠르게 허리를 놀렸다.

그렇게 유진은 청아를 몇 번이고 가졌다. 가지고 또 가져도 느껴지는 갈증에 그녀의 몸 위에 자잘한 키스를 뿌리고, 그녀의 배꼽 옆에 자신의 것이라 붉게 표식을 남기며.

❖　❖　❖

유민과 약속한 레스토랑 앞에 도착해서야 청아는 안도의 한숨을 내뱉을 수 있었다. 약속 시간에 많이 늦을 줄 알고 마음을 졸인 그녀다. 다급함에 속이 탄 그녀와는 달리 곁에서 웃으며 자신을 내려다보고 있는 유진은 천하태평이다.

화가 치솟은 청아가 짱알거리며 잔소리를 늘어놓았다.

"너 때문에 늦었잖아!"

"10분 늦었는데, 뭐."

형도 뭐 하다 늦은 건지 알면 이해해 줄 거야. 그의 뒷말에 청아는 세상이 노랗게 변한 듯 몸을 비틀거렸다. 그러자 곁에 있던 유진이 서둘러 그녀의 팔을 잡아주며 걱정스레 물었다.

"괜찮아?"

"……네가 입만 닫고 있으면 괜찮을 거야."

툭 내뱉은 청아가 서둘러 유리창에 비친 제 모습을 보았다. 오늘은 며칠 전 미뤄졌던 식사를 하기로 한 날이다. 병원 일이 워낙 바빠 유진에게 재영을 제대로 소개해 주지 못해 시급해진 유민은 그가 제 형수의 존재를 소문으로 알기 전에 먼저 알리는 것이 좋지 않겠냐며 일요일 점심은 어떠냐고 제의해 왔다. 이에 청아 또한 동의했고, 2시까지 강남에 위치한 퓨전 레스토랑에서 만나기로 했다.

하지만 유진이 침대에서 덮치는 바람에 10분이나 약속 시간에 늦은 청아는 화장이 제대로 되어 있는 것을 본 후 유진의 모습을 살펴보았다. 머리서부터 발끝까지 천천히 살펴본 청아가 입술을 비틀며 웃었다.

"겉은 참 멀쩡해."

"뭐?"

유진이 미간을 찌푸렸다. 청아의 앞에선 눈치가 없는 그이지만 욕을 하는 것만큼은 귀신처럼 알아먹었다. 청아는 저 뒤에서 유진을 힐끗거리는 젊은 여자들을 보며 말을 툭 내뱉었다.

"저 사람들은 알까? 네가 성 중독자처럼 군다는 걸."

"그 사실은 너만 알걸."

그거 알아? 국과수에선 날 고자라고 뒤에서 씹는 사람들도 있다고.

그의 말에 청아가 파안대소를 터뜨렸다. 텔레비전 프로그램에서 본 그의 모습을 떠올리면 그들이 그렇게 생각하는 것에도 무리가 없다 생각하며. 냉철하고 차가운 부검의의 모습은 성욕도 식욕도 없을 것처럼 보이긴 했다.

머리부터 발끝까지 완벽한 모습을 유지한 그의 모습에 청아가 고개를 끄덕였다. 그리고 그의 커다란 손을 붙잡으며 웃었다.

"들어가자."

100% 예약제로 운영되는 퓨전 레스토랑 [미담(美潭)]은 맛집 블

로거에게도 별 다섯 개를 받을 정도로 음식 맛, 후식, 분위기, 인테리어까지 완벽해 주말은 물론이요, 평일까지도 한 달 전에 예약해야만 겨우 음식 맛을 볼 수 있는 곳이었다.

"일행분 있으십니까?"

검은색의 심플한 투피스를 입은 여인이 다가와 물었다.

"노유민으로 예약되어 있습니다."

"안내해 드리겠습니다."

허리를 숙인 여인이 손짓한 뒤 먼저 앞장서서 걷기 시작했다. 테이블엔 이미 많은 사람들이 앉아 점심을 즐기고 있었다. 주말이라 하더라도 2시는 점심을 먹기엔 조금 늦은 시각이지만, 워낙 점심시간 대엔 자리를 잡기 힘든 곳이라 늦은 점심을 즐기고 있는 이들이 많았다. 수많은 테이블과 룸을 지나 가장 깊숙한 곳에 위치한 룸으로 안내되어 들어간 유진은 종업원이 문을 열어주자마자 보이는 재영의 모습에 몸을 움찔 떨었다.

"심, 네가 여긴 무슨 일이야?"

"심이라니, 형수라고 해야지."

"……."

청아는 딱딱하게 얼어 있는 유진의 모습에 한숨을 내뱉으며 그의 널따란 등을 밀었다. 한 발자국 안으로 더 들어선 유진이 정신을 차리며 말했다.

"혀, 형수? 그게 무슨 소리야?"

유진의 시선이 방금 전 타박한 유민에게로 닿았다가 이내 어색한 표정을 짓고 있는 재영에게로 향했다. 그리고 마지막으로 제 곁에 서 있던 청아가 의자를 빼내 앉는 것을 보곤 그가 버럭 소리 쳤다.

"청아야! 넌 알고 있었던 거야?"

"뭐……."

청아가 말끝을 흐리자 쿵쿵 발을 굴린 유진이 외쳤다.

"나만 몰랐던 거야?"

"병원 일이 바빴잖아. 넌 너대로 바빴고."

"……."

"그러게 누가 상견례에 빠지래?"

유민이 중저음의 목소리로 말했다. 조곤조곤 설득하는 어조이 다. 그러자 유진은 입만 뻥긋거리며 그의 말에 뭐라 대처할지 몰 라 했다.

"유진아, 일단 앉아서 이야기하자."

청아가 어색하게 굳어지는 재영의 안색을 살폈다. 그녀도 뭐라 한마디 하고 싶은 얼굴이었으나 곁에 앉아 있는 유민 때문에 차마 말하지 못하는 듯 보였다. 가만히 내버려 뒀다간 대학 때처럼 또 두 사람이 멱살잡이를 하고 싸우는 것은 아닐까 심히 걱정될 정도 이다. 하지만 유진은 이런 그녀의 걱정은 알지도 못한 채 소리쳤 다.

"이건 무슨 똥족보야!"

"우린 양가 부모님의 허락까지 떨어진 상태야. 똥족보 싫으면 네가 청아와 결혼하지 말든가."

"……."

그 말에 유진의 말문이 막힌다. 우선 결혼을 먼저 허락받은 것은 유민 쪽이다. 그러니 똥족보가 싫으면 네가 결혼하지 말라고 유민은 경고하고 있었다.

"더 하고 싶은 이야기는?"

유민이 차갑게 묻자 유진은 시무룩한 얼굴로 재빨리 고개를 젓는다.

"⋯⋯없어."

"그럼 얌전히 앉아."

그의 말에 분위기가 정리되었다. 그제야 유민은 자신의 대각선 상에 앉은 청아를 보며 감정 없는 차가운 얼굴로 말했다.

"같은 병원에 근무하는데 얼굴 보기는 참 힘드네."

"뭐, 과가 다르니 별수 없죠."

저 표정은 대학 시절 내내 봐왔지만 도저히 적응이 되지 않는다. 그의 말에 답한 청아가 고개를 돌려 재영을 보며 말했다.

"식사는?"

"우리가 임의로 주문해 뒀어. 괜찮지?"

"어."

그렇게 세 사람이 정답게 대화를 주고받을 때까지도 유진은 꿍하니 입을 다물고 있었다. 그는 서릿발 어린 시선으로 재영을 노려보더니 시선을 돌려 유민에게 말했다.

"심이 내 형수가 되는 거 난 반대야."

"투표권 잃었어. 행사할 수 있을 때 했어야지."

"혀엉— 심이 어떤 사람인지 알아? 대학 생활 내내 청아 옆에 찰싹 달라붙어서……."

"말도 안 되는 투정, 질투하지 마."

유민의 일갈에 유진이 다시 입을 꾹 다물었다. 말도 안 되는 투정인 거, 질투인 걸 그도 잘 알고 있다.

그가 뚱한 표정으로 고개를 휙 하니 돌리자 더 이상 상대할 가치가 없다는 듯 유민이 말했다.

"청아 너도 어색한 거 아니지?"

"괜찮아요."

청아가 어색하게 웃으며 재영을 보았다. 그러자 재영 또한 청아를 따라 피식 웃음을 내뱉더니 고개를 끄덕인다. 친구에서 손윗사람이 되었으니 앞으로 조심할 일들이 많이 있겠지만 그래도 어쩌겠는가.

"그래, 네가 괜찮다니 다행이다."

무뚝뚝하게 유민이 툭하니 내뱉었다.

그러고 얼마 뒤 미닫이문이 열리더니 곧 코스 요리가 하나씩 나오기 시작했다. 어색함에 몸 둘 바를 몰라 하던 청아는 음식이 나오자 그제야 안도의 한숨을 내쉬며 재영을 보았다. 그러자 재영도 청아를 보고 있었는지 두 사람의 눈이 마주쳤다.

"왜?"

"아니, 아니야."

그렇게 말하는 재영의 시선이 옆으로 돌아가 붙잡고 있는 두 사람의 손으로 향했다.

"좋아 보여서."

부러움이 가득한 그 시선에 청아가 입을 꾹 다물었다.

"대박, 형이랑 심이랑 말이 돼?"

식사를 마치자마자 곧장 집으로 돌아온 두 사람은 현관 앞에서 신발을 훅훅 벗어 던진 뒤 소파에 앉았다. 오랜만에 신은 구두에 발이 지끈 아파와 손가락으로 꾹꾹 누르던 청아는 제 앞에 무릎을 꿇고 앉아 발을 가져가 지압해 주는 그의 손길을 느끼며 지그시 눈을 감았다.

"전혀 안 어울린다고."

유진이 불퉁한 목소리로 말했다. 객관적으로 보나 주관적으로 보나 유민과 재영은 참 어울리지 않은 커플이다. 그걸 청아 또한 잘 알고 있었다.

대학 시절부터 그녀와 붙어 다닌 바에 의하면 재영은 평범하지 못한 집안 때문에 외로움을 많이 타고, 생긴 것과는 달리 유약한 성격이었다. 아버지에게 사랑받기 위해 그 힘든 의과 과정을 척척 공부해 내면서도 늘 혼이 나 주눅 들어 있던 그녀를 떠올리며 한숨을 내뱉던 청아는 유진의 말에 눈을 떴다.

"두 사람은 언제부터 연애했대?"

왜 그걸 난 눈치채지 못하고 있었지? 고개를 기울이며 유진이 말하자 청아는 그의 손에 붙들려 있던 발을 빼내며 말했다.

"연애결혼 아니야."

"뭐?"

유진이 눈을 깜빡인다. 그녀의 말을 이해하지 못한 얼굴이다. 이에 청아가 피식 웃음을 내뱉었다.

"맥주 한잔할까?"

"맥주?"

"어, 갑자기 시원한 맥주가 마시고 싶네."

청아의 말에 유진이 자리에서 일어서며 말했다.

"가지고 올게. 기다려."

"응, 선반에 마른안주 있어."

청아의 말에 재깍 선반으로 향한 유진이 뽀스락 소리를 내며 마른안주를 꺼냈다. 납작한 접시에 오징어와 땅콩을 담은 그가 곧장 냉장고로 가 500㎖ 캔맥주 두 개를 꺼내 자리로 돌아왔다. 소파에서 조금 떨어져 있는 테이블을 가져온 청아가 그에게 접시를 받아 그 위에 내려둔 뒤 등을 다시 소파에 기댔다. 찰칵 소리와 함께 캔맥주를 딴 그는 청아에게 건넨 뒤 그녀의 곁에 앉았다.

꼴깍꼴깍 목울대가 크게 울릴 정도로 맥주를 들이켠 청아가 크으 하며 땅콩 하나를 집어 먹었다.

"재영이한테 들어보니 정략결혼 같던데."

"정략결혼?"

단어의 뜻을 떠올린 유진이 미간을 찌푸렸다.

"우리 집안의 뭘 보고?"

평생 메스만 잡고 살아온 제 부모님은 명예는 가졌으나 부는 가지지 못했다. 물론 평범한 사람들보다 훨씬 잘사는 축에 속하기는 하지만 재영이 대한세종대학병원 병원장의 딸이란 것을 그 또한 알고 있기에 정략결혼이란 말 자체가 맞지 않다고 생각했다. 얼마나 돈이 많은지 가늠도 되지 않는 집안과 두 분 다 의사일 뿐인 자신의 집안과 정략혼을 맺다니. 어딘가 아이러니하지 않은가. 그의 물음에 청아가 맥주를 한 모금 들이켠 뒤 말했다.

"재영이 오빠들이 검사인 건 아니?"

"어. 한 명은 대전중앙지방법원에 있고 하나는 서울중앙지방법원에 있다고 하지 않았나?"

"뭐, 그러니 병원을 물려줄 사람이 없는 거지."

청아의 말에 유진이 맥주를 마시다 말고 말했다.

"심 있잖아, 심. 제법 실력 있다면서."

"……여자니까 안 되는 거야."

"여잔데 왜 안 돼?"

세상물정 모르는 그의 물음에 청아가 한숨을 푹 내뱉었다. 그녀 또한 여자가 원장이 된다는 것에 별생각이 없었으나 그건 그들만의 생각이었다. 젊은이들의 생각이 바뀌고 있었지만 여전히 윗자리에 앉아 있는 자들의 생각은 바뀌지 않은 상태였다.

"이쪽이 얼마나 보수적이냐. 이사진들이 과연 여자가 병원장이 되는 꼴을 보고 있을까?"

"아……."

"그래서 심 원장님이 유민 선배한테 제안했나 봐. 재영이와 결혼하고 차기 원장으로 커볼 생각이 없느냐고. 그 제안을 유민 선배가 받아들인 것 같고."

"형이?"

그 제안을 유민이 받아들였다는 사실이 놀라운 것인지 유진이 눈을 크게 뜨며 물었다. 그러자 청아는 재영에게 들은 그대로를 전한 뒤 고개를 끄덕였다.

"형이 그럴 사람이 아닌데······."

"뭐, 두 사람의 속사정은 잘 모르겠고, 하여튼 표면적인 건 그래."

청아의 말에 유진은 여전히 의아한 얼굴이었지만 알았다는 듯 고개를 끄덕인다. 그런 뒤 한숨을 푹 내뱉으며 말한다.

"형이 결정한 거니 그런 거겠지, 뭐."

"응······."

말꼬리를 늘인 청아가 다시금 맥주를 벌컥벌컥 들이켰다. 그리고 우울해하던 재영의 얼굴을 떠올리며 걱정스레 미간을 찌푸렸다.

정말 괜찮은 걸까?

친구의 모습이 그리 행복해 보이지 않았던 것을 떠올린 청아가 걱정스레 한숨을 왈칵 내뱉었다. 그 뒤 빈 캔을 힘주어 우그러뜨렸다.

무더위가 성큼성큼 다가왔다. 초여름의 날씨에 사람들의 옷차림은 한껏 가벼워졌고, 젊은 여인들은 새하얀 허벅지를 드러낸 채 제 몸매를 뽐내는 그 계절. 그에 맞춰 병원 안은 선선한 온도를 유지하기 위해 에어컨이 빵빵하게 돌아가고 있었고, 내원한 환자나 보호자가 아닌 게 분명한 노인 몇몇은 병원 로비에 앉아 더위를 식히고 있었다.

그러한 아침이었다. 조금은 특별해진 날씨로 인해 짜증이 치솟는 그런 날. 하지만 그런 무더위를 잊게 해줄 만큼 엄청난 소식이 언론을 통해 전해지며 병원에 근무하는 의사나 간호사, 관리 경영팀 직원 모두가 놀라 입을 다물지 못했다.

—대한세종대학병원 외동딸 심재영 씨 결혼 발표! 상대는 같은 병원에 근무하는 실력 있는 외과의 노유민 의사.

—핑크빛 기류! 세상에 알려진 또 하나의 결혼 소식.

대한세종대학병원은 전국에서 세 손가락 안에 들 정도로 큰 규모를 자랑하는 곳이고, 이에 대한 관심은 여느 대기업의 자제들 결혼 소식만큼이나 사람들의 구미를 자극했다. 그들과 전혀 상관없는 사람들조차 관심을 가지는데 이 소식을 접해 들은 병원 사람들은 얼마나 지대한 관심을 가지겠는가. 잘생긴 외모와 이미 젊은 시절부터 실력을 검증받아 대학 교단까지 서는 유민이 결혼한다는 것만 해도 까무러칠 정도인데, 그 상대가 바로 대한세종대학병원의 외동딸 심재영이란 사실에 사람들은 기함했다.

"진짜야? 심 선생이…… 시, 심 원장님 딸이라는 게?"

"헐!"

마취과 사람들이 신문을 붙들고 오들오들 떨어댔다. 재영이 심 원장의 딸이란 사실을 이제야 안 사람들은 놀라움과 배신감으로 어찌할 바를 몰라 했다.

소문이 파다하게 퍼진 병원은 아침부터 분잡했다.

"너 알았어, 심 선생이 원장 딸이라는 거?"

"몰랐지!"

재영의 이야기에 청아의 걸음이 멈췄다. 회진을 돌고 난 후 커피나 한잔할까 생각하던 청아의 머릿속은 깨끗하게 비워진 뒤다. 청아가 고개를 돌려 무리를 이루어 재영의 이야기를 하고 있는 사람들을 보았다. 분홍색 간호사복을 입은 사람들은 외과 소속으로 재영과도 깊은 친목이 있는 사람들이었다.

"전에 내가 산 명품백 보고 부럽다고 했던 말은 뭐야?"

"그거 자랑하는 네 꼴 보고 얼마나 우스웠겠니?"

"허참! 완전 농락당한 기분이야!"

그들의 말에 청아의 발걸음이 더욱 급해졌다. 외과로 곧장 향한 청아는 레지던트 2년 차 선생을 붙들고 재영이 어디에 있느냐 물었고, 그는 회진을 돌자마자 없어졌다고 이야기하며 미간을 찌푸렸다.

"그 표정 뭐야? 내가 묻는 말이 기분 나빠?"

청아가 톡 쏘아붙이자 장 선생이 고개를 재빨리 내저은 후 조심스럽게 말했다.

"그게 아니라요…… 원장님 딸이었으면 저한테는 한마디 해줄 수 있었잖아요."

그가 많이 서운하다는 듯 웅얼댔다. 그 모습에 청아는 기도 안 찬다는 듯 뻐딱한 자세로 팔짱을 끼며 말했다.

"그걸 왜 장 선생에게 말해줘야 해?"

"선생님은 알고 계셨던 거예요?"

장 선생이 궁금증을 담은 눈동자로 물어보자 청아가 깊은 한숨을 내뱉었다.

"장 선생, 부모님 뭐 하셔?"

"에? 저희 부모님이요?"

"그래, 장 선생 부모님."

"통영에서 굴 키우시는데요?"

자신의 집안이 별 볼일 없다 생각이 든 것인지 장 선생이 기어들어 가는 목소리로 말했다. 그러자 청아가 쯧 혀를 차며 말했다.

"나 굴 좋아하는데 왜 미리 말을 안 한 거야? 섭섭하게."

"네?"

"지금 그 말이랑 똑같다고, 장 선생 말하는 게."

"……."

"그리고 병원장 딸이라는 거 알려져서 좋을 게 뭐가 있어? 장 선생, 생각을 해봐. 장 선생 밑으로 들어온 인턴, 레지던트가 원장 딸이면 장 선생은 그 후배를 제대로 가르칠 수 있겠어?"

"……."

입을 꾹 다문 장 선생이 깊게 생각한 뒤 고개를 내저었다. 그러자 청아가 그것 보라는 듯 혀를 끌끌 찬 뒤 말했다.

"그러니까 그런 거에 섭섭해할 시간 있으면 환자 한 번이라도 더 보라고."

차갑게 말한 청아가 몸을 돌렸다. 뒤에서 자신을 부르는 목소리가 들렸으나 무시한 채로.

빠르게 걸음을 옮긴 청아가 온 병원을 뒤지기 시작했다. 의국부터 시작해 비상구와 각 환자들이 있는 곳까지 빠르게 눈으로 훑었음에도 재영이 보이지 않자, 한숨을 왈칵 내쉬며 마지막으로 커피숍이 있는 테라스로 향했다. 그러자 그곳에 커피 한 잔을 테이블에 올려둔 채로 멍하니 하늘을 올려다보고 있는 재영이 있었다.

한숨을 내뱉은 청아가 그녀의 맞은편 의자를 빼 앉은 뒤 팔짱을 꼈다. 멍하니 하늘을 올려다보던 시선이 자신에게로 천천히 향한다.

"……왔어? 커피 마시려고?"

"아니, 너 찾았어. 병원을 샅샅이 다 뒤졌다."

청아가 심통 맞은 얼굴로 말한 뒤 커피를 가져와 빨대를 쪽 빨아들였다. 그러자 얼음이 녹아 밍밍해진 커피에 미간이 찌푸려진다. 미지근하다 못해 따뜻해진 커피는 재영이 얼마나 여기에 오랫동안 앉아 있었는지 단적으로 말해주었다.

"난 왜?"

재영이 피식 웃음을 터뜨리며 상체를 일으켜 세우고 자신을 못마땅한 얼굴로 바라보는 청아를 보았다.

"병원 그만둘 생각은 아니지?"

"주위 시선이 이런데 어떻게 더 다니겠어?"

힘없는 목소리에 청아의 미간이 와자작 찌푸려졌다. 그녀가 의사가 되기 위해 얼마나 많은 노력을 했는지 잘 알고 있는 청아다. 인턴 때도 워낙 성적이 좋아 성형외과나 안과에 들어갈 수도 있었으나 그녀는 의외로 외과를 선택했다. 앞으로 외상센터가 지어지면 그곳에 자신의 손을 보태어 응급환자를 하나라도 더 살리고 싶다는 포부를 밝히기도 했다.

그런 친구이다, 심재영은. 병원장 딸이 아닌 평범한 의사일 뿐이다.

"톱스타가 된 기분이야. 사람들이 나한테 이렇게 관심이 많을 줄이야. 내가 얼마나 놀랐게? 하루에도 몇 번씩 보던 사람들이 안면 싹 바꿔서 나한테 알랑방귀를 뀌는데 어찌할 바를 모르겠더라고."

"지랄한다."

청아가 재영을 한심하게 쳐다보며 욕지거리를 내뱉었다. 그 뒤 멍하니 자신을 바라보는 재영에게 톡 쏘아붙였다.

"심재영 너, 언제부터 취집할 생각이었냐?"

"어?"

"그게 아니라면 병원 계속 다녀. 주위에서 뭐라 하든 신경 쓰지 말고. 네 아버지가 병원장인 거지 네가 병원장은 아니잖아."

"……가능할까, 병원 생활?"

재영이 멍하니 물었다. 그러자 청아 역시 우울한 얼굴로 그녀를 보았다.

청아는 나약해지는 친구의 모습에 울컥 올라오려는 한숨을 집어삼켰다.

그녀가 생각해도 재영의 병원 생활은 그리 평탄하지 않을 것이다. 심 원장도 후계자를 유민으로 정한 이상 재영을 병원에 두려 하지 않을 것이고.

유민과 재영이 부부가 된다 하더라도 어찌 되었든 내부 사람들은 두 사람 중 더 탄탄한 줄을 찾으려 할 것이다. 병원 내에 파가 갈리는 것만큼 최악은 없었다. 사람의 목숨을 담보로 하는 결정들이 줄줄이 이어질 텐데, 어느 한쪽에 선 사람들이 과연 상대방의 의견을 들어줄지 미지수이기 때문이다.

어디 그뿐인가. 재영은 다른 사람들과 똑같이 자신을 봐주길 원해 대학에 진학하고, 의대 공부를 하고, 기나긴 의사 생활을 하면서 단 한 번도 집안에 대해 이야기한 적이 없었다. 믿고 의지한 청아와 유진 정도만 그녀의 집안 사정을 알고 있을 정도이다. 이에 사람들은 그녀에게 속았다고 생각하며 뒤에서 입방아를 찧어댈 것이 불 보듯 뻔했다. 벌써부터 그녀에 대한 안 좋은 이야기들이 나오고 있지 않은가. 이런 이야기는 시간이 갈수록 더욱 살을 덧붙여 커질 것이고, 그럴수록 재영은 심적 압박을 받을 것이다.

하지만 청아는 지금 친구에게 힘을 실어주고 싶었다. 그녀가 의사가 되기 위해 얼마나 노력해 왔는지 곁에서 십여 년이 넘는 시간을 봐온 그녀이기에.

"이 답답아, 결혼이 밥 먹여주니?"

청아가 재영과 시선을 마주하며 말했다.

"그래서 넌 결혼한 뒤에 집에 들어앉아서 현모양처가 되고 싶은 거야?"

"소름 돋는 소리 할래?"

물음에 물음으로 답한 재영이 손을 들어 머리를 거칠게 쓸어 올렸다. 신경질적인 동작엔 답답함마저 보인다. 마치 길이 없는 미로 속에 갇힌 사람처럼.

"그럼 이미 결정된 문제네. 선배들한테는 말 못해서 미안하다고 일일이 허리 숙이고 인사해. 다들 이해해 주실 거야."

후배들은 뒤에서 씹고 다니면 밟아주면 되고. 청아가 심통맞게 말했다.

한참 아무 말 없이 하늘을 올려다보던 재영이 시선을 돌려 청아를 보았다. 늘 올곧은 시선엔 거짓이 없다. 그래서일까, 재영은 오랫동안 묵혀왔던 감정 하나를 툭 꺼냈다.

"청아야."

"왜."

"나 유민 선배 좋아해."

"뭐?"

청아의 눈이 동그랗게 변했다. 이건 또 무슨 무지막지한 폭탄 발언인가 싶다. 하지만 재영은 입꼬리를 축 늘어뜨리며 놀란 친구의 얼굴에 대고 말했다.

"그런데 선배는 그게 아니야."

"……."

"넌 모를 거야. 이루어지지 않는 마음이 얼마나 가슴에 사무치는지."

그렇게 말한 재영이 무릎을 짚으며 자리에서 일어났다. 그러곤 힘없이 간다고 말한 뒤 병원 안으로 들어가 버렸다.

저에게 폭탄 발언을 하곤 아무렇지도 않은 얼굴로 인사하고 멀어진 친구의 뒷모습을 바라보던 청아가 이마를 짚었다. 그리고 대학 시절, 얼굴을 붉히며 자신에게 물음을 던지던 안경을 낀 소녀를 떠올렸다.

"저 사람 누구야?"

오직 공부에만 관심 있던 재영이 처음으로 사람에게 관심을 보이던 그날, 청아는 '유진이 친형'이라 말했고, 이에 깜짝 놀란 재영이 고개를 내저으며 말했다.

"그 초딩 형이라고? 말도 안 돼! 유전자가 완전히 다르잖아!"
"가만히 보면 닮은 구석도 있어."
"……말도 안 돼."

그렇게 한동안 충격을 받은 듯 멍한 눈빛만 끔뻑이던 재영이 휘청거리며 도서관에 가겠다며 손을 휘젓던 것이 떠올랐다.
"그때부터였나……."
한숨을 내뱉은 청아가 자리를 털고 일어났다. 좋아하는 사람과 결혼을 하게 된 재영이 잘된 것인지, 사랑을 이루기도 전에 결혼이란 틀 안에 갇히게 된 것이 불행한 건지 감이 오질 않는다. 하지만 정확한 것은 청아가 해줄 수 있는 일은 아무것도 없다는 것, 그것 하나만은 확실했다.

청아가 한숨을 내뱉으며 천천히 걸음을 옮길 때다. 흉부외과 데스크 쪽으로 걸음을 옮기던 청아는 저 멀리 보이는 낯익은 실루엣에 우뚝 걸음을 멈췄다.

"김청아 선생님은 지금 자리에 안 계십니다."

"그럼 어딜 가야 집 나간 딸년처럼 연락 한 통 없는 딸아이를 만날 수 있습니까?"

"하하, 아버님, 유머러스하세요."

수간호사가 김 원장의 말에 하하 웃음을 터뜨리자 그는 진심이라는 듯 미간을 찌푸리며 말했다.

"농담처럼 들립니까, 간호사 선생님은?"

경상도 사투리가 섞인 억양과 풍만한 배, 조금 벗겨진 머리에 후덕한 인상은 아버지가 분명했다. 그가 더 이상 쓸데없는 소리를 늘어놓기 전에 서둘러 청아가 김 원장을 불렀다.

"아, 아빠?"

그녀의 목소리에 김 원장의 고개가 옆으로 돌아갔다. 그리고 얼마 떨어져 있지 않은 거리에서 흰 가운을 입고 멀뚱히 서 있는 청아를 향해 성큼성큼 걸음을 옮기며 말했다.

"아이고, 청아! 내 딸 청아! 넌 무슨 애가 연락이 그렇게 안 돼?"

"여, 여기까지 무슨 일로……."

청아가 더듬더듬 말을 내뱉었다. 그러자 김 원장이 붉어진 얼굴로 외쳤다.

"서울에 올라간 뒤로 통 연락이 안 되는데 안 오고 배겨?!"

"그건 죄송합니다만……."

"죄송, 죄송?! 사랑스런 딸년이 오랜만에 아버지 혈압 오르게 만드는구나!"

경을 치는 김 원장의 모습에 주위에 있던 보호자들과 환자, 간호사들의 시선이 한곳으로 모였다. 쏟아지는 시선에 얼굴을 붉힌 청아가 김 원장의 옷자락을 잡아당기며 말했다.

"아, 아버지, 일단 자리 좀 옮기고……."

"아무리 무소식이 희소식이라고 하더라도, 한 달째 연락 한 통 없는 딸년을 내가 뭐라 생각해야 하는 거야!"

"그, 그러니까 일단 자리 좀 옮기자고요!"

덩달아 청아도 언성을 높였다. 그러자 흥분한 김 원장이 딸꾹질을 하더니 입을 꾹 다문다. 청아가 이를 악물며 김 원장에게 경고했다.

"그 나쁜 딸년 일터에서 무슨 짓이에요. 따라오세요."

청아가 찬바람을 일으키며 쌩하니 돌아서자 김 원장이 그제야 주위를 둘러본다. 그러다 상황 파악이 되는지 어색하게 하하 웃음을 내뱉으며 머리를 쓰다듬는다.

"죄송합니다. 소란스러웠죠? 하하, 흥분해서 그만……."

모여든 사람들에게 사과의 말을 건네는 김 원장의 모습에 몇 걸음 옮기지 않은 청아가 이를 악물며 말했다.

"당장 따라오시라고요."

청아의 주위로 짙은 오로라가 퍼져 나간다.

방금 전 재영과 앉아 이야기를 하던 자리에 청아와 김 원장이 자리하고 앉았다. 청아는 김 원장의 앞에 차가운 아이스커피를 밀어주며 말했다.

"말도 없이 여기까진 무슨 일이에요? 문자 남겨주셨으면 제가 전화 드렸을 텐데."

청아의 말에 빨대로 커피를 쪼로록 마시던 김 원장의 미간이 와자작 찌푸려졌다. 청아가 정말 몰라서 저런 말을 하는 것인지 그의 얼굴에 궁금증이 떠올랐다.

"몰라서 묻는 거냐?"

"네."

청아가 모르겠다는 듯 고개를 기울이며 답하자 김 원장의 얼굴이 다시 한 번 와자작 찌푸려진다. 그리고 방금 전보다 더 높은 데시벨로 소리쳤다.

"미리 연락 한 통 해주면 손가락이 부러지냐? 서울에 마침 일이 있어서 올라왔다!"

"아, 그러세요? 전 또 뭐라고."

심드렁한 얼굴로 커피를 마시는 딸아이의 모습에 김 원장은 명치를 한 방 맞은 느낌이다. 묵직해진 가슴에 김 원장은 몇 번이고 연락이 되지 않아 속 끓이던 자신이 바보천치였다 생각하며 한숨을 푹 내뱉으며 말했다.

"오늘 너희 집에서 하루 머물고 가련다."

"……네?"

청아의 눈이 커졌다. 그럼에도 김 원장은 커피를 마시느라 딸아이의 표정을 미처 살피지 못했다.

"내일 오전까지 일이 있어."

"그렇다고 해도 어떻게 말도 없이……."

어색하게 굳어진 표정으로 웅얼거리던 청아가 미처 말을 끝맺지 못하고 입을 다물었다. 결국 김 원장이 화를 참다못해 벼락처럼 소리쳤기 때문이다.

"우리가 남이냐? 집에 하루 묵는 것도 허락받아야 하게?!"

"……."

"왜? 집에 우렁총각이라도 숨겨놓은 게야?! 그게 아니라면……."

김 원장의 말에 청아가 눈을 질끈 감았다. 그녀의 표정이 급속도로 나빠지자 김 원장은 미처 말을 끝맺지 못하고 입을 꾹 다물었다.

"뭐야? 진짜야?"

그가 놀라움에 눈을 크게 뜨며 묻는다. 그러자 청아의 고개가 땅을 파고들 듯 아래로 내려가더니 이내 기어들어 가는 목소리로 말했다. 더 이상 숨길 수 없으니 솔직히 털어놓는 것이 좋겠다고 판단하며.

"죄송해요, 아버지."

"……."

"그게…… 곧 허락을 받으려고 했는데……."

쾅!

테이블을 내려친 김 원장이 자리에서 벌떡 일어났다. 붉어진 얼굴은 곧 터질 것처럼 빵빵하게 부풀어 있다.

"그놈이냐? 그놈이랑 살림이라도 차린 게야?!"

"……."

"저, 정말이구나. 정말이야. 내 딸이, 내 딸이……."

결혼도 하기 전에 동거라니. 똑 부러지게 처신하여 누구보다 믿었던 딸이다. 그 딸이 자신의 믿음을 배신하자 김 원장은 세상이 노랗게 변하는 것을 느끼며 자리에 털썩 주저앉았다.

"으……."

"아빠!"

깜짝 놀란 청아가 서둘러 김 원장을 부축했다. 하지만 그는 띵하게 머리가 울리는 와중에도 그녀의 손을 내치며 속삭이듯 작은 목소리로 말했다.

"철이 없어도 이렇게 없어."

"아빠……."

"널 믿었는데……."

그렇게 말한 김 원장이 '아니, 아니다' 라고 짧게 내뱉더니 자리에서 일어났다. 그러며 말한다.

"다 내 탓이지. 어미 없이 키워서 그렇다."

"아빠, 무슨 말을……."

"부족했던 게야."

그렇게 읊조리는 김 원장의 눈동자에 눈물이 맺힌다.

오전 시간은 생각보다 무탈하게 지나갔다. 목조로 만들어진 2층 가정집에서 화재사(火災死:질식을 포함한 소사)한 43세 여성과 돌연사(突然死)한 32세 남성, 익사(溺死)로 추정되는 82세 노인의 부검을 집도했고, 12시 20분이 조금 넘어 근처 백반집에서 밥 한술을 겨우 뜰 수 있었다.

유진은 점심시간이 끝나기 5분 전, 여유로운 마음으로 국과수 로비 안으로 들어섰다. 때마침 그의 주머니에 들어 있던 휴대전화가 진동한다. 액정을 보며 상대를 확인하자 청아의 이름이 찍혀 있었다. 몇 번의 진동 후 전화가 끊긴다. 그러자 액정엔 '부재중 12통'이라 찍혀 있다. 미처 진동을 알아차리지 못하고 있었던 것이다.

"무슨 일이지?"

평소 근무 시간엔 잘 전화를 하지 않는 그녀인 터라 의문이 먼저 들었다. 더욱 몇 통씩 걸 정도로 다급한 일이라 생각되어 그가 서둘러 전화를 걸려고 할 때다. 참지 못하고 청아에게서 또다시 전화가 걸려왔다.

〈아빠가 아셨어.〉

"무슨 말이야, 그게?"

〈오늘 병원에 찾아오셨어. 사실대로 말했고. 아마 널 찾아가 실…….〉

청아가 빠르게 말을 전할 때다. 유진은 로비 한쪽 구석에 놓여 있는 소파에서 일어서는 김 원장과 시선이 마주치자 청아의 말을 막았다.

"지금 만났어. 나중에 연락할게."

〈하아, 찾아가셨어?〉

"어, 끊자."

짧게 말한 유진이 휴대전화를 내렸다. 그리고 걸음을 옮겨 김 원장 앞에 선 뒤 깊숙이 허리를 숙여 인사했다.

"안녕하십니까."

"안녕하지 못하네. 어떻게 안녕할 수 있겠나."

붉어진 눈으로 자신에게 원망을 쏟아놓는 김 원장의 모습에 유진의 눈동자에 슬픔이 머물렀다. 딸에 대한 걱정으로, 실망으로, 원망으로 물들어 있는 그의 눈빛을 보자 스스로에 대한 실망으로 유진의 어깨가 오그라들었다.

"……죄송…… 합니다."

유진이 띄엄띄엄 말했다. 목소리에 담긴 진심에 김 원장이 벌렁거리는 심장을 손바닥으로 꾸욱 눌렀다. 가까스로 감정을 추스른 김 원장이 숨을 크게 들이마셨다가 내뱉더니 억눌린 목소리로 말한다.

"잠시 시간 좀 내줄 수 있나? 바쁜 사람인 거 아네."

"됩니다."

짧게 말한 유진이 곧장 말을 이었다.

"사무실로 올라가시겠습니까?"

"그래, 둘이서 이야기할 수 있는 곳이면 되네."

그의 말에 고개를 끄덕인 유진이 먼저 앞장서 걸었다. 사무실이 있는 2층으로 향하며 제 등에 와 닿는 따가운 시선에 유진이 추를 달아놓은 듯 무거운 걸음에 속력을 냈다. 그리고 가장 구석진 방으로 그를 안내하며 문을 열었다.

"들어오십시오."

김 원장이 먼저 사무실 안으로 들어섰다. 그리고 열 평 남짓한 그의 사무실을 눈으로 쭉 훑더니 검은색 소파에 먼저 자리하고 앉았다. 유진은 재빨리 탕비실로 향하며 그의 눈치를 살피며 말했다.

"차는 뭐로⋯⋯."

"시원한 냉수 한 잔 주게나."

그의 말에 고개를 끄덕인 유진이 머그컵에 물을 떠 자리로 왔다. 테이블 위에 잔 두 개를 내려놓은 그가 김 원장의 맞은편에 앉은 뒤 양손을 무릎 위에 올려두었다. 마치 무슨 벌을 받을지 몰라 오들오들 떠는 학생의 마음이 되어 김 원장이 입을 열길 기다리던 유진이 그의 행동을 따라 시선을 옮겼다.

물을 한 모금 마신 김 원장이 부들부들 떨리는 손으로 잔을 내려놓는다. 그리고 생각을 정리하듯 유진의 얼굴을 뚫어져라 바라본다.

딸아이가 아무리 성인이라 하더라도 정도가 있는 것이다. 제 엄마가 곁을 떠나자 아내의 몫까지 해내겠노라 노력하던 딸은 늘 똑 부러졌고, 올바른 생각을 가지고 제 꿈을 이뤄 나가는 소중한 아이였다. 그런 아이가 동거라니. 김 원장은 하늘이 무너지는 느낌에 눈을 질끈 감았다.

"청아에게 다 들었네."

"⋯⋯죄송합니다."

"난 분명히 자네에게 내 의견을 전했어. 만남, 허락할 수 없다고 말이네."

"……"

대구에서의 만남을 떠올린 유진이 입을 꾹 다물었다. 자신이 떠난 후 청아가 어떠한 고통 속에서 살았는지 낱낱이 말해주며 딸아이를 아프게 한 남자를 받아들일 수 없다고 말했던 김 원장은 눈물 젖은 얼굴로 그만하라고 그에게 말했다.

"평생 행복하게만 해줘도 아까운 딸이야. 내겐 하나뿐인 가족이자 세상에서 그 무엇보다 소중한 아이네. 전에도 분명히 말했지만 난……."

김 원장이 느릿한 어조로 말을 이을 때다.

자리에서 일어난 유진이 바닥에 천천히 무릎을 꿇더니 고개를 숙였다. 갑작스런 그의 행동에 김 원장이 엉덩이를 들썩였다.

"자네!"

김 원장이 팔을 뻗어 유진을 일으켜 세우려 했다. 하지만 거칠게 고개를 저은 유진이 눈물 젖은 목소리로 말했다.

"전…… 청아가 아니면 안 됩니다."

"……"

"아버님께 허락을 받으러…… 이번 주에 내려가려고 했습니다. 제가 어떠한 일을 겪었는지, 왜 청아를 떠날 수밖에 없었는지…… 모든 걸 털어놓은 뒤 소중한 딸을 제게 달라 말하려고…… 그러려고 했습니다."

띄엄띄엄 제 본심을 털어놓는 커다란 덩치의 유진은 유달리 작아 보였다. 어깨를 축 늘어뜨린 채 제 속에 있는 마음을, 진심을 털어놓는 그를 보며 김 원장이 입술을 악물었다. 입술이 새하얗게 질렸다. 그의 슬픔이 그에게까지 전해져 왔다.

"너무…… 부족한 남자인 거 압니다. 제가 생각하기에도 청아는 아주 좋은 사람이고 예쁜 사람입니다. 외모뿐만 아니라 속조차 가득 차 있는…… 그런 그녀를 너무나 사랑합니다."

"자네, 알았으니 이만……."

김 원장의 말에 유진이 고개를 저었다. 여전히 땅을 향해 있는 시선은 어떠한 것을 담고 있는지 모른다. 하지만 그의 손등 위로 눈물이 뚝뚝 쏟아져 내리는 것을 보며 김 원장은 입을 꾹 다물었다.

그녀를 잃을 수도 있다는 생각에, 그녀를 잃은 후의 시간이 어떨지 이미 8년이란 시간을 통해 뼈저리게 깨달은 유진은 두려움에 눈물을 흘렸다.

"잃기 싫습니다. 청아를 제 삶 속에서 떠나보내는 그런 멍청한 짓…… 더 이상은 하기 싫습니다. 청아에게도, 그리고 제게도 많이 실망하신 거 압니다. 하지만 저희들…… 가벼운 마음으로 만나는 것 아닙니다."

고개를 든 유진이 눈물이 그득한 눈으로 김 원장을 보았다. 눈물이 그의 뺨을, 목을 적시고 있었다.

"사랑합니다. 사랑하고 있습니다. 평생 아끼며 살고 싶습니다. 그러니까…… 조금만 기다려 주시면 안 되겠습니까? 제 속에 있는 그늘을 모두 걷어내고…… 다시 정식으로 인사드렸을 때, 그때 말씀해 주시면 안 되겠습니까?"

그가 울먹였다. 방금 전까지만 해도 곧았던 목소리가 떨리고 흔들린다. 그 모습에 김 원장의 눈시울도 붉어지기 시작했다.

"부탁…… 드립니다."

속에 얼마나 큰 어둠을 품고 있는 것일까.

그리고 얼마나 용기 내어 자신에게 이러한 이야기를 하는 것일까.

청아를 위해 한 발자국 세상 밖으로 발을 디뎌놓은 유진은 마치 갓 태어난 짐승처럼 불안정한 모습이었다.

오랫동안 세상을 살아온 김 원장이지만 이 남자 속에 있는 것들의 크기를 감당하지 못해 눈을 질끈 감아버렸다.

"알겠…… 네."

더 이상 그가 할 수 있는 것은 없었다. 썩어 문드러진 가슴을 부여잡고 무릎에 얼굴을 묻고 있는 그의 모습에 김 원장이 한숨을 왈칵 쏟아냈다.

Two

사건이 일어난 1980년대는 아직 사이코패스라는 개념이 서기 전이다. 그래서 살인이란 것은 악감정이 없다면 일어날 수 없다고 생각하던 때이며, 사건을 겪은 피해자에게 적절한 정신과 치료 또한 생각하지 못하던 시대이다. 유독 1980년도엔 아직까지 해결 못한 살인사건이 많았던 시기. 그리고 유독 형사들의 가슴에 상처로 남아 있는 사건들이 많은 그 시기는 수사기관에 있어선 뼈아픈 상처가 가득한 시대였다.

서울 강남경찰서는 오늘도 도떼기시장을 방불케 할 정도로 많은 사람들로 득실거렸다. 예전처럼 지금에도 많은 범죄가 일어나고 있었고, 수사 기법이 발전할수록 범행 방법도 함께 발전하고 있었다. 은색 수갑을 찬 채 형사 앞에서 고개를 숙이고 있는 사람들, 혹은 의자에 앉아 대성통곡을 하고 있는 사람들. 인간의 본질을 가장 잘 파악할 수 있는 곳 중 하나인 경찰서는 오늘도 수많은 감정이 뒤섞여 바쁘게 흘러가고 있었다.

두꺼운 문을 열고 강력반 안으로 걸음을 옮긴 유진이 빠르게 시선을 옮겨 서 안을 훑었다. 그러다 찾던 사람을 발견하고 걸음을 멈춘 그는 긴장한 기색을 감추기 위해 숨을 들이마셨다가 내뱉었다.

유진은 그때 당시 사건을 담당했던 형사를 보았다. 젊었던 형사는 시간의 흐름에 따라 많이 늙어 있었으나, 여전히 김창현 반장은 젊을 때 그대로의 패기로 앞에 있는 용의자를 압박하고 있었다. 그 모습을 멀찍이서 바라보던 유진은 김 반장과 눈이 마주치자 입술을 늘어뜨려 웃었다. 경찰서에 나타난 그의 모습에 김 반장이 자리에서 일어나 재빨리 그에게 다가온다.

"아니, 노 팀장님께서 여기까지 무슨 일이십니까?"

강 군 사건으로 이미 만난 적이 있기에 김 반장은 쉽게 그와의 친분을 떠올렸다. 김 반장의 말에 유진이 깍듯하게 말했다.

"드릴 말씀이 있어 왔습니다."

"노 팀장님이 저에게요?"

김 반장이 눈을 커다랗게 뜨며 물었다. 그가 자신에게 무슨 할 이야기가 있단 말인가. 고개를 끄덕인 그가 휴게실로 안내할 때다. 뒤에 있던 형사 하나가 김 반장을 붙잡았다.

"김 반장님, 이것 좀 봐주세요!"

"급해?"

"네?"

"급한 일 아니면 조금 있다 이야기하자고!"

버럭 소리친 김 반장이 유진에게 어색하게 웃어주곤 서둘러 1층 가장 구석진 곳에 위치한 휴게실로 그를 안내했다. 300원짜리 커피까지 손수 뽑아 그의 앞에 놓아둔 김 반장이 낡은 의자를 끌어와 앉으며 말했다.

"무슨 일이십니까? 강 군 사건은 잘 해결되지 않았습니까?"

그와의 접점을 찾자니 강 군 사건 정도이다. 이젠 일선에서 물러나 뒤에서 후배들을 진두지휘하고 있기에 국과수와 직접적인 연관이 그리 많지 않기 때문이다.

그의 물음에 유진이 손가락을 꼼지락거렸다. 바쁘다는 이유로 차일피일 미루어왔던 일, 하지만 이젠 용기를 내야 했고, 세상에 알리기로 결심한 이상 그때의 담당 형사였던 김 반장을 직접 만나 이야기할 필요가 있었다.

가해자는 이미 세상을 뜬 뒤지만 미제로 남아 계속 회자되는 할머니의 일을 그냥 두고 볼 수만은 없었으니까. 할아버지는 죽고 나서라도 범죄자의 낙인이 찍혀야 했다.

뜸을 들이던 유진은 아래로 향해 있던 시선을 올려 의아한 눈빛으로 자신을 바라보는 김 반장과 눈을 마주했다. 기억엔 남아 있지 않은 그를 떠올리기 위해 한참이고 그의 얼굴을 살피던 유진이 입술을 비틀며 웃었다.

"세월이 너무 많이 흘러…… 젊은 시절 김 반장님의 모습이 떠오르질 않군요."

"네? 그게 무슨 말씀이십니까?"

의아한 그의 시선에 유진은 지금이 용기 내어 자신의 이야기를 털어놓을 때라는 사실을 알았다. 심호흡을 한 그가 힘겹게 말을 내뱉었다.

"제가 강남에서 일어났던 김순복 씨 손자입니다."

"김…… 순복?"

역시나 그 또한 그 사건을 기억하고 있는지 창백해진 얼굴로 그를 바라본다. 형사는 일을 하면서 저마다 가슴에 한 장의 사진을 품고 다닌다. 가슴에 유독 맺히는 사건이 있는데 김 반장에겐 김순복 살해 사건이 그것이었다. 허겁지겁 지갑을 꺼낸 김 반장이 지갑 속에 들어 있는 유진의 할머니 사진을 그의 앞에 들이밀었다. 모서리가 닳은 낡은 사진 속엔 이젠 흐릿한 기억 속의 할머니가 웃고 있었다. 유진의 얼굴이 슬픔에 일그러졌다.

"이분이 할머니십니까?"

그 물음에 유진이 천천히 고개를 끄덕였다. 그러자 그가 낭패라는 듯 얼굴을 찌푸린다.

형사로서 미해결로 남은 사건의 피해자 가족을 만나는 것만큼 슬프고 힘든 일은 없었다. 끔찍했던 현장은 아직도 그의 뇌리에 생생했고, 울음을 터뜨리던 가족들의 모습 또한 영상으로 가슴 한편에 자리 잡고 있었다.

김 반장이 고개를 숙이며 죄인처럼 굴었다. 그러자 유진은 팔을 뻗어 그의 어깨를 붙잡았다.

"고개 숙이지 마세요."

"죄송합니다……. 이런 말로는 위로가 안 되겠지만……."

김 반장의 말에 유진이 고개를 저었다. 그 뒤 슬픔이 가득한 눈동자로 말했다.

"목격자 진술하러 왔습니다."

그의 말에 김 반장이 눈을 깜빡인다. 그 모습에 유진이 고개를 숙였다. 가슴에 무거운 돌이 얹어져 있다. 역시나 청아에게 한 번 털어놓은 일이라 하더라도 입 밖으로 내뱉는 것이 쉽지 않았다. 그건 여전히 그가 그 그늘 속에서 살고 있다는 반증. 청아와 함께 손을 잡고 나아가기 위해선 상처가 나고 진물이 터진 이 일을 헤집은 뒤 제대로 치료해야 했다.

고개를 든 유진이 어느새 심각하게 변한 김 반장의 시선을 마주하며 읊조렸다.

"공소시효가 끝난 사건이라도 제 이야기를 한번 들어주시겠습니까?"

목소리엔 힘이 실려 있었다. 그래서였을까. 김 반장 또한 진지한 얼굴로 고개를 끄덕인다.

"시간이 많이 흘렀지만…… 그래도 끝까지 들어주십시오, 그날의 진실을."

기나긴 이야기가 끝났다. 어느새 세상은 짙은 어둠에 물들어 있고, 찰나 조용해졌던 경찰서는 밤늦게 몰려들어 온 취객들로 인해 또다시 도떼기시장으로 변모한다. 최근 들어 조폭에 대해 강력하게 처벌하겠다는 나라의 방침 때문인지 이곳이 술집인지 아니면 경찰서인지 알 수 없을 정도로 코가 찡할 정도의 강한 술 냄새가 진동한다.

강력반을 지나 경찰서 밖으로 나온 유진이 숨을 크게 들이마셨다. 그러자 후덥지근한 공기가 코를 파고들어 전신으로 퍼져 나간다. 주머니를 뒤져 휴대전화를 꺼낸 유진은 가장 최근에 온 메시지를 읽으며 피식 웃음을 터뜨렸다.

〈폰 켜놓고 있을 테니까 끝나면 전화해.〉

메시지는 청아에게서 온 것이다. 곧장 통화버튼을 누른 유진은 통화음이 얼마 가지 않아 전화를 받는 청아의 목소리에 부드럽게 미소 지었다.

〈이야긴 잘 끝났어?〉

"응, 잘 끝났어요."

〈목소리에 힘이 없다? 괜찮아?〉

"음, 나름 견딜 만해."

유진의 말에 전화 건너편에서 한숨 소리가 들려온다. 안도의 한숨이다.

〈나 곧 수술 들어가거든. 이거 끝나려면 시간 좀 걸릴 것 같은데, 어떻게 할래? 집에서 기다릴래?〉

이런 날에도 같이 있어주지 못해 미안하다며 청아가 말한다. 그러자 유진은 다 이해한다는 듯 작게 웃음을 뱉은 후 말했다.

"알았어. 끝나면 연락해."

〈응, 미안.〉

짧은 통화가 끝났다. 힘껏 발을 놀리던 유진이 큰길가로 나와 천천히 걸음을 옮겼다. 저 멀리 보이는 빨간 천막에 그의 걸음이 조금 빨라진다.

집으로 돌아갈 때 제정신으로 운전을 못할 것 같아 차를 끌고 오지 않은 것이 다행이었다. 청아도 집에 늦게 들어온다고 했으니 홀로 술잔을 기울이고 집에 가 푹 자는 것이 좋겠다고 생각한 그가 천막을 걷고 안으로 들어갔다. 그러자 빈 곳 없이 빡빡하게 사람들이 들어차 있다. 그가 낭패라는 듯 안의 테이블을 둘러보고 있을 때다. 구석 자리에 앉아 혼자 술잔을 기울이고 있던 여자가 갑자기 손을 번쩍 들며 그를 반겼다.

"어, 노 팀장님 아니세요?"

"아……."

이름이 뭐였더라. 유진이 미간을 찌푸리며 활짝 웃고 있는 여자를 보았다. TBS PD라는 것까지만 생각나고 이름은 도통 생각이 나지 않았다. 유진이 미간을 찌푸리며 다가가자 여자는 맞은편 자리를 손가락으로 가리키며 말했다.

"보아하니 제 이름이 생각 안 나시는 것 같네요?"

"……죄송합니다. 사람 이름은 잘 못 외워서."

"뭐, 다시 기억하시면 되죠. 김미희 PD입니다. 보아하니 혼자 술 한잔 걸치러 오신 것 같은데 같이 합석하시죠? 술도 같이 마실 사람이 있어야 덜 쓴 법이거든요."

미희의 말에 유진이 고개를 끄덕였다. 미희가 손을 들어 바쁘게 움직이는 아주머니에게 소주잔 한 개를 더 부탁한 뒤 유진을 보았다. 그의 얼굴을 보던 미희가 의아한 듯 물었다.

"여기까진 무슨 일이세요?"

국과수와는 꽤나 거리가 멀기에 미희가 궁금증을 담아 물었다. 그러자 유진은 아주머니가 가져다준 잔에 술을 채우는 그녀의 손짓을 보다가 단숨에 술을 들이켰다. 쓰디쓴 알코올에 그의 미간이 찌푸려진다. 순간 청아와 함께 그녀의 집 평상에서 삼겹살과 함께 소주를 마시던 그날의 영상이 훅 하고 지나간다.

"일이 좀 있어서 들렀습니다."

"아, 그래요? 저도 그래요."

심드렁하게 말한 미희가 앞에 놓인 오돌뼈를 집어 입안에 넣은 뒤 우적우적 씹어댄다. 그러며 오늘 하루 겪은 일들에 대해 줄줄 늘어놓기 시작했다.

"이번에 새로 잡은 아이템이 신림에서 일어난 부녀자 강간이었는데, 경찰에서 입도 뻥긋 안 하는 거예요. 알아보니 아내가 이혼을 해주지 않아 남편이 용의자를 사주했다네? 이런 드러운 이야깃거리는 하고 싶지 않더라고요. 에이, 몰라! 때려치워! 하고 서를 박차고 나와서 다른 아이템 때문에 경찰서를 들락거리는데 마땅한 게 있어야 말이죠."

빠르게 이야기를 내뱉는 미희의 말에 유진이 어색한 표정으로 고개를 끄덕였다. 그러자 미희가 한숨을 푹 내뱉더니 빈 잔을 채우며 앞으로 내밀었다.

"그런 기념에서 짠! 팀장님이랑 개인적으로 한 번쯤은 이야기 나누고 싶었는데, 이것도 횡제죠, 뭐."

"그렇습니까?"

공중에서 쨍 잔을 마주친 두 사람은 소주잔을 기울였다. 알코올은 방금 전처럼 쓰디쓰지가 않았다. 오히려 조금은 달콤하게 느껴졌다. 미희가 입가에 미소를 띠며 물었다.

"그럼 전 오늘의 일과를 말씀드렸으니 팀장님의 이야기를 들어볼까요? 이 근처에 팀장님이 오실 만한 곳은 강남서뿐이잖아요. 사건 때문에 오신 거예요?"

"……"

"음, 역시나 개인적인 관심은 사절이신가? 뭐, 이해해요."

미희가 고개를 끄덕이며 어묵 국물을 후루룩 마시자 잠시 생각에 잠긴 유진이 잔을 채운 뒤 다시 한 번 잔을 기울였다. 그리고 미희가 빈병을 공중에서 흔들며 '이모, 여기 소주 한 병 더요!' 라고 우렁차게 외치는 모습을 멍하니 바라보았다.

연달아 석 잔을 마시자 지금의 이 상황이 현실처럼 느껴지지가 않았다. 현실 감각을 잃은 유진은 자신의 헛한 마음처럼 비어버린 잔을 보며 말했다.

"좋은 아이템이 있는데, 이야기해 드릴까요?"

미희가 차가운 소주병을 받아 병마개를 따며 말했다.

"역시나! 사건 때문에 오셨군요? 말씀해 보세요."

반짝이는 미희의 눈동자를 보며 유진이 피식 웃음을 터뜨렸다. 그런 뒤 느릿하게 말을 잇는다.

"우리나라의 3대 미제 사건을 아십니까?"

"음, 알죠. 모두 공소시효가 만료된 일들이잖아요."

지속적으로 몇몇 프로그램에서 해결되지 못한 그 일들에 대해 다루고는 있었으나 이미 공소시효가 만료된 지 한참이나 지났기에 사람들의 관심은 점차 멀어지고 있었다.

"네, 그중 두 가지가 아이와 관련된 이야기죠. 한 아이는 유기되었고, 한 무리의 아이들은 사건이 일어난 후 아주 오랜 시간이 흐른 뒤 백골로 발견되었습니다. 그때는 피해자 가족에 대한 정신적인 치료가 이루어지지 않던 때라 많은 분들이 여전히 고통 속에서 살고 계시죠."

"음, 그거야 그렇죠?"

가벼운 얼굴로 말을 맞춰준 미희가 또다시 술잔에 술병을 기울인다. 콸콸 쏟아지는 투명한 액체를 보며 유진이 말을 이었다.

"그건 저도 그렇습니다."

"네?"

깜짝 놀란 미희가 시선을 올려 그를 보았다. 그녀의 몸짓에 술이 테이블에 몇 방울 튀었지만 두 사람 모두 그것엔 관심을 두지 않았다.

"1986년도에 일어난 강남 여노인 사건 기억하십니까?"

"아, 그런 일이 있었나요?"

시사 프로그램 PD이지만 워낙 많은 미제 사건과 살인사건이 있었기에 그녀가 한국에서 일어난 모든 사건을 알 수는 없었다. 그가 앞서 말한 것처럼 우리 나라 3대 미제사건의 경우엔 워낙 많은 이들이 아직도 회자하고 있었으니 기억할 법도 하지만 1980년대에 일어난 한 노인의 사건은 그녀의 기억 속에서도 잊혀진 뒤다.

그녀의 말에 이해한다는 듯 유진이 고개를 끄덕였다. 그리고 또다시 술잔을 기울인 뒤 인상을 찌푸리며 말을 이었다.

"네, 집에서 여노인의 시신이 발견되었고, 그 현장에 어린 손주가 있었습니다."

"아……."

이야기의 문맥에서 그가 하고자 하는 이야기를 정확히 짚어낸 미희의 눈빛이 흔들린다. 처음엔 잔잔한 격랑이던 눈빛은 어느새 태풍을 만난 것처럼 정신없이 휘몰아친다.

"그 아이가 접니다."

"어떻게……."

미희가 말을 하다 말고 입을 꾹 다물었다. 놀란 고양이처럼 동그랗게 변한 동공이 충격으로 물들었다. 그녀의 모습에 유진은 테이블 위에 올려두었던 손을 아래로 내려 무릎 위에서 맞잡았다. 힘이 들어간 손등 위로 핏줄이 올라왔고, 아무렇지도 않은 척 이야기하고 있는 입술과는 달리 눈빛은 짙은 어둠으로 물들어 있다.

그가 고저 없는 목소리로 말했다.

"그 기억이 오랜 시간이 흐른 후에야 생각이 났습니다. 범인은 할아버지였고, 할아버지는 저에게 자신을 보지 못했다고 진술하라 했습니다. 아이였던 전 할아버지의 말대로 했고요. 그 이야기를 하고 오는 길이었습니다, 방금."

감정이 담겨 있지 않기에 오히려 더 큰 슬픔을 느낄 수 있었다. 여전히 현재 진행 중인 슬픔과 죄책감은 그를 좀먹고 있었다.

유진이 천천히 눈을 깜빡였다.

"나도 공범이다. 할아버지가 할머니를 죽였지만 그 현장에 있었던 난 올바르게 진술하지 못했다."

빠르게 말을 내뱉은 유진이 그녀의 시선을 피해 고개를 아래로 떨어뜨린다. 그리고 한참이나 술잔에 담긴 투명한 소주를 내려다보았다. 움직임 없이 고요한 액체를 바라보던 그가 숨을 들이마셨다. 그리고 거칠게 제 감정과 함께 숨을 토해냈다. 꽉 막힌 가슴이 조금씩 뚫려가는 것이 느껴진다.

"아이를 지켜야 하는 것은 어른의 몫입니다. 지금도 하루에 몇 건씩이나 아이와 관련된 사건 사고가 일어나고 있습니다. 아이의 앞에서 자살을 하는 부모, 아이를 데리고 일어나는 마약 사건, 아이를 때려죽이는 매정한 부모들."

하지만 담담하게 말하는 그의 이야기에 미희가 오히려 더 괴로운 듯 얼굴을 일그러뜨렸다. 사회의 어두운 단면을 그려내 세상에 낱낱이 알리는 게 일이자 꿈인 그녀에게도 그가 내뱉는 이야기는 조금은 받아들이기 힘든 현실이었다. 현실이기에 더 괴로운…….

미희는 말없이 소주잔을 들어 입안으로 털어낸다. 그와 함께 그녀의 감정도 털어낼 수 있으면 좋으련만 파르르 떨리는 손끝은 그녀의 감정을 대변해 주고 있었다.

천천히 감정을 추스르는 그녀를 보며 유진이 낮은 어조로 말했다.

"어떻습니까, 아이템으로? 하신다면 직접 진술도 할 수 있습니다."

"……."

입을 꾹 다문 미희가 날카로운 눈으로 유진을 보았다.

아이템으로? 단순히 방송을 위해 객관적으로 본다면 좋은 아이템이 될지도 모른다. 뒤늦게 밝혀진 살인범에 대한 이야기에 귀를 기울일 시청자는 많으니까. 하지만 사적으로 본다면 그의 개인사를 들춰내는 이번 방송이 옳을지에 대해선 명확하게 답을 내릴 수가 없었다.

그래서 그녀는 본연의 업무는 미뤄둔 채 물었다.

"그 이유를…… 이제야 세상에 털어놓는 이유가 뭡니까? 가해자도 피해자도 모두 가족인데……."

그녀의 물음에 유진이 입가에 희미한 웃음을 지으며 말했다.

"그래야 이 지옥이 끝이 나니까요."

그의 말에 미희가 고개를 끄덕인다. 그 짧은 말로도 그녀는 그의 생각을 이해한 것 같았다.

"좋아요. 내일 정식으로 인터뷰 요청하겠습니다. 모자이크는 할 테니……."

"아니요. 모자이크 필요 없습니다."

그가 딱 잘라 말했다. 그러자 미희는 고개를 내저으며 그의 의견을 반대했다.

"하지만……."

그는 이미 매스컴을 몇 번씩이나 탄 국과수의 법의학 팀장이다. 훌륭한 인품과 뛰어난 실력으로 드라마의 모델이 되며 사람들에게 알려진 사람. 그런 사람의 과거를 방송했다간 그에게 닥칠 파장은 상상한 것 그 이상일 것이다.

쉽게 결정할 문제가 아니었기에 미희가 고개를 내저었다. 하지만 유진은 입가에 띤 미소를 지우지 않은 채 말한다.

"그건 제가 받아야 할 벌이라고 생각합니다."

"아니, 팀장님이 무슨 죄를 지었다고……!"

미희가 재빨리 말했다. 그에겐 죄가 없노라고. 스물다섯의 그가 과거를 알고 난 후부터 지겹도록 들어온 말. 그리고 그 누구도 그를 설득하지 못했던 말. 외골수인 그는 그 말을 납득하지 못했다. 그리고 현재도 그 말에 고개를 끄덕일 수가 없었다.

"아이라고 죄가 없을 수는 없습니다. 위증의 죄를 지었으니까요."

그는 죄를 지었다. 그 죄 때문에 할아버지는 죗값 한 번 치르지 않고 편히 살다 세상을 떠났다. 그것이 그들이 주구장창 해온 말에 대한 반증이다.

"그래야 제가…… 편해질 것 같습니다."

미희의 안타까운 시선이 테이블 아래의 그의 손으로 향했다. 파들파들 떨리는 손을 보며 미희는 인간 대 인간으로서 그에게 연민이 들었다. 겉으로 보기엔 완벽한 남자지만 속엔 상처가 터져 피를 질질 흘리고 있다. 이 남자는 그 끔찍한 현실에서 어떻게 버텨온 것일까. 그녀라면 몇 번이고 한강을 찾아갔을 일을 그는 어떻게 참고 인내해 온 것일까. 새삼스레 그가 다시 한 번 대단해 보였다.

"그 이야긴 차후에 다시 해요. 알겠죠?"

미희가 설득하는 어조로 말했다. 그러자 유진이 희미하게 띤 웃음을 지우며 고개를 끄덕인다.

"네, 감사합니다."

뭐가 감사하다는 걸까. 미희는 알 수 없는 그의 말에 한숨을 삼켰다.

갑자기 들어온 응급 환자의 수술은 장장 세 시간에 달하는 수술이었다. 3중 추돌 사고로 인해 파편이 폐부를 찔러 깊은 상처를 입은 30대 남자는 지병으로 인해 먹는 약 때문에 지혈이 쉽지 않아 혈액을 수십 팩을 쓰는 등 꽤나 애를 먹이고 나서야 피가 멎어 갔고, 봉합까지 완벽하게 마칠 수 있었다.

머리부터 발끝까지 온통 피를 뒤집어쓴 채 곧장 의국으로 향한 그녀는 깨끗하게 몸을 씻어낸 뒤 서둘러 퇴근했다. 오늘은 일찍 퇴근해 유진의 곁에서 위로를 해주고 싶었는데 일이 마음대로 되지 않자 마음만 다급해지는 차다. 로비를 빠져나오며 수술에 들어가기 전 가방에 넣어두었던 휴대전화를 꺼낸 청아는 유진에게서 와 있는 메시지에 발걸음을 우뚝 멈췄다.

〈병원 근처야. 끝나면 연락해.〉

곧장 통화버튼을 누른 청아는 몇 번 통화음이 들리지 않아 유진이 전화를 받자 다급한 목소리로 말했다.

"집에서 기다리지 피곤하게 병원까지 온 거야?"

〈바람이 좋아서……. 여기 공원 벤치야. 빨리 와. 보고 싶다.〉

달콤한 그의 목소리에 청아가 짧게 답을 한 뒤 서둘러 공원이 있는 곳으로 발걸음을 옮겼다. 후덥지근한 바람이 불어오며 머리카락을 간질인다. 듬성듬성 서 있는 가로등 불빛에 의지해 걸음을 옮기던 청아는 멀지 않은 곳 벤치에 등을 기댄 채 하늘을 올려다보고 있는 유진의 옆모습에 걸음을 멈췄다. 멀리서 보이는 그는 아파 보였다. 그는 제 속에 있는 것을 모두 털어내고도 여전히 아파하고 있었다.

저 아이의 괴로움은 언제쯤 끝이 날까. 과연 끝이 있기는 할까?

멀뚱히 서서 유진을 보던 그녀는 그의 고개가 천천히 옆으로 돌아가며 자신 쪽으로 향하자 입가에 애써 웃음을 띠었다.

천천히 발걸음을 옮긴 청아가 유진의 앞에 멈췄다. 그리고 자신을 올려다보는 그와 시선을 마주한 채 웃었다.

"기분은 어때?"

"음, 썩 좋지는 못해."

"왜? 아파? 여전히?"

그녀의 물음에 유진은 곰곰이 생각에 잠기더니 천천히 고개를 저었다.

"그건 아닌 것 같아."

"그럼 됐어."

짧게 말한 청아가 애써 웃었다.

그의 마음의 깊이를 그녀는 알지 못한다. 서툰 위로로 그를 더 상처 주기는 싫어 그녀는 안쓰러운 마음을 감췄다. 그를 안타까운 눈으로 바라보며 돈도 안 되는 동정을 하는 것은 그녀가 해야 할 일이 아니다.

무릎을 꿇은 청아가 유진의 허리를 껴안으며 그의 심장에 귀를 기울였다.

콩닥콩닥.

심장은 빠르지도 느리지도 않게 뛰고 있다.

그는 살아 있었다.

그렇다면 그녀가 할 일은 늘 그의 곁에서 그가 아프진 않는지, 홀로 외로워하고 있는 건 아닌지 보살펴 주는 것, 체온을 나누며 홀로 그가 아파하지 않게 하는 것, 그것이 그녀가 할 일이었다.

"마음은?"

"조금…… 편해졌어."

그녀가 나눠주는 체온을 느끼며 그가 말했다. 천천히 고개를 내린 그가 청아의 머리를 감싸 안았다. 어정쩡한 자세였지만 유진은 그제야 살겠다는 듯 숨을 깊게 내뱉었다. 그러자 청아가 손을 뻗어 그의 넓은 등을 쓸어내리며 말했다.

"다행이다. 다행이야."

"……."

"우리 유진이, 참 멋있다."

그 말에 유진의 입꼬리가 부드럽게 휜다.

"세상에 알려지면…… 너도 힘들어질지 몰라."

"다른 사람들 시선 따위 개나 주라지."

"……정말 괜찮아?"

"물론이야. 너만 내 곁에 있으면 돼."

청아의 말에 유진이 피식 웃음을 내뱉었다. 세상에서 가장 든든한 지원군인 그녀가 있어 그도 세상 밖으로 한 발 내디딜 수 있었다. 청아, 그 존재를 얻기 위해 그는 빠르게 과거를 털어내려고 노력했다.

"다행이다."

그가 진심을 다해 말했다.

"네가 내 곁에 있어 다행이야."

그 말에 청아는 짧게 '나도'라고 답했다. 그렇게 두 사람은 한참이나 서로의 체온을 공유했다.

서로가 있어 다행인 어느 여름날의 밤이었다.

세상이 떠들썩해졌다. TBS에서 방영한 [어린아이들의 죽음—어른의 방관] 편은 세상에 뜨거운 뉴스거리를 던지며, 친히 나와 인터뷰한 몇몇 피해자 가족의 모습에 사람들의 관심이 쏠리기 시작했다.

미제 사건으로 끝난 사건들 중 어린아이와 관련된 사건만 묶어 방영한 이번 편은 아동 폭력에 관한 법 제정이 스물다섯 개나 될 정도로 국회는 물론이요, 언론까지 연신 떠들어대며 안타깝게 묻힌 사건들을 다시 세상 밖으로 꺼내 공소시효를 없애야 한다는 주장까지 일어나게 만들었다.

피해자의 가족들은 하나같이 모자이크도 하지 않은 채 당당히 세상 밖으로 나와 눈물을 쏟았다. 법적으로 벌을 주지 못한다 하여 관심까지 사라지면 안 된다고 울부짖으며 아이의 목숨을 앗아간 진범을 잡아달라며 사회에 외쳤다. 그것이 국가가 해야 할 일이 아니냐며.

이들의 외침 중 가장 이슈가 된 것은 국립과학수사연구원인 노유진의 인터뷰였다.

"어린아이는 자신을 기른 분에 대한 믿음으로 가득 차 있습니다. 그들이 하는 말이라면 무조건 따르고 믿습니다. 저 또한 그랬습니다. 믿음에 대한 결과는 괴로움과 평생 죄책감 속에 사는 것이었습니다."

그의 말에 사람들은 아이의 앞에서 자살을 시도하거나 범죄를 하는 이들에겐 원래의 죄를 구형하는 것은 물론이요, 아동 폭력 부분까지 함께 벌을 주어야 한다며 목소리를 높였다.

그리고,

"아이와 관련된 범죄는 가정에서 일어나는 경우가 대부분입니다. 이 경우 가해자인 가족과 피해자인 아동을 분리시켜야 합니다. 그렇지 못하면 아이는 1차에 당한 피해보다 더한 고통 속에서 살아갈 수밖에 없습니다."

그의 말에 새삼 앞서 있던 여러 건의 사건까지 대두되며 그 후에 아동들이 지속적으로 받는 고통에 대해서도 사람들은 관심을 가졌다. 현실을 보자 가족 내에서 일어나는 범행은 묻기에 급급했고, 이에 병들어가기 시작한 아이들은 자살을 선택하거나 혹은 탈선의 길로 들어서며 거리로 내몰리는 경우가 많았다.

그렇게 세상이 유진에게 관심을 보내며 국과수 앞은 늘 기자들로 북적여 이 원장은 유진에게 잠잠해질 때까지 국과수에 출근하지 말라고 말했다. 그리고 모든 일이 잠잠해진 뒤에 미처 자신에게 이 모든 사실을 알리지 않은 죄를 묻겠다고 말했다. 그녀의 눈빛은 애잔하게 빛나고 있었다. 그때 당시 강남 여노인 사건 부검에 참관한 그녀로서 그에 대한 연민은 어찌 보면 당연한 것이었다.

휴가 아닌 휴가를 부여받은 유진은 직접 차를 몰고 대구로 내려왔다. 익숙한 김 원장의 병원 앞에 멈춰 선 그는 뜨거운 대구의 여름 햇살을 받으며 차에서 내렸다. 절로 얼굴이 찌푸려지고 온몸은 순식간에 땀으로 젖어들었다.

형식을 갖추기 위해 정장을 입고 온 그가 앞섶을 펄럭이며 병원 입구와 연결된 계단을 올랐다. 전에 왔을 때도 느꼈지만 어떻게 병원이 유지될까 신기할 정도로 내과 안은 한산했다. 데스크를 봐줄 간호사를 구할 여력도 없는 김 원장은 대기실에 앉아 한가로이 텔레비전 채널을 돌리고 있었다. 딸랑 소리와 함께 문이 열리고 유진이 안으로 들어서자 김 원장이 자리에서 일어나 마치 기다리고 있었다는 듯 놀란 기색도 없이 그를 바라봤다.

"기다리고 있었네."

이미 모든 결정을 내렸다는 듯 담담한 그의 말에 유진은 깊숙이 허리를 숙여 인사부터 건넸다. 그러자 김 원장은 진료실이 있는 곳을 가리키며 따라오라 말한 뒤 먼저 안으로 들어섰다.

진료실은 대기실과 마찬가지로 허름하기 짝이 없었다. 낡은 의자는 가죽이 벗겨져 흰 속살을 드러내고 있었고, 데스크와 연결된 컴퓨터 또한 구형이었다. 짧게 진료실 안을 둘러본 유진은 김 원장이 건네는 차가운 냉녹차를 받아 들었다.

"감사합니다."

고개를 끄덕인 김 원장이 의자에 앉았다. 그리고 환자가 앉는 동그란 의자를 가리키며 말한다.

"앉게. 이야기는 그리 길지 않을 거야."

유진이 긴장된 얼굴로 의자에 앉자 김 원장이 깊은 한숨을 내쉰다. 그 또한 유진의 인터뷰를 찾아본 터이다. 그리고 화면 속에서 냉철한 모습을 유지하던 그가 눈시울을 붉히며 사람들에게 외치는 소리 또한 들었다.

"⋯⋯난 말이네, 이건 고깝게 듣지 말고."

후, 하고 한숨을 내쉰 김 원장이 띄엄띄엄 잘린 제 생각을 정리한 뒤 말했다.

"청아가 평범한 남자와 만나 행복하게 살았으면 하네."

"⋯⋯죄송합니다."

유진이 빠르게 사과의 말을 건넸다. 그러자 김 원장이 고개를 내저으며 피식 웃음을 내뱉었다.

"방송이 나가고…… 청아에게 전화를 했네."

유진은 몰랐던 일이다. 그가 긴장된 얼굴로 김 원장을 바라보자 그는 그날 청아와의 통화 내용을 떠올렸다.

"모난 사람이야. 가슴에 슬픔이 있는 사람이다. 네가 버거울 수도 있어."

〈헤어짐이 더 버거웠어요.〉

망설임 없는 답엔 확신이 서려 있었다. 이미 오랫동안 이별을 맛본 딸이어서일까. 청아는 이미 그와의 결혼을 기정사실화하며 김 원장을 설득했다.

김 원장은 선한 유진의 눈동자를 바라보았다. 딸아이가 사랑하는 남자. 하지만 그 남자에겐 너무나 아픈 과거가 있고, 보통 사람이라면 감당하기 힘든 고통을 겪은 사람이다.

"자신이 행복하려면…… 자네와 함께 있어야 한다고 하더군."

"……아버님."

"허락을 해야지 어떻게 하겠는가. 이미 모든 사실을 알고 있고, 자네의 모든 걸 품어줄 수 있다고 말하는데……. 내가 말려봤자 잔소리밖에 더 되겠어?"

"감사…… 합니다."

울컥 감정이 치솟는 것인지 유진이 말한 뒤 입을 꾹 다물었다.

이미 여러 감정으로 뒤섞인 얼굴은 웃고 있는 것인지 울고 있는 것인지 알 수 없는 상태가 되어버렸다. 그 모습에 김 원장이 장난스럽게 말한다.

"사윗감이 오면 장인들이 늘 듣는 말이 있다는데, 자넨 안 하는가?"

말이 끝나자마자 유진이 자리에서 벌떡 일어서더니 넙죽 절을 올렸다. 그의 커다란 등을 김 원장이 아쉬움에 바라보았다. 이제 과년한 딸을 보낼 때가 왔나 보다 생각하며.

"딸을 제게 주십시오. 손에 물 한 방울 안 묻히고 공주님으로 모시고 살겠습니다."

그렇게 말한 유진이 고개를 들어 김 원장을 올려다보았다. 그러자 그는 사람 좋은 웃음을 내뱉으며 말했다.

"거짓부렁이면 매타작을 할 거야."

"물론입니다!"

유진이 씩씩하게 답했다. 그러자 김 원장이 한숨을 푹 내뱉더니 입가에 잔잔하게 미소를 걸며 말한다.

"좋아, 사위 사랑 해줄 장모가 없으니 그 노릇까지 내가 열심히 해봐야지. 그러니 내 딸 눈에서 눈물은 뽑지 말게."

"물론입니다."

그의 답에 김 원장이 장난스럽게 눈을 빛낸다.

"자네도 청아가 화나면 사람 몰골이 아닌 거 알지?"

유진의 표정이 어색하게 굳었다. 이미 그녀의 성깔을 본 것인지 그가 어색하게 웃자 김 원장이 하하하 웃음을 터뜨렸다. 오랜만에 김 원장의 내과에 웃음이 가득 차는 순간이다.

청아는 밤늦게 대구에서 올라오고 있다는 유진의 연락에 창가에 서서 도시가 만들어낸 아름다운 야경을 바라보고 있었다. 김 원장과 그의 대화가 어떠한 방향으로 흘러갔는지는 모르나, 지금 그녀가 할 수 있는 것은 그가 무사히 이곳까지 오길 기다리는 것 뿐이었다.

일이 바빠 오늘 퇴근해서야 겨우 방송을 다시보기로 본 청아는 그가 화면 속에서 속으로 울고 있는 모습에 함께 울음을 터뜨렸다. 자신의 앞에선 늘 해맑게 웃는 그의 다른 이면. 그것도 그러고 생각하자 청아는 늘 자신의 앞에서 웃는 그를 꼭 껴안아주고 싶은 충동에 손가락을 오므려야 했다.

청아는 왜 이런 인터뷰에 응했느냐는 성우의 물음에 이어 그가 답하던 모습을 떠올렸다.

"아이들이 더 이상 범죄에 노출되지 않았으면 하는 것이 저의 첫 번째 바람입니다."

"그럼 두 번째 바람은요?"

"과거의 기억 속에 갇혀 사는 제가 이젠 미래를 보았으면 해서입니다."

그는 청아에게 달려오기 위해 사력을 다해 이야기하고 있었다. 그의 마음이 고스란히 청아에게 전해져 그녀는 화면에서 시선을 떼지 못한 채 한참이나 눈물을 흘려야 했다.

"오면…… 꼭 안아줘야지."

혼잣말을 내뱉은 청아가 눈을 질끈 감았다. 얼마나 눈물을 쏟아낸 것인지 눈가가 시큰하게 아파왔다. 창에 비친 자신의 모습은 못난이 그 자체였지만 이 모습조차도 그는 사랑한다 말해줄 것이리라. 그럼 자신 또한 오늘은 온 마음을 다해 그에게 말해줄 것이다.

사랑하노라고, 평생을 사랑할 것이라고.

그때 초인종 소리 대신 비밀번호를 누르는 소리가 들렸다. 청아가 몸을 뒤돌려 빠르게 현관으로 다가가자 그새 현관문을 열고 들어온 유진이 그녀를 바라본다.

"잘 다녀왔어?"

그녀의 물음에 유진이 고개를 끄덕였다. 그 모습에 청아가 한껏 웃음 지으며 말했다.

"수고했어."

"……고마워."

느릿하게 나온 답에 청아가 묻는다.

"어때, 기분이?"

"홀가분해."

그렇게 말한 유진이 말을 잇는다.

"비로소 악몽이 끝나는 기분이야."

그를 괴롭히던 과거도, 그리고 그 과거로 인해 청아를 잃을지도 모른다는 괴로움도 모두 끝났다. 그리고 그는 이제야 알에서 막 태어난 새끼 새가 날갯짓하듯 날개를 활짝 펴며 웃었다.

"사랑해."

"나도, 김청아."

"……."

"정말 사랑해. 이런 내가 무서울 정도로."

이러한 아픔을 너로 인해서라면 이겨낼 수 있다고 생각하는 내가 무서울 정도로.

널 너무나 사랑한다, 김청아.

그가 그렇게 말한 뒤 청아의 뺨을 감싸 쥐며 입술을 내렸다.

Chapter 7

2013년, 미래

One

후덥지근한 여름에 사람들의 옷차림도 한층 가벼워졌다. 숨이 턱턱 막히는 습도는 불쾌지수를 높이고, 살갗이 타들어갈 것 같은 햇볕은 그늘을 찾게 만들 정도로 강렬했다. 무더운 여름의 시작에 사람들은 서둘러 가을이 오길 기다리고, 밤이면 열대야로 잠들지 못해 몸을 뒤척이며 하루하루를 보내는 그러한 나날이었다.

청아는 환자들이 혹 지난밤 잠은 설치지 않았을까 꼼꼼히 살피며 바쁜 걸음을 옮기고 있었다. 여름에는 상처가 쉽게 짓무르거나 유착(수술 후 조직이 서로 들어붙는 것)이 일어날 확률도 높기 때문에 수술을 마치고 나온 환자는 더욱 꼼꼼히 살펴야 했다.

이번에 흉부외과 인턴으로 오게 된 유리는 사교성 있는 성격과 붙임성으로 벌써부터 청아가 편해진 것인지 곁에서 종알종알 이야기를 늘어놓고 있었다.

"내일부터 풀 당(매일 당직을 서는 것)이에요. 정말 미치겠어요."

"그러게 누가 소아과 중병동 가서 설치래? 네가 판 무덤이야."

귀여운 햇병아리의 우는소리에 청아가 피식 웃으며 말했다. 지난주 빡세기로는 첫 번째 손가락에 꼽히는 소아과 중병동에 가서 오더리(남자 간호보조원)와 수다 떠는 장면을 유민에게 들킨 유리는 크게 혼쭐이 났다. 때마침 나타난 청아 덕분에 유리는 벌이 아닌 벌로 한 달간 정신이 들 때까지 당직을 서는 것으로 처분은 일단락되었으나, 아직 어리고 뭣 모르는 중생은 차라리 몽둥이찜질을 당했으며 좋겠다며 울먹이고 있었다.

"흑, 그래도 한 달이라니, 너무 잔인해요!"

다른 이들이라면 그래, 멍청한 인턴이니까 이해하자며 한 번쯤 넘길 수도 있었으나 완벽을 추구하는 노유민에게 걸렸으니 하릴 없이 한 달간 풀 당을 서며 제 멍청함을 탓하는 고난의 시간을 보내야 하리라.

주머니에 두 손을 꽂은 채 빠르게 걸음을 옮기고 있던 청아는 제 곁을 바싹 따라붙으며 울먹이는 유리를 보며 피식 웃음을 내뱉었다.

"쌔엠, 쌤까지 나한테 이러시면 제가 정말 세상을 어찌 살아가야 할지 막막해진다고요. 흐윽."

유리가 괜히 우는소리를 내어본다. 그 모습에 청아의 웃음은 더욱 진해진다.

펠로우와 인턴은 신과 미천한 단세포 정도의 관계이다. 하늘 같은 펠로우, 지독한 병원 생활을 이겨내고 겨우 안정기에 들어간 그들은 레지던트는 물론이요, 인턴들은 감히 눈을 쳐다보지도 못하고 설설 기는 것이 정설이다. 하지만 유리는 청아가 무섭지도 않은지 옆에 찰싹 달라붙어 이야기를 늘어놓았고, 마치 병아리가 깨어나 가장 먼저 본 생명체를 어미로 생각하듯 그녀의 뒤만 졸졸 따라다녔다. 그리고 이런 유리가 청아 또한 싫지 않은지 내색 한 번 하지 않고 그녀의 이야기를 들어주고 있었다.

"다른 사람한테 부탁해 보지?"

"모두 제 코가 석 자라고 말도 안 들으려 해요."

집단 이기주의의 온상이라고요, 이게! 빽 하니 소리 지르는 유리가 귀여운 것인지 청아가 피식 웃음을 내뱉으며 말했다.

"내가 하루 해줄까?"

"……사양할래요, 선생님. 그러다 선배들한테 붙들려 가서 지옥의 발길질을 당할지도 몰라요."

"잘 생각했어. 내가 병원에 남는 순간 넌 전 과의 레지던트들에게 공공의 적이 될 테니까."

가볍게 이야기를 나누며 로비로 향할 때였다.

"그런데 인턴한테 커피 얻어 마셔도 될까?"

"당연히 되죠. 고가 점수도 잘 부탁드리는 김에……."

유리가 키득키득 웃으며 장난스럽게 말하자 청아가 어깨를 으쓱이며 답했다.

"뇌물이라면 사양할래."

"쳇."

딱 잘라 말하는 그녀의 모습에 유리가 고개를 끄덕인다.

"노 선생님께 잡아먹힐 위기에서 구해주셨으니 꼭 대접하고 싶어요. 제가 비록 벼룩이긴 하지만요."

"얼씨구, 고마워 눈물이 다 난다."

시답잖은 농담을 하며 두 사람은 야외에 있는 커피숍으로 가 커피를 산 뒤 관계자들만 출입할 수 있는 B동 비상구로 걸음을 옮겼다. 비상구 문을 열고 들어가자마자 빨대를 쪽 빨아들여 시원한 아이스커피를 마시던 청아는 옆에서 참새처럼 조잘거리던 유리가 말문을 닫고 자신을 바라보자 걸음을 멈췄다.

옷으로 수갑을 찬 팔을 가린 채 형사들에게 연행되어 계단 아래로 내려오고 있는 우진과 딱 마주쳐 버렸다. 그들에게 수사 협조를 착실히 잘해준 청아를 아직도 기억하고 있는 형사 하나가 고개를 숙여 인사했다.

"수고하십니다."

"아, 네……."

청아가 고개를 끄덕이며 짧게 답한 후 앞에 서 있는 우진과 시선을 마주했다. 그는 청아의 모습에 씁쓸하게 웃더니 뒤에 있는 형사를 보았다. 하고 싶은 말이 있다는 의사이다. 해도 되겠느냐는 그의 눈빛에 담당 형사가 고개를 끄덕이니 안도의 한숨을 내쉰 우진이 청아의 눈을 곧게 바라보며 말했다.

"전엔 무례하게 굴어서 죄송했습니다."

"무슨 말씀이시죠?"

청아가 이해하지 못한 듯 물었다. 방금 전과는 달리 얼음장처럼 차가워진 그녀의 모습에 유리가 곁에서 침을 꼴딱 삼킨다.

"감사합니다, 제 생명을 살려주셔서. 선생님이 아니었으면 죗값도 받지 않은 채 속 편하게 죽을 뻔했습니다."

허리를 숙여 인사한 우진이 형사를 향해 고갯짓하며 곧 청아와 유리를 스쳐 비상구 문을 열고 밖으로 나갔다.

끼익, 탕.

쇳소리에 얼어 있던 청아의 얼굴이 그제야 풀렸다. 심호흡으로 갑작스런 만남에 놀란 심장을 다독이고 있을 때다. 곁에서 아무 말 없이 청아의 눈치를 살피던 유리가 조심스러운 어조로 물었다.

"괜찮으세요?"

"음, 뭐가?"

미소를 지으며 그렇게 말한 청아가 팔을 들어 유리의 어깨를 두드리며 말했다.

"올라가자. 회진 시간 다 됐다."

빠르게 걸음을 옮겨 3층으로 향하던 청아가 커피를 빨대로 쪽 빨아 마신 뒤 환자들 속에 뒤섞였다.

8월의 뜨거운 여름날, 그렇게 어제와는 조금 다른 평범한 하루가 또 시작되고 있었다.

삶과 죽음, 빛과 그림자, 병원과 국과수. 서로 접점이 없을 것만 같은 곳에서 청아와 유진은 각자의 삶을 살아가고 있었다. 청아가 신환(새 입원 환자)과 컨디션 이야기를 하며 수술 날짜를 잡고 있는 그 시각, 유진은 한 손으론 휴대전화를 뺨에 대고 다른 한 손으론 가운을 벗으며 퇴근 준비를 하고 있었다.

〈기분이 어떠니, 아들?〉

전화 저편에서 들려오는 즐거운 목소리에 유진이 피식 웃음을 내뱉었다.

"좋아 죽어요."

그의 목소리엔 기쁨이 가득했다. 어찌 그렇지 않을 수 있겠는가. 내일은 드디어 유진과 청아의 집안 어른들이 만나 두 사람의 결혼에 대해 진지하게 이야기하는 상견례 날이다.

뉴욕에서 의사 생활을 하고 있는 유진의 부모님은 삶의 전부가 그곳에 있기에 한국에 시간을 내서 올 입장이 되지 못했다. 이에 김 원장에게 양해를 구해 유민의 결혼을 위해 일시 입국한 김에 유진의 상견례까지 진행하기로 한 것이다.

다행히도 유진의 부모님은 청아를 마음에 들어하셔서 유진이 김 원장에게 허락을 받기 위해 애를 썼던 것과는 달리 수월하게 이야기가 된 상태였다. 오늘 입국한 다미는 막 호텔방에 들어왔다며 연락한 참이었다. 그리고 그에게 짧게 안부를 물은 뒤 전화한 목적을 말했다.

〈그래, 그래서 속은 홀가분하셔?〉

어머니는 그 일을 묻는 것이다. 지난날, 그가 카메라 앞에 서서 당당하게 자신의 죄를 낱낱이 밝혔던 그 일을. 가족의 금기였던 그 일을 유진이 세상에 알리는 순간, 주위 사람들의 날선 시선과 안타까운 시선을 받았다. 자신 또한 그럴진대, 부모님 또한 비슷한 상황에 놓였을 것이다.

염려되었다. 이 일로 부모님은 또다시 상처받고 계신 것은 아닐까.

하지만 그는 묻지 못했다. 진짜 그렇다면 마음이 너무 아플 것 같았다.

"좋아요. 아직 아프긴 한데, 이젠 털어낼 수 있을 것 같아요."

〈그래, 그거 잘됐구나.〉

짧게 말을 내뱉은 다미는 잠시 뜸을 들인 뒤 연이어 말을 이었다.

〈아버지와 난 괜찮다.〉

이 일에 대해서 아직 가족들과 속 시원히 터놓고 이야기를 하는 것은 어려웠다. 방송이 나간 직후 어머니는 '괜찮냐?'는 말만 물었고, 이에 유진은 '괜찮다'라고 짧게 답을 하는 것이 고작이었다. 하지만 이제는 달랐다. 그가 단단한 껍질을 깨고 밖으로 튀어나온 것처럼 부모님 또한 서서히 세상 밖으로 발을 내디디고 있었다.

"아버지, 잘 부탁드립니다."

〈흥, 어디서 어른 흉내야?〉

다미가 콧방귀를 끼더니 가벼이 말을 넘겼다. 그리곤 후후 웃음과 함께 말을 내뱉는다.

〈우린 걱정 마라. 앞으론 네 걱정이나 해.〉

"네."

그렇게 그들은 단순히 봉합해 두었던 상처를 다시 헤집어 따가운 소독약으로 닦아내고 아프지만 단단하고 예쁘게 봉합해 나간다.

어두운 이야기가 끝났다. 속에 있는 말을 짧지만 진심을 다해 두 사람은 나누었다. 그리고 간단히 서로의 안부를 묻고 요즘의 근황을 전해 들은 뒤 유진이 전화를 끊으려던 찰나였다. 다미는 퍼뜩 떠오른 생각에 이만 끊으라는 유진의 말을 무시하며 말했다.

〈오늘 청아에게 연락했더니 밤에 약속이 있다더구나.〉

"청아?"

친숙한 호칭에 유진이 눈썹을 찌푸리며 물었다. 그러자 다미가 호호호 웃음을 내뱉더니 아들의 심기가 좋지 못한 것을 알면서도 즐거움이 가득한 목소리로 말했다.

〈몰랐니? 우리 아주 친해. 일주일에 두세 번은 통화하는걸.〉

두세 번? 그와도 통화하기 힘들어 연락이 잘 안 되는 그녀이다. 더욱이 최근 한 논문에까지 참여하며 매일 졸도하듯 잠드는 날이 대부분이다. 여전히 서로 사랑할 시간도 부족한 이 와중에 자신보다 다미가 통화량이 훨씬 많다는 사실에 유진이 낮은 목소리로 읊조렸다.

"……쓸데없는 일로 연락하지 마세요."

평소 다미의 전화 패턴을 떠올린 유진이 딱 잘라 말했다. 혹여 청아가 다미와의 통화를 불편해할까 싶어서이다. 아니, 아니다. 그는 사실 자신이 배제된 청아의 삶이 싫었다. 항상 함께하고 싶고, 그녀의 삶에 항상 스며들고 싶었다. 그것이 이기적이고 못된 생각이라는 것을 알면서도.

제 배 아파 낳은 아들의 마음을 모를 리 없는 다미가 속으로 웃음을 삼켰다.

〈너 지금 늙은 어미한테 질투하는 거냐?〉

"……."

〈작작 해라. 그러다 예쁜 청아 질려서 도망간다.〉

장난 속에 본심을 섞은 다미의 말에 입을 꾹 다물고 있던 유진이 입가에 잔잔한 미소를 띠며 말한다.

"알아요. 그래서 들키지 않으려고 노력 중이에요."

〈그래, 내일 보자.〉

"네, 쉬세요."

짧은 통화를 마친 유진은 가방을 챙겨 든 뒤 힘차게 걸음을 옮겼다. 퇴근을 하는 직원들에게 간간이 인사를 건넨 유진은 곧장 주차장으로 가 차에 올라탔다.

시동을 켜고 오늘 하루 일과를 빠르게 떠올리던 그는 가장 먼저 청아에게 문자를 보냈다.

〈병원이야? 몇 시쯤 퇴근할 것 같아?〉

〈안 그래도 문자 기다리고 있었어. 지금 상담 다 끝.〉

재깍 날아오는 문자에 유진이 눈을 빛냈다. 오늘 저녁에 간단히 저녁을 먹고 들어가자는 약속을 그녀는 잊지 않고 있었던 모양이다.

〈병원 앞으로 모시러 갈게.〉

짧은 문자를 발송한 그가 차에 시동을 켠 뒤 부드럽게 핸들을 꺾었다. 서둘러 그녀에게 달려가고 싶은 마음에 차의 속력이 점차 빨라진다.

꽉 막힌 도로 위에서 차가 정차되길 몇 번. 평소보다 조금 늦게 병원 앞에 도착한 유진은 싱그러운 노란색 원피스를 입고 병원 앞에서 연신 손목시계를 확인하는 청아의 모습에 핸들을 꺾으며 차를 정차시켰다. 유진의 차를 한눈에 알아본 청아가 몇 발자국 움직여 보조석 문을 열더니 차에 몸을 실었다. 유진이 하고 있던 안전벨트를 푼 뒤 상체를 기울여 청아의 입술에 짧게 쪽 하고 입을 맞췄다.

"내 색시, 일 끝나고 다크서클 내려온 모습도 예쁘네."

"……칭찬으로 알아듣겠어."

"현명한 선택!"

장난스럽게 외친 유진이 다시 한 번 청아의 입술에 쪽 하고 입을 맞추더니 안전벨트를 하며 말했다.

"오늘은 제가 풀코스로 모시겠습니다!"

청아가 파우치에서 파우더를 꺼내 제 얼굴을 살펴본다. 나오기 전 급하게 찍어 바른 파우더 덕에 피부색은 고르고 밝았다. 아무런 이상이 없는 모습에 유진을 노려보았다. 속았다는 생각에 입술이 절로 뾰족해진다.

"스케줄 허접하면 방금 전 나 놀린 것까지 더해서 백 배로 혼날 줄 알아."

토라져 말하는 청아의 모습에 유진이 왼손으로 부드럽게 핸들을 돌려 차를 출발하면서 오른손으론 그녀의 머리를 쓰다듬으며 말했다.

"걱정 마. 아주 완벽하게 준비했으니까."

그가 이렇게 호언장담할 때마다 늘 좋지 않은 결과를 낳았기에 청아의 눈빛이 흐릿해진다.

"제발 멀쩡하길 바란다."

청아가 진심을 담아 읊조렸다. 이번에 또 어떤 스펙터클한 저녁이 될지 걱정부터 앞섰다.

불판이 지글지글 끓어대는 돼지고기집 안.

대학가 앞에 위치한 이곳은 예전 청아와 유진이 대학을 다닐 때처럼 삼겹살 가격이 1인분에 5,000원으로 배고프고 가난한 학생들이 가득 자리하고 있었다. 주인장이 학생들을 생각해 박리다매를 외친 그날부터 가격 인상을 하지 않아 소주 한잔에 고기를 먹으려는 학생들이 많이 찾는 곳이다.

까마득한 후배들과 뒤섞여 구석진 자리를 차지하고 앉은 유진과 청아이다. 불판 위에서 익어가는 삼겹살을 보고 있던 청아가 소주잔을 기울인 후 '캬' 하며 소리를 낸다. 일이 끝나고 마시는 소주는 아주 꿀맛이었다. 더욱 요즘은 일상이 바빠 잠시의 휴식조차 할 수 없는 강행군을 하고 있었기에 더욱 그러했다.

잘 익은 고기 하나를 청아의 앞접시에 놓아준 유진이 우쭈쭈 하는 표정으로 청아를 보며 말한다.

"아이고, 우리 아기, 소주도 참 맛깔나게 마시네."

"어, 오랜만에 마시니 아주 물이네."

그가 맛나게 구워준 고기를 날름 집어 먹은 청아가 그제야 조금 살겠는지 숨을 내뱉은 후 주위를 둘러본다. 추억 속의 장소에 함께 추억을 공유한 이와 앉아 있으니 마치 대학 시절 힘겨웠던 본과 때로 돌아가는 것 같다. 아련해진 눈빛으로 주위를 한참 둘러보던 청아가 시선을 돌려 유진을 보며 말했다.

"오랜만에 오니까 여기도 색다르네."

대학 시절, 봄과 여름, 가을엔 평상 위에서 삼겹살을 구워 먹었지만 추운 겨울엔 시험이 끝나고 난 뒤 이곳을 찾아와 둘만의 삼겹살 파티를 하곤 했다. 그때 잡아먹은 돼지만 해도 족히 백 마리는 될 것이다.

청아의 빈 잔에 소주를 따라주던 유진이 진중해진 눈빛으로 청아를 보았다.

"3년 전 네가 나보고 보기 싫다고, 제발 내 인생에서 사라져 달라고 했던 거 기억나?"

갑자기 사라졌던 8년 전, 그리고 홀연히 다시 나타났던 3년 전. 그는 죄인처럼 고개를 숙이며 그녀에게 미안하다고 말했다. 다른 변명의 말은 없었다. 본인이 어떠한 지옥 속에 살고 있으며, 그걸 이겨내기 위해 그 긴긴 시간을 힘들어하고 겨우 한국에 왔다는 말은 입도 뻥긋하지 않았다. 그저 미안하다고, 계속 미안하다고만 했었다.

청아가 고개를 끄덕이자 유진이 소주병을 테이블 한편에 놓아두며 말했다.

"무서웠어, 3년 전에. 네가 인턴, 레지던트 과정을 모두 받고 치프가 되었다는 이야기를 들었거든."

"······뭐가 무서웠는데?"

청아가 물었다. 그러자 유진은 피식 작게 웃음을 내뱉었다.

"넌 뒤가 없는 아이처럼 열심히 앞으로 나아가는데 나만 그 자리에 머물러 있는 것 같았거든. 너랑 헤어졌던 그날에 멈춰 아무것도 못하는 어린아이처럼 그 자리에 있는 느낌이었어. 형이 그랬거든. 앞으로 김청아는 널 거들떠보지도 않을 거라고."

치프가 되고 나서도 안주하지 않고 청아는 더 노력하며 전 세계에서 실시간으로 올라오는 수술 결과와 새로운 수술법에 대한 논문을 찾아 꾸준히 공부했다. 그때의 그녀는 매달릴 것이 그것뿐이었다.

"국과수에 입사하고 사체를 부검하는 나와 환자를 살리기 위해 병원에서 발을 동동 구르며 하나라도 더 살려보겠다고 공부하고 있는 너. 생각해 보면 너무 아이러니하잖아."

"······."

"평생 접점 없이······. 그때 노력하지 않으면 평생 너한테 돌아갈 수 없다는 생각이 번뜩 들었어. 그러고 갔는데 대차게 까였지 뭐야? 처음에 네가 나보고 구리다고 말했던 것처럼."

구리다는 말에 청아가 저도 모르게 피식 웃었다. 그러고 보니 처음 그가 자신의 뒤를 졸졸 쫓아다닐 때 따라오지 말라고, 넌 너무 구리다며 밀어내던 때가 떠올랐다. 청아를 따라 웃은 유진이 말을 이었다.

"문뜩 내가 너무 구리게 느껴지는 거야. 너에게 변명 한마디 못하면서 무작정 찾아간 내가 너무 바보같이 느껴졌어."

"하지만 그럴 수밖에 없었잖아."

청아가 다급히 그의 말을 막으며 말했다. 그의 눈빛이 심상치 않게 가라앉았기 때문이다. 그녀의 말에 유진은 작게 고개를 저었다.

"이제 와서 보니 너무 멍청했어. 진즉에 끝냈어야 할 과거였으니까."

"……."

"하지만 청아야, 이건 알아줘. 난 네 곁을 떠난 이후로 시간이 어떻게 흘러가는지도, 무슨 일이 있는지도 모른 채 그러고 있었어. 마치 코마 상태처럼 말이야."

"……."

"난 늘 여기서 너와 행복하게 보냈던 시간들에 멈춰 있었어."

그렇게 말하는 유진의 얼굴은 정말 죽은 사체처럼 아무런 감정도 담겨 있지 않았다. 깊이를 알 수 없는 검은 눈망울과 굳게 닫힌 입술은 평소의 그보다 차갑고 냉정하게 보였다. 그 모습은 청아의 앞에선 잘 드러내지 않는 그의 또 다른 부분이었다.

자신의 상처가 너무 아파 어쩔 줄 몰라 할 때 나오는 그러한 표정.

유진의 눈망울이 청아를 담았다. 주위에서 그들의 이야기를 듣고 힐끗거리는 사람들의 시선도 무시한 채 오롯이 그녀만 보았다.

"분명 난 살아 있는 게 맞는데, 의식이 없는 사람처럼 기계적으로 살았어. 그리고 그 시간과 괴로움이 늘어날수록 난 네가 없으면 안 된다는 사실을 깨달았어."

"⋯⋯."

"멍청할 정도로 너만 사랑하고, 멍청할 정도로 잘해줄게. 평생 갚아줄게. 널 괴롭게 한 그 시간들, 어떻게든 보상하려 노력할 거야."

그렇게 입을 다문 유진이 힘없이 청아를 바라보았다. 그러자 한참을 그의 이야기를 듣고 가슴에 새기던 청아가 천천히 오른손을 들어 그의 앞으로 내밀었다. 그녀의 새끼손가락에서 밋밋한 반지가 조명을 받아 반짝인다.

"약속."

그녀의 말에 유진의 얼굴 근육이 느른하게 풀리더니 이내 얼굴 가득 웃음을 머금었다. 청아의 새끼손가락에 제 손가락을 건 유진이 아래위로 천천히 흔들며 말했다.

"약속."

고깃집을 나온 두 사람은 터덜터덜 언덕을 오르기 시작했다. 을씨년스런 골목의 양옆은 낡고 낙후된 건물들이 빼곡하게 자리 잡고 있었다.

예전에 이곳은 원룸과 하숙집이 밀집되어 있었다. 대학생들을 받아 생활을 유지하던 이들은 이제 하나둘 사라지고, 건물은 벌써 철거에 들어가 흉물스럽게 뼈대만 남은 곳도 있었다.

서로의 손을 꼭 잡은 채 힘차게 걸음을 옮기던 청아는 저 멀리 보이는 옥탑방 모습에 걸음을 우뚝 멈췄다.

"와, 진짜 오랜만이다."

대학 시절 내내 살았던 집에 참으로 오랜만에 온 청아가 고개를 기울이며 읊조렸다.

"저 건물이 저렇게 낡았었나?"

세월의 풍파를 겪은 건물은 여기저기 시멘트가 떨어져 나가고 벽엔 금이 잔뜩 가 있었다. 보기만 해도 위험해 보이는 건물에 유진이 고개를 저었다.

"우리만 나이 먹나, 건물도 나이 먹지."

"그건 그래."

피식 웃은 청아가 유진을 보았다. 고깃집을 나온 후 유진은 예전에 청아가 살던 집에 가자는 제안을 했고, 소주에 취해, 추억에 취해 청아 또한 피곤한 몸을 잊고 고개를 끄덕였다.

낡은 계단을 밟고 조심스레 옥탑방이 있는 곳까지 올라온 청아는 낡긴 했지만 예전과 별반 다를 것 없는 모습에 눈빛이 아련해졌다.

여름에는 덥고 겨울에는 추웠던 곳. 하지만 여름에도 더운 줄 모르고 유진과 꼭 붙어 이 작은 옥탑방에서 함께 공부하고 사랑을 나눴다. 틈만 나면 평상으로 나와 함께 별을 보고 공부하느라 과부화가 걸린 머리를 식혔고, 가끔 소주잔을 기울이며 고민을 털어놓기도 했던 그날들.

그리고 그가 갑자기 사라져 이 공간이 지옥같이 느껴지던 그때.

복잡한 시선으로 옥탑방 여기저기를 둘러보는 청아의 뒤를 유진이 따르며 말했다.

"다음 주면 여기도 철거된대."

"그래? 아쉽다."

짧게 말한 청아가 먼지가 쌓인 평상 위에 거리낌 없이 앉았다. 그 모습에 미간을 찌푸린 유진이 청아의 팔을 잡아 일으켜 세운 뒤 주머니에 들어 있는 손수건을 꺼내 깔아주며 말했다.

"여자가 칠칠맞지 못하게."

"어머, 언제부터 매너가 이렇게 좋으셨대?"

장난스럽게 말한 청아가 손수건 위에 앉은 뒤 고개를 들어 검은 하늘을 보았다.

"아, 좋다."

후덥지근한 바람이 불어왔지만 그조차도 좋았다. 청아는 제 곁에 앉는 유진의 어깨에 머리를 기대며 여전히 눈을 감은 채로 읊조렸다.

"오늘 콘셉트가 추억 여행이야?"

청아가 웅얼거린다. 유진이 팔을 들어 청아의 뺨 위에 손을 얹어놓는다. 그러고는 그녀와 같은 곳을 바라보며 웃었다.

"아니, 사죄 여행."

"그거 참 무서운 주제네."

두 사람의 끈끈한 마음. 이미 하나가 된 마음으로 인해 청아는 더 이상 과거의 아픔에 상처받지도, 눈물짓지도 않는다. 그냥 지나간 시간 속의 기억. 그랬기에 그녀는 가벼운 마음으로 유진에게 장난처럼 말할 수 있었고, 그 또한 피식 웃음을 내뱉는다.

밤하늘을 올려다보던 유진이 고개를 옆으로 틀어 청아를 바라보았다. 그녀는 바람을 느끼고, 이 시간을 즐기는 듯 눈을 꼭 감고 있다.

"전에 심 만나러 갔을 때 내가 원하는 것 하나 들어주기로 했지?"

"이상한 것 시키면 죽는다?"

청아가 눈을 감은 채 말한다. 오래전에 조건을 내걸고 잠시 외출했던 일을 떠올린 그녀는 눈을 뜨며 어디 말해보라는 듯 그를 바라보았다. 그러자 유진은 그녀의 머리를 조심스레 치운 뒤 자리에서 일어났다. 그리고 외투 속에 넣어둔 작은 상자를 꺼내 뚜껑을 열었다.

케이스 안에는 새끼손가락에 끼워져 있는 반지와 별반 다르지 않은 디자인의 반지가 들어 있다. 차이가 있다면 아무것도 박혀 있지 않은 애끼링과는 달리 그가 내민 반지에는 작은 다이아몬드가 박혀 있고 크기가 조금 더 크다는 것 정도. 크고 화려한 반지를 낄 수 없는 그녀를 생각해 고른 반지엔 그녀에 대한 애정과 배려가 숨어 있었다.

천천히 한쪽 무릎을 굽힌 유진이 케이스를 그녀의 앞으로 내밀었다.

"반지 받아줘. 그게 내 소원이야."

"……"

너무나 소박한 소원에 청아가 눈을 깜빡였다. 그녀의 올곧은 눈동자엔 여러 감정이 뒤섞여 있다. 감동, 기쁨, 그리고 조금의 슬픔.

그는 언제나 이렇게 그녀를 놀라게 하고 감동을 준다. 전혀 예상하지 못한 상황에서.

"이곳에서 말하고 싶었어. 우리의 추억이 가득한 곳에서."

"유진아……."

손을 올린 청아가 놀라움에 벌어진 입을 가렸다. 많은 감정은 어느새 하나로 모여 있었다. 사랑으로.

"상견례 전에 꼭 말해야 할 것 같았어."

그렇게 말하는 유진의 눈빛엔 간절함이 가득했다. 이미 서로의 감정을, 서로의 관계를 정리한 상태에서도 그는 긴장하고 있었다. 청아가 혹시나 반지를 받아주지 않을까 싶어서.

하지만 청아의 얼굴은 이미 답을 말하고 있었다.

강력한 Yes!

하지만 긴장감에 젖어 빳빳해진 몸으로 반지를 내밀고 있는 유진은 움직이지 않는 그녀의 손에 애절한 목소리로 말을 이을 수밖에 없었다.

"청아야, 나랑 같이 살아줘. 평생 함께."

그의 말에 청아의 눈빛이 세찬 풍랑을 만난 작은 돛단배처럼 흔들렸다. 내일이 상견례, 그런 상황에서 그에게 프러포즈를 받을 줄은 몰랐다.

말을 잃은 채 입을 굳게 다물고 있던 청아가 입술을 달싹였다. 나오지 않는 목소리 때문에 연신 목을 만지던 청아가 힘겹게 내뱉었다.

"살아주세요, 해야지."

눈물진 얼굴로 장난스럽게 말하는 청아의 모습에 그의 얼굴이 밝아진다. 김 원장의 병원 앞, 많은 사람들 앞에서 공개 프러포즈

를 했던 일을 떠올리며 그녀가 장난스럽게 말하자, 유진은 반지를
조금 더 높이 치켜들며 말했다.

"네, 저랑 살아주세요."

눈물이 터질 것 같아 청아가 눈에 힘을 주었다. 그리고 평상에
앉아 있던 엉덩이를 들어 그의 앞에 한쪽 무릎을 굽혔다. 그리고
반지 케이스를 쥔 뒤 양팔을 벌려 유진을 따스하게 안았다.

"기꺼이요."

공중에 붕 떠 있던 그의 팔이 그녀의 등에 안착한다.

사랑이 시작되었던 이곳, 낡은 옥탑방에서 두 사람은 다시 한
번 사랑을 확인했다. 그리고 미래를 약속했다.

우리 평생 함께하자.

서로의 호흡을 빼앗고, 아무것도 남지 않은 그 입술 안으로 사
랑한다고 속삭인다. 서로의 살결을 마주하며 서로의 머리카락 속
으로 집착이 묻어난 손가락을 찔러 넣고 배꼽을 겹친다. 아랫입술
을 머금은 유진이 혀끝으로 간질인다. 간질간질 장난처럼 물고 빠
는 그의 행동에 청아의 입술이 부드럽게 휜다.

"오늘은 좀 거칠지도 모르겠는데."

유진이 짧게 내뱉으며 청아의 배 위에 올라와 아름다운 여체를
손바닥으로 천천히 쓸어내린다.

"얼마나?"

"글쎄."

피식 웃음을 내뱉은 유진이 청아와 마주하고 있던 시선을 내린다.

보통의 여자보다 조금 좁은 어깨는 그의 손바닥 하나에 가득 들어차고, 얇은 팔은 다른 곳보다 조금 단단하고 가늘다. 손을 많이 쓰는 외과의인 그녀의 노력이 묻어나는 팔을 천천히 쓸어내린 뒤 다시 손을 들어 움푹 들어간 청아의 쇄골을 어루만진다.

"간지러워."

허벅지를 꼬며 청아가 열락을 담아 말했다. 그럼에도 유진은 진지한 눈으로 여체를 바라보며 천천히 고개를 내려 쇄골에 짧게 입을 맞추었다. 혀를 길게 빼내어 우물처럼 들어간 그곳을 핥다가 고개를 올린다. 목덜미에 쪽 입을 맞춘 그는 순간 힘껏 빨아들인다. 그러자 화들짝 놀란 청아가 눈을 동그랗게 뜨며 말했다.

"왜 그래?"

평소 그녀의 몸에 흔적을 남기지 않던 그다. 그것이 사회생활을 하고 일상을 살아가야 하는 서로에 대한 예의라는 것을 알고 있으니까. 하지만 그는 자신의 몸을 밀어내는 청아의 양 팔목을 한 손에 잡아 위로 올린 뒤 고개를 내려 가슴 둔덕을 다시 한 번 아플 정도로 힘껏 빨았다. 그러자 곧 새하얀 가슴 위로 붉은 꽃이 피었다.

그의 고개는 탐험을 멈추지 않았고, 몸을 바르작바르작 떠는 허벅지를 잡아 내리누른 뒤 가슴의 정점을 입안에 머금고 혀로 굴려 댔다. 빳빳하게 선 젖꼭지를 살짝 깨물었다가 달래듯 핥으며 그녀의 몸이 충분히 달아오르도록 한 그는 머리 위에서 들려오는 작은 신음 소리에 행동을 멈췄다.

"아."

고개를 올려 보자 눈을 감은 채 키스로 인해 젖은 입술을 달싹이는 모습이 보인다. 집요하게 핥던 가슴에서 입술을 내려 부끄러운 배꼽 위에 또다시 사랑의 흔적을 남긴 유진이 고개를 들었다. 그러곤 양팔을 잡고 있던 손을 놓은 뒤 축 늘어져 있는 양 허벅지를 들어 사타구니 안 아주 은밀한 곳에 입술을 내렸다.

쪽쪽 귀에 거슬릴 만큼 야설스러운 소리는 청각에 약한 청아의 몸을 더욱 뜨겁게 만들었다. 가슴이 지글지글 끓었고, 흥분에 간질거리기 시작한 아랫배는 묵직해졌다. 하지만 오늘 그는 그녀를 여유롭게 가지기로 작정한 것인지 사타구니 안에 연신 꽃을 피우며 손을 들어 청아의 여성에 쪽 하고 입을 맞췄다. 가벼운 입맞춤에도 청아의 몸이 위로 튀어 오르며 자지러지는 소리를 낸다.

"아아, 아앗……!"

튕겨져 오른 허리를 붙잡고 그녀의 허리를 꺾어 여성을 제 눈앞으로 가져온 유진은 활짝 벌려진 허벅지 사이로 꿈틀거리는 여성에서 시선을 떼지 않은 채 혀를 빼내어 안으로 찔러 넣었다.

달뜬 신음 소리와 달큰한 사랑의 향으로 가득한 방 안. 쳐진 커튼 사이로 들어오는 어스름한 달빛이 유진의 옆모습에 내려앉는다.

벌어진 여성 사이사이를 혀로 핥으며 그녀의 몸에서 흘러나온 액체를 힘껏 들이마신 유진이 손을 들어 여성 안으로 밀어 넣는다. 손가락이 하나만 들어갔는데도 강력하게 죄어오는 힘은 상상한 것 그 이상이다.

이제껏 서로를 보듬으며 쾌락을 추구하던 행위에서 이번엔 그녀를 육체적으로 들뜨게 만들고 감각을 충분히 일깨우는 그 작은 행위로 바뀌자 평소보다 더 정신이 쏙 빠진 것인지 청아가 연신 허리를 비틀며 그의 손아귀에서 벗어나려 애를 썼다.

하지만 그는 그녀의 몸 위에 내려앉은 장미꽃잎처럼 붉은 마크를 눈에 담으며 빠르게 손가락을 움직인다. 찰박이며 진득한 액체가 묻어나는 소리가 들리고, 이에 하모니처럼 청아가 연신 신음을 내지른다.

"아아, 아아……! 유, 유진아, 그만, 그만해."

그녀가 애원했다. 하지만 그는 손가락 하나를 더 밀어 넣어 이미 축축하게 젖은 그녀의 몸을 더욱 뜨겁게 만들며 그녀가 절정으로 향하는 모습을 지켜보았다.

"앗, 아아아!"

거칠게 신음을 내뱉으며 온몸을 빳빳하게 굳히던 청아가 털썩 침대 위로 쓰러진다. 손가락 가득 묻은 여성이 뿜어낸 액을 혀로 핥은 유진은 힘없이 늘어진 청아의 가운데 자리를 잡고 얇은 허벅지를 끌어와 꿇고 있던 다리 위에 얹었다. 그리고 이미 한계에 도달한 남성을 쥔 뒤 단숨에 여성 안으로 밀어 넣었다. 그러자 축 늘어져 있던 여체에 힘이 들어가고 감겨 있던 눈이 번쩍 뜨인다.

"좀 쉬면 안 될…… 아!"

힘없이 유진을 바라보던 눈이 질끈 감긴다. 목뼈부터 척추까지 부드럽게 호를 그리며 휘는 몸이 파들파들 떨리기 시작한다. 이미 절정을 맛본 여체는 그가 허리를 움직이며 엉덩이를 힘껏 안으로 밀어 넣음에 뿌리까지 삼키고 그의 움직임에 맞춰 흔들린다.

"윽."

강렬한 조임에 빠르게 움직이던 유진의 몸이 제 안에 있는 것을 모두 풀어놓았다. 청아는 순간 아랫배가 따뜻해지고 액체가 스며 들어 오는 것에 눈을 질끈 감았다.

미칠 것 같은 감각에 청아가 거칠게 숨을 내뱉고 있을 때다. 깊 숙이 들어와 있던 남성이 안에 있는 것을 모두 내뱉고 쪼그라들었 지만, 천천히 안으로 움직이며 자맥질을 멈추지 않는다.

그리고 그의 몸이 완벽하게 멈추고 청아 위에 제 몸을 내려놓은 그가 청아의 목덜미에 부드럽게 입을 맞췄다.

"청아야."

목소리엔 여전히 사정의 여운이 남아 있다.

몸을 바스락거릴 힘도 없는 청아는 눈도 뜨지 못한 채 작게 말 했다.

"음."

"예쁜 우리 청아."

연달은 부름에 청아가 눈을 게슴츠레 떴다. 그러자 자신을 향해 있는 사랑이 가득한 시선에 부드럽게 미소 짓는다.

"사랑해."

휘어진 두 개의 입술이 서로 꼭 맞았다 떨어진다.

❖　❖　❖

　　대한호텔 3층 중식당 안에 다섯 사람이 원탁에 앉아 있다. 테이블은 총 일곱 명이 앉을 수 있도록 세팅되어 있었으나 웬일인지 딱 붙어 있는 두 자리엔 사람이 앉아 있지 않았고, 시곗바늘은 벌써 1시 20분을 가리키고 있었다.

　　20분 지각. 시간관념에 대해선 그 누구보다 까다로운 철칙을 가진 유민은 연신 손목시계를 확인하며 이야기를 나누고 있는 어른들을 보았다. 김 원장과 유진 부모님은 모두 의사라는 공통된 직업을 가지고 있어서 그런지 외과와 내과의 벽을 허물고 서로 공통된 주제로 이야기를 하고 있었다.

　　하지만 오늘은 의학 잡지에서 볼 법한 어려운 이야기를 하러 이 자리에 모인 것이 아니다. 두 사람이, 각기 다른 두 가정이 하나의 가정이 되기 위한 이야기를 하러 모인 것이건만, 정작 주인공들이 모습을 드러내지 않으니 이야기는 헛도는 쳇바퀴처럼 부유(浮游)하고 있었다.

　　이미 음식이 나온 지 10분이 지난 상황. 결국 긴 시곗바늘이 또다시 한 칸 옆으로 이동하자 참다못한 유민이 말했다.

　　"아이들이 많이 늦네요."

　　굳어 있는 표정과 고저 없는 목소리는 지금 그의 심기가 나쁘다는 것을 단적으로 보여주고 있었다. 하지만 다미는 김 원장과 나누는 대화가 퍽이나 즐거운지 별일 있겠냐는 듯 가벼운 어조로 말한다.

"깨가 쏟아질 텐데, 조금 늦을 수도 있지."

"……어머니."

"어머, 내가 너무 주책을 떨었나요, 사돈?"

이 자리에 있는 김 원장과 유진의 부모님, 유민, 그리고 그의 신부 자격으로 나온 재영까지 두 사람이 동거를 한다는 사실을 모르는 사람이 없었건만 유민은 다미의 이름을 낮게 부르며 제지했다. 그러자 다미가 입을 가리며 호호호 웃음을 터뜨렸다.

"전화라도 해볼까요?"

유민이 운혁을 보며 물었다. 그러자 운혁 또한 유민처럼 심기가 안 좋은지 몇 번 헛기침을 내뱉으며 고개를 끄덕인다. 유민이 막 자리에서 일어나 아직도 철이 안 들어 이런 중요한 자리에까지 늦는 제 동생 놈을 타박하려 걸음을 옮길 때였다.

"너 때문에 늦었잖아!"

"그럼 어떻게 해? 아침에 일어난 청아가 너무 예쁜걸!"

"예쁘다고 막 덮쳐? 네가 그러고도 사람이야?"

룸의 문이 얇다는 것을 인식하지 못한 멍청한 커플의 목소리가 들려온 것은.

유민이 몸을 돌리며 어른들이 멍하니 문을 쳐다보는 것을 보며 한숨을 푹 내뱉었다.

"왔나 봅니다."

"어, 어어, 그렇군요."

당황한 김 원장이 말을 더듬는다. 딸의 성생활의 일부분을 들여다본 것 같아 뺨까지 다 붉어졌다.

드르륵, 미닫이문이 열리고 멀끔한 차림의 두 사람이 안으로 들어왔다. 들어오자마자 재깍 허리를 숙여 인사하는 청아와 달리 김원장을 보며 헤실헤실 웃고 있는 유진의 모습에 너무나 상반되는 두 사람이 과연 앞으로 결혼 후 잘살 수 있을까 걱정이 될 지경이다.

청아는 팔꿈치로 유진의 허리를 쿡 찔렀다. 그러자 아픔 때문인지 아니면 용케도 눈치를 챈 것인지 그의 허리 또한 굽혀진다.

"죄송합니다."

청아가 어른들을 보며 말하자 다미가 자리에서 일어나 그녀에게 다가왔다. 그리고 자신이 배 아파 낳은 아들은 무시한 채 청아를 이끌어 자리로 안내하며 말한다.

"아니야, 아니야. 늦을 수도 있지."

"정말 죄송해요. 어쩌다 보니⋯⋯."

그의 손아귀에 붙잡혀 아침에도 살이 쪽 빠질 정도로 기가 빨렸다는 소린 차마 하지 못하고 청아가 말끝을 흐린다. 그녀의 모습에 다미가 뒤에서 자신을 노려보고 있는 유진을 흘겨보았다.

"아니야. 이게 다 멍청한 아들 때문이지. 앉자. 음식 벌써 많이 식었어."

청아와 유진이 비어 있던 자리를 채웠다. 그러자 드디어 앞으로 함께해 나갈 가족 구성원이 모두 모였다.

청아는 식탁 위에 펼쳐져 있는 화려한 중식을 보았다. 자신들이 올 때까지 기다린 것인지 첫 번째 나온 코스 요리는 이미 차갑게 식어 있었다.

"그럼 밥 먹고 이야기합시다, 사돈."

"그렇지요. 시장하실 텐데 드십시다."

운혁과 김 원장의 말을 시작으로 조용한 식사가 진행되었다. 어찌 되었든 따로 만난 적은 있으나 양가 부모님을 모시고 함께 식사하는 자리는 처음인 터라 청아 또한 바짝 긴장한 얼굴로 숟가락을 들 때였다.

문이 열리고 고개를 숙인 직원들이 본 코스 요리를 가운데 위치한 돌림판 위에 차례대로 놓았고, 곧 일곱 사람이 먹기엔 과할 정도로 많은 음식이 빼곡하게 자리했다. 가장 먼저 운혁이 손을 뻗어 팔보채를 집으려 할 때다. 드르륵, 가운데 있는 접시를 굴려 팔보채를 젓가락으로 한껏 집은 유진이 청아의 앞접시 위에 놓아주며 말한다.

"여기 팔보채 되게 맛있어. 먹어봐."

"어?"

청아가 양가 어른들의 눈치를 살폈다. 허공에 손을 멈추고 있던 운혁의 미간이 약간 찌푸려진 것을 보던 청아가 딸꾹질이 튀어나오려는 입을 꾹 다물었다. 개방적인 다미는 그 모습에 피식 웃음을 내뱉으며 제 접시로 시선을 돌렸다. 하지만 유진은 이에 아랑곳하지 않고 또다시 가운데 있는 회전판을 돌려 탕수육을 국자로 한껏 퍼와 제 접시에 담은 뒤 청아 앞으로 내밀었다.

"이것도 맛있어. 요즘 보니까 많이 야위었더라. 많이 먹어, 우리 청아."

"……"

"아, 이것도 맛있어."

연신 접시의 음식을 앞접시에 덜어 자신에게 내미는 그의 모습에 청아가 입술을 악물었다. 어른들의 따가운 시선과 유민의 한숨 소리까지. 이 자리가 가시방석처럼 불편해져 청아는 다급히 앞뒤 분간 못하고 날뛰는 유진의 손을 움켜쥐며 고개를 저었다.

"많으니까 그만 떠."

"응? 하지만 한 번씩 다 맛봐야……."

유진이 눈을 동그랗게 뜨며 말했다. 이 인간은 오늘 가족들이 모인 이유를 잊고 있는 것인지 순진한 눈빛을 빛내며 그녀만 바라볼 뿐이다. 아니, 어쩌면 이 공간에 다른 가족들이 있다는 것을 잊었는지도.

청아가 고개를 약간 숙여 아주 낮고 작은 목소리로 말했다.

"어른들 안 보이니? 혼나고 싶어?"

잇새로 내뱉는 그 위협적인 말에 유진이 입을 꾹 다물었다. 그러곤 주위에서 두 사람을 바라보는 어른들을 보며 뒷머리를 긁적인다.

뒤늦게 집 나간 눈치가 돌아온 유진 덕에 이후 식사는 순조로웠다. 아무 말 없이 앉아 식사를 하는 재영을 제외하곤 편안하게 이야기를 주고받으며 분위기가 부드럽게 풀려갔다.

"첫째가 이번 가을에 식을 올리게 되어서요. 간격이 있어야 주위에서 말이 안 나올 텐데, 사돈어른은 어떻게 생각하시나요?"

다미의 말에 김 원장이 고개를 끄덕인다. 결혼 시기에 대해선 양가 집안을 보고 적당한 시기에 정해야 한다고 생각하는 김 원장이기에 결혼도 하기 전에 같이 살고 있는 두 사람의 모습은 보기 좋지 않았지만 고개를 끄덕이며 수긍했다.

"이미 살림까지 차린 판인데, 이번 연도면 어떻고 다음 해면 어떻겠습니까?"

"다행입니다. 사돈어른이 이해해 주신다니. 겨울은 너무 가깝고 내년 봄의 신부면 어떨까요?"

다미가 결혼 시기를 아주 멀찍이 잡자 그 공간 안에 있는 사람 중 유일하게 유진만 미간을 찌푸린다. 그의 표정이 심상치 않게 변하자 청아가 서둘러 그의 손을 잡으며 고개를 저었다. 결혼은 두 사람이 결정할 문제가 아니었다. 결혼하는 당사자보단 양가 부모님의 입김이 더 많이 들어가는 것이 결혼식이다. 이미 멋대로 살림까지 차린 상태에서 부모님의 의견에 반기를 들고 싶지 않은 청아는 눈에 힘을 주었다.

나서지 마.

그녀의 강렬한 눈빛에 유진이 들썩이는 가슴을 가라앉힐 때다.

"날씨도 좋고 하객들이 이동하기에도 겨울보단 아무래도 봄이 낫겠죠. 대구에서도 청아의 결혼식에 참석하고 싶어 하는 분들이 많거든요."

김 원장까지 나서서 다미의 의견에 동의하자 결국 참다못한 유진이 청아의 손을 힘주어 잡으며 말했다.

"싫어요. 빨리 결혼식 올릴래요."

"쉿, 넌 조용히 안 있어?"

청아가 그를 닦달했다. 하지만 유진은 양보할 수 없다는 듯 빠르게 말했다.

"11월, 그 이상은 양보 못합니다."

"노유진."

운혁이 진중한 눈으로 둘째 아들을 바라보며 말했다. 평소 고지식하고 가부장적인 운혁은 유진에게 있어서도 어려운 존재였다. 하지만 유진은 어른들과 눈을 일일이 마주하며 농담 아니라는 듯,

"식 전에 손주 보고 싶으시면 마음대로들 하세요."

"오, 제발, 노유진. 그 입 좀 다물어주면 안 될까?"

청아가 불안에 떨리는 눈동자로 유진을 보며 조용한 어조로 말했다. 청아까지 자신의 마음을 몰라주자 상처받은 유진은 어쩜 너까지 이럴 수 있느냐는 듯 상처 가득한 눈망울로 말했다.

"빨리 호적에 올리고 싶다고. 사람들한테 우리가 부부라는 걸 빨리 알리고 싶다니까."

"으……."

그의 직설적인 말에 벙쪄 있던 사람들의 입에서 깊은 한숨이 흘러나왔다. 저렇게 좋아하면서 여태까지 어찌 참아왔나 싶은 것이다.

정작 결혼할 당사자가 날짜에 대해 반대를 하고 나서니 양가 어른들도 어찌할 도리가 없어 서로의 눈치만 살피고 있을 때다. 유민은 따분하게 이어지는 침묵에 간간이 시계를 보며 어서 결론까지 도달하길 바랐다.

이제껏 가만히 있던 재영이 조용히 입을 연 것은 그로부터 얼마의 시간이 흐르지 않아서였다.

"음, 도련님은······."

"힉!"

재영의 호칭에 유진이 기겁하며 그녀를 보았다. 그러자 이 자리를 가장 객관적으로 바라볼 수 있던 재영은 도련님이란 호칭에 기겁한 유진을 보던 시선을 옮겨 양가 어르신들을 보며 말했다.

"혼인신고부터 하면 어떨까요?"

"뭐?"

"응?"

여기저기서 의아한 목소리가 터져 나온다. 어찌 그렇지 않겠는가. 갑작스럽게 튀는 대화에 사람들은 갈피를 잡지 못했다. 하지만 재영은 이 자리에서 유일하게 여자 어른인 다미를 보며 말했다.

"주위 시선이 좋지 않기도 하고, 도련님께서 결혼을 서두르는 건 호적에 올리고 싶은 이유가 가장 큰 것 같아서요. 혼인신고부터 하고 결혼식은 봄에 하면 되지 않을까요, 어머님?"

"오, 그거 좋은 생각이다."

김 원장까지 손뼉을 치며 솔로몬 저리 가라 할 정도로 통쾌한 판결에 고개를 끄덕인다. 꽉 막혀 실마리도 보이지 않던 문제가 단숨에 해결되는 듯했다. 김 원장이 맞은편에 앉아 있는 유진의 부모님을 바라보며 물었다.

"정말 그럼 어떻겠습니까?"

"저희야 청아 양을 며느리로 맞이할 생각을 이미 마쳤으니 순서는 상관없다고 생각합니다."

운혁까지 고개를 끄덕이며 갑작스레 이상한 방향으로 튀자 유진이 버럭 소리쳤다.

"싫…… 읍!"

아니, 치려 했다. 하지만 그의 입을 틀어막은 청아로 인해 소리는 밖으로 터져 나오지 못한 채 사그라졌다.

"네, 어머니, 아버지. 그럼 그렇게 하도록 할게요."

"그래, 저 아이는 네가 설득할 수 있겠지?"

다미는 벌겋게 변한 얼굴로 제 입을 막은 청아의 손을 잡아떼려는 유진을 보며 물었다. 그러자 청아는 잠시 난감한 얼굴로 가로채며 빠르게 말했다.

"물론이죠. 절 세상에서 가장 사랑해 주는 사람이고, 세상에서 절 가장 이해해 주는 사람인걸요."

"윽……."

"아마 제 의견도 받아줄 거예요."

청아가 어른들을 향해 있던 시선을 돌려 유진을 보았다. 앙큼한 미소를 지은 청아가 일그러진 그의 얼굴을 보며 물었다.

"그렇지?"

그런 얼굴로 말하면 어쩔 수 없이 들어줘야 하잖아.

고개를 툭 떨어뜨린 유진이 하는 수 없이 고개를 끄덕였다.

빠르게 변하는 차창 밖 세상을 보던 청아는 곁에서 느껴지는 검은 오로라에 한숨을 내뱉었다. 곁눈질로 전방을 주시한 채 부드럽게 핸들을 꺾고 있는 유진을 보던 청아가 순간 그와 눈이 마주치자 일부러 표정을 찌푸렸다.

노유진이 고집을 피울 땐 초장에 기선을 제압하는 것이 무엇보다 중요했다. 하지만 이미 한 번 제 뜻을 굽힌 그가 혼인신고까지 쉬이 자신의 의견에 따라줄지 의문이었다.

상견례가 끝나고 차로 이동하는 내내 굳히고 있던 잘생긴 이마를 펴지 않은 채 말했다.

"당장 월요일에 가."

"말이 되는 소리를 해. 왜 그렇게 급하게 굴어?"

청아가 굳은 얼굴로 말했다. 어른들을 배웅하고 난 뒤로 둘만 남자마자 그는 앵무새처럼 계속 같은 말만 반복하고 있었다.

"하나를 양보했으니까 너도 양보해. 미리 혼인신고하는 게 뭐가 문제야?"

유진이 전방으로 다시 시선을 돌리며 고집스런 얼굴로 말했다.

청아의 입에서 깊은 한숨이 흘러나온다. 평소 노유진은 김청아가 원하는 것은 모두 들어준다. 아무리 하기 싫은 일이더라도, 귀찮은 일이더라도 그녀가 말하기 전에 눈치껏 들어주곤 했다. 그런데 그가 왜 굳이 서두를 필요 없는 이 문제에 대해서만은 고집을 피우는 것일까.

청아가 몸을 옆으로 틀어 그를 바라보며 말했다.

"솔직히 말해. 왜 하고 싶은 건데?"

"……."

"말로 날 설득시켜 봐. 너나 나나 월요일이면 병원에 있고, 국과 수에 있을 텐데 왜 군이 힘든 시간을 내어서 동사무소까지 가서 호적을 합쳐야 하느냐고."

"……"

청아의 말에 유진은 심통 난 표정이다. 청아가 답답한 마음에 어서 말하라고 윽박지르려 할 때다. 한참이나 손이 부들부들 떨릴 정도로 핸들을 꼭 잡고 있던 손의 힘을 푼 유진이 힘이 빠진다는 듯 말했다.

"병원에서 내내 붙어 있잖아."

"……뭐?"

청아가 눈을 크게 뜨며 물었다. 그가 무슨 말을 하는지 감을 잡지 못한 얼굴이다.

"후배. 그 후배 말이야."

"……누굴 말하는 건데?"

청아가 쉬이 감을 잡지 못하고 물었다. 그러자 유진이 갑자기 핸들을 확 꺾어 길가에 주차를 하더니 청아를 획 노려보며 말했다.

"설마 한둘이 아닌 건 아니겠지?"

"응?"

"너한테 들이대는 자식이 한둘이 아니냐고 물어보는 거야!"

유진이 도끼눈을 뜨며 외쳤다. 그리고 어리바리 제 말을 알아듣지 못하는 청아의 얼굴을 살폈다. 새하얀 얼굴에 커다란 눈망울은 늘 흔들림이 없이 곧았다. 콧대가 조금 낮은 듯싶긴 해도 그게 오히려 그녀의 인상을 더욱 귀엽게 보이게 만들었다. 거기에 새치름한 입술까지.

그가 대학 시절, 앞뒤 분간 못하고 공부만 하던 시절에 홱 낚아채 그녀의 곁엔 남자라곤 자신밖에 존재하지 않았다. 그래, 그가 빨랐을 뿐이다. 단지 그뿐.

귀여운 얼굴에 자그마한 체구, 몸은 찰흙처럼 말랑말랑해 촉감이 좋았고, 맛있는 살결은 미각까지 만족시켜 주었다. 그리고 가끔 욱하는 기질이 있긴 했으나 성격도 좋았고, 직업도 남들이 보기엔 선망하는 직업이다.

외모, 몸매, 학벌까지 빠지지 않는 그녀를 잡아두는 것이 그의 인생 최대의 명제가 되어버린 지 오래다. 하지만 눈치코치 없는 김청아는 이런 애처로운 그의 마음은 모른 채 지금 무슨 당치도 않는 소리를 하느냐는 듯 유진을 노려본다.

"그게 무슨 소리야? 설마 날 못 믿는 거야? 난 분명히 말했어. 내 인생에 남자는 너 하나뿐이라고."

"널 못 믿는 게 아니라 네 주위에 있는 남자들을 못 믿는 거야."

유진이 진중한 눈으로 청아를 보며 말했다. 그녀에 대한 사랑이 너무나 커 하는 소리라는 것이라 생각할 수도 있었지만, 청아는 다르게 받아들인 것인지 예쁘고 톡 튀어나온 이마에 주름을 잡으며 말했다.

"나 그렇게 싼 여자 아니야."

"이야기가 왜 그리로 튀어?"

"그리고 그 무슨 쌍팔년도 대사야?"

“……”

유진이 말문이 막혀 입을 꾹 다물자 청아는 팔짱을 꼈다. 그리고 화가 잔뜩 난 그녀의 모습에 안절부절못하는 그를 보며 말했다.

“고백? 물론 받지. 오더리 몇도 나에 대해 잘 모르면서 고백하기도 했고, 그중에는 의사도 있어. 그게 뭐?”

“……”

“네가 전에 그랬지? 그렇게 잘생긴 남자가 사랑해 주면 더 좋은 거 아니냐고. 내 대답도 마찬가지야. 난 너에게 부족하지 않은 사람이고 싶고, 그 삐까번쩍한 외모에 속아 널 대단한 사람으로 인식하는 사람들에게도 ‘남자가 아깝다’는 막말은 듣고 싶지 않아.”

유진이 놀란 듯 눈을 크게 떴다. 청아가 그러한 생각을 하는 줄은 꿈에도 몰랐다는 듯.

하지만 그가 그녀가 떠날까 매일 두려워하는 것처럼 그녀 또한 잘난 남자 덕분에 항상 노력하는 여자였다. 그처럼 다른 사람에게 그가 눈을 돌릴까 걱정되진 않았지만 국과수에서 차기 원장 소리까지 나오는 능력 좋고 잘난 외모를 가진 남자에게 뒤처지지 않도록 노력하고 있었다.

“원장까지 되고 싶은 마음은 없어. 외과의고 흉부외과에 있으니까 대학병원에 계속 남아 근무할 생각이긴 하지만 그렇게 원대한 꿈까진 없다고. 하지만 너와 결혼하기로 한 이상 멋있는 여자가 되기로 결심했어. 그 덕에 지금도 죽도록 노력하고 있고.”

“……청아야.”

"혼인신고? 그래, 그걸로 네가 안심할 수 있다면 백 번도 더 해 줄 수 있어. 하지만 내 마음을 의심하는 말은 하지 마."

청아가 콧잔등을 찌푸렸다. 그리고 심호흡을 하며 기나긴 말을 하느라 흥분한 가슴을 진정시킨 후 읊조렸다.

"그럼 나 진짜 상처받아."

유진이 팔을 뻗어 청아의 몸을 제 쪽으로 끌어당겼다. 좁은 차 안이여서 자세가 이상하게 비틀렸지만 유진은 불편하지도 않은지 청아의 등을 천천히 쓸어내리며 한숨처럼 말했다.

"나 진짜 못났다."

어쩜 이리도 생각이 짧은 것인지. 국과수에서 일을 처리할 때면 늘 예리한 눈으로 사건을 처리하곤 하지만, 청아의 앞에서만은 바보가 되어버린다. 정말 멍청이 그 이상도 이하도 아닌. 그녀의 앞에선 늘 안절부절못하게 되고, 혹여 그녀의 시선이 다른 곳으로 향할까 두렵기도 하다. 그녀를 많이많이 사랑하는 만큼 그는 겁쟁이가 되어갔다.

하지만 늘 청아는 그에게 확신을 심어준다, 지금처럼. 세상에 남자는 너뿐이라 확신에 찬 어조로 말하고 또 말한다.

이젠 그녀를 안아줄 수 있는, 보듬어줄 수 있는 든든한 남자가 되어야 할 텐데.

그렇게 그의 꿈이 조금씩 바뀌어간다. 청아의 남자에서 남편으로, 그리고 지금은 든든한 남자로.

유진이 후회로 점철된 쓰라린 마음에 스스로를 타박하고 있을 때다. 그의 품에서 안겨 있던 청아가 화가 풀린 것인지 불쑥 말을 꺼냈다.

"아니, 네 마음도 이해해. 나도 가끔 어느 골 빠진 여자가 너한테 들이대지 않을까 생각해 본 적 있거든."

"……골 빠진 여자?"

"겉으로 보면 아주 멀쩡하니까."

"……."

유진이 제 품에서 빠져나오는 청아를 멍하니 보았다.

"왜? 그 표정은 뭐야?"

청아의 얼굴은 온통 진심으로 가득했다. 그래서 그는 정말 상처를 받아버렸다.

"청아, 미워."

툭 내뱉은 유진이 인상을 찌푸렸다. 그녀의 말에 반박해야 하건만 하지 못한 채. 지은 죄를 잘 알고 있어 한참이나 울상으로 그녀를 바라보았다. 어느새 서로 손을 마주 잡은 그가 손가락을 꼼지락거리고 있을 때였다.

"월요일은 너무 빠르다. 금요일에 가자."

"……응?"

"혼인신고 말이야. 금요일엔 잠시 짬이 날 것 같아. 월요일엔 컨퍼런스가 잡혀 있고, 화요일부터 목요일까지는 수술 일정이 두 개씩이나 잡혀 있어. 그러니 무리."

정면을 주시한 청아가 빠르게 읊조렸다. 그러자 울상이던 그의 얼굴이 순식간에 밝아지더니 이내 빠르게 고개를 끄덕인다.

"응, 좋아!"

어느새 해사해진 얼굴로 그가 기분 좋게 외친다.

좋아! 우리 청아 좋아!

그리고 연달아 그의 밝은 고백이 터져 나온다.

약속대로 매미가 맴맴 울어대는 무더운 금요일, 청아와 유진은 두 손을 꼭 잡은 채 동사무소를 찾았다. 증인으로는 청아 못지않게 바쁜 유민과 재영을 이끌고.

그곳에서 두 사람은 혼인신고를 했다. 그리고 두 사람의 호적이 합쳐지고 처음으로 가족등본을 뽑은 유진은 자신의 아래에 표기되어 있는 청아의 이름에 얼굴 가득 함박미소를 지었다.

"그럼 우리 가도 되냐?"

뒤에서 유민의 타박이 들려왔지만, 그는 제 곁에서 함께 등본을 내려다보고 있는 청아의 몸을 이끌어 뺨에 찐하게 입을 맞췄다.

그렇게 두 사람은 결혼식을 올리기도 전에 한 가족이 되었다. 그리고 그날 노유진은 세상에서 가장 행복한 남자가 되었다.

Two

청아는 지난여름을 뜨겁게 보냈다. 참여했던 논문 작업을 마무리하느라 반 좀비 상태로 지냈고, 매일 밤늦게 집에 들어오면 유진의 품에 안기느라 잠이 부족해 근무 시간에도 정신을 놓고 꾸벅꾸벅 졸기 일쑤였다.

어찌 된 것이 본과 생활을 하던 때보다 더 하루를 알차고 피곤하게 보낸 그녀는 선선한 가을바람이 불어오고 나서야 논문을 마무리하고 제때 집에 들어가는 생활을 할 수 있게 되었다. 하지만 요즘 들어선 힘겨웠던 그 여름으로 돌아가고 싶은 마음이 든 게 한두 번이 아니다.

여느 때처럼 평화로운 주말의 아침, 청아는 바닥에 떨어져 있는 옷가지를 집어 든 뒤 쿵쾅쿵쾅 발을 옮겼다. 그리고 소파에 반쯤 누워 채널을 이리저리 돌리고 있는 유진을 보며 얼굴을 와작 찌푸렸다.

이놈의 망할 작자! 저 인간의 멱살을 잡아 짤랑짤랑 흔들고 싶을 때가 하루에도 한두 번이 아니다. 실제로 쥐고 흔든 적도 몇 번이나 되었으나 인간이 어찌 된 게 발전이 없었다.

오늘도 급격히 상승하는 혈압에 뒷골이 당기는 것을 느끼며 청아가 버럭 소리쳤다.

"양말, 속옷 좀 이상하게 벗어놓지 마! 빨랫감은 빨래통에 넣어놔! 쓴 컵은 제발 싱크대에 넣어두고!"

"······에잉."

유진이 가슴을 흔들며 애교를 부린다. 저 모습에 빵 웃음이 터져 넘어가 준 것도 수십 번은 된다. 발전이 있는 사람 김청아는 더 이상 저 모습에 속지 않기로 결심하며 이를 악물고 잇새로 말했다.

"내가 몇 번이나 말해."

협박과 설득을 섞어 말하던 청아가 결국 말하던 와중에도 오르는 화 때문에 결국 소리쳤다.

"몇 번을! 이 청개구리야!!"

"아줌마가 와서······."

"인간이면 인간답게 굴어!"

요즘에도 평일에 세 번 집을 청소해 주는 아주머니가 오긴 했으나, 그날만 집이 깔끔할 뿐 다음날만 되면 여기저기 너저분하게 널려 있는 물건들 때문에 정신이 다 사나웠다. 바쁠 때는 보이지 않던 것들이 조금 한가로워지니 그녀의 심기를 계속 건드리고 있었다.

이에 요즘 눈치를 보는 것으론 따를 자가 없을 만큼 업그레이드된 유진이 쪼르르 달려와 손에 들려 있는 옷을 빼앗아 뒤로 숨기며 말한다.

"한 번만 더 하면 내가 노유진이 아니라……."

"넌 이미 멍유진이야. 성 간다는 소리는 하지 마."

"……."

"외출하자며. 준비해."

몸을 홱 돌린 청아가 쿵쾅쿵쾅 걸음을 옮긴 뒤 욕실 문을 열더니 쾅 하고 힘주어 닫았다. 그러다 거울 속에 보이는 제 모습에 화들짝 놀라 몸을 멈췄다. 역시 서른이 지나면 빨라지는 노화 속도는 어쩔 수가 없었다. 서른넷의 나이이지만 힘겨운 일을 만났을 때 미간을 찌푸리는 버릇이 있어 이마와 눈가에 잔주름은 아무리 관리를 해도 나이에 맞춰 자리 잡혀 있었다.

"안 돼, 청아야."

눈가에 잡힌 주름에 청아가 옆으로 쭉쭉 잡아당겼다. 노유진은 세상에 걱정이 없는 것인지 여전히 20대 피부에 외모 또한 제 또래보다 어려 보이는데 저 혼자 늙어가는 것 같았다.

그러한 생각에 또다시 찌푸려지는 이마를 손가락으로 쭉쭉 잡아당긴 청아가 입고 있던 옷가지와 속옷을 벗어 빨래통에 던져 넣은 뒤 샤워 부스 앞에 섰다. 수도꼭지를 돌리자 제 머리 위로 미지근한 물이 쏟아졌지만 청아의 생각은 여전히 다른 곳을 향해 있었다.

"피부과 가서 관리를 좀 받을까."

생각은 길었고, 고민은 어느새 확신으로 바뀌어 있다. 야간 진료를 하는 동네 근처의 피부과를 알아봐야겠다고 생각하며 그녀는 말끔하게 샤워를 마친 뒤 벽에 걸려 있던 가운을 몸에 걸치고 젖은 머리카락을 수건으로 툴툴 털며 거울을 보았다. 그러자 생각은 또 다른 곳으로 튄다.

"머리 스타일을 좀 바꿔볼까?"

작게 혼잣말을 내뱉은 청아가 한숨을 푹 내뱉은 뒤 욕실을 빠져나왔다. 이런 고민을 하고 있는 자신이 문득 한심하게 느껴져서.

머리를 툴툴 털고 화장대 앞 의자에 앉은 청아는 옷방에서 멀끔한 모습으로 나오는 유진의 모습에 스킨 뚜껑을 열다 말고 손을 멈췄다. 몸에 살짝 피트 되는 셔츠 차림에 청바지를 입고 있는 유진은 저절로 눈이 갈 정도로 스타일리시하고 멋있었다. 그는 그러고 보면 셔츠가 참 잘 어울리는 남자였다. 새하얀 피부 때문일까, 어떠한 색도 무난하게 받아들이는 것 같다.

거울을 통해 비치는 그의 모습을 한참이나 바라보던 청아는 의자 등받이에 한 손을 짚고 한 손으로 축축한 자신의 머리카락을 흩트리는 그의 모습을 보며 말했다.

"집에서도 그런 모습을 유지해 주면 안 될까?"

"원한다면."

그가 장난스럽게 웃으며 머리카락 사이로 손가락을 찔러 넣는다. 흔들흔들 그의 손끝에서 움직이는 머리카락이 춤을 춘다. 이에 자신의 뺨에도 물방울이 튀고 그의 옷에도 흔적을 남겼지만 그의 장난은 멈추지 않았다.

청아의 입에서 한숨이 흘러나온다. 얼굴은 진지하고 장난이라 곤 모르는 진중한 사람처럼 무게감이 있었으나 하는 행동을 보면 움직임에 환장하는, 혹은 새로운 장난을 떠올리고 실행하는 고양 이 같았다. 반짝반짝 빛나는 눈을 보던 청아가 손바닥에 스킨을 덜어 얼굴에 톡톡 두드려 발랐다.

"어, 제발 원해."

짧은 그 말에도 유진은 전혀 데미지를 입지 않은 얼굴로 팔을 벌려 청아를 껴안았다. 그리고 청아의 목덜미에 짧게 입을 맞춘 후 그 자리에 제 코를 부빈 유진이 장난스럽게 웃음을 뱉어냈다.

"청아, 촉촉하게 젖은 모습이 유혹적인데?"

"입바른 소리 그만하고……."

그녀의 반응을 이미 예상하고 있었다는 듯 그가 숨을 크게 들이 마시더니 연신 그녀의 목덜미를 지분거린다.

찌르르 척추를 타고 흥분이 올라왔다. 그의 웃음이 연신 그녀를 간질이고 있었다. 몸도 마음도.

손가락 두 개를 턱 밑에 댄 유진이 조심스레 그녀의 고개를 옆으로 돌린다. 그리고 멍하니 자신을 올려다보는 아름다운 눈망울에 입을 맞추고, 앙증맞은 코 위에도 입술을 살포시 내리고, 새치름한 입술을 머금는다. 부드럽게 혀로 핥은 뒤 입술을 빨아들이던 유진은 입안에서 느껴지는 화장품 냄새에도 아랑곳하지 않고 청아의 입속으로 혀를 밀어 넣었다.

가지런한 치열을 쓸어내린 그가 장난스럽게 혀를 톡톡 두드리자 그녀가 도전적으로 그의 혀를 옭아매며 쪽 하고 빨았다. 서로의 타액이 뒤섞이고, 청아의 손은 어느새 그의 너른 등을 껴안고 있다. 청아의 허리를 자신 쪽으로 바짝 끌어당긴 유진이 고개를 한껏 꺾어 청아의 입속으로 더욱 깊숙이 파고들었다.

혹 하고 그녀의 입에 바람을 불어넣은 그가 고개를 떼며 거칠어진 호흡으로 말한다.

"외출을 조금 미뤄야겠다."

그의 호흡이 거칠다. 그의 제안이 싫지 않은지 청아 또한 그의 목에 제 팔을 두르며 그의 입술을 찾으며 답한다.

"콜."

그녀가 장난스럽게 말한 뒤 유진의 입에 입을 맞췄다.

아이보리색 두툼한 이불을 덮고 있는 두 사람의 나체 위로 달빛이 쏟아진다. 유진의 위에서 아이처럼 잠든 청아의 뺨이 붉어져 있다. 뜨거운 사정 후 결국 지쳐 나가떨어진 청아는 입을 연신 오물거리며 꿈속을 헤매고 있었다.

아직 연결되어 있는 그녀의 여성과 여전히 힘이 들어가 있는 남성. 그는 아직도 청아에 대한 갈망으로 몸이 뜨거웠지만 피곤한 얼굴로 잠든 그녀를 깨울 수가 없어 허리를 천천히 움직이며 조금씩 그녀의 안을 맛보는 걸로 아쉬움을 달래고 있다.

결국 미리 계획되어 있던 외출은 내일로 미뤄졌다. 다음 주 금요일에 있을 유민의 결혼식에 참석하기 위해 가을 옷을 구입하기로 한 두 사람이지만 내일로 미뤄졌고, 근사한 레스토랑을 일주일 전부터 예약해 둔 상태지만 헛수고가 되었다. 하지만 이 모든 일이 아쉽게 느껴지지 않았다.

천천히 허리를 움직여 지분거리던 그가 순간 움직임을 멈췄다. 그리고 제 배 위에서 곤한 잠에 빠져든 청아의 얼굴 위에 짧게 입을 맞춘 뒤 미소 짓는다.

"예쁘다."

청아가 거지꼴을 하고 있어도 예쁘다고 말하는 그이지만 사랑을 나눈 후 제가 준 감각에 젖어 있는 그녀를 볼 때면 그 말은 입에 들러붙어 떠나질 않았다. 그녀가 잠들어 제 목소리를, 제 이야기를, 제 마음을 못 듣는 와중이라 하더라도 그는 끊임없이 말했다.

"예쁜 청아, 우리 예쁜 청아."

사랑스러워 미치겠다는 듯 그녀를 바라보는 눈동자는 행복으로 충만했다. 늘 오늘만 같기를, 늘 오늘처럼 행복하기만을 그는 늘 그렇게 바라고 또 바라며 청아를 아꼈다.

한참을 청아를 바라보던 그가 침대 옆에 놓여 있는 협탁 첫 번째 서랍장을 끼끽거리며 열었다. 자신의 움직임으로 청아가 깰까 싶어 연신 끙끙거리며 그 안에 있는 기다란 상자를 꺼냈다.

몸을 다시 원래대로 돌린 유진은 여전히 꿈속을 헤매는 청아의 모습에 안도의 한숨을 내뱉었다. 그리고 꺼낸 상자를 공중에 높이 들어 그 안에 있는 백금 빛의 팔찌를 청아의 왼팔에 채워주었다.

새하얀 피부와 얇은 손목에 팔찌가 꼭 들어맞자 그의 얼굴에 안도감이 서린다. 마르고 뼈대가 얇다는 그의 말에 직원이 장미가 엮인 팔찌의 사이즈를 조절하느라 고심했는데 그 고민이 헛되지 않은 듯했다.

청아의 손목을 들어 그곳에서 반짝이는 팔찌를 바라보는 그의 입가에 미소가 머금어졌다. 장미와 그 장미를 상징하는 뾰족뾰족한 가시가 귀엽게 끈으로 이루어져 있는 팔찌엔 간간이 핑크색 다이아몬드가 콩콩 박혀 있었다.

한참 영롱하게 빛나는 팔찌를 바라보던 그가 손목을 제 입술로 가져와 부드럽게 입을 맞췄다. 진하게 그녀의 맥박이 뛰는 자리 위에 입을 맞춘 그가 만족에 찬 눈을 깜빡이며 말했다.

"사랑해."

그의 말에 꼭 감겨 있던 청아의 눈이 떠졌다. 잠이 그득한 눈으로 유진을 보던 그녀가 끙 하더니 몸을 바스락바스락 떨어댔다. 그러다 문득 시선이 제 팔에 닿은 것인지 청아가 의아한 얼굴로 유진을 보며 물었다.

"어? 이게 뭐야?"

"선물."

"선물?"

청아가 눈을 동그랗게 뜨며 물었다. 기념일을 딱히 챙기는 커플이 아니었기 때문에, 그의 선물이 더 뜻밖으로 다가왔다.

"응."

청아는 짧은 그의 답에 배 위에서 내려와 제 왼팔에 걸려 있는 팔찌를 손가락으로 만지작거리며 감동 어린 시선을 보낸다. 다행히 그녀도 선물이 마음에 든 듯했다.

그 모습을 바라보던 유진이 상체를 일으켰다. 이불이 아래로 내려가고 아슬아슬하게 아랫도리를 가릴 정도이지만 이미 서로의 몸에 익숙해진 두 사람은 이를 개의치 않아했다.

"예쁘다. 마음에 들어. 유진아, 정말 고마워."

청아가 빠르게 말했다, 붉어진 뺨과 습기로 촉촉하게 젖어 있는 눈망울로. 늘 무뚝뚝하던 그녀가 자신의 감정을 솔직하게 말하자 그는 또다시 참지 못하고 그녀의 양 볼을 붙잡아 쪽 하고 입을 맞춘 뒤 장난스럽게 말했다.

"수갑이야."

"……."

비틀린 입술과 장난스러운 아이처럼 빛나는 눈동자.

그 모습에 방금 전까지만 해도 가슴 벅찰 정도로 감동이 밀려왔던 가슴에 구멍이라도 난 듯 부풀어 있던 감정이 푸시시 식었다.

"왜, 그냥 하는 말 같아?"

"아니, 믿어. 믿으니까 그래."

갑자기 무겁게 느껴지는 팔찌 때문에 왼팔을 축 늘어뜨린 청아가 유진과 시선을 맞추며 말했다.

"갑자기 네가 막 무서워졌거든."

"왜?"

그녀도 역시나 장난스러운 얼굴이다. 일부러 진중하게 말하려고 노력하는 모습이 역력한 얼굴. 그 모습에 유진이 피식 웃으며 묻자 청아는 다리를 편하게 편 뒤 오른쪽 다리를 허공으로 번쩍 들며 말했다.

"다음엔 발찌를 채울 것 같아서."

그 말에 유진이 시원하게 웃음을 터뜨렸다. 그러다 그녀의 왼쪽 발목을 붙잡아 그 위에 도장을 찍듯 입술을 꾹 누른 그가 쪽 하고 빨아들인 후 발가락 사이에 손가락을 찔러 넣어 잡았다. 그리고 혀를 길게 빼내어 발목을 핥고 발등을 핥은 뒤 발가락을 입안에 머금으며 핥아댔다.

갑작스런 애무에 청아가 몸을 움찔 떨며 유진을 바라보았다. 그러자 그는 조금 붉게 변한 왼쪽 발목을 손가락으로 꾹 누르며 웃었다.

"그것도 좋은 생각이네."

세간의 사람들은 대한세종대학병원의 외동딸 심재영과 이미 한국에서는 아동 심장 이식 수술 일인자로 떠오르고 있는 노유민의 결혼식은 아주 크고 성대할 것이라 생각했다. 한국 최고의 호텔에서 억대에 달하는 결혼식을 올릴 것이라 예상하는 이들도 있었고, 수백 명에 달하는 지인을 초대하여 비밀 결혼식을 올릴 것이라 생각하는 사람들도 있었다.

하지만 두 사람의 결혼식은 예상 밖으로 평소 심 원장이 다니는 성당에서 치러졌다. 한국에서 규모로는 손에 꼽히는 곳이지만 두 사람의 위치로 보았을 땐 지나치리만큼 조촐하게 느껴지는 결혼식이었다.

성모마리아 상이 세상 사람들의 근심을 들어주듯 입구에 서 있다. 많은 신자들을 거느린 거대한 성당은 평일에도 많은 신자들이 찾아 기도를 올리는 곳으로 성스럽고 화려한 곳이었다. 하지만 오늘은 두 사람의 결혼식을 맞아 대성전 앞에 평소보다 훨씬 많은 숫자의 사람들이 빠르게 걸음을 옮기고 있었다.

청아는 방문객 방명록에 신부 측으로 참석했다고 적었고, 유진은 유민의 방문객으로 적었다. 그런 뒤 방문한 사람들과 일일이 손을 맞잡으며 인사를 했다. 유민의 앞으로 다가간 유진이 축하 인사를 건넸다.

"드디어 노총각 형이 장가를 가네?"

유진의 말에 유민이 무심한 얼굴로 고개를 끄덕인다.

"고맙다."

조금 삐뚤어진 인사와 대답이 오고 가자 곁에 서 있던 청아가 며칠 전까지만 해도 계속 결정되지 못했던 문제를 물었다.

"결국 신혼여행은 안 가기로 한 거예요?"

"뭐, 수술이 잡혀 있으니까."

그는 평생의 한 번인 신혼여행을 못 가게 된 데에 대해 별다른 감정이 없는 것 같았다. 청아가 말없이 고개를 끄덕이는 것을 보며 유민이 물었다.

"그 아이도 이해를 해줬으니까."

그 아이란 재영을 뜻하는 것이리라.

"신부대기실엔 가봤니?"

"네. 그런데 아직 준비가 덜 끝났어요. 수술 끝나고 바로 달려왔는데도 늦었다고 재영이가 속상해하더라고요."

"그래, 그럼 들어가 봐."

유민이 뒤에 서 있는 미래병원 원장과 인사를 하는 것을 보던 청아가 유진의 손을 잡고 식이 있을 대성전으로 걸음을 옮겼다.

"사람 진짜 많네."

"작게 하고 싶다고 하셨는데 이게 뭐가 작아?"

수천 명의 신도를 수용할 수 있다는 대성전이 좁아 보일 정도로 많은 사람들이 오랜만에 만난 지인들과 이야기를 나누고 있었다. 귀가 웅웅 울릴 정도로 시끄러운 것이 마치 도떼기시장을 방불케 했다.

제일 뒤쪽에 앉아 식을 보던 두 사람은 곧 식이 시작된다는 사회자의 말과 함께 자리에 착석하는 사람들을 바라보았다.

"신랑 노유민 군과 신부 심재영 양의 결혼식에 참여해 주신 하객님들께 감사의 인사를 전합니다."

그렇게 운을 뗀 사회자는 두 사람의 약력을 간단하게 설명한 뒤에 지루하리만치 길게 양가 부모님의 약력을 줄줄 읊어댔다. 그렇게 약 10분에 달하는 긴 소개가 끝이 나고 곧 은은한 현악 4중주가 라이브로 이어졌다.

"그럼 지금부터 식을 시작하겠습니다. 신랑 입장!"

신랑이 무대 위에 서자 고개를 돌려 유민을 보았다. 그는 차갑고 무감각한 얼굴로 걸음을 옮겼고, 곧 신부 입장이란 말과 함께 들어선 재영은 심 원장의 팔에 팔짱을 끼고 고개를 숙이며 안으로 들어왔다.

심 원장에게 재영의 손을 건네받은 유민이 그녀의 얼굴은 보지도 않고 걸음을 옮겼다. 여느 결혼식과 별반 다를 것 없는 분위기였지만 가장 중요한 것이 결여된 결혼식이었다. 신랑과 신부의 얼굴은 무감각했고 웃음이 없었다.

그 모습을 제일 뒤에서 바라보던 유진은 곧 간단한 주례사와 함께 신랑 신부가 사랑을 맹세하는 부분에서 청아의 어깨를 툭툭 두드렸다.

"왜?"

청아가 자신을 바라보자 유진이 웃음이 가득한 얼굴로 입을 뻐끔거린다.

"신랑은 신부를 아내로 맞이하여 평생 아껴주고 사랑해 줄 것을 신의 앞에 맹세합니까?"

"네."

소리 없는 답이었지만 입모양으로 충분히 알 수 있을 정도의 짧은 답.

"신부는 신랑을 남편으로 맞이하여 평생 그의 뒤를 봐주고 가정을 지키기 위해 노력하며 사랑할 것을 신의 앞에 맹세합니까?"

귓가에 들리는 주례의 말에 청아가 멀뚱멀뚱 바라보다가 장난스럽게 입술을 비틀어 웃은 뒤 고개를 끄덕인다. 곧 단상 위에 있던 유진과 재영이 기계적으로 입을 맞추자 그에 맞춰 유진과 청아의 입술도 빈틈없이 꼭 맞춰졌다.

마치 처음 사랑하는 사람처럼 두 사람은 한참이고 입을 꼭 마주하고 있었다.

"이로써 두 사람은 부부가 되었습니다. 오늘 결혼식에 참석해주신 분들께선 이 두 사람이 앞으로 행복할 때도, 슬플 때도, 결혼생활에 위기가 닥쳤을 때도 사랑과 관심으로 봐주시면 감사하겠습니다."

그 이야기를 들으며 유진이 천천히 입술을 뗐다. 그리고 여전히 눈을 감고 있는 청아의 얼굴을 어루만지며 달콤하게 속삭였다.

"늘 행복하게 해줄게."

만남과 이별이 교차하는 인천국제공항.

세계에서도 손꼽히는 이곳엔 오늘도 많은 사람들이 모여 있었다. 곧 있을 만남에 가슴이 부푼 사람들도 있고, 앞둔 이별에 아쉬워하는 이들도 많았다. 그리고 그중 이별을 아쉬워하는 한 무리가 있었다. 다미와 운혁, 그리고 청아와 재영이다.

"아쉬워서 어쩌지? 이렇게 이별하면 결혼식 때나 보겠네."

정신없이 결혼식이 끝났다. 다미와 운혁은 너무 오래 자리를 비웠다며 결혼식이 끝나자마자 뉴욕으로 떠나게 되었고, 공항에서 아쉬운 마음에 청아의 손을 붙들며 발길을 돌리지 못하고 있었다.

"결혼식 준비는 내가 와서 꼭 도와줄게."

"아니에요, 어머님. 지금도 살림살이는 다 있고 별로 준비할 것도 없는데요, 뭐."

청아가 고개를 내저으며 말했다. 그러고 저 뒤에서 운혁에게 허리를 숙여 인사를 건네고 있는 재영을 보며 한숨을 삼켰다. 신혼여행을 가지 않는다는 유민의 말은 장난이 아니었는지 신랑은 얼굴을 두껍게 덮고 있던 화장을 지우고 턱시도를 벗어 던진 뒤 곧장 병원으로 향했다. 결국 남은 신부 홀로 시댁 식구 배웅을 하고 있는 것이다.

재영의 뒷모습을 보던 청아는 다미의 목소리가 들려오자 곧장 고개를 돌려 그녀를 바라봤다.

"그러면 쓰나. 난 양가 어머니 대푠데."

청아의 눈동자에 감동이 밀려왔다. 다미는 진심을 다해 그렇게 말해주었다.

"불편하겠지만 엄마 같은 시어머니가 되도록 노력할게."

"어머니……."

청아의 목소리가 떨려온다. 그러자 다미는 마주 잡고 있던 손을 더욱 힘주어 잡는다.

"유진이 속 썩이면 언제든 연락하렴."

뭐, 이미 충분히 속 썩이는 것 같지만. 그렇게 말한 다미는 유민과 마찬가지로 국과수에 일이 남았다며 식이 끝나자마자 바람처럼 사라진 유진을 떠올렸다. 다미가 두 아들 다 마음에 들지 않는다는 듯 혀를 끌끌 찼다. 그러자 청아는 입가에 미소를 머금으며 짧게 답했다.

"네."

"병원 생활에 있어 고민되는 것이 있어도 언제든 연락하고."

결혼 생활이든 인생에서든 아주 든든한 지원군이 생긴 것 같았다.

그래서 그녀는 운혁과 함께 입국장으로 들어서는 다미의 뒷모습을 한참이나 바라본 뒤 고개를 숙여 인사했다.

"아, 좋다."

청아는 자신도 모르게 그렇게 내뱉었다. 그러자 곁에 서 있던 재영이 의아한 얼굴로 청아를 보며 물었다.

"음? 뭐가?"

"그냥 모든 게 다."

유진을 만나기 전 너무나 치열하던 자신의 인생을 떠올릴 수 없을 정도로 너무나 평온한 일상에 감사했다. 그리고 앞으로 펼쳐질 미래에 대한 기대감으로 가득 찬 가슴 위에 손을 얹었다.

이젠 정말 행복한 날들만 가득할 것 같았다.

Three

마음까지 얼려 버릴 것 같은 겨울이 지나가고 있다. 얼었던 강물이 녹고 잠들어 있던 개구리가 깨어날 날도 얼마 남지 않은 봄날.

요즘·들어 미국과 공조하여 수사 중인 '미군, 일반인 살해 사건'으로 인해 정신없는 나날을 보내고 있는 유진은 며칠 전 부검을 끝내고 직접 언론에 나와 이에 대한 결과 발표하는 등 세간의 주목은 물론이요, 의도치 않게 유명세까지 타는 탓에 매일 기분이 좋지 못했다.

거기에 엎친 데 덮친 격으로 다음 달이면 두 사람의 결혼식이 있기에 그의 신경은 날로 날카로워지고 있었다.

웨딩드레스 숍. 앞서 두 군데나 돌고 마지막으로 들어온 이곳에서 청아는 허리를 꽉 조이는 코르셋이 답답하지도 않은지 벌써 이곳에서만 다섯 번째 드레스로 갈아입고 있었다.

새하얀 웨딩드레스는 언뜻 보면 다 비슷비슷해 거기서 거기처럼 보이지만 청아는 처음이자 마지막인 결혼식을 위해 험난한 그 과정을 꿋꿋하게 이겨내며 치마를 툭툭 털어 피팅을 마친 뒤 앞을 보고 섰다. 그러자 검은 치마 정장을 입은 직원이 커튼을 차르륵 치운다. 그러자 소파에 피곤한 얼굴로 늘어져 있던 그가 허리를 곧게 세운 뒤 물개 박수를 친다.

"예쁘다, 우리 청아!"

목소리는 크고 함박웃음을 짓고 있는 표정 또한 아주 좋았지만 눈 밑에 내려앉은 다크서클이 문신처럼 박혀 있어 지친 기색이 역력했다. 그는 자리에서 일어나 청아의 앞으로 다가왔다. 그 모습에 청아가 자리에서 빙그르르 돈 뒤 가슴부터 시작해 허벅지 라인까지 착 달라붙은 드레스를 요리조리 살폈다.

"이건 어때? 흠, 내 키가 작아서 별론가?"

"아니, 예뻐. 아주 예뻐!"

그가 강력하게 외쳤다. 제 눈엔 모두 똑같아 보이는 웨딩드레스의 행렬을 멈추고 싶은 그는 방금 전보다 오버해서 말했고, 이제까지완 다른 반응을 보여야겠다는 생각 때문인지 엄지손가락까지 척 들어 보였다. 그가 '이걸로 할 거지?'라는 물음을 내뱉으려고 할 때다. 거울에 비친 제 모습이 마음에 들지 않는지 청아가 성큼성큼 걸음을 옮기며 말한다.

"다음 것 입어볼래."

그 말에 유진의 눈빛이 멍하게 변했다. 그리고 이제껏 꾹꾹 몇 번이나 억눌러 온 말을 꺼냈다.

"언제까지 입어?"

벌써 네 시간째다. 웨딩드레스는 피팅하기까지 시간이 꽤 걸리기에 기다림의 시간도 길었고, 이 뒤에도 일정이 남아 있다. 꼼꼼한 청아와는 달리 그녀와 결혼하는 것이 가장 중요한 유진은 이러한 겉치레가 뭐가 중요하냐는 듯 말했다.

"다 예뻤어. 우리 청아는 뭘 입어도 예쁠……."

"다른 날은 시간 내기 힘들어서 오늘 다 둘러봐야 해."

"……."

"그럼 다음 거 입고 나올게."

그렇게 말한 청아가 피팅룸으로 들어갔다. 그 모습을 뒤에서 멍하니 바라보던 유진이 소파로 돌아가 털썩 주저앉았다.

"정말 다 예쁜데……. 다 천사같이 예쁜데……."

유진이 울먹이며 말했다.

그리고 그날 청아가 고른 드레스는 두 번째 집에서 처음으로 입어본 하얀색 미니드레스였다.

웨딩드레스를 고르고 꼼꼼하게 예약을 마친 청아는 미리 봐둔 세 곳의 예식장을 차례대로 돌며 식장을 꼼꼼하게 살피고 주차 공간이 충분히 확보되었는지 확인한 뒤 가장 위층에 있는 식당에 들러 음식 맛까지 체크했다.

점심 겸 저녁을 세 끼나 먹어야 했던 두 사람은 마지막 식장의 식당 구석진 자리에 앉아 뷔페 음식을 조금씩 덜어 맛보았다. 결국 유진이 두 손 두 발 들었다는 듯 의자에 기댄 뒤 볼록하게 나온 배를 퉁퉁 두드렸다. 더 이상 음식이 들어갈 공간 하나 없이 꽉 찬 내장에 그가 더부룩해진 속을 탄산음료로 달랜 뒤 말했다.

"배 터지겠다."

"여기가 제일 맛있는 것 같지?"

청아가 진지한 눈으로 육회를 날름 집어 먹으며 말하자 유진은 맞은편에 앉아 마치 음식을 평가하는 심사위원처럼 날카롭게 눈을 빛내고 있는 청아를 보며 피식 웃었다.

"어, 여기가 제일 맛있어."

"역시! 식장은 여기로 해야겠다."

청아도 더 이상은 무리라는 듯 젓가락을 내려놓은 뒤 휴지로 입가를 닦아냈다. 그 모습을 보던 유진이 양손으로 턱을 괴 꽃받침을 만든 뒤 히죽히죽 웃으며 말했다.

"우리 청아, 뭐든 열심히 하는구나?"

"……뭐?"

"무슨 일이든 아주 전투적으로 해."

일도, 사랑도, 생활도 모두 최선을 다하는 그녀를 볼 때면 유진은 기분이 좋아졌다. 타고난 머리와 부족하지 않은 집안 덕에 뭐든 설렁설렁하던 그는 청아를 만나지 않았다면, 예전처럼 무료한 일상을 재미없다고만 할 뿐 노력이란 것을 하지 않았을 것이다.

그런 그녀를 사랑했다. 무슨 일이든 진지하게 임하는 그녀의 모습을 사랑했다.

그의 이야기를 가만히 듣고 있던 청아가 피식 웃으며 말했다.

"전투적으로 살지 않았으면 너도 안 만났을 거야."

"뭐?"

유진이 잘생긴 이마를 찌푸리며 말했다. 그러자 청아는 하루 종일 다녔던 곳의 정보를 기록하고 정리해 놓은 다이어리를 꺼내 식장 이름을 적으며 담당자 연락처 위에 붉은 펜으로 동그라미를 쳤다. 그녀의 삶 전반의 스케줄이 적혀 있는 다이어리에는 손때가 가득했다.

다이어리를 눈으로 훑던 청아는 아직도 불만이 가득한 시선이 제 뺨에 와 닿는 것을 느끼며 고개를 들었다. 그리고 유진과 눈을 마주하며 말했다.

"전투적으로 사랑하니까, 진심을 다해 임하니까 네 곁에 있는 거야. 안 그러면 네가 다시 돌아왔을 때 받아주지도 않았어. 진심을 다해 과거의 널 사랑하지 않았다면 8년 만에 덜렁 나타난 놈이 뭐가 예쁘다고 받아주겠어?"

"……."

"그리고 앞으로도 아주 전투적으로 사랑할 작정이야."

"청아야……."

"그러니 앞으로도 잘 부탁할게."

그렇게 말한 청아가 다시 다이어리로 시선을 내렸다.

—본식 웨딩드레스, 턱시도

—신혼여행지 예약

—식장 둘러보기

오늘 할 일이 빼곡하게 적혀 있는 부분에서 마지막으로 식장 둘러보기에 동그라미를 친 그녀의 입술에 만족이 어렸다. 하루 만에 이 많은 것을 해치우느라 진이 다 빠져 버렸지만 곧 다가올 결혼식을 떠올리자 뿌듯한 마음이 앞섰다. 이제 하나만 해결하면 오늘의 일정은 마무리 지을 수 있었다.

—예물

그 밑에는 백화점 두 곳과 숍의 이름이 적혀 있다. 점점 어두워 지는 창밖을 보며 청아가 자리를 털고 일어나려 할 때다. 불쑥 기 다란 팔을 뻗은 유진이 그녀의 뒤통수를 감싼 뒤 제 쪽으로 끌어 당겨 그녀의 시선이 자신을 향하도록 만들었다.

"뽀뽀해도 돼?"

"남의 하객 앞에서 민폐다."

청아가 딱 잘라 말했다. 그러자 쳇 하고 혀를 찬 유진이 자리에 서 일어나 청아에게 손을 내밀었다. 빙그레 웃는 얼굴에 어린 것 은 장난 반 진담 반.

"그럼 차에 가서 하지, 뭐."

빙그레 웃으며 하는 그의 말에 청아가 자리에서 일어나 그의 손을 붙잡으며 장난스럽게 말했다.

"기왕이면 찐하게 해주라."

그녀의 말에 유진이 '당연하지!' 라고 외친 뒤 빠르게 걸음을 옮겨 엘리베이터 쪽으로 향했다. 다급한 그의 걸음에 욕망이 숨어 있다.

요즘 대한세종병원은 새로운 외상센터 건립으로 인해 외과와 내과가 첨예하게 대립하고 있었다. 두 파로 나뉘어 싸우는 것이라면 그나마 다행이겠지만, 외과 내에서도 의사를 차출해 내보내야 하는 입장이고 배당되는 레지던트의 수도 적어졌기에 심각한 인력난을 초래할 수 있다며 막상 센터는 다 지어놓고 인력 문제로 인해 애를 먹는 중이었다.

이런 뒤숭숭한 분위기와는 달리 환자의 생명을 하나라도 더 살릴 수 있는 길이라면 위에서 시키는 대로 해야 한다는 입장을 고수하고 있는 청아는 떨어진 외딴 섬처럼 홀로 이 문제에 대해 무감했다. 당장 자신이 담당하고 있는 환자들을 신경 쓰기에도 바빴기 때문이다.

대략적인 결혼 준비를 마치고 어젠 청첩장까지 나온 상태이다. 한 달 뒤면 식이기 때문에 요즘 청아는 주위에서 보기에도 위태로울 정도로 얼굴에 피곤을 덕지덕지 붙이고 다니고 있었다.

막 병실에서 나오던 청아는 때마침 복도를 지나가던 유리와 마주치자 걸음을 멈췄다. 병원이 워낙 넓어 외과 레지던트 1년 차가 된 유리를 근 한 달 만에 만나는 것 같다.

"어딜 그렇게 급하게 가?"

"환자가 수술 부위가 간지럽다고 해서 드레싱(피부에 상처를 소독 후 거즈로 덮는 일)하러 가는 길이에요. 그런데요, 선생님."

유리가 그녀의 물음에 답한 뒤 청아의 얼굴을 꼼꼼하게 살피며 물었다.

"김 선생님 어디 안 좋으세요?"

창백해진 안색과 부르튼 입술. 의사가 환자 같아 보이는 모습에 유리가 걱정스레 묻자 청아는 손을 올려 제 뺨을 쓰다듬으며 말했다.

"어? 아니, 왜?"

"안색이 엉망인데요? 요즘 너무 무리하시는 거 아니에요?"

"무리?"

그러고 보니 요즘 무리를 하고 있기는 하다. 2주 전 리버 TPL(Liver TPL:간이식 수술)을 받고 현재 중환자실에 있는 담당 환자의 상태가 썩 좋지 못했기 때문이다. 수술 중에도 출혈이 있었고 수술 전 상태가 나빠 걱정이 이만저만이 아니었는데, 이식한 간에 대한 거부 반응을 억제하기 위해 면역 억제 치료를 받는 도중 문제가 생겼기 때문이다. 연결한 혈관이 폐쇄 소견이 보일 정도로 혈류에 대한 관찰 결과가 좋지 못하자 요즘 청아의 관심은 온통 그 환자를 향해 있었다. 이런 상태에서 결혼 준비까지 하고 있으니 그녀의 몸이 남아날 리가 없었다.

그러고 보니 이번 달에 생리를 했던가?

그런 생각을 하며 청아가 한숨을 내뱉었다.

"그래, 그래서 그런가 봐."

"건강도 챙기면서 준비하세요. 아무리 결혼이 중요하다지만 건강까지 해치는 건 그렇잖아요?"

유리의 잔소리에 청아가 피식 웃음을 내뱉었다. 인턴이 끝나고 이제 레지던트 1년 차가 된 유리는 제 안색이 더 좋지 않으면서 연신 청아에게 타박을 놓고 있었다.

쉴 새 없이 쏟아지는 잔소리에 청아가 알았다며 빠르게 고개를 끄덕였다.

이번 달은 물론이고 저번 달까지 생리를 건너뛴 것을 이제야 눈치챘기 때문이다.

유리와 헤어진 청아가 설마 하며 빠르게 걸음을 옮겼다. 피임을 안 한 지 거의 1년여의 시간이 되어갔다. 그사이 유진과 수많은 사랑을 나누었고 그는 늘 제 안에 사정을 했다. 하지만 웬일인지 하늘에선 아이를 점지해 주지 않아 마음을 놓고 있었다.

빠르게 걸음을 옮긴 청아는 의국에 들러 가운을 벗어놓은 뒤 병원 1층에 있는 약국이 아닌 조금 멀리 떨어진 약국으로 향했다. 임신 테스트기를 구입해 곧장 근처 공원 화장실로 들어간 청아는 두근거리는 마음으로 기다란 플라스틱 막대기를 보았다. 그러다가 선명한 빨간 줄 옆에 흐릿하게 생기는 줄을 보며 눈을 질끈 감았다.

"아, 노유진, 진짜 타이밍 하나는 끝내줘요."

다음 달이면 결혼이다. 그전까지 생기지 않던 아이가 왜 이 시점에서 생기냔 말이다! 이걸 어떻게 해야 하나 한참이고 테스터기를 보고 있던 청아는 자신의 임신을 확인해 준 그것을 쓰레기통에 버린 뒤 화장실에서 나왔다.

"으으……."

신음을 내뱉은 청아가 아픈 머리를 손으로 짚었다. 지끈지끈 두통이 몰려온다.

"이 일을 어쩜담."

시기로 보았을 땐 허니문 베이비라 말해도 씨알도 먹히지 않을 것이다. 오삭둥이냐며 놀릴 동료들은 물론이요, 결혼식 날 배가 조금 불러 있는 것은 아닐까 하는 쓸데없는 걱정이 한꺼번에 몰아닥쳤다.

눈을 뜬 청아가 거울 속에 비치는 추레한 제 모습을 바라보다 지갑과 함께 들고 나온 휴대전화를 들었다. 그리고 머릿속에 정확히 기억되어 있는 익숙한 휴대 전화번호를 누른 그녀는 몇 번의 통화음 끝에 들려오는 그윽한 목소리에 눈을 깜빡였다.

〈이 시간에 어쩐 일이야?〉

지금 복잡한 제 머릿속과는 달리 아주 평온한 목소리다. 전화 너머로 간간이 종이를 사락사락 넘기는 소리가 들리는 것을 보니 한창 업무에 집중하고 있는 듯했다.

이런 그의 목소리를 듣자 왜 화가 불쑥 올라오는 것인지. 청아는 낮고 음침한 목소리로 말했다.

"너 어쩔 거야?"

〈응? 갑자기 뭐가?〉

그의 목소리가 조금 변했다. 의아함이 가득함과 동시에 걱정도 조금 섞여 있다. 그의 물음에 청아는 잠시 어떻게 답을 해야 할지 몰라 미간을 찌푸렸다. '나 임신했어'가 좋을까, 아니면 '나 임신한 것 같아'가 좋을까? 병원에 가서 확실히 초음파 검사를 해보아야겠지만 우리나라 임신 테스트기의 정확률을 너무나 잘 알고 있는 청아는 눈을 질끈 감으며 '나 임신했어'라고 확신이 담긴 말을 해야겠다고 생각했다.

"너 아빠 된대."

⟨……⟩

그는 말이 없었다. 침묵은 길었고, 이에 청아는 안절부절못하는 마음이 되었다.

"듣고 있어?"

청아가 애써 불안한 마음을 억누르며 물었다.

⟨방금 뭐라고 했어?⟩

청아가 전한 사실이 믿겨지지 않은 것인지 유진이 다시 한 번 되물었다. 그러자 청아는 힘있는 목소리로 말했다.

"너 아빠 된다고."

⟨……⟩

혹 그가 아이를 원하지 않는 것은 아닐까? 예전이야 빨리 아이를 가지고 싶다는 마음을 표현했지만 요즘의 그는 단 한 번도 그러한 소리를 하지 않았다. 혹 그 짧은 사이 그의 마음이 변한 것은 아닐까? 이런저런 걱정에 청아가 변명을 하듯 빠르게 말을 이었다.

"테스트기가 90% 정확하고, 생리를 안 한 지 두 달이 지났으니 아마도 확실……."

〈……진짜야?〉

입을 본드로 발라놓은 것처럼 아무 말 없던 그가 물었다. 진짜냐고. 그 말을 듣자 청아는 갑자기 심장이 터질 듯이 두근거리고 눈가에 눈물이 맺혀오는 것을 느끼며 입술을 뾰족하게 내밀었다.

"그럼 진짜지 가짜……."

〈아아, 어떻게 해, 청아야.〉

그가 한탄하듯 말했다. 앓는 소리 같기도 하고 감격에 겨워하는 소리 같기도 하다. 하지만 그의 마음을 확신할 수가 없는 청아에겐 전자로 들렸고, 서운한 마음에 왈칵 눈물이 쏟아질 것 같았다. 청아가 입술을 악물며 쏟아지려는 눈물을 참고 있을 때다. 임신을 하면 감정이 롤러코스터를 탄다니 그 짝이었다. 유진에게 욕을 한 바가지 쏟아부으려 하던 청아는 한숨과 함께 들려온 그의 말에 결국 눈물을 후드득 쏟아냈다.

〈나 너무 기뻐.〉

웃음과 감격이 섞여 있는 말에 청아가 결국 왈칵 울음을 터뜨렸다.

"난 또!"

갑작스럽게 청아가 엉엉 울음을 터뜨리자 기쁨에 겨워하던 유진이 당혹스러운 목소리로 말했다.

〈청아야, 울어?〉

"난 네가 아이 생긴 걸 마음에 안 들어 하는 줄 알고…… 얼마나 가슴을 졸였는데!"

〈그럴 리가 없잖아!〉

"그래도 목소리가 딱 그랬다고!"

그러면서 자리에 주저앉아 청아가 엉엉 대성통곡하기 시작했다. 공원 안 공중화장실. 볼일을 보기 위해 들어왔던 여자들이 깜짝 놀라 뒷걸음질쳤고, 어떤 이들은 실성한 여인을 보는 듯 청아를 의심스러운 눈으로 보기도 했다.

그렇게 얼마의 시간이 흐른 후, 그제야 조금 진정이 되었던 것일까. 청아가 자리에서 일어나 화장실 안으로 들어간 뒤 휴지를 말아 코를 헹 풀었다.

〈청아야, 그만 울어. 어? 미안해. 내가 다 잘못했어.〉

절절매는 그의 목소리에 청아가 이제야 정신을 차리며 말했다.

"여전히 딸이었음 좋겠어?"

코맹맹이소리 가운데 간간이 섞여 있는 울먹임. 하지만 그녀가 이제야 울음을 멈췄다는 것을 안 유진은 안도의 한숨을 내뱉으며 제 안에 있는 마음을 아주 솔직하게 말했다.

〈아니, 아들이든 딸이든 상관없어. 어떠한 성별이든 감사해.〉

"진짜?"

그녀가 의심스럽다는 듯 물었다. 꼭 딸이었으면 좋겠다던 그의 목소리가 아직도 뇌리에 생생하기 때문이다. 하지만 그는 정말이라는 듯 몇 번이고 확신에 찬 어조로 말했고, 이에 청아가 고개를 끄덕였다.

〈청아야.〉

그가 그녀의 이름을 부른다. 그러자,

"응."

청아는 늘 그랬던 것처럼 조금은 무뚝뚝한 아가씨가 되어 짧게 답했다.

너무나 그녀다운 답과 목소리. 이젠 그의 세계 전부를 지배하고 있는 그녀의 존재를 떠올리며 눈을 감으며 달콤하게 속삭였다.

〈감사해, 청아야.〉

에필로그

좋은 일인지 나쁜 일인지 다음날 점심시간에 시간을 내어 함께 산부인과로 향한 두 사람은 그곳에서 무시무시한 이야기를 전해 들어야 했다.

"어머, 심장이 두 개네요?"

여의사는 멍해 있는 청아와 유진을 향해 말했다.

"쌍둥이입니다. 축하드려요."

"쌍둥이요?"

"네."

요즘 불임 부부들이 늘어나면서 시험관 아이가 많아 쌍둥이 출산이 많았던 터라 의사는 왜 이들이 저토록 놀란 표정을 짓는지 이해 못한 듯 웃는 얼굴로 고개만 끄덕였다. 그리고는 청아가 의사란 사실을 모르는 여의사는 빠르게 주의사항을 일러주었다.

"이제 8주차에 들어섰으니 곧 입덧이 시작될 수도 있고 빈혈이 있을 수도 있으니 조심하세요. 임신 초기가 더 위험한 거 아시죠? 되도록 오래 서 계시지 말고요."

끄덕끄덕 청아가 기계적으로 고개를 끄덕이자 그제야 실감이 난 것인지 유진이 청아의 얼굴을 바라보며 제 무릎에 있던 손을 올려 청아의 어깨를 살며시 붙잡았다.

"아이가 둘인 만큼 산모 분은 두 배, 세 배 더 힘드실 거예요. 남편분께서 산모분을 많이 배려하고 곁에서 잘 돌봐주셔야 할 거예요."

"네, 물론입니다."

스마트한 인상에 사랑으로 번들거리는 눈빛의 그를 보고 여의사의 입술이 부드럽게 휘었다. 누가 보아도 사랑으로 가득한 부부의 모습은 그녀에게도 부러움을 자아내게 했다. 하지만 그것에 질투가 느껴지는 것이 아니라 오히려 보기 좋은 그림을 감상하는 사람처럼 기꺼운 마음이 되니 어찌 웃지 않을 수 있겠는가.

"산모분도 힘드시겠지만 남편분께서도 고생 많이 하시겠네요. 선물이 동시에 도착하였으니."

"걱정 없습니다."

"그럼 다음 검진 때 뵐게요."

여의사의 말에 유진은 청아의 어깨를 조심스레 일으켜 세운 뒤 밖으로 나왔다.

카운터에서 산모 수첩을 받아 든 청아가 수첩을 펼치자 그곳에 오늘 찍은 초음파 사진이 붙어 있었다.

"진짜 아이가 생겼나 봐."

시꺼먼 사진 속에 작은 콩알 두 개가 찍혀 있다. 용케도 심장을 찾아낸 유진이 사진을 손가락으로 살살 문지르며 말했다.

"신기하다. 그치?"

그러면서 그의 시선이 자연스레 평평한 청아의 배로 향한다. 임신 8주, 아직은 겉으로 티가 나지 않는 시기이다. 하지만 그는 벌써부터 청아의 작은 변화를 찾아냈다는 듯 조심스레 손을 뻗어 배 위에 얹어놓으며 눈을 감았다.

"왜? 뭐가 느껴지긴 해?"

청아가 피식 웃으며 말했다. 지난밤, 아이처럼 좋아하던 그의 얼굴이 떠오르고 신기한 눈으로 연신 자신의 배를 내려다보던 그의 모습이 떠오르자 절로 웃음이 나왔기 때문이다. 그녀의 물음에 유진은 눈동자를 데굴데굴 굴리더니 손바닥에 온 감각을 집중시킨 뒤 읊조렸다.

"음, 아니."

"근데 왜 계속 배에 손은 올려놔?"

"그냥."

짧게 말한 유진이 웃었다. 반달처럼 고운 선을 그리는 눈, 보조개가 쏙 들어갈 정도로 웃음 짓고 있는 뺨과 입술을 보며 그녀도 따라 웃었다.

"이렇게 하면 진짜 느낄 수 있지 않을까 해서."

"……."

"기대돼, 벌써부터. 이 아이들이 태어날 그날이."

그렇게 말한 유진은 다시 한 번 정말 기대된다고 읊조렸다. 행복한 웃음을 짓는 얼굴엔 거짓이 없다. 순진한 눈망울엔 그와 그녀의 사랑의 결실이 태어날 그날만을 벌써부터 손꼽아 기다린다는 듯 티끌 없이 맑았다.

그땐 그랬다.

기대감으로 사랑스러운 아이들을 볼 그날을 기다렸다.

아이를 품에 안고 싶어서, 청아와 자신을 닮은 아이들이 궁금해서.

하지만 그런 그의 기대는 조금의 시간이 더 흐른 후에 완전히 바뀌었다.

이것저것 바라는 것이 많아진 청아 덕에 유진은 중노동을 해야 했다. 매일 수십 번씩 마트를 오가는 것이 일상이 된 그는 빨리 저 아이들이 세상 밖으로 나오지 않으면 자신이 먼저 관 뚜껑을 열고 드러누울 수도 있다는 생각에 아이들을 기다리고 또 기다렸다.

치렁치렁한 머리를 질끈 묶고 머리띠로 머리를 바싹 쓸어 넘긴 청아가 뒤뚱뒤뚱 걸음을 옮기고 있다. 임신 8개월에 들어서면서 움직임이 더뎌지고 행동도 굼뜨게 되었지만 아직도 그녀는 병원에 남아 있었다. 앙상한 팔다리와는 달리 흰 가운 밖으로 드러난

배는 안에 있는 아이들이 무럭무럭 잘 크고 있다는 것을 알려주듯 풍선처럼 부풀어 있었고, 신발은 푹신푹신한 소재로 무거운 무게를 견딜 수 있을 정도로 적당한 굽이 있는 것이다.

천천히 벽에 달린 손잡이를 잡고 걸음을 옮기던 그녀는 진료실이 모여 있는 곳 중 한 방 앞에서 멈췄다.

청아가 김 교수 방문을 노크한 뒤 조심스레 문을 열고 안으로 들어갔다. 손에는 흰 봉투 하나가 들려 있다.

청아가 들어서자 그녀가 오는 것을 미리 알고 있던 김 교수가 진료 차트를 한쪽으로 밀어낸 뒤 자리에서 일어났다.

"아이고, 우리 애 엄마 오셨어?"

김 교수가 친숙하게 그녀를 불렀다. 이젠 제자와 스승 그 이상의 관계를 유지하고 있는 두 사람이다. 김 교수는 청아가 출산 휴가를 내는 마지막 순간까지 그녀를 배려하며 되도록 무리하지 않는 선에서 진료와 후배 양성 쪽으로 업무를 전담했다. 임신 이후 그녀가 수술방에 직접 들어가는 일은 없었다.

"네, 교수님."

"어서 앉아."

김 교수가 서둘러 소파를 가리키며 말했다. 그녀를 배려한 행동이었다.

청아가 허리를 짚으며 천천히 걸음을 옮겨 소파에 안착했다. 그러자 상석에 앉아 그녀를 바라보던 김 교수가 부드럽게 웃으며 말한다.

"출산 휴가만 내서 되겠어? 육아 휴직도 함께 쓰지?"

그의 말에 청아가 작게 고개를 저었다. 이미 분에 넘치는 배려를 받았기에 더 이상 바라는 것은 염치없는 짓이란 생각이 든다.

"교수님이 배려해 주신 덕에 반년 뒤에 복귀하는데 더 미룰 수야 없죠. 이번에 채 선생도 외상센터로 발령 났잖아요. 거기에 저까지 자리를 비우면 어떻게 되겠어요? 흉부외과 문 닫아야지."

"아이고, 이제 날 뒷방 늙은이 취급하네?"

김 교수가 허허 웃으며 말한다. 그러자 청아도 기분 좋게 웃은 뒤 들고 있던 봉투를 김 교수 앞으로 밀어놓았다. 봉투 안에는 출산휴가서가 들어 있었다.

"예정일이 언제지?"

"10월 14일이요."

"오, 인석들이 속을 덜 썩이려고 딱 좋을 때 태어나는구나."

"그런가요?"

청아가 부드럽게 웃은 뒤 팔로 제 배를 감싸 안았다. 그러자 안에서 아이들이 제 손을 뻥뻥 차는 것이 느껴진다. 두 아이가 엎치락뒤치락 레슬링이라도 한판 벌이고 있는 것인지 태동은 힘찼고 또 청아가 몸을 움찔 떨 정도로 위협적이었다.

이러다 배 찢어지는 거 아니야? 의사답지 않은 생각을 하며 청아가 말했다.

"요즘은 밤에도 잠을 잘 못 자요."

"그래, 부모가 된다는 건 배에 품는 순간부터 고난의 연속이지."

김 교수가 걱정스런 얼굴로 청아의 얼굴을 살핀다. 청아가 걱정되어 살피는 것이 아니다. 임신을 하게 되면 호르몬 변화로 인해 피부에 트러블도 심하게 되고 안색 또한 나빠지는 것이 보통이다. 하지만 청아의 얼굴은 지나치리만큼 반질반질 빛이 나고 있었다.

'쯧쯧, 남편이 고생하겠군.'

그가 걱정하는 대상은 청아가 아니라 그녀를 캐어해야 하는 유진이었다.

"그래, 출산 잘 하고, 가끔 연락도 해주고."

"네."

"그래, 이만 나가봐."

자리에서 일어난 청아가 허리를 숙인 후 말했다.

"감사합니다."

인사를 건넨 그녀가 또다시 힘겹게 걸음을 옮긴다. 뒤뚱뒤뚱 걸음을 옮긴 그녀가 방을 빠져나가자 그 뒷모습을 멀뚱멀뚱 바라보던 김 교수가 툭 내뱉었다.

"하여튼 욕심도 많아요."

가정과 일 모든 것에 완벽을 추구하는 청아는 아직까진 제가 원하는 대로 잘 해나가고 있었다. 병원에서도 산모라는 이유로 대우받는 걸 원치 않아 수술방을 들어가는 것 말고는 제대로 일을 하고 있었고, 여러 논문에도 참여해 업계에서도 제 이름을 널리 알리는 중이었다.

그녀가 이렇게까지 일을 하고 체력을 유지하기 위해선 조력자가 있어야 가능하다는 것을 알기에 김 교수는 아주 오래전 보았던 유진의 얼굴을 떠올리며 혀를 끌끌 찼다.

"역시 그 녀석이 고생이 많겠어."

그리고 이런 그의 생각은 한 치의 오류도 없었다.

❖　　❖　　❖

과일이 담긴 검은 봉지를 들고서 엘리베이터에 오른 유진은 점점 층수가 올라가는 표기판을 보며 다리를 달달 떨었다. 요즘 청아는 음식을 거의 섭취하지 못하고 있었다. 그나마 먹는 것이 있다면 채소 몇 종류와 과일이 다였는데, 그 정도 먹어주는 것도 다행이라면 다행이었다.

임신 사실을 안 후 얼마 안 되어 청아의 지독한 입덧이 시작되었다. 아이가 둘이여서일까, 입덧도 남들 두 배로 심했고, 어떨 때는 부엌에서 음식 냄새가 난다며 안방에서 헛구역질을 할 때도 있었다. 툭 치기만 해도 쓰러질 것처럼 연약해진 몸에도 청아는 끝까지 출근했다. 하루는 너무나 걱정되어 유진이 물었다.

"병원에서는 어떻게 견뎌? 괜찮아? 쉬는 건 어때?"

빠르게 묻는 그의 말에 청아는 고개를 기울이더니 본인도 이제야 그 사실을 깨달은 듯 말했다.

"병원에선 이상하게 괜찮다? 밥도 가끔 먹어. 애들이 잘 아나봐, 엄마가 의사라는 거."

소독약 냄새에 오히려 미식거리던 속이 괜찮아진 적도 있다며 청아가 말하자 유진은 기도 안 차 그녀를 한참이나 바라봤던 때도 있었다.

뭐? 아이들이 엄마가 의사인 걸 알아?

유진은 그날 청아에게 한참이나 잔소리를 늘어놓았다.

"몸 괜찮다고 무리하지 마!"

그렇게.

그리고 아이들은 유진의 보살핌 아래 무럭무럭 자라고 있었다. 매일 청아의 살이 부르틀까 봐 마사지도 해주었고, 점점 부풀어 오르는 가슴을 게걸스럽게 먹고 싶다가도 침을 꼴딱 삼키며 참곤 했다. 성생활을 굳이 참을 필요는 없었지만 지금은 거의 반 수도 승처럼 살고 있는 것이다.

띵, 엘리베이터가 소리를 내며 멈추자 유진이 빠르게 걸음을 옮겼다. 일을 하느라 조금 늦은 귀가 시간이 마음에 걸렸기 때문이다. 직접 비밀번호를 누르고 안으로 들어가자 늘 그랬던 것처럼 청아가 소파에 앉아 하루 종일 무리한 다리를 손가락으로 꾹꾹 누르고 있었다.

그 모습에 그는 서둘러 들고 있던 봉지를 부엌에 가져다 놓은 뒤 그녀의 앞에 무릎을 꿇고 앉았다. 볼록 나온 배 때문에 힘겹게 발을 주무르고 있던 청아는 유진이 제 발을 붙잡자 허리를 펴 소파에 편히 기대며 눈을 감았다.

"괜찮아?"

유진이 손가락에 힘을 주어 발을 꼭꼭 주물러 주며 말했다.

"아니. 오늘 무척 고됐나 봐. 집에 오니까 발이 막 아픈 거 있지?"

그러면서 웃는 청아의 모습에 유진이 한숨을 푹 내뱉었다. 그 뒤 굳은 얼굴로 청아를 보며 잔소리를 쏟아냈다.

"내가 부탁했잖아, 무리하지 말라고. 휴가는 어떻게 하기로 했어?"

"반년만 쉬는 걸⋯⋯."

"김청아!"

청아의 말에 유진이 버럭 소리쳤다. 그러자 청아가 토끼눈이 되어 제 남편을 본다.

평소 언성을 높인 적이 없는 그다. 그가 갑자기 화를 내자 그녀는 놀란 마음에 심장이 바닥으로 쿵 떨어진 듯 충격을 받았다.

"내가 말했잖아, 1년은 쉬라고. 병원에서 배려해 주겠다는데 왜 굳이 일찍 나가겠다는 거야? 초산이고 둘씩이나 출산해. 갓난쟁이들 보다가 반년 만에 출근하면 네 몸이 남아나겠어?"

말에는 걱정이 가득했으나 어투와 표정 때문일까. 그간 아이를 가진 자신을 오냐오냐 떠받들어 주던 그가 하루아침에 다른 사람이 된 것처럼 느껴진다. 청아가 변명을 늘어놓듯 말했다.

"요즘 3개월 만에 복직하는 엄마들도 많⋯⋯."

"그건 어쩔 수 없는 경우잖아, 어쩔 수 없는 경우! 그런데 넌 아니잖아! 왜 네 몸을 그렇게 막……!"

막 굴리느냐, 왜 스스로를 학대하느냐고 유진은 말하고 싶었다. 하지만 그는 끝까지 말을 잇지 못한 채 입을 꾹 다물었다. 청아의 눈망울에 눈물이 차올라 있었다.

"이건 다 호르몬 변화로 인해 눈물이 나는 거야! 내 의지와는 상관 없이 그런 거라고!"

청아가 버럭 소리를 치며 손을 뻗어 얼굴을 가린다. 그리고 엉엉 울음을 터뜨리며 소리친다.

"병원에 빨리 복직하는 게 뭐? 나 솔직히 무섭단 말이야. 이렇게 아이 낳고 집에만 있다 보면 손끝도 무뎌질 거고, 그럼 내가 이제껏 노력해 온 게 다 수포로 돌아갈 것 같단 말이야. 어디 그뿐이게? 밑에서 치고 올라오는 후배들은 어쩔 건데? 나 진짜 무서워."

청아가 대성통곡을 하자 유진의 얼굴이 창백하게 변했다. 빠르게 청아의 앞에 무릎을 꿇고 앉은 유진이 눈물로 엉망이 된 얼굴을 손등으로 닦아주며 한숨을 내뱉었다.

"미안해. 난 네가 걱정이 되어서……."

"알아. 하지만 그래도 서운해."

울음은 순식간에 사그라졌다. 연신 코를 훌쩍이며 억울한 마음에 유진을 노려보던 청아는 그의 얼굴 가득한 미안함에 숨을 내뱉었다.

그의 마음도 이해는 되었다. 첫 출산이고 일에 있어선 늘 무리하다시피 앞뒤 분간 못하고 달려드는 그녀이기 때문에 그가 더 걱정하는 것이리라. 더욱이 병원 생활을 알고 있는 그로선 굳이 낼 수 있는 휴가까지 마다하며 병원에 복귀한다는 그녀를 이해하지 못하는 것일 수도 있다. 하지만 청아의 입장에서는 너무 오랫동안 자리를 비웠다가 경력 단절로 이어지지 않을까 무서웠다. 그녀는 계속 환자를 치료하는 의사로 살고 싶었고, 세상에 이름을 떨치는 명의(名醫)는 되지 못하더라도 늘 환자와 가까이 있는 의사가 되고 싶었다.

한참 유진을 보던 청아가 들썩이던 가슴이 가라앉자 천천히 말을 내뱉었다.

"미안해."

"뭐가 미안해, 내가 미안하지."

"그래, 넌 좀 미안해야 해."

뚱한 얼굴로 말하는 그녀의 모습에 유진이 피식 웃음을 내뱉었다. 그리고 자리에서 일어나 부엌으로 향했다. 바스락바스락 소리와 함께 사온 검은 봉지를 연 유진이 말했다.

"멜론 먹고 싶다고 했지?"

"응."

짧은 답에 그는 멜론을 들고 오늘도 싱크대 앞으로 간다. 입덧이 심해지고 나서부터 식사를 준비하는 것은 그의 일과가 되었다. 계속 살이 빠지는 청아를 위해 먹고 싶다는 음식은 죄다 바치고 있었지만 그녀는 늘 몇 입 먹다가 말았고, 그 음식 잔반을 처리하는 것은 그의 몫이 되었다. 덕분에 임산부인 청아는 살이 빠져 가고 애먼 유진은 살이 찌고 있었다.

접시에 멜론을 담아 가지고 나온 유진이 청아의 앞에 위치한 협탁에 올려놓았다. 포크를 청아에게 건넨 그는 청아가 멜론을 포크로 쿡 찔러 입에 넣는 것을 지켜보았다. 입안에 과즙이 넘쳐흐른다.

몇 번 멜론을 더 집어 먹은 청아가 유진을 보며 말했다.

"딸기가 먹고 싶어."

"오전엔 멜론이 먹고 싶다고……."

"멜론은 지금 먹고 있잖아?"

청아가 포크를 내려놓으며 말했다. 그러자 유진이 멍한 눈으로 청아를 보았다. 그러자 그녀가 고집 있는 얼굴로 말한다.

"빨리빨리! 딸기가 먹고 싶다니까! 딸기와 멜론을 같이 먹어야겠어!"

실수였다. 뱃속에서 자라는 아이가 둘인 것처럼 먹고 싶은 음식도 늘 두 가지였다. 하지만 오늘은 한 가지만 말하기에 멜론만 사오면서도 '이럴 리가 없는데' 하는 생각이 들기는 했다.

유진은 하는 수 없이 자리에서 일어나며 청아를 향해 물었다.

"딸기만 있으면 돼?"

"응."

짧은 그녀의 답에 유진이 한숨을 쉬었다. 딸기 말고도 몇 가지의 과일을 더 사와야겠다고 생각하며.

그리고 그날 청아는 유진을 마트에 세 번이나 더 보냈다. 딸기 다음에 먹고 싶은 건 수박이었고, 그건 그가 사온 목록에 없는 것이었다. 그다음에 먹고 싶다고 한 것은 참외였고, 마지막에 그녀가 먹고 싶다고 한 것은 오이였다.

멜론에서 딸기로, 딸기에서 수박과 참외로, 그리고 마지막을 오이로 화려하게 장식한 청아는 그제야 배가 불러 단잠에 빠져들 수 있었다. 잠든 청아의 얼굴을 바라보던 유진은 남은 과일과 채소를 주워 먹은 후 볼록 나온 청아의 배를 보며 심통하게 읊조렸다.

"빨리 나와라, 제발."

그래, 아이만 태어나면 이 힘든 종놈 생활은 끝날 것이다.

하지만 그것은 그의 크나큰 오산이었다.

아이는 예정일보다 이 주일 전에 제왕절개로 태어났다. 두 아이 다 2.5kg의 정상 체중으로 태어났고, 출산 한 달 전 의사가 몰래 말해준 대로 아들과 딸이었다. 이란성 쌍둥이지만 태어날 당시의 생김새는 놀라울 정도로 닮아 있었다. 어찌 닮지 않을 수 있겠는가. 빨간 핏덩어리는 굳이 두 아이뿐만 아니라 태어난 아이라면 모두 닮았으니까.

가을에 탄생한 아이들은 늘 세상에 무심하고 시크한 청아마저도 눈물짓게 만들었고, 무서울 정도로 강렬한 모성애를 일으키게 만들었다. 아이가 태어나고 이틀 후부터 젖이 돌기 시작했으나 쌍둥이기 때문에 청아는 어쩔 수 없이 분유를 먹여야 했고, 늘 이 점을 안타까워했다.

일주일의 입원 후 그녀는 곧장 산후조리원에 들어가 매일 세 끼를 다양한 미역국으로 먹어가며 몸을 추슬렀다. 아이들을 키우는 것에 대한 기본적인 정보들을 익혀갔는데, 지식적인 부분은 완벽했으나 실제로 해보니 목욕을 시키는 것부터 시작해 아이 안는 것까지 엉성하기 그지없었다.

그렇게 청아와 아이들은 집을 비운 지 한 달 하고도 일주일이 지나서야 집에 돌아올 수 있었다. 집은 온통 유아용품으로 가득 찼고, 청아와 유진의 집이라기보단 아이들을 위한 집으로 변모했다. 바닥에는 푹신한 매트가 깔렸고, 두 사람이 살 때는 없던 식기세척기까지 들어와 있었다.

초보 부모가 된 두 사람은 매일 울음을 터뜨리는 아이들의 기분을 맞추느라 정신이 없었다.

"으에에엥!"

"정우 울어!"

유진이 아이를 안아 들고 어쩔 줄을 몰라 하자 둘째 연우를 안고 어르고 달래고 있던 청아가 유진을 내려다보며 말했다.

"기저귀 확인해 봐."

"아무것도 안 쌌는데?"

아이의 기저귀를 들춰 확인한 유진이 울상이다. 배가 고파도 울고 기저귀가 불편해도 울고 잠이 와도 울고 심심해도 우는 아이들의 정신 상태를 알기엔 유진은 아직도 갈 길이 먼 초보 아빠였다.

"그럼 우리 먹보 배고픈가 보다."

"으아아앙!"

정우가 맞는다는 듯 힘차게 울음을 터뜨린다. 시계를 확인한 청아가 아이들의 밥시간이 다 되어간다고 말하자 그 말에 유진이 서둘러 아이를 안아 올린 후 띠로 정우와 한 몸이 되어 부엌으로 향한다. 아이는 어서 밥을 내놓지 않으면 실신하겠다는 기세로 온몸을 흔들며 울음을 터뜨리고 있었다.

"으아앙!"

"정우야, 조금만 참아. 응? 아빠가 지금 정말 최선을 다하고 있는데 그렇게 울면 아빠도 정말 울고 싶어져요."

유진이 울먹이는 목소리로 말한 뒤 식기세척기를 열었다.

소독된 젖병을 꺼낸 유진이 따로 적당량으로 덜어놓은 분유를 털어 넣은 뒤 끓인 물을 그대로 젖병에 부었다. 그 뒤 젖병을 힘차게 흔들며 연우를 안고 있는 청아에게 젖병을 내밀었다. 청아는 젖병을 받자마자 뜨거운 기운에 미간을 찌푸렸다. 뚜껑을 열고 유진의 손을 가져와 손목 위에 분유를 몇 방울 떨어뜨린 청아는 뜨거운 분유가 닿자마자 제 팔을 확 뺀 뒤 소리치는 유진의 모습에 입술을 비틀었다.

"아, 뜨뜨!"

유진이 얼굴을 붉히며 외쳤다. 그러자 청아는 아직 기본도 되지 않은 그의 모습에 버럭 소리쳤다.

"네 주둥이에 처박기 전에 다시 타와!"

"……."

"애 잡을 일 있어?!"

시무룩한 얼굴로 분유를 받아 든 유진이 다시 부엌으로 향한다. 그사이 밥 먹을 때가 되어도 아무것도 주지 않는 부모 때문에 화가 난 연우까지 울음을 터뜨리기 시작했다.

"으아아앙!"

"으에에엥!"

두 아이의 울음소리가 하모니를 이루며 집 안 가득 울려 퍼진다. 그러자 주말엔 육아를 자신에게 맡기라며 떵떵거리던 유진에게 모든 일을 일임했던 청아가 보다 못해 나섰다.

"저리 비켜봐. 제발 정우 좀 달래고."

"흑! 청아야!"

유진이 결국 눈가에 습기를 머금으며 지원군으로 나선 청아를 울먹이며 바라보았다. 척척 분유를 타고 물을 식히는 것을 곁에서 바라보던 유진이 한숨을 내뱉었다.

아이들을 키우고 부모가 되는 일은 고난의 행군이었다.

아이들은 눈 깜짝할 사이에 자란다. 누워서 우는 것밖에 못하던 두 사랑스러운 아이들은 어느새 엉금엉금 기어 다닐 줄 알게 되었고, 곧이어 사람 구실을 하듯 걸을 줄도 알게 되었다. 그리고 좀 더 시간이 흐르자 '엄마', '아빠' 발음도 정확하게 할 줄 알게 되었고, 곧 자신의 생각을 전달할 수 있을 만큼 언어적 능력이 발달되기도 했다.

다섯 살, 또래의 아이들보다 똑똑하고 영특한 정우와 연우는 이제 제 감정을 솔직히 털어놓으며 남매 스킬을 발휘하기 시작했다.

"나빠!"

정우가 울음을 터뜨리며 상처 난 얼굴을 부여잡았다. 그러자 연우가 울음을 터뜨리는 동갑내기 오빠에게 여전히 심통 난 얼굴로 외쳤다.

"뚱돼지!"

청아가 한숨을 쉬며 바닥을 보자 두 사람의 싸움의 원흉인 과자가 산산조각이 난 채 떨어져 있었다. 유진과 꼭 닮은 첫째 정우는 먹는 것을 좋아하고 자신이 원하는 것이라면 뭐든지 해야 하는 심술쟁이였다. 동생에게 뭐 하나 양보하는 것이 없었고, 음식이 눈에 보이면 입에 넣고 보는 아이는 매일 동생의 것을 빼앗아 먹어 하루도 얼굴이 성할 날이 없었다.

이에 반해 뭐든지 정확해야 하는 청아를 닮은 둘째 연우는 배려하는 마음을 가지고 오빠를 바라보다가도 그 정도가 넘어서면 주먹부터 들고 보는 왈가닥 아가씨였다.

태어났을 때는 비슷한 점이 많은 아이들이었는데 자라나면서부터 두 부모의 성격을 골고루 닮지 않아 이리저리 부딪치는 일이 많아졌다. 마치 유진과 청아가 남매로 태어났다면 저렇게 싸우지 않을까 싶을 정도로.

청아는 결국 두 아이를 제 앞에 무릎 꿇려 놓은 뒤 저도 따라 무릎을 꿇었다. 그리고 조막만 한 아이들이 자신의 눈치를 보는 것을 보며 호통을 쳤다.

"둘 다 나빴어!"

"엄마."

연우가 할 말이 많다는 듯 운을 뗐다. 하지만 곧 무서운 기세의 청아 때문에 뒷말은 잇지도 못하고 입을 꾹 다물어야 했다. 청아가 손바닥으로 바닥을 쾅쾅 내려친 뒤 붉어진 눈망울로 자신을 바라보는 정우부터 혼내기 시작했다.

"노정우."

"네에……."

아이가 잔뜩 기가 죽은 얼굴로 답한다. 순진한 눈망울에 어린 것은 두려움이다. 매를 들지 않는 청아지만 오히려 그랬기에 더 무서웠다. 청아는 현관문이 열리고 인기척이 느껴졌음에도 아이들을 혼내는 것을 멈추지 않았다.

"동생 것 뺏어 먹으면 안 돼. 정우 건 이미 다 먹었잖아?"

"네에……."

"더 먹고 싶으면 엄마한테 말해. 알았지?"

정우가 재빨리 고개를 끄덕인다. 그러자 청아의 시선이 이번엔 입술을 뾰족하게 내민 채 얼굴에 심통을 덕지덕지 붙이고 있는 연우를 보았다.

"노연우!"

"응. 왜?"

"끙!"

청아가 순간 신음을 내뱉었다. 연우는 제 잘못은 하나도 없다는 듯 뻔뻔한 얼굴로 청아를 바라보고 있다.

내가 어릴 적에도 이랬던가? 외동이었기 때문에 싸울 대상은 없었으나 연우처럼 고집이 셌을 것 같기는 하다.

"오빠를 때리면 어떻게 해, 연우?"

"……오빠가 먼저 잘못했단 말이야."

평소엔 제 오빠를 정우라 부르는 아이다. 하지만 눈치가 보여서일까? 연우는 정확히 호칭하며 억울하다는 얼굴로 청아를 보았다. 아이의 눈망울에 금세 눈물이 매달린다.

"엄마가 오늘 병원에서 너희들 먹여 살리느라 얼마나 고생했는지 아니? 연골이 닳을 정도로 일을 하고 왔단 말이야. 예쁜 너희들을 위해서."

청아가 고저 없는 목소리로 말했다. 그러자 둘 다 눈가에 눈물을 매단 채로 청아를 바라보고 있다. 하지만 그녀는 속상한 마음에 빠르게 말을 이었다.

"그런데 너희들은 엄마 말도 안 듣고 속을 썩여서야 되겠어?"

조곤조곤 설득하는 어조에 두 아이가 동시에 고개를 내젓는다. 어느새 아이들은 울음을 터뜨리며 청아에게 안기고 있다.

"엄마, 미안해요."

"흐엉엉!"

두 아이가 청아의 품으로 파고들며 대성통곡하기 시작했다. 작은 등을 보며 청아의 마음이 약해지고 있을 때다. 오늘은 여기까지만 할까? 그렇게 생각하던 청아는 뒤에서 들려오는 유진의 목소리에 고개만 돌려 보았다.

"청아야, 그만하지?"

유진은 눈물바람의 현장을 보며 그리 말했다.

"왔으면 왔다고 말을 하지."

"아빠아!"

자리에서 벌떡 일어난 연우가 유진에게 달려가 다리를 부여잡았다. 그리고 세상에서 가장 슬픈 일을 당한 사람처럼 고개까지 뒤로 젖히며 온몸을 떨며 울기 시작한다. 그 모습이 안타까운 유진이 아이를 번쩍 안아 올려 등을 쓰다듬어 주며 말했다.

　"아이고, 내 새끼, 왜 울어요?"

　"엄마가, 엄마가……!"

　저 계집애가! 청아가 도끼눈을 뜨며 연우의 등짝을 노려보았다.

　"노연우, 아빠 피곤하셔."

　"흐어엉! 엄마가 막, 난 잘못도 없는데……!"

　그 말에 결국 참다못한 청아가 벌떡 일어서려고 할 때다. 유진이 청아와 눈을 마주하며 작게 고개를 저으며 눈짓을 보냈다. 그러자 청아가 한숨을 왈칵 내뱉으며 아직도 몸을 동그랗게 말며 엉엉 울고 있는 정우를 안아 들었다.

　시계는 벌써 9시를 가리키고 있다. 아이들이 자야 할 시각이다.

　"아이고, 우리 연우. 아빠가 무슨 일이 있었는지 다 아는데?"

　"……"

　"정말 연우 아무 잘못도 없는 거 맞아?"

　청아는 정우를 데리고 욕실로 들어가며 들려오는 소리에 귀를 쫑긋 세웠다. 욕실 문이 닫히기 전, 연우의 웅얼거리는 목소리가 들려온다.

　"아니. 연우가 나빴어."

　"잘못도 인정할 줄 아는 착한 어린이네요, 연우는?"

　"네에……"

욕실 문을 닫은 청아는 훌쩍훌쩍 코를 마시고 있는 정우와 시선을 맞추기 위해 무릎을 꿇었다. 고운 피부 위에 난 손톱자국에 마음이 상하면서도 이 역시 자신이 사랑해 마지않는 연우가 그랬다 생각하니 한숨이 절로 나온다.

청아가 정우의 머리카락을 쓰다듬으며 물었다.

"정우야, 넌 왜 맨날 동생한테 쥐어 터지고 그래?"

"흐엉…… 엄마아."

정우가 여전히 울먹임이 가득한 목소리로 말했다.

"연우는 여자잖아. 여자를 어떻게 때려?"

청아가 멍한 눈으로 정우를 보았다.

"여자는 때리는 거 아니야."

왜 이 말에 웃음이 나는 것일까. 피식 웃음을 내뱉은 청아는 아직 다섯 살밖에 되지 않은 아이가 벌써부터 다 컸다는 생각이 들어 조금 더 크게 웃음을 내뱉었다.

"그래, 우리 정우, 장하네."

"응."

"그럼 앞으로도 동생 잘 지켜줄 거지?"

그 말에 빠르게 고개를 끄덕이는 정우를 보며 청아가 연신 머리를 쓰다듬어 줬다. 그 뒤 자리에서 일어나 세면대 앞으로 향했다. 그리고 작은 칫솔과 딸기 맛 치약을 꺼내 아이에게 보여주며 말했다.

"그럼 치카치카 할까?"

"싫어."

"……."

다 크기는 개뿔.

청아는 오늘도 롤러코스터를 타는 제 마음에 놀란 심장이 콩닥 콩닥 뛰는 것을 느꼈다.

아, 이 화상들.

울컥 올라오는 한숨을 집어삼킨 청아가 애써 평정심을 유지하며 말했다.

"우리 정우, 치카치카 안 하면 이 아야 한다?"

"아빠가 하루 정도는 안 닦아도 된다고……."

"뭐, 아빠가?"

와작, 와장창! 그녀의 이성이 깨지고 부서지는 소리가 머릿속에서 울린다. 청아의 표정이 순식간에 변하자 정우가 그녀의 눈치를 살피며 말했다.

"응, 아…… 이건 사나이들끼리의 비밀이라고 했는데……."

아이가 웅얼웅얼 말을 내뱉는 것을 보던 청아가 닫힌 욕실 문을 거칠게 열며 외쳤다.

"노유진 너! 이리 와봐!"

무릎 위에 연우를 앉혀놓은 채 텔레비전을 보고 있던 유진의 어깨가 움찔 떨린다. 그녀가 왜 저리 화가 났는지 알 수 없던 유진은 눈알을 데굴데굴 굴리며 '왜?' 라고 짧게 말했고, 청아는 욕실에서 나와 안방을 눈짓했다. 그러자 유진이 시무룩한 얼굴로 자리에서 일어나 방으로 향한다.

순식간에 아빠의 품을 빼앗긴 연우는 욕실에서 나오는 정우를 보며 입술을 삐죽이며 말했다.

"엄마 마귀할멈 같아."

연우의 말에 정우 또한 동감한다는 듯 고개를 끄덕인다.

"엄마는 목소리가 너무 커."

두 아이의 입에서 동시에 한숨이 터져 나온다.

"아빠 불쌍해."

외전

오늘도 유치원을 끝마치고 대한세종대학병원 앞에 내린 연우는 제 오빠인 정우의 손을 꼭 붙잡으며 말했다.

"이상한 데로 가자고 하지 마."

혀 짧은 소리로 말한 연우가 금세 길거리 음식으로 시선을 돌리는 정우를 보며 경을 친다.

"한 번만 더 다른 데로 새면 엄마가 크게 혼낼 거라고 했어."

"저거 맛있어 보이지 않아?"

"안 돼. 우린 돈도 없잖아."

"쳇."

정우가 떡볶이에서 눈을 돌리자 그제야 연우는 걸음을 옮길 수 있었다. 작은 아이들이 두 손을 잡은 채 병원으로 향한다. 짧은 다리로 열심히 걸음을 옮기며 청아와 만나기로 한 로비로 향하던 아이들은 엄마의 모습이 보이지 않자 당황한 기색이 역력한 얼굴로 걸음을 멈췄다.

수많은 사람들 속에 아이들이 불안한 시선으로 주위를 둘러보았다.

"어쩌지? 엄마 없어."

"당황하지 마."

연우 또한 당황한 기색이 역력했지만 울음부터 터뜨리려는 정우를 다독인다. 연우도 터지려는 울음에 두 눈에 힘을 주었다.

아이들이 어디로 가야 할지 몰라 한참 그곳에 서 있을 때다. 병원에서 흰 가운을 휘날리며 한 남자가 달려 나온 것은. 이마에 땀방울까지 매단 채 주위를 둘러보던 그는 두 아이가 멀뚱히 서서 주위 어른들을 살펴보고 있는 것을 보았다. 아이들의 앞으로 다가온 남자가 한쪽 무릎을 굽혀 시선을 마주하며 말했다.

"너희들이 정우랑 연우니?"

"네."

연우가 붉어진 눈으로 답했다. 그러자 남자가 한숨을 내쉬며 답을 한 연우의 앞으로 손을 내밀었다.

"아저씨는 채건형이야. 김 선…… 아, 김청아 선생님이 부탁해서 나왔어."

"엄마가요?"

"응, 그래."

고개를 끄덕이며 날카로운 눈매를 부드럽게 만든 건형이 의심이 가득한 눈으로 자신을 바라보는 연우와 시선을 마주했다.

"엄마가 하는 수술이 길어졌거든. 조금 있으면 나오실 테니까 그전까지 삼촌이랑 있으면 돼."

"그래도 삼촌은 모르는 사람이에요. 따라갈 수 없어요."

연우가 당차게 말한다. 그러자 곁에 있던 정우도 불안한지 연우의 손을 꼭 잡으며 고개를 끄덕인다. 그러자 건형은 당황스럽다는 듯 어떻게 이 아이들이 자신을 믿게 만들어야 하는지 몰라 고민하는 기색으로 뒷머리를 긁적였다. 아쉽게도 그는 아이를 돌보는 방법도, 아이들의 마음을 얻는 법도 몰랐다.

한참을 당황한 얼굴로 아이들을 보고 있던 건형의 귓가에 요란한 소리가 들려온 것은 그때였다.

꼬르륵—

정우의 배에서 난 것이 틀림없는 배꼽시계 소리에 건형의 얼굴이 순간 밝아졌다. 좋은 생각이 떠올랐다는 얼굴이다.

"떡볶이 먹을래?"

그 말에 정우의 표정이 눈에 띄게 밝아졌다. 방금 전까지 떡볶이가 먹고 싶던 정우는 옳다구나 싶은 듯했다.

"네!"

"야!"

맛있는 걸 사주겠다는 말에 홀랑 넘어가는 정우에게 버럭 소리친 연우가 냉정하게 고개를 내저었다.

"맛있는 거 사준다는 어른도 따라가지 말랬어요, 아빠가."

"연우야, 그냥 먹으면 안……."

"조용히 해."

이미 유혹에 넘어간 정우가 사정하며 말했지만 연우는 딱 잘라 이를 거절했다.

생각보다 깐깐한 아가씨네. 건형이 그렇게 생각하며 목에 걸려 있는 출입증을 꺼내 연우의 앞으로 내밀며 말했다.

"아가씨는 글을 읽을 줄 아니?"

"네, 당연하죠. 일곱 살인데요."

연우가 당당하게 말하자 건형이 피식 웃음을 내뱉었다. 청아와 똑 닮은 얼굴로 아이답게 순순히 답하는 모습이 귀여웠다.

"그럼 엄마 출입증을 본 적은 있니?"

"네, 엄마가 보여준 적 있어요."

그 말에 건형이 됐다는 듯 고개를 끄덕였다. 그리고 출입증을 아이에게 건넸다.

대학 세종 대학 병원
외상센터 흉부외과 채건형

온통 어려운 말이기 때문에 아이가 혹여 이해하지 못할까 했는데 연우는 물론이고 정우까지 완벽하게 이해한 듯 고개를 끄덕인다.

"엄마랑 같은 흉부외과네요?"

"……그런 말도 아니?"

"엄마가 일하는 곳이니까요."

연우와 정우가 번갈아 답했다. 일곱 살치고 똑똑한 답에 건형이 놀란 듯 눈을 깜빡였다. 그러다 이 아이들의 유전자가 누구로 이루어졌는지 떠올린 뒤 고개를 끄덕였다. 지나치게 머리가 좋은 노유진과 노력파 김청아의 유전자가 섞인 아이들이다.

"그럼 이제 삼촌 말 믿을 수 있겠지?"

"네."

연우가 짧게 답하자 곁에 있던 정우가 한껏 밝아진 얼굴로 외쳤다.

"떡볶이 먹고 싶어요, 삼촌!"

굽히고 있던 무릎을 편 건형이 병원 앞에 있는 떡볶이 집을 떠올리며 고개를 끄덕였다. 카레로 만드는 안 매운 떡볶이도 있다는 사실을 떠올린 그가 가자고 짧게 말했다. 그러자 연우가 손을 뻗어 건형의 손을 붙잡았다. 건형이 깜짝 놀라 연우를 보자 아이가 새치름한 얼굴로 답한다.

"엄마가 걸을 땐 손잡고 걸으라고 했어요."

"아……."

아이의 손은 작고 말랑말랑했다. 따뜻하고 귀여운 손을 내려다보던 건형이 연우의 얼굴을 꼼꼼히 살핀 뒤 피식 웃음을 내뱉었다.

"클 때까지 기다리면 범죄겠지?"

이 이야기를 들었으면 청아가 경기를 일으켰을 것이다.

그녀가 버럭 소리를 치는 모습을 떠올린 건형이 자신을 올려다보는 연우의 눈빛을 보았다. 작고 귀여운 청아의 미니어처 같았다.

곁에서 벌써부터 눈을 빛내며 곧 먹을 떡볶이를 떠올리며 군침을 삼키는 정우와 자신의 얼굴을 빤히 바라보는 연우의 얼굴을 번갈아 본 뒤 웃었다.

"그래, 가자."

"오늘 어땠어?"

아이들의 잠자리를 살피는 청아의 뒷모습을 보며 유진이 물었다. 결혼한 지 8년 차에 들어섰으나 아직도 두 사람은 하루를 어떻게 보냈는지 도란도란 이야기를 나누었다. 대화가 없는 부부가 어떻게 되는지 두 사람 또한 잘 알고 있기 때문에 잠자리에 들기 전 하루를 마무리하는 습관처럼 그 시간이 인에 박힌 것이다.

청아는 커다란 베개 사이에 작은 베개 두 개를 놓은 뒤 침대에 엉덩이를 붙이고 앉았다. 그리고 맞은편에서 자신을 내려다보는 유진의 모습을 보며 미간을 찌푸렸다.

"긴급 수술 들어와서 난리였지, 뭐. 아이들 마중도 못 나가서 아주 돌아버리는 줄 알았어."

오늘 하루가 어떻게 지나갔는지 모를 정도로 정신없는 하루였다. 병원 근처에서 5중 추돌 사고가 일어났고, 이에 외상센터에 환자 열 명이 한꺼번에 밀려들어 흉부외과인 그녀도 콜을 받고 그리로 뛰어간 것이다.

40대 중반 환자는 내장 또한 심하게 다쳐 장장 네 시간에 달하는 대수술을 받아야 했다. 그리고 그 수술을 집도한 이가 바로 김청아였다.

그녀의 말에 유진이 깜짝 놀란 듯 청아를 보았다. 아이들을 배웅 나가지 못했다니, 이 말에 놀라지 않을 아버진 없을 것이다.

"뭐?"

"건형이 때문에 살았지 뭐야."

그녀가 막 그렇게 말할 때다. 붉어진 얼굴로 화를 내려던 유진은 문이 벌컥 열리더니 뽀얀 얼굴로 세안을 마친 아이들이 들어오자 입을 꾹 다물었다. 아이들 앞에서 언성을 높여 싸울 순 없었다.

"엄마, 다 씻었어!"

"치카치카도 했어?"

"응."

정우의 표정에 청아가 못 미덥다는 듯 보았지만, 이내 고개를 끄덕였다. 자신에게 안기는 정우를 안은 청아는 여전히 자신을 바라보고 있는 유진과 시선을 마주하며 말했다.

"왜?"

"그 채건형이 애들을 봐줬다고?"

화를 삭인 유진이 조용한 어조로 말했다.

그 채건형.

묘한 호칭에 청아가 고개를 기울일 때다. 침대에 누우려 엉금

엉금 무릎을 옮겨 가던 연우가 외쳤다.

"건형 삼촌 멋져!"

아이가 온몸이 떨릴 정도로 힘껏 외쳤다. 그러자 청아는 물론
이요 유진까지 눈을 동그랗게 뜨며 연우를 보았다.

"뭐?"

유진이 신음처럼 말했다. 그러자 연우가 양 뺨을 핑크빛으로
물들이며 말한다.

"나중에 시집가고 싶어."

"……."

그러면서 몸을 배배 꼬는 연우의 모습에 청아는 키득키득 웃음
을 내뱉었고, 유진은 여전히 바짝 얼어 사랑스러운 딸아이를 보
았다.

"연우야, 너랑 건형 삼촌은 족히 서른 살이나 차이 나거든? 연
우가 시집갈 나이에 건형 삼촌은 파파할아버지란 말이야. 그래도
결혼하고 싶어?"

"웅!"

힘차게 답한 아이가 고개를 끄덕이는 것을 보며 그때까지 얼어
있던 유진이 몸을 움직였다.

사랑스러운 내 딸 노연우. 청아와 꼭 닮은 얼굴로 매일매일 자
신을 살살 녹이는 연우를 건형에게 빼앗겼다는 사실도, 그리고
벌써부터 제 품을 벗어나 시집을 가겠다고 말하는 것도 그에겐
모두 믿을 수 없는 현실이었다.

"안 돼!"

"왜?"

"그놈은 안 돼! 내 딸 못 줘!"

버럭 소리친 유진이 연우를 꼭 껴안았다. 눈가엔 눈물까지 매
단 채다.

그 모습을 바라보던 청아가 기가 막힌 듯 피식 웃음을 내뱉었
다.

"아빠가 좋아, 그놈이 좋아?"

"그놈?"

"그래, 그 채건형!"

"……음, 음."

아이의 고민이 길어지자 유진의 얼굴은 더더욱 상처로 물들었
다.

아아, 이럴 수가!

오늘 처음 만난 그놈이랑 평생 절 업어 다니고 청아에게 온갖
타박을 들어가며 키운 아빠가 어쩌다가 동급이 된 것일까. 고개
를 푹 숙인 채 따스한 냄새가 나는 연우의 정수리에 코를 박은 유
진이 울먹이며 말했다.

"연우 미워."

고난의 행군 끝에 연우는 벌써 아빠가 아닌 더 좋아하는 사람
이 생겨 버렸다.

사랑하는 연인에서 부부로, 그리고 두 아이의 부모가 된 청아
와 유진은 예전처럼 뜨거운 사랑은 하지 않았다. 하지만 한 가족

이 된 두 사람은 평생을 함께하길 약속했고, 사랑스러운 아이들
과 함께하는 가정을 이루었다.

어느 따스한 봄날,
두 사람은 같은 시간을 공유하며 살아가고 있었다.

The End

안녕하세요. 이아현입니다.

즐거운 마음으로 한 편씩 완결을 내고 출간 작업을 하다 보니 어느새 여러분을 찾아뵌 횟수가 일곱 번이나 됩니다. 무작정 키보드만 두드리며 살았더니 시간은 금세 흐르고, 출간작만 쌓여가고 있습니다.

일곱 번째 책 코마(COMA)의 주인공은 양면성을 가지고 있는 이들입니다. 어린아이 같지만 일에서만큼은 완벽한 유진과 어른아이로 평생 살아왔지만 일에 있어선 이리저리 흔들리는 청아는 참으로 다른 캐릭터여서 쓰는 내내 즐거웠습니다.

빛과 어둠, 삶과 죽음처럼 소독약 냄새가 진동하는 병원에서 평생 환자의 목숨을 살리기 위해 애써야 하는 청아, 국과수에서 시신을 마주하며 평생 죽음에 대한 이유를 밝혀내야 할 유진은 환경도 직업도 너무 다릅니다. 이들만큼 서로 다른 삶을 살 수 있는 이들이 얼마나 될까 생각하며 이렇게 다른 커플을 또 쓸 일이 있을까 생각해 봅니다.

하지만 단 하나 확실한 것은 이렇게 만남부터 시작해 결혼식 준비, 결혼 후의 생활까지 자세히 쓰는 글은 이 글이 처음이자 마지막이란 것입니다(너무 힘들었어요).

　부족한 글에 많은 관심을 보내주신 독자님들께 다시 한 번 감사의 인사를 전합니다. 두 주인공의 모습을 따뜻하게 바라봐 주셔서 아주 긴 글을 무사히 마칠 수 있었던 것 같습니다. 부족한 코마(COMA)를 세상 밖에 나올 수 있도록 도와주신 청어람 관계자님들께도 감사의 인사를 전합니다. 괴발개발 엉망인 제 글을 수습해 주시느라 수고 많으셨습니다.

　다음은 또 어떤 작품으로 독자님들을 뵐지 벌써부터 가슴이 떨립니다. 유민의 이야기가 될지 아니면 잠시 접어두었던 리안 다음 이야기가 될지 그건 조금 더 두고 봐야 할 것 같습니다. 먼저 마음이 가는 글부터 집어 들겠습니다. 하지만 다음 글은 조금 더 발전하길 바라봅니다.

　마지막으로 이 페이지를 읽고 있는 분들에게 늘 행복이 가득하길 바랍니다.
　감사합니다.

따스한 봄볕이 가득한 어느 날에,
이아현 올림.

내것이로다

한조 장편 소설

Chungeoram romance novel

청천에는 수상한 왕자 송언군이 살고 있다.
하는 짓은 연애놀음뿐인, 온갖 염문의 독보적 주인공.
그만 보면 자꾸 심장이 펄떡거려 남이는 미치겠다.

"이의! 있습니다! 이의가 있단 말입니다!"
참지 못한 마음을 남이가 바락바락 내질렀다.

맹랑한 몸종에게 들려온 과거 많은 그 왕자의 대답은

"내 것이 되어다오. 네 것이 되어주마."

세상의 모든 전자책을 위해 탄생된 곳

세상을 보는 또 하나의 창 이젠북!
www.ezenbook.co.kr

ezen BOOK

지금 클릭하세요! 검색창에 이젠북 을 쳐보세요! ▾ Q

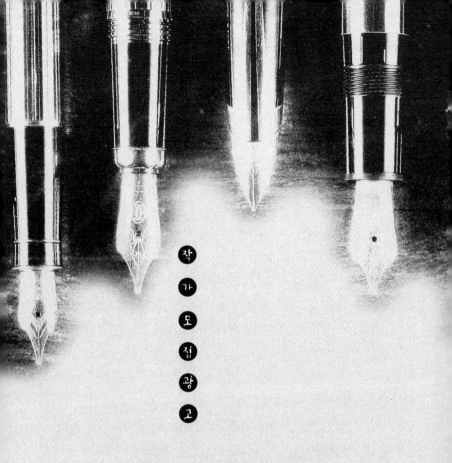

작
가
도
집
광
고

도서출판 청어람의 문은 항상 열려 있습니다.
실력있는 작가 분들의 많은 관심 부탁드립니다.

TEL:032-656-4452 • FAX:032-656-4453
http://www.chungeoram.com
e-mail:chungeorambook@daum.net